京華二三章

孙玉民 著

華文出版社
SINO-CULTURE PRESS

图书在版编目(CIP)数据

京华三章 / 孙玉民著. -- 北京:华文出版社,2016.3(2025.1重印)
ISBN 978-7-5075-4499-2

Ⅰ.①京… Ⅱ.①孙… Ⅲ.①散文集—中国—当代 Ⅳ.①I267

中国版本图书馆CIP数据核字(2016)第052003号

京华三章

著　　者:孙玉民
责任编辑:刘超平
出版发行:华文出版社
社　　址:北京市西城区广外大街305号8区2号楼
邮政编码:100055
网　　址:http://www.hwcbs.cn
电　　话:总编室010—58336239　责任编辑010—58336222
　　　　　发行部010—58336270
经　　销:新华书店
印　　刷:三河市天润建兴印务有限公司
开　　本:880mm×1230mm　1/32
印　　张:10.875
字　　数:280千
版　　次:2016年3月第1版
印　　次:2025年1月第2次印刷
标准书号:ISBN 978-7-5075-4499-2
定　　价:49.80元

序

Preface

玉民的大作《京华三章》即将付梓，他诚意邀我作序，我不顾自己是个外行，竟欣然接受了。理由很简单：玉民是我大学同窗和要好的朋友。毕业后虽然各自忙碌，但始终保持联系，也有过志趣上的合作，虽说电话和走动不是很频繁，心却是通的。他是1959年的，小我5岁，因为他年轻，所以一直把他算作“60后”，差着年代了。在读大学时代，我就欣赏他，欣赏他做人本分，不争名利，那种少有的淡泊宁静；欣赏他有才气，有个性，甚至孤傲。

在班级里，他属于北京市区的生源，就是所谓城里的考生。毕业那年，分配实行“哪儿来的回哪儿”，市区同学几乎都留在城里，唯独他分到远郊密云县。因为那个时候仍有“支边支困”的政策，仍有诸如“好儿女志在四方，到祖国最需要的地方去”的口号，仍有将少数城区毕业生派遣到艰苦地方去的做法，只是不再流行“文革”那种大张旗鼓的动员报名，全凭学校分配。玉民去了艰苦的地方，却未讲过一句“高大上”的话，更未提半个讨价还价的条件，就是默默地服从了。从此，他往来于繁华与偏远之间，一干就是五年，为密云的教育事业做出了贡献。要知道，密云改县为区才是最近几年的事情。所谓青山秀水，生态涵养，且京城绿肺云云，都是当下的说法，也确有大批的城里人到那里置房产造别墅。而彼时的密云是北京市最远最困难的两个山区县之一，从市区到密云中间隔着怀柔和顺义，是大山里面的大山，贫困艰苦，谁都不愿意去。不知何故，已经过去三十二年了，我仍旧能够想象出他当年是如何乘坐破旧的长途客车，颠簸在崇山峻岭之间的县级公路上，崎岖蜿蜒，他颀长而单薄的身躯，蜷曲在狭小简陋的座位上，那份恬淡与坚毅，辛苦与憋屈，像图画般刻在我的记忆里。对此，玉民从未抱怨过。尽管毕业分配与一般学生，即便是学生干部并不相干，是组织上的事情，而且保密，谁都无法预知分配结果，至少我自己是这样的。而作为他的老同学，一旦回忆起来，便有一种莫名的愧疚和隐痛。他不是党员，也不是学生干部，普普通通的，没有任何背景，不善人情世故，不讲大话不夸海口，单单把他从城市分配到农村。我想，玉民不是神，他的内心一定有酸楚和委屈，他不说却做得很好，是怎么修炼的？我比他年长，但我由衷地佩服他。

玉民有才气。他有一门童子功，就是擅长画兵器车辆。而且是默写着画，用专业的话叫作默画。这是本事。现代热兵器和古代冷兵器，装甲车、坦克、火炮、枪支、弹药，刀枪剑戟，十八般兵器都画得活灵活现。他喜欢阅读战争题材的传统故事，也热爱近现代世界史的著名战役，凡是过目的“小人书”（连环画），便成了美术老师和教科书了。我关注到他，一是因为我曾经学习过美术也教过美术，凭经验和直觉，一个人凡有特长，文学、音乐、美术、体育，还有其他爱好，除去后天训练和刻苦钻研外，多数情况属于天赋，或者与天赋沾边。二是他画画多是在课间休息或晚自习的间隙里，别人困顿了，或吸烟或散步或侃山，他却是静静地画，一边画一边嘴里还在念叨着什么。那种独特的休息方式和画起来的专注神态，生动有趣，令人难忘。我对他另眼相看亦由于此，心中思忖：这个家伙一定偏科却有才。20世纪90年代的时候，我曾经策划过一套儿童绘画系列读物，其中的一册《兵器与车辆画法》就是与他合作，由他编绘的。他的个人嗜好和才气达到专业水准。

玉民的大才气，是大学课业以外，工作和事业以外，一直对北京文化、旧京掌故有浓厚的兴趣，并能够潜心钻研，痴迷于斯熟稔于斯成就于斯。玉民在很多方面有才干有才能，而我则看重他的这一点，所以落笔作序的时候坚持的是狭义“才气观”，想玉民该不会怪罪。一次聊天，他透露上大学的时候逃过课，用今天的话说叫“翘课”，我竟不知，当然是趁了班长的“疏失”，又遇上那些无聊无趣的课，便不声不响地溜了。溜到尚未开放的恭王府，溜到文津街的老“国图”，溜到京城犄角旮旯凡有故事的大宅小院儿。兴许这些为数不多的“翘课”，就是他今天取得北京民俗文化研究，写成这本集子的肇始。

玉民的研究和写作应属“阅读+踏勘+感悟”的方式。玉民好读书，读闲书，广泛读，不死读，自然是其掌握专业知识、厘清历史线索、获取丰富内容的底子。方志、轶事、笔记、随笔，正史、野史、传说，凡涉及京城民俗与文化的都在兴趣范围之内。大学的图书馆找不到的，便去社会的图书馆，甚至到书摊古旧书店淘。所下功夫自不待言。真正有其个人特色的还是他的“踏勘”精神。踏勘，原本是地质、水文、工程等领域的专属概念，以后也被史地、考古以及文保等学科援用，是一种研究方法而已，其法严谨而笃实，所以风靡。说白了，踏勘就是到实地察看。我想，玉民的研究未必意识到这一点，却是实际上的践行了，契合了，并且做得独具特色。这特色不是别的，就是他拥有滋养、陶冶他的一方厚重水土。玉民的童年直至结婚成家，生活的地界是什刹海。“什刹海”这个去处恐怕连他自己也未曾料到，今天但凡来北京旅游观光的中外宾客，几乎没不去那里一游的。有一说：“没去过什刹海就算没来过北京。”此话说得绝对了，可足见其景致的显赫地位。何以显赫？什刹海，也写作“十刹海”，由三片水域组成，相传四周原有十座佛寺，故有此称。位于市中心的西城区，毗邻北京城中轴线，水系与国家政治心脏的中南海一脉相连。清代起就成为游乐消夏之所，为燕京胜景之一。用今天政府的“官话”说，叫作京城面积最大、风貌保存最完整的“历史街区”。即为“历史街区”当然有故事，随便拎出几个街巷、胡同、宅邸和人物就全明白了。街巷如定阜街、烟袋斜街、柳荫街；府邸如恭王府、醇王府、会贤堂；人物古有纳兰性德、和珅等，今有宋庆龄、郭沫若、徐向前、张伯驹……

说什刹海是北京的人文俚俗经典、世事变迁的缩影一点都不夸张。玉民就是这儿的土著居民。别人踏勘，很可能要跨越很大的空间，从一个地方而来或到一个地方而去。我所认识的和不认识的很多北京文化学者，有两种情形：一种是生于北京，对北京有深厚的本地感亲近感，北京于他们而言，熟悉得犹如血脉相连，天然相通。比如北京史著名专家劳允兴先生，他是我的作者，其代表作《北京文化综览》在学界和政界有重要影响。劳先生自幼生长在北京，家住东城礼士胡同，熟悉乡土，谙详人物，再加略精于中国通史，写北京便是得心应手。我的老朋友赵珩，北京文化学者，曾任燕山出版社的总编辑，是个世家子弟，久居京城。《老饕漫笔》是他的杂忆作品，以“食”为线索，将那些飘逝的礼俗风物、旧时人物、琴棋书画、饮食游乐，娓娓道来，再现了五十年间急遽消逝的生活场景。

另一种情形，恰好相反，他们不是土著或久居北京的北京文化研究人，而是以北京为研究对象，有明确的职业目标，也有浓厚的专业志趣，但他们与北京的联系缺少与生俱来的东西。

玉民不然，他的踏勘恰恰是从京城核心腹地迈步的，起点高。他对北京的体会和心得，不是那类外来的行走者，靠着双脚和东张西望的收集、把玩和体味。不是为着一个课题一个研究方向，带着任务而为。更不是掺杂功利的目的，非要做出什么事业取得何种成果。他更像是静坐在自家厅堂里，品着茗，平心静观，眼神所及，便可以去访访老胡同旧街巷里那些早已听闻过且记忆于心的人物，也可以去坊间，听一听五行八作，庶民百姓的家长里短。因为他与京城没有隔膜，也不需要从感觉上、空间上和角色上，甚至情绪上做任何转换与磨合，一切都是由衷的，那么天然，无缝隙，零接触，浑然一体。他的踏勘，就是接地气式的探寻、访查、潜心调研与思索，是从挥之不去的怀旧遣兴中，写出脚步匆匆的现代人依然挚爱与眷恋的传统情怀。

他写积水潭，告诉人们一段鲜为人知的京城水系史。原来这个地方自元代起，是个内河水陆大港，从京杭大运河漕运的粮食也在此地停泊集散。今天，人们只知这是北京二号环线地铁上的一个站名，却不知八百年前，潭水粼粼，舟楫舞动，帆樯如织。此时此刻只剩得一座不起眼的汇通祠和一尊孤零零的郭守敬像。曾经发达的京城水系凋敝成街心公园。掩卷感叹：今日的“南水北调”看来是续写昔时的繁盛。

他写北京吃食，关注的是京味文明。民以食为天，一个地方，一个民族，一顿三餐吃什么、喝什么，怎么吃、怎么喝，其水平其方式其历史其掌故，是文化是文明。会吃是福。“满汉全席”是帝王的盛宴，属于奢靡饮食文化的经典，入得“非遗”，却上不了平民百姓的餐桌。炸酱面、热汤面、卤煮火烧、庆丰包子、豆汁儿、拍黄瓜、涮肉……常吃常新，百吃不厌，平实而舒坦。玉民不仅踏勘京城饮食俚俗，还下得了厨房，垂范饮食文化，私家菜和茶道也很了得。

他写大院文化，竖起一面旗帜，一面正本溯源的旗帜。写得细腻深邃，体现玉民的风格，最是亮点。之前我们没有交流过，却高度共识。结论写得尤为精彩，我不打算多做评价，还是留待读者细细品鉴。同时，我也将自己的感触写在后面，与玉民切磋，并请读者裁量。

我所以敢写这个序文，除去爱才重友，还因为自己也是一个久居京城，生长于斯的北京人。虽不通晓北京文化，但自己的经验与认同感是深切与深厚的，这种高度共鸣可以从另一个角度印证玉民作品的可信与作者的可敬。

说来，我的童年直到青年时代，家就住在离玉民家什刹海不远的新街口、福绥境一带。这里也是人文荟萃之所。八道湾11号住过鲁迅周氏一家，《呐喊》《阿Q正传》《故乡》等传世经典在这里问世。三不老胡同6号曾是明初三保太监郑和府第，谐音“三不老”。文化人冯亦代、北岛是后来的房客。有故事的还数端王府夹道的端郡王府，它是清代载漪的府邸。偌大的院落，被八国联军烧毁，即便是废墟，依稀透出当年的辉煌奢华。这里先后有北京大学工学院、中国科学院语言所和心理所、北京师范大学安营扎寨。著名语言学家吕叔湘、丁声树，著名物理学家马大猷，著名心理学家潘菽、曹日昌都曾在这个院落里工作。他们的行走和进出，给中国现当代学术文化的版图上留下一座座丰碑。据说载漪无大志，图享乐，好骑射，养马匹。我读中学的时候，正赶上“文化大革命”，实行就近入学，学校就是当年他的马号。再后来，西城区体委、体校、武装部，还有林彪、江青的“五一九”工程轮番在这里大兴土木。今天依然见到的是园林式的中国青少年活动中心和高耸的中纪委大楼。端郡王府园子的兴衰更替，藏着我和同学少年的许多记忆。

新中国建都以后，居住在这一带的，还有共和国的卫生部、水利部、外交部的高官大员，也有戎马生涯，打下江山的将军们。故事永远在开头，讲不胜讲。

环境、氛围、特有的地域文化是一个“场”，耳濡目染的“场”。同样的熏与染，玉民兄成为京城民俗文化的专家。京味儿的魅力，能让他甘于寂寞，淡泊名利，达观自立。对京城的挚爱，他不是一般的迷恋，甚至可以用生命的代价去书写和讴歌，或雍容或诙谐或写意或工笔，酣畅淋漓。而我最多是个读者和观众。这就是两个北京人的异同，比出来是文化底蕴的差距。我佩服他。

曾几何时，某“顽主”在他的作品里，把北京人分成两个群落：“大院的”和“胡同的”。大院者，共和国党政军和学校、医院等所谓“事业单位”进城后，官吏职员（也不全是当官的，还有炊事员和驾驶员在内）及其家眷的居所。胡同者，从明清时代留存下来的街巷胡同院落。那里住着前朝遗老遗少、达官贵人、学者绅贤、士农工商，以及引车卖浆者。暂且不说这个划分和说法有无道理，至少在形态上，是这样的情形。如果作家的笔到此打住也便罢了，而顽主偏要把“胡同的”后面加上一个“串子”，叫“胡同串子”。至此，态度变味儿了，不再是语言风格的标新立异，也不是什么写作手法创新，完全是他自己和一部分人的主观情绪，一种偏见、歧视和掩饰不住的炫贵。按老北京的说法，这叫骂街了。用小说来骂街也是一个发明。恶劣的后果是，他的作品还真迷惑了不少不明就里、对北京一知半解的年轻人和新北京人，他们把“胡同串子”挂在嘴边，动辄以此奚落、调侃蕴藉的老北京城和温厚的老北京人。恶劣的后果还在于，酿出了畸形、怪诞，变了味道的所谓京味文化、痞子文化甚嚣尘上。我在想，若是住在胡同里的老舍、曹禺、齐白石和梅兰芳们，还有广大深厚的虽无名，却善良，懂礼数，安贫乐道，风趣幽默的平头百姓们，还有那位为保护京城建筑，包括胡同文明，使古城免受战火毁损，接受和平解放之策，也住在胡同里的傅作义将军，对这样的谩骂和讥讽当作何感想？难道也反唇相讥，跟上一句“大院强盗”不成？

人们生活在胡同里或者大院里，是历史、社会、民族、习俗、文化和建筑工艺等多种因素演进、变迁、积淀的现实存在，本无高低贵贱之别。客观地论功用，倒是各有短长。胡同的院落，尤其是四合院的格局，悠久、独特日典雅，应当是世界民族栖居形式的一枝奇葩，文化含量极高。大院儿的筒子楼、单元楼，即便是部长楼将军楼，皆属于舶来品，方便虽说方便，可是钢筋水泥林立，人不接地气。所以，平心静气，放弃褊狭，通过文化的视角 ，发掘历史遗产，保护文明成果，摆事实讲道理，比自恃高贵和骂街要好不知多少。一些人，虽然生活在北京，也对这座城市有感觉，但只有北京人的形而少北京人的神。缺课，缺北京传统文化和人文底蕴的课。玉民的《京华三章》为补课的人们提供了不可多得的课本。他的北京文化研究之“感悟”，皆在“课本”的字里行间。

至此收笔。蓦然间，童时的一个场景出现在眼前：夏日里，立在西直门城楼下向西南望去，护城河的水面，岸边的垂柳，还有城墙的箭垛，都被染上夕阳的余晖，煞是美丽。那一刻，我自然不会像今天的我，能去欣赏能去赞美。当时的感受竟是一丝惆怅，惆怅一个大好的白天又过去了，天黑下来，就不能再玩耍了。儿童的世界，就是如此狭小。以后，我倒是真的惆怅了，深深的惆怅，惆怅当年的那幅夕阳图景，已经荡然无存，城墙扒掉，城楼拆除，护城河变成地铁，垂柳早就当柴火烧了……据悉，北京市在“中国梦想”的昭示下，又在制定保护和建设古都北京的新规划。真的能恢复旧有的经典吗？即便修旧如旧，恐怕也是仿品啦。有了仿品硬件，京城文化就真的能够延绵传承吗？所幸的是，玉民捧出他的大作，用笔、用心，也用命记写了旧京遗迹和新城悲欢，再现了北京人中国人乃至世界人应当知晓应当铭记应当珍惜的瑰丽图卷。我由衷地感谢他，希望读者也能喜欢且珍视。

是为序。

宋焕起

2016年元月京城望南山居

Oct 26 2014

自序

Preface

国庆十年刚过去一个多月，我被母亲从骑河楼的妇产医院抱回了姥姥家，从此，开始了在什刹海畔二十四年的生活。

当年北京孩子的生活圈子很小，什刹海几乎就是我活动的全部地界，游戏，上学，买东西，来来往往中熟悉了每条胡同、每个院门，也认识了形形色色的人。我记事的时候，临时市场夏天的火爆，正月十五灯市的热闹，鼓楼前商家的兴隆，旧时四合院里丰富多彩的生活，已经成了老人嘴里的故古典儿。老人们要是不说，晚辈根本就不知道这些曾经的事情。我们这些孩子心里的什刹海，是夏天能游泳冬天能嬉冰的那一池水，是前海边参天杨树落下的叶子，揪下叶柄放在鞋里能当拔根儿，是烤肉季前空场上买白薯和储存菜的长队，是银锭桥上往来匆匆的行人。安详、宁静的市井生活，像一架上满发条的老钟，不慌不忙、不紧不慢按照自己的节奏一格格地走着，快不了，也停不下来，那画面，这么多年来时常出现在我的脑海里，一定格，便是王大观的《旧京环顾图》和何大齐的《烟袋斜街》长卷。如果让我去细致地描述每个场景和每个人物，却难以言尽，但每个场景和人物，又都鲜活生动，并成了我生命的一部分！

一九五九年九月一日后出生的人，入小学时已近八岁，之后阴差阳错地又多上了一年学，到一九八三年大学毕业时，我已近二十四岁。这岁数按说不算小，可这二十四年里我几乎就没离开过北京，没离开过什刹海。突然之间，我看到的是完全不同的景色：连绵的大山，浩瀚的水库，青绿的田野，没膝的野草，泥泞的大车道，新奇却陌生。以往熟悉的一切，只能寄托于思念，这使我理解了思乡是一种怎样的滋味。每个周末从远郊坐长途车返回北京，一上车，心便到了北京，到了什刹海。看到东直门长途车站，总有大喊一声“北京，我回来了”的冲动，冲动之下，常常管不住自己的腿，奔向107电车站，将目的地改成什刹海，为的是沿着水边慢慢走走，让心安静下来。

结婚后，在南城一住就是二十年，而后搬到了望京，不过，始终没有丢下那份眷念，时不常与家人或自己跑去鼓楼、什刹海，寻找心灵的慰藉。只是，如今的什刹海已非昔比，银锭桥头，大模大样地开起了卖炸臭豆腐的摊子，操着各色口音的三轮车夫，给车上的游客随意演绎着北京，白天喧嚣躁动，夜晚光怪陆离，曾经熟悉的地方，而今却是如此陌生。

在一个以经济为丈量尺度和追求目标的年代，文化、民俗、传统、历史不可能不成为赚钱的招牌，老北京民俗自然成了幌子。一时间，京味，成了口号，至于什么是京味，喊口号的似乎谁也不大认真。京味到底是什么，我以为，是北京人的礼数、谦和、热情和厚道，是北京人特有的大度和大气，这些，是从平凡生活中表现出来的，装，装不会；学，学不像；可编却编得出来，在一个为制造看点赚取眼球语不惊人死不休的年代，在拥有话语权的一些人的诠释下，京味，是一口京腔两句皮黄三餐佳馔四季衣裳，是泡茶馆腻酒缸下馆子提笼架鸟养虫熬鹰，是张嘴丫挺闭嘴傻×冰场打群架拦路拍婆子，一些人甚至言之凿凿地把不知道何时何地的风土人情给硬生生地贴上了老北京的标签。老北京，只能眼睁睁地听着看着，而没地方去说说他们心中的京味……

大学毕业前有一段时间，为写论文天天泡在文津街的老北图，专业书看得累了烦了，就借几本北京古籍换换脑子，《长安客话》《帝京景物略》《燕京岁时记》和《日下旧闻考》，都是头一回见到，陌生，却又熟悉。依当时的条件，只能抄录而无法复印，于是写论文的时间不少被挪作他用，笔记本上那些只有自己能看明白的文字，带着我不断认识着一个不曾知道的北京，一个更大更老的北京。我常翻翻那几个笔记本，也成了一个“坚定”的“复古主义者”，每看到报纸上恢复北京旧貌的报道便欣喜若狂，可去看了那些仿造的建筑和复兴的庙会却不免失望。我明白了，每个时代都有自己的东西，能恢复的只能是外表，失去的，永远不会回来，只能借助文字来重读这些逝去的光阴。

我曾和同学宋焕起（我们称他大宋）聊起这些，他教过美术，酷爱书法，喜欢用美术视角审视世界，他说，中国画的长卷只能用散点透视的方法才能画出来，在这个长卷上，没有重点又都是重点，截取任何一部分都能独立成画，大宋关于散点透视的话我一直记着。

我是个生活低调的人，喜欢躲进小楼成一统，不愿为名利所累——换一种说法是不思进取，几十年来，一直按自己的方式生活，虽然付出了代价，至今却没有后悔。这种性格，使我没能刻意地将一些本该记下来的东西记录下来，也没有出版欲。2009年，我开始接触一个经历了拆迁的北京人创办的网站，在那里看到不少帖子，记录的，是失去的现实家园；寻找的，却是失去的心灵家园。有一天，我突然觉得，若干年后，谁还能知道我们曾经经历的那些，比如冬天给自来水回水，比如粮店卖粮的场面，比如什刹海打冰，比如全民出动做广播操，比如……这些，正史不会记载，可确是真实的，离开了这些实实在在的生活画面，一个城市乃至一个民族的历史，只能是干巴巴的教条。

我小时候，夏天的晚上喜欢坐在院里听老人们说古，旧日北京的点点滴滴，当年正是用这样的方式传递的。可如今，没了同院的街坊四邻，单元成了隔离交流和情感的藩篱，传递的链条断了，已经变老的北京孩子，既没地方也没对象再去唠叨他们经历过的一切。我开始搜罗存放在脑子里的零碎东西，写出来和老北京的网友们交流，只是没有生花的天赋和写作的童子功，也不愿意下磨杵的功夫，写出来的无非是些没什么价值的负暄闲话。可几年前见到大宋，他却鼓励我结集成册，并说，写了，就有价值！只是我一直以为难登大雅之堂，一来二去就耽搁下来。

去年8月，一纸恶性肿瘤的病案判决了我——不手术将活不过三个月；手术，则有很大的风险。我知道没有更多的时间了，手术前，我给同学大宋和王桃打电话说了想法：把集子出版，倘有不测，就算是留给世界最后的东西，和对自己的纪念。大宋和王桃给了我最大的鼓励和支持。术后，我的情况并不顺利，可时间不长，大宋便帮我联系好了一切，又发来他写的序言和封面设计的构想。王桃更是一天一个电话询问病况和书稿的进展，并很快写了跋语。如此的情分使我不能也不敢懈怠，于是，草草成了这本小书。

更让我感动的是，这本自己也不甚满意的小册子，得到了责任编辑刘超平老师的热情帮助，并得华文出版社李红强社长赐名《京华三章》。另外，在我的治疗和恢复中，家人、朋友给了我巨大的鼓励、支持、理解和宽容，这一切，令我难以释怀，特地用女儿的水彩花卉习作制作了几幅插页，虽嫌稚嫩，却纯粹、真诚，以此向朋友和家人表达拳拳的谢意！

孙玉民

2016年1月8日

目录 Contents

（二）那些吃食那些人 / 089

三章 永远的什刹海

一章

吃喝忆往

Sep. 6 . SunM

（一）忘不了那些滋味

京城四季菜根香

比起宫廷御膳、府邸私家菜和八大楼的庄馆菜，接地气的平民吃食更有北京味，难怪老舍说，他理想的饭食是，早晨豆浆油条，中午炸酱面，晚上烧饼酱肘子和小米粥。

春

立春那天，北京城里几乎家家吃春饼，黄花木耳粉丝，豆芽菠菜青韭，切成火柴梗丝似的里脊肉，东西不一定凑得齐，可怎么也能炒出一锅热热闹闹的和菜来。摊几个鸡子儿，切一盘小肚酱肘子，预备葱丝甜面酱，薄饼一卷，边吃边感叹：“天天有这个吃，多好！”

有人说，打春是一年的开始；也有人说，立春得算在春节里头，二月二还是过年的余韵呢。可甭管怎么算，谁都明白：年过了，北京到了青黄不接的时节。储存的白菜出了筋，萝卜糠了心，土豆长出老长的芽子，连冻得梆硬的大葱也缩成了火筷子。近郊暖洞子倒是有鲜货，可价钱贵，谁舍得老吃，赶上哪天想开了一咬牙，买把青韭，包成猪肉馄饨，那简直就是件大事。

重口味是下饭的法宝，除了咸就是辣，越咸越辣越带劲，要不说北京人口重呢。家家离不开咸菜，咸菜甚至当了主菜。如今爱拿那几个大酱园子说事，其实京城有多少人家常年光顾天源六必居？买俩酱瓜一斤八宝菜，那是置办年货的内容。自家不腌菜的，就在门口的副食店买酱萝卜水疙瘩，偶尔来个大头菜，或两毛钱的朝鲜辣菜丝，就不错了，能用泡黄豆和肉丁炒炒腌芥菜疙瘩，更是上了档次。买几毛钱肉末，两块榨菜切碎了做成汆儿，能把人齁个跟头，可拌面吃还真香。为了调动胃口，主妇们什么招都想了，黄豆雪里蕻，小葱拌豆腐，蒸咸鱼焖干菜，韭菜花卤虾酱，臭豆腐酱豆腐，连上火都不在乎了，炸一大碗干辣椒，比炒菜可下饭。

抬头低头，瞧见了树上和道边的绿，于是有了拎着麻袋扛着竹竿捋榆钱儿掐柳芽挖野菜的大人孩子，拌柳芽儿、蒸榆钱糕和野菜团子，省粮食外带着尝鲜儿，收获了额外的满足。

北京开春干燥多风，人爱烂嘴角，麻豆腐成了去火的好东西，和青豆雪里蕻咕嘟一锅，出锅撒青韭末浇辣椒油，不管就馒头烙饼还是大眼窝头，越吃越住不了嘴，不吃光盘子不算完，要不有人说它是春天北京的头牌菜呢！不嫌麻烦的话，上东直门外四眼井拎回来一桶豆汁，捎几个焦圈，细细地切一小碟芥菜疙瘩丝，浇点辣椒油。豆汁一勺勺的添微火慢熬，入口酸中带甜，如好茶回甘。豆汁里澥上棒子面，熬成黏糊糊的豆汁粥，午觉醒了就着咸萝卜干儿来一碗，神清气爽。

4月，根红棵短叶肥肉厚的菠菜上市，一下子见着绿色，人们成捆往家买，炒鸡蛋炖豆腐，做汤吃馅儿。再过一个月，适合芝麻酱凉拌的伏地菠菜上市了，会过的主妇用搭衣裳铁丝晾上焯过的菠菜，干透了收起来，除夕包素馅饺子，味不比肉馅差。

火焰儿菠菜一到，其他菜跟着就来了，憋坏了的大人孩子伸手揪下俩带着水气的小萝卜，自来水冲冲，嘎巴嘎巴嚼起来，萝卜樱蘸酱就发面饼，吃得直打饱嗝儿，还得来碗虾皮紫菜汤溜溜缝儿。别说花椒油炒小白菜不上档次，这可是溥仪御膳房的菜品，黄酱拌青辣椒，和窝头饼子特对脾气。

香椿是北京人难得的口福，当年不少院里有香椿树，想吃这口总能想辙淘换。谷雨前后，嫩香椿芽下了树，和如今卖的南方菜椿不同，北京的嫩香椿芽颜色发绿，开水一沏醇香扑鼻，难怪不少人还没开春就惦记着呢！香椿产量少，不能用大锅熬的路数，拌豆腐炒鸡蛋，不过是借个味，吃的，也正是这个味。这味，不吃不知道，知道了还真不好言传，康有为的说法是“食之竟月香齿颊”。北京人确实喜欢炸酱面，可炸酱面绝不是如今吹的四季皆宜，有嫩香椿当面码的季节吃最好，只是香椿拌面就那么几天，稍老，就只能裹面糊炸香椿鱼儿了，这吃食味也好，但口感和拌在肉丁炸酱里佐面的香椿不一样。

和香椿媲美的是青蒜，青蒜虽是蒜属，味却不同于捣碎的蒜瓣儿，微微蒜香之外，还多着丝丝清香。青蒜能用肉丝炒，也能切碎了拌面。干了的大蒜剥成瓣拿线穿起来，泡在盘子里，也能长出嫩芽，虽不如买的青蒜味儿窜，可也能拌面，呼噜噜两大碗下肚，一脸春风。

夏

北京夏天来得突然，因为春天太短。伏天那一个来月不好过，北京人得想招儿别委屈了肚子。

夏天的水果说不上丰富，从5月起，桑葚、樱桃、杏、李子、香瓜酥瓜、羊角蜜纷纷登场，可都是几天一阵风，好在那时水果不是必需品，萝卜黄瓜西红柿照样当水果。

北京人能吃时间不短的西瓜，这可是热天的福分。街上有不少瓜摊，堆着黑绷筋儿和枣花儿，您说清楚要多大的，售货员捡一个拍拍，两手轻捏着在耳朵边上听听，八九不离十，不放心，让他拿刀开个三角口看看成色，要不干脆尝尝，生了娄了管换。大点的食品店把瓜切成牙儿放进玻璃罩子零卖，专供路人买了解渴。晚上八九点钟院里消停下来，门口放上小桌案板和凉水拔透的瓜，从瓜蒂处切一片擦擦刀，瓜切成小块，一家人各取所需。孩子逞能，十块八块的招呼，吃完拍得肚子啪啪响，大人玩笑：“这瓜娄了！”瓜子不能扔，洗净晾干，和南瓜子一起收好，炒熟了，是冬夜消闲的好东西。

大热天都不爱做饭，吃喝尽量从简。不过北京人大多守着规矩，头伏当天要吃饺子，饺子馅荤素由人没一定之规，可少不了羊肉西葫芦馅或猪肉冬瓜馅，您还别嫌腻，真进了伏，再想吃这口儿没准肚子就不作劲了。

二伏来临，溽热侵蚀胃不纳食，人多苦夏，备了大鱼大肉也咽不下去，饭桌前一坐，就觉着拌茄泥炝苤蓝丝白糖西红柿吃得顺口。北京人离不开面，可没人大热天吃油汪汪的炸酱面。芝麻酱用水慢慢澥开，放盐，另炸花椒油，两样浇头拌在过水面里，就着黄瓜萝卜芹菜末，再来两瓣蒜，说着没胃口，却下去三大碗。不喜欢芝麻酱面可以吃汆儿面，当年北京多是按拨儿下来的本地菜，赶上什么算什么，好在柿子椒、茄子、芹菜、豆角，什么都能做成浇头。汆儿面的滋味和口感比芝麻酱面更丰富，热天里同样受欢迎。西红柿打上几个鸡蛋，做汆做卤都香，孩子们尤其喜欢。粮食供应按比例，粗粮多，天热没胃口也得吃，香菜黄瓜青辣椒，拿酱醋拌一大盆老虎菜，专能对付窝头贴饼子，吃得浑身冒汗嘶嘶地吸气，可里外上下哪儿哪儿都痛快。

有酒瘾的，拿暖壶打回来两升鲜啤，捎几毛钱蒜肠，放点酱油醋和姜末，切黄瓜丝拌个粉皮，越喝越高兴，借着酒劲儿给上小学的儿子、幼儿园的闺女来两口，瞧着孩子龇牙咧嘴，赶紧塞嘴里两片肠，还嘿嘿的乐，一高兴，多吃一碗柿子椒汆儿面。

今天被当成旧京夏日标志性食品的会贤堂冰碗早成了传说，打着冰盏卖酸梅汤也成了“四旧”，因为麻烦，在家做酸梅汤的也不多——有了速溶酸梅晶后情况有所改变。不少北京人家会煮一大锅绿豆汤——夏季会专门供应几斤绿豆，您还别嫌这大众化的饮品掉价，就是前清的王爷府里头夏天也照样预备，图的是绿豆能解毒祛暑。进门来一碗放了白糖的绿豆汤，顿时能消去大半暑热。汽水冰棍冰激凌之类的冷饮倒不很难买到，可那年头孩子手里就是有足够的零花钱，大人也不许没限制地吃凉食，说是怕吃坏了肚子。

绿豆汤泡米饭做成绿豆水饭，就着酱油醋和虾米皮拍的黄瓜，浑身爽利。绿豆粳米慢火糗成粥，放凉了，最适合吃完烙饼溜缝，再搁点葱花摊几个鸡蛋，就成了三伏的吃食。末伏里虽还有秋老虎，可毕竟过了最难熬的闷热，主妇们常会烙几张家常饼葱花饼甚至油渣饼脂油饼，葱姜椒料煮块白肉，切成薄薄的大片，蘸拍了蒜泥的酱油醋汁吃，一家子吃得有滋有味。要不就切一碟小肚儿粉肠蛋清肠，饼一卷，就着虎皮尖椒笃咸茄，喝一碗芥末凉粉，还真不比贴秋膘的红烧肉差。想图省事，就烙薄皮大馅合子，主食副食一铛解决。要是烙纯肉馅饼那就更带劲了，一揭开饼铛盖，吱啦啦的油香肉香，惹得人人搭腔："哟，烙馅饼啦！"秋扁豆大批上市，切面蒸了拿油拌匀，葱姜大料炝锅炒肉丝，放足了扁豆铺上面，拍半碗蒜出锅撒上，满院子都是扁豆焖面的香。

秋

最热的中伏终于走了，虽然走得不那么痛快——立秋还有一伏呢！天仍热，老妈妈令儿却多了起来，不能吃凉的，不再吃西瓜，夜里睡觉要关窗盖被子，说节气管着，再热也是秋天了。年轻不爱听这闲白儿，找个周末哥儿几个骑车直奔香山八大处，军挎里揣着熏肠红肠火腿肠，糖水黄桃午餐肉罐头，当然少不了酒，最好再有包带嘴儿的烟，秋风里吃着喝着抽着聊着，甩几把扑克——痛快。

天因为蓝而显得高，因为高而特别的蓝，出门一抬头，忍不住便会使劲吸几口气，浑身的劲头跟着就来了。得，赶紧奔早点铺子，吃包子喝炒肝，豆腐脑杂碎汤就芝麻烧饼，大火烧夹上油条凑一套，俩糖油饼一碗豆浆，能吃出一天的精气神，难怪说秋天是北京最好的季节。

不管条件好赖，北京人都记着贴秋膘呢。大杂院里几乎家家炖鱼炖肉炖排骨，要不就包肉丸的饺子，烙肉馅锅贴蒸烫面饺，顶不济的也得包一顿有肉的瓜菜馅饺子吃。傍晚，下班的人进门，往往会喊上一嗓子："哟，炖肉啊，贴秋膘啦！"好喝两口的，闻见香味直奔酒瓶子，要不赶紧掏钱派小子丫头去打酒，几两烧酒还没喝完，一夏天的劳乏就去了大半。不回家吃饭的，也忘不了犒劳自个儿，找个小饭铺，一碗小炖肉半斤炒饼，再来个酸辣汤，齐活！要不弄张大饼或几个牛舌饼，卷上猪头肉塞满酱肘花，喝几口大玻璃瓶子泡的小叶高末，十二万分的满足。

秋风飒飒，螃蟹上市，有条件的人家会蒸一锅肥蟹，团脐尖脐自己选，一大家子围桌剥食，一幅和谐人家的图画。内蒙古的绵羊赶进口内，在德胜门关厢外面养一阵子——我小时候没这程序啦，去了膻气上了膘，出北京就没这味儿了，要不一进秋天北京的大小馆子便不约而同打出"爆烤涮"的招牌呢！天气渐冷，烤肉和涮肉馆子的生意越来越好，进熟食铺子买酱肉熟食的见多，胡同里不时有炖羊肉爆羊肉的香味。我小时候，北京的牛羊肉基本供应回民，和羊有关的小吃倒还能见着，不少人喜欢爆肚，甚至能吃上瘾，两盘爆肚半斤烧酒，剩下一碗底儿蘸料，要一勺热汤一冲，正好就烧饼吃。

食素人也有口福，北方大秋的收获丰富多彩，计划供应年代新粮要囤起来"备战备荒"，卖给居民的多是陈粮，可要尝点秋鲜儿也不是没可能。新米焖饭熬粥，就着老腌萝卜也能招呼两碗。用淘换来的新棒子面贴几个饼子，暴腌儿拉秧的小黄瓜，再炸一碗干辣椒，和大鱼大肉比起来另是一番享受。煮老玉米棒子几口啃下肚子，却忘了品品滋味，把棒核儿上剩下那俩玉米粒轻咬下来慢慢嚼嚼，总算找回点新粮食的感觉。花椒大料煮一锅新刨的花生，或刚从郊坰弄来的鲜豌豆鲜毛豆，能渗酒，也是不错的零食。

干鲜果子瞅准了中元到中秋那一个来月，前后脚的熟了，柜台堆满了京白梨香槟子，高桩柿子马牙枣，国光和香蕉苹果，就是不买瞧着也舒服。这些年，北京人老说熟悉的鲜货少见甚至消失了，可富士苹果平谷大桃怀柔栗子密云核桃，尝也尝不过来。物流发达，更让北京人见识了洋水果，还有什么可埋怨的。水果店门口支起了大锅，满街糖炒栗子的焦糊味，和水果香一掺和，闻着浑身都舒服。

胡同里的半大小子早就贼上了二号的枣树九号的柿子，可惜不能直入公堂到人家院里上树摘果子，院院对自己的树熟儿看得也都挺紧，所以“下山摘桃”的企图多数时候难以得手，撇块砖头打下俩枣来，可还得掉在人家院里头，干着急，没辙。院里打枣分果子是一年里的盛事，人人出动，昨儿晚上还吵架拌嘴的街坊，一块捡着枣夸收成。

柜台上堆着山里红，老远瞧着牙就倒了，可举着糖葫芦的孩子多了。人们更喜欢山楂做的吃儿，糊涂膏、冰板早不见了踪影，可还有金糕和山楂罐头。买几斤山里红在家炒红果，味儿不比买的差。山里红切片，晾干了冬天泡水喝。不嫌麻烦再做几瓶红果酱，抹馒头上，吃着真开胃。

冬

几场秋雨过去，蒙古高原的北风带来了沙尘，夜里窗户纸唰唰的响。天由凉到冷，由冷到寒，储存的白菜白薯入了户，主妇们腌了大缸的芥菜疙瘩雪里蕻，积好了成坛子的酸菜，再买上些倭瓜土豆红袍大萝卜，北京人准备好了“猫冬”。

顺手从窗台上摸来个上冻的柿子，梆硬，拿水泡泡撕个口儿，小勺搲进嘴的，是带着冰碴儿的甜。说不定哪天，孩子们早晨推开门高兴地惊叫一声：“下雪了！”北京的冬天，真的来了。

天冷，变着法儿得多弄些荤腥补充能量御寒：猪肉炖粉条、白菜丸子汤、炖黄花鱼、煨汆萝卜，连主食都有了肥胖的肉龙和肉汆面。日子紧巴，隔三岔五也得买几毛钱肉熬白菜豆腐。再困难的，熬菜时多搁两勺子大油，让大人孩子多见点油水。礼拜天，炖一大锅带鱼，猪肉白菜粉条冻豆腐，包饺子烙馅饼蒸大馅包子，要不煮一锅羊蝎子猪骨头，吃不着多少肉，可是见了荤。

天越冷，羊肉越受欢迎。北京人爱吃涮锅子，进了涮肉馆子，跟跑堂的说声“点一个”或“扇一个”，不大功夫，紫铜锅就给您端来了。不下馆子的，买回来几斤羊肉冻好切片，用芝麻酱韭菜花酱豆腐虾油调成佐料，备足了白菜香菜粉丝冻豆腐，买几头糖蒜二斤烧饼，点上锅子，炉膛里的炭火和日子一样热烈。没火锅照样吃涮肉，钢种锅烧水，羊肉片下锅用笊篱滑散捞出，分给端碗等着的孩子们，瞧他们吃得一脸芝麻酱，大人心里那叫乐呵。早起去副食店耐心排队，能买到些羊肉，炖胡萝卜，解馋外带着发暖。赶上买到合适的羊肉，成天价埋怨媳妇只会熬炒咕嘟炖的北京爷儿们就该露一手了，大葱爆羊肉，葱香肉嫩，内当家的不能不服，孩子们都争盘子里的菜汤儿，说拌上米饭能多吃一碗。

礼拜天早晨去西单东单崇文门的大菜市场转转，没准能碰上南方运来的细菜，偶尔买几个柿子椒或一把蒜苗，就为吃那新鲜劲儿。鱼肉鸡蛋全凭本，想多吃也没有，全家动手包饺子是好主意，孩子欢喜不说，连爷儿们的下酒菜也不用另预备了，不是“饺子就酒越喝越有”嘛。要不买几个烧饼，包一盖帘猪肉大葱馄饨，棒骨熬汤，酱油高醋香菜末，外加紫菜冬菜虾米皮，讲究点的还得来点虾子蟹子，连汤带烫吃一身汗，从里到外透着滋润。烤鸭不能老吃，可在烤鸭店买个鸭架子挺便宜，煮汤炖白菜豆腐，再蒸一锅肉龙，挺滋润的饭食！

家家屋里点炉子，取暖做饭一举两得，不足是气味和油烟全捂在屋里。做完饭蹾上一壶水，不一会儿壶嘴喷出了哗哗的白汽，生活气息高涨到顶点。炉盘充分利用，晚上烤上包子豆包馒头片，是明儿早起的点心，馒头抹酱豆腐，夹上辣菜丝，虽比不了早点铺的炸糕麻花糖耳朵，可照样解饱。要是馒头片里抹点白糖芝麻酱，再来一碗牛油炒面，那就成了绝配。酒嗉子茶缸子放在炉盘上，免去了烫酒的麻烦，随时能喝上热乎乎的茉莉花茶，顺手搁炉盘上几个花生干枣，是下酒菜和孩子的零食。水汆烧水快而方便，能及时给老人冲碗藕粉当夜宵，要不给孩子沏一缸子放了冰糖的山楂水，消食化滞，结果惹起孩子的馋虫，第二天拿着没舍得花的一毛钱奔了药铺，买三个大山楂丸。

天天大鱼大肉毕竟是幻想，平常还得奉行素食主义。缺嘴，吃什么都香。赶上哪位生日，锅挑面浇上黄花木耳蘑菇鸡蛋打的卤，越吃越不愿意放下碗，最后还得饶一碗稠糊糊的面汤，拍拍肚子：原汤化原食！顶着朔风踩着积雪赶回家，炉盘上的馒头正烤到焦黄，掰开，喷出一股白汽，就着醋溜白菜辣土豆丝，喝着放了香菜胡椒粉的热汤面，那才叫回家的感觉。一口棒子面饼一口臭豆腐，用虾皮白菜汤往下送送，照样吃到顶嗓子眼儿。

上火了，糖醋拌点白菜心，饭后切个心里美，要不卫青萝卜一劈两瓣，咔嚓咔嚓下去打几个嗝儿。再不然来碗酽茶，放两勺子白糖，有多大的火也下去了，难怪北京人爱说："吃萝卜喝酽茶，气得大夫满街爬。"

进了腊月，北京人开始预备过年了，吃，当然是主要的节目，不论条件好坏，没人会放过这场大戏。至于丰富多彩的年菜，花样繁多的主食和五花八门的零食，那是另外一篇要说的内容了。

沸腾京华涮锅香

北京人爱吃火锅涮肉，可从前并不说吃火锅，而是说吃涮锅子或吃锅子，进了涮肉馆子，只需和跑堂的说声“扇一个”或“点一个”，不大功夫，紫铜火锅就给您端上来了，插上小拔火罐，炭火呼呼的便蹿起了火苗子。

有人说火锅是满人带进山海关的，有人则说涮肉的吃法由成吉思汗发明，也有人说，两千年前军都山的山戎人已经这么吃了，而这两天南昌发掘西汉海昏侯墓时居然也有两千年前的青铜火锅，可见火锅的历史之久地域之广。关于涮肉最早的明确文字来自南宋林洪，他在《山家清供》里提到了“拨霞供”，就是以沸汤涮食用料酒、酱油和花椒腌过的兔肉片，并说这种吃法“猪羊皆可”。喜欢吃羊肉的蒙古人占据中原后，丰富了火锅的吃法，其中的“生爨羊”据说就是涮羊肉的前身。明代食书《宋氏养生部》中虽有各种精细火锅菜式的记载，但北京民间并不这么吃。

火锅这种“北方游牧遗风加以研究进化”的“特别风味”（《旧都百话》）能在北京盛行，的确和满族人分不开——寒冷东北生活的游牧民族天然的喜欢火锅。满人入关后，每到数九，火锅便要摆上皇宫和府邸的餐桌。乾隆四十八年（1783年）正月初十曾在乾清宫用五百多桌火锅席宴请宗室，嘉庆登基时的千叟宴上，也有动用一千五百多个火锅的火爆场面，直到清末，慈禧和溥仪的菜单上仍少不了火锅。宫廷火锅吃的是气派，王府的火锅则更追求内容。金寄水说，睿亲王府每年数九期间都要吃十次火锅，食材从山鸡、白肉、银鱼、紫蟹、蛔蝗、麀鹿、黄羊到普通的羊肉什么都有，至于九九最后一天吃的一品锅，更是在大肚子锡锅里满满当当地装上事先加工过的鸽蛋、燕菜、鱼翅、海参、鱼肚及嫩笋、虾饼、熟鸡鸭肉、冬菇，整个一锅杂烩，蘸料则只有白酱油、酱豆腐、韭菜末和糖蒜。这种带地域色彩的吃法在今天的东北乱炖里仍能看到影子。东北的冬天漫长而寒冷，居民不善烹饪，各种食材往锅里一煮，做着省事吃着热乎，也不耽误猫冬人烤火唠嗑，正因此，至今东北一些山区仍有“吃锅子”的习惯，用泥火盆上的红铜锅煮食酸菜粉条五花肉，佐料则只有简单的蒜酱。

在旗人的带动下，北京民间吃火锅渐渐成了风气，“京师冬日，酒家沽饮，案辄有一小釜，沃汤其中，炽于天下，盘置鸡鱼羊豕之肉片，俾客自投之，俟熟而食”（《清稗类钞》），其中“羊肉锅子，为岁寒时最普通之美味”（《旧都百话》）。京城火锅沸腾的景象持续到20世纪50年代，虽然吃锅子多是从初冬开始，可每到立秋不久，便会有大小馆子在门前立上写了硕大“涮”字的招牌，为的是先抢到买卖。

旧京城里有数十家以涮肉闻名的馆子，其中出名最早的是乾隆五十年（1785年）开业、光绪曾微服光顾过的前门外南恒顺（后改名一条龙），这家馆子用的是肥嫩的西口大羊，羊喂肥后随用随宰，经过去膻、去血汤和杂物后才切成刨花片。最终成为京城涮肉老大的东安市场东来顺，起初是丁德山兄弟在20世纪初开的粥摊，后来逐渐改成了涮肉馆子。东来顺用的是集宁大尾巴绵羊，羊赶到北京后要先在德胜门外喂养一段时间再杀。涮羊肉的关键在切肉片，为此，各馆子都不惜高价聘请切肉师傅，只有高手掌刀，才能拉得来买卖，也才能把买卖做下去。东来顺的羊肉片以手工精心切得，号称薄如纸、软如棉、匀如晶、齐如线、美如花，肥瘦红白相间，一烫即熟，肥而不油，瘦而不柴，久涮不老，不膻不腻，味道鲜美。再加上独特的作料，配些糖蒜和热芝麻烧饼，吃起来醇香味厚，口感极佳，因此名动京师。

北京有不少一人吃饱全家不饿的主儿，这些人要是馋了涮肉还真有点麻烦，总不能自己点个四五个人吃的锅子吧。聪明的生意人自然不会放弃这路买卖，于是有了“共和锅”——显然是民国的产物，桌子中间安置个大号锅子，里边用带眼的铁片隔成六格或八格，每人预备两双筷子。桌边食客各据一格自涮自吃，又不妨碍边吃边聊。这种吃法新中国成立之初还有，但改叫大众火锅了，以后因卫生的缘故被取消。

实际上，涮锅子是一种烹调方法或上菜方法，所用的锅多是紫铜挂锡火锅，并非只有一种形制，若把涮锅子简单等同于涮羊肉，就孤陋寡闻了。旧京城一些老盒子铺每到冬天就要准备好各种锅子，能直接送锅、菜、白汤和蘸料上门，并由伙计帮着点炭扇火。锅子的种类很多，如一品锅子（清酱肉、炉肉、酱肘花、香肠、小肚、丸子、熏鸡鸭、兔脯等）、什锦锅子（虾仁、鱼片、海参、干贝、鸡片、冬笋片）、白肉锅子（熟肉和猪内脏及粉丝、白菜、冻豆腐、海带丝）、三白锅子（白鸡、白肚片和白肉），以及菊花锅子（鱼片、鸡片、玉兰片、粉丝等，另加鲜白菊花瓣），此外还有只放油豆腐、粉条、萝卜条的素锅子。因为方便，北京人的席上常会有个锅子，如《骆驼祥子》里刘四爷做寿，给亲友和车夫们预备的酒席就都有“一个锅子”。新中国成立后，供应条件、社会风气和生活习惯都有了变化，内容丰富的锅子消失，只剩下单一的羊肉火锅，以至于后辈竟不知火锅还有这么多的花样。

当然，也有人不屑这种乱炖的吃法。清代袁枚认为，火锅不顾不同食材所需的火候，放在一起滚煮总会变味，至于以锅子保持菜的温度更没必要——刚起锅的菜放在那里吃不完，说明它本身的滋味就不怎么样。袁枚的话有一定的道理，却忽视了火锅特有的搭配、调剂、变换之美。不管赴席吃酒还是在家便饭，冷天有个锅子，不光吃着暖和舒服，瞧着也热闹红火。正因此，原来并不习惯这种吃法的汉人也渐渐爱上了火锅。除夕团聚之夜，朔风呼啸之中，居家多用火锅，馋极了，没火锅也要开涮，我记忆中第一次吃涮羊肉就是这样——用坐在煤炉上的钢锅，因为肉和加工及烹调都不得法，家伙什儿也不合适，所以对这种吃法的印象不怎么样，相比那嚼着费劲的肉，更喜欢就着蘸调料的白菜粉丝吃芝麻烧饼。

20世纪80年代初，我岳父常从南方带回成篓的木炭，于是一到冬天便买羊腿切片吃涮肉。以后，北京也能方便地买到木炭了，火锅成了不少人家的必备炊具，可许多人家却改用了电火锅电磁炉，虽没有炭火锅的气氛，可干净方便，我岳父那紫铜挂锡的火锅，后来两块钱卖给了收破烂的。

搬家后，我还常吃火锅，也会预备麻辣调料之类，但我只对传统吃法一往情深。在家不能像吃馆子那样讲究，自然难有上脑三岔黄瓜条的分别，但也不能太过凑合，更不能贪便宜买来不是羊肉的羊肉！每年入冬，我会去自由市场买几条羊脊肉冻了切片，与超市买的“老马”肉片一起涮。大、小两个电火锅平时也能派上用场，晚饭夫妇两人常煮些菜肉豆腐，对坐小酌，边煮边吃，趣味盎然。

北京人吃涮羊肉与南方大相径庭，在早都是清汤，顶多用海米口蘑做个锅底，或先涮几片羊油讨个鲜，而不会放些五花八门的东西，更没有颠倒君臣的麻辣酸汤之味，这么吃的好处是能吃出本味儿，羊肉香不会被调料“欺负”，不是北京人还真不一定能理解。我曾请一南籍同事在家吃火锅，望着一锅清汤他夫妇大为不解，待我解释后，他们才恭敬不如从命地接受了北京的吃法，然而吃得并不尽兴。北京人吃锅子都是自己调蘸料，非万不得已绝不买现成货。调料以芝麻酱、韭菜花、酱豆腐为主，辅以酱油、料酒、醋、葱花姜末和卤虾油，另备香菜末、辣椒油和糖蒜。北京人吃涮羊肉不会乱来，除了肉，还涮粉丝、冻豆腐或豆腐、白菜或酸菜，就芝麻烧饼，有时下点杂面。蘑菇、土豆、白薯、萝卜乃至整棵的香菜、油菜、蒿子秆下锅，是当年不可想象的。

吃锅子是一种享受，那感觉远超出吃本身。北风怒号或大雪封门之际，三五知己或一家人围炉而坐，烫一壶酒，看着锅里哗哗翻滚的沸汤，心情自会十分的放松和安逸，从开锅吃到最后，才恋恋不舍地拿起个烧饼盖住拔火口，压火兼烤烧饼，可吃了酥脆的烧饼却仍不愿意离开桌子。

吃涮肉不能急，慢，才吃得出味道。用筷子夹上三两片肉放进滚汤，按自己的口儿或老或嫩——我最爱略烫后带着些许粉红的嫩肉，蘸上调料，细品膻中的肉香，生活的意义在这瞬间似乎都得到了升华。偶或延长烫肉的时间，吃一口烫老的滋味，也有尝试的收获。可惜，在外面吃涮肉时，这种意趣常被破坏，每有好事者端起一盘子肉片折进锅里，边搅边张罗，热情的“老赶”吃法叫人生厌。还有比这更大的笑话。刚有自助火锅那阵儿，校长好心组织员工聚餐，既为让大家聊聊，也是要让大家见识见识这新吃法。不承想某主任和麾下十几个人早有分工，一进门便抄起大盘子奔向目标，没几分钟，各种食材岗尖儿地堆满了桌子，可用那比茶杯大不了多少的酒精炉哪能吃出炭火锅的速度和气氛，加上食材又以北京人本来不大习惯的海鲜为主，结果因为剩得太多挨了罚，好端端的尾牙闹了个不欢而散。

在外面吃过不少涮羊肉，最难忘的是三十年前，我工作的那个地方农村学校盖楼，包工头是个戏迷，酷爱拉二胡京胡，晚上常把能唱几句的年轻教师召到一块，好烟好茶伺候着一段段的拉。某天，队长约几个人晚上吃饭，说县城新开了家涮肉馆子，用料十分地道，老板是正经的回族，喜欢京二胡。那天奇冷，六点钟，几个人踩着积雪艰难地赶到县城，饭馆包间桌上已摆上了四个装着精致下酒菜的尺二盘子，接着锅子上来。那天的饭一直吃到半夜，羊肉吃得舒服，胡琴拉得戏唱得更舒服。

喝豆汁儿

豆汁儿这东西，全天下只有北京人嗜之如命。郭德纲相声说，倒在当街灌一碗豆汁儿，醒了先问有没有焦圈的是北京人，这话说得没错，却绝非所有北京人都好这口儿，我的老街坊就有不喝的——绝对是几代的老北京。至于外地人，绝大多数不屑，有人和我说，他们那疙瘩拿这玩意儿喂猪，这话虽不大中听，却不是瞎说，一方水土一方人，吃这东西强求不得。据说当年胡子大帅张作霖到了北京，要尝尝特产，手底下人弄来了豆汁儿，老张大骂用刷锅水糊弄他——你说怎么跟他说得清楚啊。

外地人也不是都不喝豆汁儿，我第一次喝恰不是在北京。1982年暑假，一同学邀几个知己去承德玩，并说她三姑家在那里。三姑是位极和蔼朴实的老太太，离休干部，一个人生活，有钱有房有时间，就是闷得慌，每天晚上必得等我们一块吃饭，且常将些颇有年头的食材戏法一般变出来，叫我们帮她“打扫”。与旗人吃的老米不同，三姑的存货里时有小虫儿爬或飞出来。某天，三姑弄了一大锅灰黄的液体，端上桌，味儿能把人噎个跟头。三姑说是兑了棒子面的豆汁儿，发酵的泔水味使几位女生就差当面捂鼻子了，其中一位喝了一口眼泪差点儿下来。出于礼貌我喝了一碗，心里十分反感——不是因为味道。三姑实在，见我喝净又给我盛了一大碗，赞许的眼神里分明是找到知音的光亮……

在三姑家喝的只能算是鸡尾酒，而不是纯豆汁儿。第一次喝纯粹的豆汁儿是搞对象的时候，当时的女朋友、后来的媳妇领我去了蒜市口东南把角的锦馨豆汁店，喝豆汁儿吃清真小吃。锦馨地方不大，老底子是清末丁氏回族在花市火神庙一带支的豆汁摊子，有“豆汁儿丁”的称呼——当地老街坊偶尔还这么叫，新中国成立后开了店，不久赶上“一化三改造”，与崇文门外的几个清真饮食摊子一起进了店，1970年后改称锦馨。90年代后，锦馨是全北京少数几家还坚持卖豆汁儿的店，名声因此大噪，再后来因修两广大街而搬迁。豆汁儿不是值钱东西，卖不得高价——即使一碗已从一毛涨到一两块，生意自然不好做，好在还有不少好这口儿的捧场。虽然不少人说，现在的豆汁儿不是原来的味了，可豆汁儿店到底没断了主顾。

第一回喝豆汁儿给我的刺激，远没有好多人记录或描写的那么夸张和强烈，也没什么戏剧性，既没受不了，也没放不下，自自然然喝了，事后也没刻骨铭心，感觉像是与多年不见的旧友重逢，相见时没有乍乍呼呼寒暄拥抱的闹腾，但也不会不动一点感情。

没想到的是，那一次后就离不开啦！大学毕业被分到一百多里外的农村中学，那年头交通不便，回家一次，紧赶慢赶也得三四个钟头，每次回家都是归心如箭。东直门下了长途汽车，常是坐上电车直奔锦馨或花市的豆汁儿店，不论春夏秋冬，进门两碗热气腾腾的豆汁儿，根本不就咸菜和焦圈，喝得大汗淋漓，浑身通泰，然后找家澡堂子泡泡，等女朋友下班。农村中学的生活其实也有独特的滋味，常是大伙凑钱到县城或村里的酒馆聚餐，尤其是一家路边酒馆儿，老板总给我们留着猪耳朵、猪口条，要不就是大锅炖吊子，大碗下水配烧酒，豪爽得很，可总不能比豆汁儿，对我，更需要的是豆汁儿那种酸中有甜宛如好茶回甘加上热腾腾的感觉，那是一种洗去乡野气息和路途劳顿的畅快，一种重新回到熟悉生活环境如鱼得水的放松，一种回家的感觉！

我喜欢豆汁儿店里那种融融的人际关系。当年，照顾锦馨或花市豆汁儿店的主儿，几乎全是附近住了多少年的土著，有时候能瞧见街坊老头或老太太，大老远专跑来找这一口儿的事儿后来才有。这也难怪，90年代以后，老北京大多被发到四环、五环外边去了，他们心里眷恋的老滋味却难忘也难舍。不想具体记述那些场面，但有一点体会是极深的：当年南城的民风习俗、待人接物、词汇音调和我从小生活的北城有着很大的差别。一句话，少了北城的书卷气，却更民俗化，更接地气，我总觉得，更像王大观画的旧日京华风俗长卷。

豆汁儿是诞生于市井街头的吃食，这种最简单、最廉价的东西，在老舍笔下是贫民生活不可分割的内容，而在叶广芩的小说里，却被拔高成了艺术品，单是熬豆汁儿的过程就够贵族的："豆汁儿烧开用锯末熬，点着的锯末永远处于似燃非燃状态，豆汁儿便永远处于似滚非滚模样，水乳达到充分交融。"如果说梅兰芳、林海音们喜欢豆汁儿是调剂嘴里的味道，那小羊圈的老街坊喝豆汁儿则是无奈，正是在调剂味蕾和填饱肚子的需求中，豆汁儿生存了下来。现而今大概没什么人要以豆汁儿果腹了，加上大量非京籍人口的流入，豆汁儿的市场远不如当年了。受众和环境都发生了变化，豆汁儿的末路似乎越来越近，可钟情者们仍旧顽强地继承着独特的滋味，我女儿就是一个“80后”，靓而时尚，兼有“80后”所有的优点和毛病，但喝起豆汁儿吃起炒肝儿卤煮来却一点也不含糊——就一标准的胡同妞儿！

这些年，养生和民俗成了赚钱的好招牌，豆汁儿也搭车长了身价，不仅成了健康食品，还被列入北京非物质文化遗产名录，介绍者无不宣告从乾隆到西太后都喜欢豆汁儿，好像非如此就不足以表明身份。据恒兰《豆汁儿与御膳房》说，乾隆确曾下谕招募过豆汁儿匠到御膳房当差，可那不过是皇上对民间吃食的猎奇而已。至于西太后喜欢豆汁儿我绝对信，你想，后来的“老佛爷”，进宫前说是个胡同妞子并不为过，对这种简单廉价的吃食自然是“吃过见过”。只可惜，西太后喝的豆汁儿也不过就是豆汁儿，再怎么着，也不能和龙肝凤髓水陆八珍列为一类，说下大天来，还是街头巷尾的贫民食品，怎么与时俱进也闹不出圈去，顶多是在咸菜上下点功夫，可与喝豆汁儿最搭调的，只有浇了辣椒油的腌苤蓝丝或水疙瘩丝，来碟酱瓜儿八宝菜，简直就是胡闹，就好像韭菜花臭豆腐只和窝头般配，抹在面包上，是猴儿吃麻花——满拧。所以，即使搬出皇家说事，号召力也颇值得怀疑。当然，还有个提高豆汁儿档次的法子，就是精心去熬制，可谁愿意下这个功夫呢？

炒麻豆腐

这几年，麻豆腐被捧成了神药，去毒除燥祛暑清热健脾开胃，男人吃了温阳女人吃了减肥，老头老太太吃了软化血管降三高，从梅兰芳到西太后，无不喜欢这一口儿，您要是不吃简直没天理。可同样爱吃麻豆腐的叶广芩却说："无论是豆汁儿还是麻豆腐，都是不能登大雅之堂的粗食，羊尾巴油炒麻豆腐再好吃，不上菜谱。"叶作家说的是常理，却未必适合今天。1994年的国家级清真烹饪大赛上，南来顺厨子的炒麻豆腐抢了金牌，并得了全国风味名牌产品称号。谁都明白，这不单是手艺和食材的功力。

按色香味形器的中国菜标准，麻豆腐怎么也挤不进名菜的行列。色、形和器皿是视觉器官对菜的感受，灰乎乎软塌塌的麻豆腐如一坨砌墙的沙子灰，再点缀装饰也难赏心悦目，就是盛在御用的万寿无疆细瓷碟子里也好看不到哪儿去；香，和鼻子有关，嗅觉正常，一闻见麻豆腐那味儿就得嚷嚷："什么东西馊了！"绝说不出香气扑鼻的话来；味是菜肴对味蕾的刺激，麻豆腐那类似泔水的酸馊加上羊膻气，让不少人反感，何况它的口感既非酥脆也说不上绵软，似有似无很难说得明白。这么一想，麻豆腐还真是乏善可陈，于是有人说："北京人这是怎么了！"其实一点不新鲜，喜欢怪味食物绝非北京人独有的毛病，西北的酸浆西南的泡菜，湖南臭豆腐安徽臭桂鱼，乃至于日本纳豆西洋臭奶酪，爱的嗜之如命，恨的避之犹恐不及。

北京之外，只有安阳的粉浆坨子和麻豆腐相似。一非京籍同事曾说他们那里用这玩意儿喂猪，听着虽不爽，却是事实。我父亲小时在东北生活过，据说粉坊的下脚料还不如豆腐渣，连干活的大牲口都不能喂。老爷子每每买了豆汁儿和麻豆腐便不免找补一句：这东西出了北京没人吃。正因此，麻豆腐不值钱，今后相当时间里也没有大幅度提价的空间，自然用不着开听证会。豆腐渣和麻豆腐不同。前者出于用黄豆做豆腐磨豆浆的豆腐坊，后者来自用绿豆做粉丝淀粉的粉坊。当年，北京城里城外有不少粉坊，南城有条粉房琉璃街，名字就来自胡同里老刘家开的粉坊，始作粉房刘家街，现名是讹传的结果。粉房琉璃街有我老舅妈的娘家，是典型的宣南胡同，没什么大宅子，却有几家会馆，曾住过林则徐、冯子材、梁启超等大名鼎鼎的人物。

旧时粉坊用石磨碾压浸泡过的绿豆，边碾边加水，磨得的浆液放进大缸沉淀做淀粉，下脚料在外地直接进了猪食槽子，在北京却被制成豆汁儿和麻豆腐。我没去过粉坊，却见过我表姐的公公自己做淀粉。那老头在远郊工作，俩礼拜回来一趟，隔膜得简直不像家里人。老头儿话不多，没事就默默地捣鼓吃，见到外人爱炫耀手艺以示他在家里不是没地位。他用粉碎机加水打碎绿豆后放在大茶缸子里，沉淀后淘出上面的液体和粗渣子，这就是做豆汁儿和麻豆腐的原料；下面则是细白如雪的黏糊，晾干了就是淀粉。老头给我装了些尚为膏状的淀粉，嘱咐回家晾干擀碎，并说豆汁儿和麻豆腐需要发酵，得等一阵子，有机会一定请我尝尝。这老实巴交的老头儿已经走了二十多年，我始终也没尝到他的手艺。

据说旧时北京秋后就有推车或挑挑子卖豆汁儿麻豆腐的，大酒缸也会预备小碟炒麻豆腐当渗酒的小菜。因为价钱低到几乎是白给而深受下层民众欢迎，赤贫的人家儿甚至拿吃一顿羊尾巴油炒麻豆腐当奢侈的事儿！一些有钱有身份的主儿也并不排斥，麻豆腐甚至能上王爷贝勒的餐桌。一来二去，各处粉坊就有了相对固定的客户群——可称“粉丝”。内城东北部的老住户都青睐东直门外四眼井粉坊的产品，即使是公私合营后成了集体企业，四眼井在北城仍有口碑。老人们坚信，这家粉坊用的是纯绿豆，水也好，豆汁儿和麻豆腐颜色发绿，味正。其实，归了公的食品厂原料是统一供应的，这么说恐怕是对旧时风物固执的眷念。我媳妇的三婶儿娘家在朝阳门，没出阁就吃四眼井的麻豆腐，七十了还坐着车从大山子跑到东直门打豆汁儿买麻豆腐。后来四眼井的门面迁到了北新桥，老太太也坐上了轮椅。几次去看她，老太太都提到四眼井，我虽有心给她买了送去，却被夫人拦住，说这样做会叫老人伤心。

二十多年前我第一次见岳父炒麻豆腐，“扑哧扑哧”的一锅，真难相信是吃的东西，尝了尝，没觉得特别的可口，也不是无法下咽。我岳父是老北京，自然好这口儿，我也没少跟着吃，渐渐地也就咂摸出了滋味。1996年搬新家，有个三十来岁的外地妇人常蹬着小三轮下街吆喝豆汁儿麻豆腐，于是那几年每到冬天便常有麻豆腐上桌，甚至连吃到一看见就反胃为止，第二年从头再来。十年前搬到望京，买麻豆腐难了，幸好闺女常开车去牛街买宝记的豆汁儿麻豆腐。去年，在永定门外一市场居然见到了当年卖麻豆腐那女人，小三轮上仍有那老几样。一聊才知道，敢情人家已在北京扎了根子，卖麻豆腐属于副业。

有人说麻豆腐的炒制非常复杂，我倒不以为然，做饭的人一上手就知道，炒麻豆腐其实并不比焦熘肉片干炸丸子们更复杂。要准备的食材各家会有差别，却出不了大圈儿，除了主料，大致有泡发的青豆或黄豆、雪里蕻、韭菜、羊尾巴油和素油、羊肉（没有也行）、黄酱和酱油、盐、干辣椒、葱姜。炒制麻豆腐是典型的家常做法，厨师教材上没有。北京人说手艺不怎么的厨子有句话：熬炒咕嘟炖，其中的“咕嘟”搁这儿倒是很贴切。“咕嘟”也叫“糗”，按《说文》的解释就是小火慢煮。

炒麻豆腐先要把羊尾巴油或羊油切成丁，下锅耗出油，也可以用素油，至于叶广芩说的用香油，当年绝大多数人家不会这么干。下葱姜和黄酱煸炒，酱出香味即放羊肉丁煸到断生，再放麻豆腐炒到把油吃干，放青豆、雪里蕻和水。之后火不能太大，要不断用铲子从锅边到锅底翻铲以免巴锅甚至煳锅，并根据需要加水加油。随着水开，热气从锅底下通过麻豆腐冒出来形成气泡，气泡破裂发出“咕嘟咕嘟”的声音，这就是北京老话儿说的“炒麻豆腐——大咕嘟”。等到麻豆腐吃进大部分水变黏成了腻子状，就可以出锅了。装盆的麻豆腐要堆成圆台，用手勺压个浅窝，撒上韭菜末。手勺放素油烧热，下干辣椒段炸至深棕色后浇在麻豆腐上，“刺啦”一响即大功告成。

另一种方法，是“馋人”孟凡贵详述过的老艺人高凤山老伴高二奶奶的法子。老孟说，他不但自己吃上了瘾，依法炮制后还得到了广泛的称赞：馋人到底不一样！高二奶奶炒法与第一种方法的主要不同，是麻豆腐二次下锅与羊肉丁、青豆、雪里蕻一起煸炒时不放水，为防止巴锅需不断往锅里加油，其间放盐和黄酱，直到把麻豆腐炒散成肉松状。这法子我用过，因煸炒时略加水而达不到老孟那状如肉松的境界，可口感确实比“大咕嘟”出来的利落和沙口，味道也更厚重，只是这种风格并非人人喜欢。

麻豆腐是怪而贱的东西，北京人能如醉如痴，当然有自己的道理。炒麻豆腐的精髓在于巧妙搭配后化腐朽为神奇的效果。羊油的膻味和麻豆腐的酸馊互补，能得到一种全新的鲜香；略带嚼头的雪里蕻和青豆与麻豆腐入口后似有似无的口感，能形成强烈的对比，这种巧妙的搭配给了人别致的刺激。这，正是北京人在吃上的智慧。

现如今，吃喝拉撒的琐事专爱贴文化的标签，其实很矫情。可如果非要往京味文化上扯，炒麻豆腐确实也折射出了老北京人对生活的理解和由此而来的生活态度：养虫票戏坐茶馆，熬鹰架鸟泡酒缸，吃个小馆逛逛小市，成就了独特的消闲方式。有钱的大爷能在山珍海味上倾注心血，没几个钱的主儿也不甘寂寞，却只能和粉坊的下脚料较劲。不懂得这个，就别想把麻豆腐这贱物伺候好了。明白了这个，大概其也就不会拿上边的叙述当操作规程看了。

十多年前，一位生在北京的湘籍女同事出国前请大家吃饭，好意要了羊油麻豆腐。没想到的是，服务员端上来一盘棕黄色的半流体，一个劲儿顺着盘子边往下流。我碍着面子吃了两口，却没敢虚伪地说好吃，在座诸位连筷子都没下，虽不大给主人面子，我却能理解。这是我唯一一次在饭馆吃麻豆腐。今天，北京一些饭馆里仍预备炒麻豆腐，以及醋精和芥末油速成的“芥末墩”之类，作为“传统京味”糊弄外地游客和在京的非京籍人士。

炸酱面和打卤面

南方人爱吃米，北方人爱吃面，北京人说吃面就是吃面条。北京土著的面条吃法，有所谓十八浇头之说，虽有凑数的嫌疑，却也不是随便瞎说，只是十八浇头中多为等而下之的吃法。北京人的面里，打卤面是当之无愧的高端——可归纳者却没把它列入十八罗汉序列。炸酱面，顶多能混进中等。北京有不少人喜欢炸酱面，可说它好吃那是习惯和偏好，要是把它和烤鸭搁到一块，谁都知道选哪个，所以现而今不少人以炸酱面为京城美食的代表，实在是把北京人瞧扁了。

炸酱面是北京人的家常饭，并不复杂，不过酱、面和面码三要素，调味靠酱，面是吃饱的内容，如果说面是龙，酱就是点睛那一笔。至于面码，也就是龙鳞——多几片少几片没什么大碍。

炸酱是炸酱面的核心。早先北京人大多吃散打黄酱，大小副食店都卖，八分钱一大碗，现在买就难了，价钱也涨了几十倍。炸酱用肥瘦肉丁，佐以葱姜，下锅后要用铲子不断翻搅以免煳锅，直到酱里的水耗干并出来浓香。北京人每家都有自己的炸酱理论，也都爱标榜正宗，其实，烹调的真昧在于自己的感觉和理解，最好还是按小平说的，不争论。面条最好自己擀或抻，机器轧的也行。至于锅挑儿还是过水，看您的习惯。面码儿算个配料，并不求复杂，有什么算什么，冬天的白菜豆芽煮黄豆，夏天的黄瓜小萝卜，春天的菠菜鲜香椿，都行，也各有特色，就是黄瓜小萝卜千万别切，咬断时那“啪”的一声脆响，和随后“喀嚓喀嚓”的咀嚼声，是吃炸酱面绝好的脚注。北京人的面码儿，大多不会超过四种，“民俗专家”们说的什么十八面码之类，纯属瞎编。当年不能反季节生产，怎么可能凑上那么多面码？何况，一碗面放那么乱乎，只能是颠倒主次混乱纲常，倒不如简单些，或者直接吃炸酱拌凉菜的好。

当年除了卖斤饼斤面的切面铺和小饭摊，北京没有正经馆子卖炸酱面，金碧辉煌的门脸里头卖大碗炸酱面，是肚子里油水大了的年代才有的事，况且，炸酱面搁哪儿也不是上档次的玩意儿，还是别进饭馆的好。梁实秋曾描写过旧京警察吃炸酱面：“星期日午常有呼噜呼噜之声自墙外传来，间以咔嚓咔嚓之声，欢呼笑语不绝。细辨之，是警察先生们吃炸酱面，呼噜声是吸面条，咔嚓声是咬蒜瓣，大概是打牙祭。听他们的欢笑，我也分享他们的快乐。”民国时，北京的臭脚巡处于社会阶层低端，平常的饭食不过是老腌咸菜杂合面窝头，比犯人强不到哪儿去，以炸酱面当犒劳，正符合身份，而端着大碗“呼噜呼噜”和“咔嚓咔嚓”大嚼的火爆场面，颇有燕赵遗风，符合北京人的豪爽！

比起炸酱面，打卤面可谓高大上，老舍说：“在老京剧里，丑角往往以打卤面逗笑，足证并不常吃”，至于贫苦人家，更是节日的饭食。北京人吃打卤面通常是在“办事儿”的时候——出生、做寿、过世等仪式上，正因为打卤面见证了人的从生到死，所以被尊为“人生三面”。打卤面也用来招待重要客人，叶广芩说，“每回舅爷来了都要给舅爷做海鲜打卤面，那时候的海鲜不过是用温水发了的大海米、鹿角菜和白肉汤……”北京人说娘亲舅大，用打卤面招待娘家的代表，足以表明它的分量。

按北京老例，无论是给小不点儿办满月，还是给老寿星庆生日，以及给死人伴宿接三做周年，凭你什么高档席面，也得预备打卤面，即使另备汆儿和炸酱，也只是满足客人的特殊要求，而绝不能顶替打卤，否则等于没办事儿。过去北京老太太有一整套公认的规矩——称老妈妈令儿，席面水平是其中重要的一项。一碗打卤面关系着你家办事儿的水准乃至人品，一旦不周，不光事办砸了，还能叫人念叨多少年，甚至在远亲近邻里落个各色抠门不懂事的坏名声，所以没人敢破例。旧时，有钱人办事要置酒席唱堂会，一般人家只要日子还没到过不去的份儿上，再抠唆也得请至亲挚友吃一顿炒菜面。炒菜面算不上正经席面，就是先上几个凉热酒菜然后吃打卤面。《骆驼祥子》里那刘四爷给自个儿办席做寿，本想长长面子——北京话叫耗财买脸儿，没承想叫一帮拉车的给耍了，惹得老头子大发脾气，并后悔说："早知道这样，就该预备炒菜面。"直到今天，分析这段情节仍按阶级对立的路数把刘四爷定为反派，我倒觉得这老头子虽是个混混儿，却有老北京要脸儿要面儿的特点，办事当天不让大伙出车，却免了份儿钱，比当下出租公司够意思。至于吃的，虽不如亲友，可"六大碗，俩七寸，四个便碟，一个锅子"毕竟是说得过去的席面，和拉车的出那一毛钱份子绝不相当。

北京人的打卤面有不同的档次，高级的是鸡鸭卤和虾段卤，还有佛道法会上三鲜素卤，最常见的是普通人家的白肉卤——现在差不多成了打卤面的同义词。打卤面的关键是卤，北京人把做卤的过程叫打卤。打白肉卤先要泡发干菜和吊汤，吊汤用带皮的五花肉加葱、姜、花椒、大料（老北京所谓的"卤"）加水煮一个来钟头，等汤呈白色捞出肉晾凉切片。葱花姜末下油锅煸香，放酱油和肉汤及黄花、木耳、口蘑、玉兰片略煮，可以放几个事先泡好的海米增加鲜味，再放鹿角菜。鹿角菜是一种海生植物，有胶质，吃起来有咯吱咯吱的口感。以淀粉勾芡，勾芡最好一次到位，否则汤不清亮，洒上蛋液，放盐。接下来，要烧一勺花椒滚油趁热浇在卤里，"刺啦"一响，透着热烈。这个曲终奏雅的工序叫"起皮子"，是北京打卤的特点，也是老北京诸多怪口味中的一个。

北京土著对打卤面情有独钟，老舍作品中有好几位打卤面忠实爱好者，以《牛天赐传》里的四虎子为典型：他"对打卤面有种特别的好感，自要一端起碗来就不想再放下。据他自己说，本来五大碗就正好把胃撑得满满的，可是必须加上两三碗，因为他舍不得停止吸面的响声；卤面的响声只能和伏天的暴雨相比，激烈而联贯”。四虎子的东家、有好几处铺面和房产的牛老者也以为，“一个人有面吃，而且随便可以加卤，也就活得过儿了”，足见财主也不轻看打卤面。就是贵为天子的道光帝，也用打卤面招待过为皇后祝寿的亲贵重臣。这抠门皇上堪称廉洁楷模，曾下令取消帝后的一切贺仪筵宴，为这顿打卤面，居然破例让御膳房宰了两口猪。

我喜欢打卤面甚于炸酱面，口味先不说，单是颜色就叫人垂涎：酱色的卤汁中，有白的口磨、黑的木耳、奶黄的笋片、淡褐的黄花和嫩黄的蛋花，其间点缀着星星点点的炸花椒粒儿。循着老北京吃卤面的习惯，先挑几根雪白的面条盖住碗底，盛上多半碗卤，喝一口，那混合的香味绝不亚于开胃酒的功效。我家不讲究过生日，吃打卤面的次数也不多。自己有家也不过生日，自以为命穷架不住折腾。不过，每年生日都会接到母亲的电话，说专为我吃了打卤面。没这个电话，常忘了生日。母亲七十岁时脑血栓，动作和语言都迟缓了，再也不进厨房，但每年仍有电话，只一句：“儿子，今天你生日。”一直到她去世……

自打十多年前北京开了炸酱面馆，这果腹的玩意儿就贴上了京城美食的标签，更有好事者把它列入“全国十大名面”，害得不少外地游客可着胡同大街的找，吃过却难免有上当的感觉，他们哪儿知道，北京打卤面才是美味呢，只是如今的饭馆不预备，麻烦，也做不出那味儿。

说打卤面是北京面的代表，我以为当之无愧，炸酱面只能是家常的饭食。以“老北京”号召的炸酱面馆刚开张不久我去过一次。离着老远，就有一帮瞭高的扯着嗓子吆喝，问及，说是老馆子规矩。四条把门虎往那一戳，让人想起老年间从乡下刚进城的小力巴儿，却又没了憨厚，叫人感觉不是吃饭，而是要进座山雕的威虎厅，说不上忐忑也有几分别扭。没人知道这些都是哪家的老例，当然也没人质疑，正像对待这些年来诸多的“民俗”一样，较真儿就是有病。当一切向钱看成了有些人的共识，文化和传统就没法不是赚钱的工具，也没法不叫买卖家儿拿着它蒙事儿糊弄人。正如一些人以为，早先娶媳妇，须找些赤膊的汉子，上下翻飞着把花轿抬出花样来折腾里边的新娘子。山东民风自古剽悍而多响马——这么说山东的朋友可别喷我，我祖籍山东诸城——那地界是不是真这样我不知道，北京可没这么干的，娶媳妇请来的轿夫个个儿穿戴整齐，在大街上一过，那叫北京人的“范儿”！

西红柿和西红柿面

关于西红柿进入中国，有两个说法。

第一是传入说，西红柿原产南美，16世纪由奥罗达拉公爵带回英国，当礼物送给了他的情人伊丽莎白女王，由此西红柿得名“爱情果”或“情人果”，并成为观赏植物。可惜，敢冒死孤帆寻找新大陆的欧洲人，和他们眼里野蛮的南美人一样，谁也不敢尝这果子，还煞有介事地把这美艳的果子叫作“狼果”，以示危险。直到一百年后，一个豁出去的法国画家冒死尝了几口，然后躺在那里等着上帝的召唤，结果毫发未损，由此开辟了西红柿上餐桌的历史。

1671年，西红柿首次出现在中国文献中，赵函在《植品》中称它是万历年间由西洋传教士和向日葵一起带入的。几年后王象晋在《群芳谱》中也详细描述了西红柿，并特别说明因其“来自西番，故名番茄”。这种来自西方的“茄子”又因色红而像柿子被叫作西红柿，一直叫了多少年，直到“文革”初，一帮中学生才要求改为东红柿，不过没人搭理他们，结果不了了之！

1984年，西红柿由传教士带来的说法被推翻，由此而来的是自产说。1983年7月，在成都凤凰山西汉古墓里出土了一批食物和蔬菜遗存，随后在植物学家的指导下进行了栽培试验，七个月后结出了红色的果实，鉴定为西红柿，结论是：西汉小西红柿具有栽培的特征，西红柿的食用和栽培的历史一下子被提前了一千七百年。受此启发，科学家们四处踅摸，不久便发现了好几种比西汉西红柿更原始的东西，称“小酸果”，并肯定地说，小酸果乃西红柿的前辈，地球那半拉的洋柿子八成儿还是打咱这儿传过去的呢！不过，大面积种植和食用西红柿确实是近几十年的事。我父亲童年曾在沈阳生活过几年，据他说当时东北的西红柿只给小孩玩，没人吃这种叫洋柿子的东西，说是有毒。《闾巷话蔬食》的作者也提到，20世纪二三十年代京郊一些人仍坚持认为西红柿不能吃。

到20世纪六七十年代，北京已没人拒绝西红柿了，京郊菜地广泛栽种，使其价格低到足以被平民百姓接受。当年北京的蔬菜多由本地供应，西红柿作为夏天蔬菜的重要角色，差不多能纵贯三个月。受天时和气候的影响，当年蔬菜基本是按日子扎堆下来，鲜有反季节生产。拉秧前后，西红柿特别便宜，常按堆按盆卖，甚至几毛钱能买一大筐，虽然品相不怎么样，却真便宜，即使扔一半也算不上损失，常常是几家合着买一筐分。

西红柿也是大人孩子的消暑解馋之物，作用相当于水果。那些年能天天吃水果的人家不多，黄瓜、西红柿、小萝卜等介乎于蔬菜和水果之间，自然是水果理想的替代品。一到夏天，在胡同中，在上学的路上，常有举着西红柿疯跑的半大小子，甚至拿着西红柿就跳下什刹海了，躺在水面上惬意地享受！贤惠的媳妇，能给楚河汉界前聚精会神厮杀的男人及时递上个洗干净的西红柿，相当于现在的秀恩爱，内容则实惠得多。80年代初刚有家用电冰箱那阵儿，一些人家把洗干净的西红柿和黄瓜放在冷藏室里，随时取出当零食吃，甚至用来待客，还是件挺时髦的事儿，有些人家至今还有这习惯。

在中餐里，西红柿的吃法并不多。多数北京人拿它做菜的法子，至今也不过那么几种。凉拌最简单，视觉和味觉的效果都不错，切开的西红柿和雪花白糖相得益彰，酸甜清凉，热天吃格外舒服，冬天在大鱼大肉的同时来这么一盘更受欢迎。西红柿炒鸡蛋比凉拌要上一个档次，由于当年鸡蛋尚属稀罕，请客办事时甚至能上桌。西红柿炒鸡蛋的汤汁多，特别能下米饭。除此之外，西红柿差不多就只能当配菜，或者放在挂面疙瘩汤里。西红柿也可以做汤，不过北方人对汤就那么回事。

没进入小康的年代，蔬菜深加工还是科普杂志上的事儿，但“卑贱者最聪明”的话在吃上得到了充分的体现。70年代，北京不少人家都做过西红柿酱，其加工没什么技术含量，只要注意清洁不沾油就行了。西红柿酱和西红柿几乎是两码事，做个汤凑合，用来炒鸡蛋就不行了，更别说凉拌，所以就是个象征意义而已：毕竟能在缺菜的冬天吃上西红柿的味儿！

除了凉拌和炒鸡蛋，西红柿还能佐面。西红柿面，可以分成两种，一是汆面，一是卤面，区别是后者汤多且要勾芡。

印象深的西红柿卤面出自我父亲之手，老爷子一直爱吃西红柿，到现在冰箱里仍四季不断。打西红柿卤不难，葱花炝锅，下切碎的西红柿略炒后放酱油和水，开锅后放盐、勾芡，淋入打好的鸡蛋液，撒味精即成，关火时放些拍碎的蒜末，能吃出炒肝的香味。吃西红柿卤面，最过瘾的是喝卤，先喝半碗卤能起到开胃酒的作用，饭后再来半碗溜缝。西红柿和酱油及略带腥味的鸡蛋混合在一起，有种特别的香。挑半碗过水的面条，面少卤宽来一大碗，就着蒜瓣或切成条（甚至整条）的黄瓜，格外过瘾，在暑热天里足以唤起被苦夏压制的食欲。

我岳父喜欢的西红柿面是另一个路数，即汆面（汆儿化）。汆面是北京人很喜欢和熟悉的吃法，荤的素的，几乎什么都可以入汆。西红柿汆的制作方法类似西红柿炒鸡蛋，但要盐多糖少，适当多点汤。汆面的好处是不像卤面那么混沌，勾了芡的卤把一切都融合到了一起，吃到嘴里香味是混合的，很像中国人的人际关系，一团和气难分你我，却又糊里糊涂似是而非。汆面则将面与佐面之物分得清清楚楚，西红柿和鸡蛋各有各的味，就是吃进嘴里也能分得很清楚，拌在一块有滋有味而不糊涂一团，我以为这更像洋人的人际关系，大家彼此分得很清楚，却不妨碍合作共事。

北京的夏天，有两个月的时间并不好过，闷热得让人没有胃口。北京人在这个季节常吃芝麻酱凉面，和凉面比起来，我以为西红柿面更上一层楼。把面用水过凉，同样有清爽利落的口感，再加上西红柿的鲜香、黄瓜的脆爽和大蒜的刺激，不光爽口开胃，滋味丰富，还富有营养，这也是西红柿面经久不衰的原因吧。

20世纪90年代以前，北方人几乎只能在夏天吃到西红柿，反季节上市的倒不是绝对没有，但一是味道远不能和应季的比；二是价格并非一般人所能接受或所愿意接受，即使几个大型菜市场能见到，普通百姓家庭顶多象征性买点应个景儿而已。大约在90年代中期，西红柿的上市不再受季节限制，不但蔬菜大棚能反季节种植，发达的物流业也使南方蔬菜能方便地进入北京。这很难一言以蔽之地说是国人的口福。南方西红柿在外观上要漂亮得多，味道和口感与本地应季下来的却不同，不少人并不买账，他们宁愿等着本地西红柿上市。不过，这些人越来越失望了，本地西红柿的模样和味道渐渐开始不同于先前了：青红相间带着逐渐成熟痕迹的颜色变成一水儿红，有人曝出这是打药的结果，什么药不得而知，坊间称之为催红素。模样越来越无愧于“狼果”的同时，人们熟悉的那种沙沙的口感和清香也淡了，没了，谁都明白这是化肥的作用！城市的扩张，使原来的菜园子一片片湮灭在马路楼房之下，北京人吃菜不得不完全依赖外地，也不得不被迫接受在他们心里不是西红柿的西红柿了。好在人的适应性很强，一来二去的，倒忘了西红柿原本应该有的味道了，至于吃这种新式西红柿长大的年轻一代，只是偶尔听长辈感叹一句："现在的西红柿，哪有西红柿味儿啊！"

其实，有西红柿味儿的西红柿还是有的。京郊的农民，只要还有块属于自己的地方，大多会辟出来一点种些蔬菜杂粮，只用农家肥，做农家院农家饭生意的拿着它当成招牌，真的假的混一块糊弄城里人，或者干脆留着自己享用。曾在郊区吃过几次这样的西红柿，味道一如当年，可惜机会不多。

凉面

北京的夏天好像越来越早了，有些年份，5月就热得够呛，好在昼夜温差大，也没那么潮湿，晚上尚能睡个好觉。一进阳历7月，夏境天儿的威力就显出来了，而闷热的伏天——这几年改叫桑拿天儿了——更叫人受不了。阳历7月中旬以后，地面的温度加上东南来的暖湿气流形成了一种怪天气，温度并不一定有多高，可浑身永远黏糊糊，即使是身体状况不错的人，也不免成天迷迷瞪瞪，甚至头昏气闷心慌乏力。这样的状况大约要持续一个来月，那滋味，没有亲身经历的人是想象不到也形容不出来的。

在这样的天气里，很难吃得下大鱼大肉，即使是肥瘦肉炸的汪着油的酱，也不免腻得慌，可见，什么季节吃什么不是没有根据的。北方民间有"头伏饺子二伏面"的说法，可这面只能是凉面而不会是炸酱面。不过，据专家说，古时人们吃的二伏面叫"汤饼"，即热汤面，图的是以毒攻毒，热乎乎地喝下去能把身体里的暑热湿气逼出来，以加强免疫力，这说法总叫人觉得牵强，因为头一次听说热汤面有祛暑除湿的功效，恐怕是因为“汤”字联想到了热汤面。其实，古代相当一段时间没有面条的概念，面食大多称饼，馒头是炊饼，烧饼是胡饼，面条是汤饼，单从饼字是分不出来凉热的。后来，饼的意思渐渐变了，热天吃的面直接写成了“冷淘”。清代潘荣陛在《帝京岁时纪胜》“夏至”一条中说：“京师于是日家家俱食冷淘麪，即俗说过水麪是也，乃都门之美品……各省游历友人，咸以京师冷淘麪爽口适宜，天下无比”，并说当时已“不用槐叶或甘菊”了。我理解，此前的冷淘应是以各种植物压汁和面而成（今天仍有用菠菜胡萝卜汁做成绿的红的面条的），后来人们图省事，直接以水和面而省去了重要环节，人们自然就只吃白面条了。白面条浇盐水是谓“光屁股面”，我在农村工作时还有人家这么吃，我一同事去家访，享受了学生家最好的招待，就是吃这种面。从小长在北京的这个同事回来跟我说了好几次，足以表明吃惊程度。我也是头一次听说，因为从小到大，我住的那大杂院里生活最困难的人家也没有这样的吃法。今天看来，我俩实属孤陋寡闻。

夏天里凉面受欢迎，无非是俩原因，一是图简单；二是为舒服。

凉面的准备和制作过程都非常容易，这很符合夏天主厨者的愿望。20世纪80年代以前，北京几乎家家自己做饭——包括主食和副食。那时也有专门的切面铺卖切面（当时还没有现在的所谓手擀面）和干切面（和挂面不同），但家里有老人的大都不会去买切面，因为不少人觉得切面不如自己擀或抻的好吃，何况还要在原料基础上收加工费（一斤两毛一），那年头人们日子过得极细，能省就省，自家人擀面抻面属于零价劳动力，用不着计算工资成本。可夏天做饭是件令人脑袋疼的事，尤其是住大杂院的年代，家家的居住条件都不怎么样，唐山地震前很少有谁家拥有自己单独的厨房，冬天做饭进屋，夏天则是在院里找个相对背阴儿的地方，通常是房檐底下或者南墙根儿什么的，就是后来有了自建的厨房地方也不大，何况通风条件很差，里面放个火炉子人就别进去了。那时夏天能看见老太太光着膀子就着火炉子给一大家子人预备晚饭，后脊梁上一大片顶着白头的痱子——这些年长痱子的人不多了，年轻人甚至不知道什么是痱子。那时候北京三代同堂的大家庭不少，即使不是夏天，准备五六口甚至十来口人的饭也不是件轻松的事。

吃凉面，所需的无非是面、调料和面码儿，而预备这些原料在夏天都容易。对一个肩负做全家饭重任的人，自己动手擀面或抻面与做其他饭比起来并不算费事，而买现成的切面更是省却了和面、擀面的麻烦。准备工作中最核心的内容是调和芝麻酱——这个工序居于画龙点睛的地位。北京人喜欢芝麻酱，冬天涮羊肉、夏天拌凉菜都离不开它，凉馒头抹芝麻酱白糖和热馒头夹酱豆腐同样视为美味。在物质匮乏的年代，芝麻酱还是小孩的解馋之物，六七十年代端着碗拿着瓶子去打芝麻酱的孩子，大多都会有在路上用手指头偷搋着吃的记忆。我们那边有一中学化学老师，能用什么药水消去副食本上的字迹，所以他家的芝麻酱买之不尽食之不竭。

在物质匮乏的年代里，北京供应的所谓芝麻酱基本都是花生和芝麻的混合酱，远没有现在的纯芝麻酱香。调芝麻酱没什么特殊技术，但一定不能着急。把芝麻酱放在小碗里用凉开水澥开，千万不要一次把水放足，而要一点点放，否则就会把芝麻酱调澥了——如果这样，这顿面就算全砸了。边放水边用筷子朝一个方向搅，直到调成略稀的糊状，其间加入盐，也可以根据个人口味放点糖（点到为止）或味精。老北京口重且喜怪味，芝麻酱凉面还要配以花椒油，这和打卤时要浇炸花椒油起皮子一样，是北京人特殊的吃法。花椒油的做法同样简单：用铁锅或铁勺将食油烧热，油一冒烟放上一小撮花椒，待花椒微煳发出香味，把油倒进盛着酱油的碗里，“刺啦”一声伴着一阵腾起的油烟，有着特殊香味的浇头就完成了。

北京人吃面讲究锅挑或者过水，吃凉面图的就是凉快，所以必须过水，就是把煮熟的面挑到一个容器里，然后放入凉水，且需要反复多次，直到面彻底凉透。我在农村工作时吃过用井水拔的面，所谓井拔凉。井水过面更利落清爽，不像用楼房里自来水拔的那样感觉乌涂。过水的凉面一定要煮得稍硬一点，太软了吃起来不爽口。凉面必须有面码儿，黄瓜、萝卜切细丝，芹菜切末，青豆、黄豆煮熟，有什么算什么，全都可以佐面，绝没有现在专家们说的多少道菜码，但切记，黄瓜和萝卜最好是一半切丝，一半切大块，前者拌在面里，后者就着吃。有人说还可以同时加入醋卤——不知是不是老北京吃法。凉面要吃蒜，砸成泥或者整瓣吃都好。至于醋，则根据个人偏好可放可不放。无论是面还是面码，都突出一个凉字，再加上醋蒜的刺激，在胃口不佳的夏天，吃起来自然爽口，嘴舒服了，整个人也就精神了，这在夏天可难得啊！

这些年，农副产品已经名不副实了，大棚催熟农药化肥无土栽培，东西的确能玩命的疯长，可惜不是那味了。再加上可吃的东西多了，人们的嘴巴一刁就越来越没胃口了。于是我对凉面的浇头做了改良，其实无非在调芝麻酱时加入生抽、白胡椒粉和鲍鱼汁或蚝油，也可以在花椒油之外另炸一小碟麻辣油，结果大受赞赏。

热天吃凉面，其实暗合了中国哲学顺应天理的讲究，天理应该就是自然规律吧！近世以来，礼崩乐坏愈演愈烈，老规矩成了陈词滥调被丢到一边，代替的是“人有多大胆、地有多高产”式的二百五精神，这种精神鼓噪得多了，自然渗透进一些人的骨子里。曾在网上看到个帖子，说是炸酱面是夏季的最理想吃食，这说法就不大合乎常识，但凡夏天吃东西，没有不图个舒服的，所谓夏天的舒服，不外乎简单、凉快、对胃口，而吃炸酱面，搁在哪条上也不合适。您可千万别说吃什么是个人爱好，旁人管不着，那叫抬杠，我说的是常识。可惜，现在的一些人越来越不按规矩行事了，曾读过一篇写夏天吃涮羊肉的文字，大夏天里俩人对着个火锅，一人背后开一个电扇，据说酣畅淋漓。这样吃固然谁也管不着，可我总觉得与中医养生学说矛盾，也与孔老先生“不时不食”的说法相悖，依这两个标准，那吃法像俩半彪子犯二。中医认为，羊肉属于温热的食物，适合冬令进补以温阳；夏天本来燥热，再吃羊肉则火气更大，可见孔子说的不是没有道理的。

外二篇之兰州拉面

1986年，大舅夫妇到北京，我去表姐家看望，与大舅妈十多年没见了，老太太高兴，说正好有牛肉，一定留我吃拉面。那牛肉煮得软烂，肉汤清亮如水，我第一次知道什么叫清汤牛肉面。加辣子香菜吃了两大海碗，老太太还要给我挑，我玩笑：“您老这是要我的命啊！”大舅妈说：“今天没工夫准备，哪天你事前说好，咱娘们儿喝一回！”今天想来，老太太的面虽属家常，却很得兰州拉面的三昧，可见，拉面已经融入兰州人的骨子里。

兰州拉面有“闻香下马、知味停车”的美誉，这令我向往已久。去年暑期青海甘南自由行，往来在兰州停留三天，觉得“兰州拉面吃了会上瘾”这句话还真有些道理。

一

夜宿西关十字的酒店，第二天早晨便出去找拉面馆，却看见了马路对面的马有布招牌。二细，加上牛肉小菜，三个人，五十多块钱，吃得满身大汗顶了嗓子眼，连呼带劲，实惠！望着闷头吞面的众食客，觉得还是没过足瘾。离京时咽炎正起，当晚嗓子疼，赶紧找药铺。

在甘南吃藏民回民的饭，却不忘马有布，发誓返回兰州第一件事就是吃拉面，可惜回到兰州又是晚上，面馆都关了门。第二天七点钟直奔一只船中街，那里有家君乐面馆。挺远就瞧见店前有不少人坐在塑料板凳上甚至站着吃面。店里没地，排队买了面端到门口，学着众人把碗放在凳上蹲着吃。左边母女俩，妈妈拎着个装画具的塑料袋，五六岁的孩子背着挺沉的书包，娘儿俩吃得满嘴红油；右边，仨小伙子一人一碗，地上另外放了三碗。没人说话，只有秃噜噜嘶啦啦声。这君乐确实不错，能吃出与马有布的区别，只因吃得少，难说出个一二三。

下午闲逛，问一中年夫妇，得到热情详尽的解释，说公认不错的拉面是马子禄的，附近就有，上午开，并指点了位置和路线。又说金鼎也不错，但价钱贵，高大上，吃不出风土味。再聊，得知他们的父母是当年支援大西北从内地迁来的，到他们这代已成了彻头彻尾的土著，离不开锅盔拉面三炮台。别后随意转悠，看见一家面馆，吃了拉面，却很后悔，方信那对夫妇下午拉面不要吃的忠告。

次日大早赶往东岗西路口的马子禄面馆，却被门上一张A4纸告知维修停业，再赴大众巷，仍撞锁，知情者说，最近回民要过什么节，连老板带打工的都回家了。

最后一顿拉面是上火车前，仍是马有布，仍肿着嗓子，仍是一人一大碗外加牛肉小菜——辣子照例不能少，仍吃到眼馋却肚子没地方。有心打几份带到火车上吃，想想，太麻烦，也不愿意出那份洋相。不过暗里发誓：以后绝不在北京吃“兰州拉面”。

二

有人说兰州拉面唐朝就有，但公认的说法是，嘉庆年间有个叫马六七的东乡人，从河南怀庆府陈维精那里学了做拉面的手艺，带到兰州后经过不断改进逐渐走向成熟。被称为今天兰州拉面直接创始人的马保子是个回民，最初挑着挑子卖拉面，1919年开了面馆，据说后来经于右任建议把热锅子面的名字改成了清汤牛肉面。马家的拉面有“一清二白三红四绿五黄”的风格，这“五项原则”成了以后兰州拉面正宗与否的标准，其中，肉汤清亮和面条润黄是关键，曾参与过《四库全书》编纂、官至甘肃布政使的王亶望在《兰州牛肉面吟》里说“汤如甘露面似金，一条入口赛神仙”，绝不是随口乱说的。

我大舅50年代初转业到甘肃文化厅，也算个老兰州了。据他说，原先没多少正经的面馆，达到一千多家的数量，不过是近十多年的事。1999年，兰州牛肉拉面被国家定为与北京全聚德烤鸭、天津狗不理包子并列的三大快餐试点推广品种，兰州当局抓住了商机，随即有了统一标识、注册和授权使用商标、组织拉面节和高峰论坛、开办职业培训学校等一系列大动作，招招都直奔中华第一面的王冠。功夫不负有心人，2010年7月，兰州获得中国烹饪协会中国牛肉面之乡的命名。

2008年，我表姐去兰州处理家事，回来和我说起了拉面限价令。头年，官方不断接到举报，称兰州街面上每碗拉面涨了五毛，达到了小碗两块八大碗三块的水平。市民纷纷陈述对拉面要不要涨价的看法——当然反涨的多。有关部门立即出动调查处理，市政府最终做出了不准涨价的死规定。这做法的用意不言自明，一碗面绝非小小的民生问题，而是关系着社会稳定的大事，一旦处理不当，引起的官场震荡可想而知。当然，谁也挡不住原材料、房租水电煤气以及工资的快速上涨，拉面的价钱也就不能不水涨船高，一来二去的，老百姓也疲了，再也不讨论拉面到底该多少钱一碗合适的话题了。

三

兰州人对拉面好吃的原因有不同解释，有人说是用了黄河水，也有人说是用了蓬灰，更有人说是掺了什么什么，但不管怎样，兰州人都热爱着拉面，没吃过，理解不了，不到兰州去吃，也理解不了。

西北民风本来剽悍粗犷，作为移民城市的兰州人，更有了豪放宽容的性格。我那兰州的表哥表弟们便是代表，敢想敢干，什么也不当回事，常把“多大个事嘎”挂在嘴上，我以为和梁山汉子有几分神似。这种性格，自然不喜欢繁文缛节而追求简单实惠。拉面集肉、菜、面、汤于一碗，不烦琐却丰富，平民化却精益求精，很对兰州人的脾气。男人们蹲在马路边上端着大碗轰轰烈烈地吃面，正是豪放质朴的写照。即使摊前端着面的年轻女士，也不叫人反感，却能领略到几分英武爽快。

如果一定要找出兰州拉面的毛病，恐怕就只是太过乡土，一旦挪了地方肯定变味，这个不可复制的特点，其实正是许许多多风味吃食的共性。前不久，我家附近隆重地开了家据说很正宗的兰州牛肉拉面店，但我始终没兴趣去尝尝。

粥，我所欲也

撰文著书聊北京吃食的不少，说粥的却不多，我以为是没什么可说的。就中国广大地区来说，粥没多大差别，不过是一种或几种不同的粮食、偶或搀些瓜蔬干果以水煮之，添加肉鱼蛋的不多见，只有广东人是个例外。

有些地方把粥叫稀饭，北京人不这么叫。北方的水饭，北京人也吃，尤其夏天的绿豆水饭，伏天里来一碗，爽利祛暑，能叫胃口大开，但水饭和粥无关。按先贤名不正则言不顺的要求，先说这个粥字。关于“粥”的来历，一说为会意，“米”指米粒，“弓”的原意是“张开”和“扯大”，把“米粒从左右两边同时扯大”，即用火和水把米粒体积增加到最大时的米饭就是粥。二说为象形，中间的“米”指的釜中原料，两边的“弓”则是熬粥时上升的热气。虽不知哪个更准确，但却足以证明中国人吃粥的历史不短。

我喜欢粥，总觉得只有喝粥那热乎乎顺溜溜的感觉才有家的味道，如果配上精致小菜，其中的美妙更能达到极致。可是，这些年来对粥的说法却很矛盾，有人说，喝粥既滋养肠胃又滋润肌肤，是食中的上品，常喝粥能延年益寿，陆游一生爱喝粥，专门写过《食粥》诗，说“只将食粥致神仙”嘛！有人则说长时间煮制会破坏原料里的养分，且容易使上岁数的人得高血糖，属不健康食物。哪个对，难以确认，但有个典故可以参考：1965年，大松博文应邀短期指导中国女排，发现运动员上午加大训练后常会体力不支甚至呕吐，看了她们吃的早餐后大松得到了结论：以粥为主要流食不能提供足够的营养，还会造成过饱的感觉，于是建议更改早餐食谱。不过，即使大松反对喝粥，喝粥仍是中国人不折不扣的饮食习惯，一时半会儿变不了，这，恐怕讲多少科学道理也难改。

粥是家常饭，可除个别情况，人们不会拿它当主食。常拿粥当饭的，不外乎产妇、病人、老人和小孩。坐月子喝鸡汤小米粥是中国的传统，老北京人把坐月子就叫喝粥，问候人家的产妇并不直入公堂，而是含蓄地说：“您家谁谁喝粥了？”老人和孩子饭量小，消化力弱，自然要喝粥，病人喝粥则是调养的需要，以至于有人多年后仍把喝粥当生病的同义词，而对粥没有好印象。至于20世纪60年代初忙时吃干闲时吃稀以粥当饭，则属无奈。

不少北京人家的早饭和正餐都预备粥。我小的时候，北京人家都用煤火做饭，午后炉火闲着，不上班的老人会用微火熬一锅粥，是符合运筹学的巧妇安排，也是大杂院的一景。如今，家庭结构和生活节奏都不同于当年，年轻夫妻更是能多睡一分钟绝不早起六十秒，单位的午饭通常不会有粥，或预备些比水略稠的叫粥的东西。想粥想急了，就只好光顾大街上的粥铺，以至于这种买卖至今做得都挺火，虽然粥还是自己在家里做着好吃。

北京人的粥少有特色，被称作老北京小吃的八宝莲子粥和荷叶粥，其实并非北京独有，腊八粥则更不是北京的专利。北京人熬粥属于典型的北方风格。早先，受条件限制，北京的粮食以小麦和杂粮为主，稻米难成民间的主要细粮，大米粥便成了稀罕，甚至是穷苦人家或郊垧乡间病人老小的奢侈品。至于旗人的陈仓老米则是米中另类，用今天的标准，没人吃这饱含黄曲霉素的变质食品。其实，老米之于旗人，除了果腹之外更是身份的标志，有旗人到汉人家吃饭，进门会先把自带的小口袋老米交给主人，并要当众吩咐“先给我焖上”，以示与众不同的优越。熬粥的杂粮主要是小米和豆类及棒子面，玉米制品中熬粥最好的是玉米粒碾碎后出皮的破粒和不出皮的玉米楂子，尤其是当年的新粮，那种特有的香味能让人喝起来上瘾。

这些年，全国甚至世界各地的吃食集中而来，一阵风接一阵风。可鸡鸭鱼肉生猛海鲜吃了一圈人们才醒过闷儿来：肥胖来了，“三高”来了，敢情咱还真不能够火化食，甘脆肥醲这么一招呼身子骨招架不了，肠胃也未必舒服。于是欲望返回了原点：开始刻意避免摄入人吸纳不了的营养，注意简约和搭配，这样的感叹也多了起来：还是在家吃点家常便饭舒服，于是粥就不能不高了身价。

说到粥，北京人乃至北方人都不如广东人。20世纪90年代初，我在广州的酒店第一次见识了广东粥，除了几种老火粥，还有个现场操作的滚粥台，专做一人一份的生滚粥，只是年轻时对口味的理解还停留在重油厚味上，对广东粥没什么感觉，直到这些年，才忆起了当年的味道。

广东人煲的粥，和福建人泡的茶一样好，其做工之细致，滋味之鲜美，不能不承认北方人“粗糙”。煲粥其实并不十分复杂，只是与北方人根深蒂固的熬粥概念不同，以生滚为例：选料极广，淘了的米要先泡数小时且以油盐拌之，锅开下米且保持微滚。加入的肉类要先借生抽、盐、油、姜以及苏打粉和淀粉调味并保持鲜嫩。下辅料后要把握好时间，烫熟即可。如此看来，煲粥的确麻烦，但那粥却好：每粒油光光的米都悬浮在汤里，黏稠得浑如一体，入口似有似无，与滑嫩的辅料相得益彰，绵长的后味如茶回甘，非笔墨能轻易描述。

广东的粥，须与潮湿空气中隐约飘来的华丽粤曲搭配才能吃出味道，我常想，北京的茶餐厅应该用《宝鸭穿莲》《雨打芭蕉》做背景音乐，再配上几台加湿器，否则就无法领略广东的粥，也很难吃出岭南的风情。

曾公干去香港，招待方热情，吃的水准本来不低，可一原籍东北的同事却忍受不了岭南风味，非闹着要油条吃。次日早餐果然出现了一碟切成寸段的硬邦邦炸货，索要者先是不知所措，而后以他们那疙瘩标准批评一番。后来才知道，敢情当地吃油条就是这吃法。这就是地域差别，好比北方人按吃早饭的标准吃早茶，总要弄个肚儿歪，很难接受在潮乎乎的清早品一盅两件读一张报纸的做法，自然也就找不到粤式早茶的惬意。

各地在吃上都有自己的特点和爱好，也都有人所不及的长处，只是吃惯的嘴巴一时难改。广东的粥固然好，但我心中不舍的，仍是小时候那在煤炉上慢慢熬成的洁白滑润的粳米粥和金黄色的棒子面粥。

又见储存菜

一场寒流，北京一下子从冷到了寒，偶尔便能看见成车青口大白菜，以及拉着双轮小车买菜的老人。不见的，是记忆中北京人买白菜的热烈场面。

一

中国人从新石器时代就开始吃白菜了——半坡遗址的陶罐里就有白菜籽。以后，白菜被广为种植和食用，也被不少文章诗词所提及。明朝时白菜流向海外，到康乾时期，大白菜在北方取代了小白菜，迅速占领了几乎整个北方冬季的餐桌，且因高产返销南方。白菜是老百姓的看家菜，也不时出现在宫廷菜单中，西太后那老太太据说也曾盛赞过白菜。

作为大路菜，这些年北京人几乎什么时候都能吃到白菜，但储存意义上的白菜却只属于初冬，只是买储存菜的人越来越少，且多是积习难改的老年人，就是买，量也不会多。这变化的原因不外乎三个，第一，居住条件改善，断地气的楼房不适合储存；第二，冬天可吃的新鲜蔬菜多了，不至于死啃那几种曾经的当家菜；第三，生活方式变化，生活节奏加速，不一定非得在家做饭吃，人们也没耐心鼓捣那几棵菜。

说到白菜，就不能不说北京人早前冬天吃什么。至少20世纪90年代以前，北京冬季供应的蔬菜种类很有限，气候的特点加上保存的要求，萝卜土豆倭瓜自然就成了当之无愧的当家菜。除了这些，冬天可吃的就是限量的粉条粉丝和豆腐以及自制的腌菜，至于西单、东单、崇文门等超大型菜市场春节前供应的所谓细菜，不但数量少，也并非家家都有条件享用。于是，包括每年储存菜在内的首都副食供应成了政府的一件大事。

二

白菜的到来，丰富了冬季北京人的副食，也使单调的生活涌起了一丝微微的波澜。早先，北京人没有“冬储大白菜”的说法，这是官话，属报纸广播的书面语言，老百姓只说储存菜。一入冬，老太太们见面打招呼的话常是“该买储存菜了”，或“您买储存菜了吗”，就和“早您呐”或“吃了吗您呐”一样。一旦得知有关信息，多会互相通报，速度赶得上点燃狼烟或搬倒消息树。要是储存菜没买到家，就是件不小的事，闹心。

伺候白菜，说是个系统工程并不过分，包括环环相扣、此起彼伏、相互交织的不同内容，简言之，大致可归纳为购买、存放保管及食用

“三大战役”。

入冬不久，副食店便会贴出通知或由街道革委会（后来改称居委会）的老太太挨家告知卖菜的时间、地点、供应量，我家买储存菜是在银锭桥头东边烤肉季门前的空地上。副食店旁不久会堆起菜山，这对孩子们极有吸引力，他们从小没少看战争电影，一场依托白菜工事的激战便不可避免地发生了，为免除兵灾，副食店晚上要留人看堆儿，随时驱赶靠近的“官兵”。

卖储存菜大约有十来天的样子。由于时间紧任务重，早晨卖菜的时间比平时开门早，晚上则要拉晚儿保证双职工买到菜。居民要自己到菜山旁边的开票处，出示副食本，交钱开票。储存菜根据质量分成不同等级，最好的一级菜按比例限量购买，三级菜和等外菜基本是没心的菜帮子，不限量，我有同学家因生活困难而将一级菜指标送人，专买便宜的。按一些人的心态，越早买到心里就越踏实，这使最初几天开票的队伍总是相当壮观，甚至早晨五六点钟就有人顶着星星冒着严寒去排队。每当这时，必有好事而热心者出面维持，把自制的号码纸条发给大家作为顺序的凭证。

开了票不过是万里长征走完的第一步，还要再排队等着约菜。约菜用笨重的铸铁台秤，为了码上几百斤菜，都要备下“井”字形木架。依例约菜买主不得动手，赶上什么是什么，因此常有争吵。约好的菜由买主自己拉走，三轮平板儿、排子车、手推车、推孩子的四轮竹车，逮着什么算什么，住得近的，甚至几个人连抬带抱加提溜，耗子搬家似的往回弄。卖储存菜那几天，大小胡同总会哩哩啦啦留下一路菜帮子菜叶子。后来，副食店为便民服务，由专人用板儿车送菜上门，但因人手有限，有时第二天才能送到。有那么两年，学校组织学生学商劳动，内容之一就是帮助送储存菜。

白菜送到家，要是家里没人，就给码放在门口或门洞里，好在那年头偷东西的不多。白菜搬运和码放的过程中，表层必有脱落，大人干这活还能精着心，孩子可不管这个，结果往往费力不讨好，我街坊老太太曾为此骂了俩孙子好几天。掉下来的菜自然不会扔掉，洗干净后蒸菜团子或大馅包子。储存菜入户那几天，几乎家家顿顿这么吃，其结果，避免了浪费且通顺了二便——那年头便秘的还真不如现在多。整齐点儿的菜帮还可以切成方丁，用盐杀一下，放点花椒油或辣椒油拌一大碗，可以顶一顿主菜。

想要白菜吃一冬，就必须花些心思。白菜到家先要过风，减少表层的水分，千万不能直接堆起来。大杂院里地皮紧张，各家不得不见缝插针地晾晒，甚至搁上窗台房顶。那些天，哪个院都是遍地白菜，进了大门有如身处地雷阵。等白菜“出了汗”就可以堆起来了，但也需经常摊开过风以防烂掉或烧心。寒流一来，还要用旧棉被棉衣盖起来防冻；再冷，菜就要进屋了。住房紧张的人家晚上人菜共眠，满屋子烂菜味。更复杂的保管方法是：每棵菜都用报纸包起来，外面用细绳捆好，据说有防掉帮、防风干和保暖之功效。再登峰造极的，就是挖菜窖了。不管什么法子，都是一番心血，结果足以保证菜吃到来年。春节后的白菜因为水干出筋而难吃，所以留到那时候的不多。到菠菜下来之前，北京便是青黄不接的春天。

三

在各种食材里，白菜是个不挑不拣的随和主儿，上得来下得去，搭配什么都能成菜，怎么做都能出彩儿。有手艺的能叫它出神入化，在家随便对付也不至于无法下咽。古人说，烹调的秘诀在于“有味使之出，无味使之入”，白菜既没有让人受不了的恶味怪味可出，又能和各种滋味浑然融合，这使它称得起上等食材，价钱却低得能让老百姓接受。

白菜到底有多少种吃法，谁也没统计过。从邓小平宴请撒切尔夫人时叹为观止的开水白菜，到山东厨子用好汤煨出来的栗子白菜和淮扬菜馆精心制作的蟹粉白菜，再到北京老爷们时不常要颠勺露一手的脆嫩爽口的醋熘白菜，甚至不大会做饭的家庭妇女用大锅咕嘟出来的熬白菜，不管怎么做都好吃。北京主妇爱用白菜做馅儿，无论荤素蒸煮烙，怎么做都好吃。常年伺候白菜，人们已经游刃有余了，同样一道再简单不过的素炒白菜片，也是各有高招各有特色。十年前搬家不久，一长辈老公母俩来闲坐，那天就在家做饭吃，几个荤素菜中有非常简单的粉丝白菜和海米焖西葫芦。那老太太一辈子爱鼓捣吃食，却对这俩素菜赞不绝口。老太太过世前不久我去看她，她还提到了这俩菜。

北京人有些很有特色的白菜吃法。比如榅桲白菜心和芥末墩，用今天的观点看，都算得上健康的吃法。回忆老舍的好几篇文章都提到过他家冬天招待客人时必要上盘芥末墩，而且声言管够，老舍先生离世多年后夫人胡絜青仍然如此。我小时候邻居那旗人老太太，有时用一棵白菜的心给自己做一份芥末墩下温好的黄酒，悠然自得。这几年，一些以老北京风味标榜的饭馆也预备芥末墩，可惜味不对，想尝正宗口味，只有去老北京家里。榅桲拌白菜同样深入人心：饭前吃开胃，饭后吃消食，饭间吃利口，北京人特别喜欢。“革命”那些年没有榅桲，便顶替以山楂糖水罐头，甚至买块金糕切成丝拌在白菜心里，也一定要吃上这酸甜的一口。满族人的饭包，也用到白菜，此时的白菜既是食材也是包装，可惜，这种吃法并没有流行开，甚至说它基本消失也不算过分，一如满文；虽然个别饭馆也号称有满族饭包，但只能和电视剧里的满族服装归为一类：似是而非。

四

在当年副食品供应的条件下，白菜是北京人冬三月生活不可缺少的部分。白菜不光当鲜菜吃，有些人家还渍酸菜，冬天吃火锅或者来个白肉酸菜粉丝都是不错的美味，酸菜汤据说能治疗煤气中毒。有那么一阵京城流行喝用萝卜根、白菜根、葱根和香菜根一起煮的四根汤，据说能防或治感冒。虽然医案里出现大白菜属于罕见，但古代医学著作中的确有关于白菜的记载："白菜，亦名菘，甘，温，无毒。通利肠胃，除胸中烦，解酒渴。消食下气，治瘴气。止热气咳。冬汁尤佳，和中，利大小便"，"食之润肌肤，利五脏，且能降气，清音声，唯性滑泄"。

除了当菜，白菜还有别的用处，白菜心被当成水果分给孩子们，是缺嘴年代孩子的美味。切下来的白菜根泡在碟子里，会长出先嫩黄后翠绿的白菜花，是买不起或买不到水仙的人家儿枯燥冬天里不错的调剂，拿本闲书，衬着炉子上水壶的丝丝雾气看盛开的白菜花，有生机盎然的感觉。那时候，很多家庭会自己打糨糊，或是裱糊什么，或是孩子手工用。一时用不完，剩下的就放在菜帮里：一片当碗、一片当盖，能保存好些天。实在不能吃的菜叶子可以喂鸡，有几年北京不干涉养鸡鸭，不少人家都喂几只。把菜剁碎拌些棒子面，是鸡们的美食。后来小脚侦缉队挨家挨户搜查鸡鸭并限时处理，用来喂鸡的菜叶子就只能扔进泔水缸，拉到郊区喂猪了……

一棵白菜，将中国人的勤俭展示得淋漓尽致。不过在中国，勤俭向来是人们穷时的专利，一旦富裕些了，即使不朱门酒肉臭，也自然而然地要糟践些东西，而节俭些的人很有遭到耻笑的可能。至今，相当多的同胞还把低碳的生活与穷画着等号。

话说包子

包子，是中国人熟悉的吃食，既能当主食，也能当小吃，南方北方东部西部到处有，相同之处，都是以面裹馅而后蒸熟（偶有煎、烤或烙的），区别是馅，或荤或素取材广泛，且馅的调制带着地域特点，由此成了不同的门派。北京的包子，论出处有饭铺卖的和自家做的，按馅能分荤素两类，依食材的价钱则能分成高低不同的档次。

当年北京有不少小饭铺卖包子。饭铺的包子分大教和隔教的，老人们说，清真的羊肉包子远比大教包子香。卖包子的人的婉转悠长的吆喝犹如音乐，配上刚出屉的面肉混合香味，专爱找人的耳朵鼻子，让人远远地就咽哈喇子。我记事的五十年前，这种货声已经消失，今天在电台电视表演卖包子吆喝的，是对二手货（如侯宝林相声）的模仿。除了下街叫卖，包子多跻身于旧京的切面铺，正经庄馆即使预备，也只是富有特色的精致点心，属席面的点缀，普罗大众一般接触不到。

北京人更熟悉自家蒸的包子。北京主妇虽不如山西女人那样能弄出若干的面食花样，蒸包子却不在话下。大馅包子配大米粥或棒子面粥，加上一小碟咸菜，是一顿相当不错的家常饭。物质条件艰苦的年代，吃纯肉馅包子的时候不多，常吃的菜馅，菠菜白菜韭菜萝卜茴香南瓜大葱叶子雪里蕻什么都有，但多是便宜的大堆货，菜中若能多少放些肉馅就算上了档次，没肉的时候放点油渣儿或切碎的油饼排叉，既增加香味，也能防止馅子出汤。包子用发面，头天需把面肥泡开和上面粉待其发酵，等到面有了气孔和酸味，再搋以食碱中和，老肥发面，有特殊的香味，今日发酵粉自发粉出不来那个味。巧手的妇人，能用薄薄的一张面皮尽可能兜满馅儿而绝不会漏馅滴答汤。上大火蒸二十分钟，笼屉一揭，菜香和带碱味的面香扑鼻而来……

若吃猪肉包子，最好配炒肝，这是北京人津津乐道的早点（甚至当正餐）搭配形式。炒肝不是什么值钱东西，甚至算不上正经东西——食材是猪下水，但不少北京人吃得上瘾，我不单喜欢，还亲手做过，只是最近惮于胆固醇而不敢再吃。

有人发文说，炒肝始于明朝——甚至将其历史推至宋代，这说法固然符合国民喜欢追求“历史悠久”的传统，但炒肝的历史远没那么长。炒肝本是前门外鲜鱼口会仙居的白水猪杂碎，庚子后在报人杨曼青的建议下去除了心肺而只用肝肠，加酱色勾芡拍蒜，成品汤汁晶莹透亮，肠滑软，肝脆嫩，滋味醇厚浓郁，名字则改为炒肝。杨曼青又著文介绍这种新小吃和肝肠的营养价值，致使炒肝声名大噪。20世纪30年代初，会仙居的生意越做越往下出溜，结果被对门的天兴居抢走了不少顾客，会仙居最终在1952年转让。炒肝的食材普通，制作简单，因此很快流行，嘴刁的北京人还为它找到了最佳搭档——猪肉包子，这种吃法，北京人无人不晓，连自小长在北京的习近平也不例外，包子炒肝，便如马英九吃盒饭、柯文哲吃泡面一样有了亲民色彩。拜登也曾在姚记吃过便餐，却没要炒肝，猪肉包子配炸酱面，不是那么回事儿。

现如今天字第一号的包子非庆丰莫属。庆丰包子铺起先叫万兴居，是北平易主前1948年开业的二荤铺，后来才添了包子。万兴居在北京不同风格的大小庄馆里算不得什么，只因开在交通便利的西单牌楼东南把角，又临近长安戏院，散了夜场的戏迷和演员常来照顾买卖，所以生意不错。公私合营后万兴居成了公家的西单包子铺，1976年改名庆丰。1999年长安街改造，铺子迁到了西安门。

就算我喜欢庆丰包子，可也不能不承认，它的口味未必就比其他地方的小笼包叉烧包灌汤包水煎包们强，只因逢了两次机缘而大出风头。

头一次，是借着连锁加盟，顺水和泥到处撒芝麻盐，一下子开出了一百多家店（现在早就翻番了），还请了位说相声的，操着市井腔帮助宣传。因为质量和口味，北京人对庆丰包子并不那么买账，我却以为它颇得现代快餐的真谛。中式烹调不像西洋造饭那样把厨房弄成个化学实验室，而现代工业化又使西洋人的厨房实验室有了标准化和流水线，从而形成了一种不同于以往的食物制作和食用形式，其原因盖出于人成了生产线的组成部分，这是得以连锁经营的前提。中式快餐在20世纪八九十年代萌芽时虽喊出了誓与麦当劳、肯德基一争高下血战到底的口号，却一次次败下阵来，原因正是缺少工业化的灵魂。庆丰则不同，连锁经营后建立了研发中心，统一采购、加工、储存和配送食材，不仅保证了品质，还有效解决了在单店加工中的口味差异，降低了能源消耗和管理难度，使自己得以立足和扩张。

第二次，国家主席带着几个随员去吃了顿工作餐，结果全国人民都知道了庆丰。同胞爱跟风，之后那几天，不少人跑去尝包子、炒肝和凉菜，就连一些外地人也专跑来排队吃“主席套餐”，以圆自己心里的那份梦。当年，乾隆到前门外吃了回烧卖，又给小饭铺写了块“都一处”的牌匾，掌柜的机灵，把皇上坐过的椅子上蒙黄布下垫黄土，惹得四九城多少人来看椅子吃烧卖。如今自然不兴这一套，庆丰官方虽把那把椅子“珍藏”了，却明确表示，不会因此推出专门的套餐。

我自小喜欢包子，无论是自家蒸的还是饭馆买的，每每总会吃到顶嗓子眼，直到今天，仍常去庆丰解决早点甚至正餐，吃得顺溜溜美滋滋。

勿忘窝头

我写窝头其实不很够格。不少人赶上了计划供粮的全过程，其间夹着三年灾荒，窝头一吃就是小半辈子。我呢，因为吃的时间和数量都有限，加上因有龋齿嚼着费劲而对窝头缺乏感情，也就没法儿摆老资格。

元代，北方能顺畅地运来南方的粮食，大都城吃米相当普遍，直到元末红巾事举，漕运中断，才导致粮食供应紧张，宰相脱脱曾下令在京西开辟稻田以解决大米供应。由于当时北方种植水稻受到许多条件制约，到清初时，国人的主食已改成以北方粮食作物为主了。

窝头的名字源于明朝。李光庭《乡言解颐》所载刘宽夫《日下七事诗》在自注里说，当时有一种带糖馅的糯米粉点心，其上有凹，名曰窝窝，茶馆里做的这种窝窝个儿很小，叫艾窝窝——这种小吃今天还有。乡野也学着用杂粮做，但个头能大到一斤，而且为好熟把上边压出的窝翻到底下。可见窝头是窝窝和艾窝窝的发展。

北京人向来习惯把粮食分成粗细，大米白面为细粮；玉米面、小米面和豆类等杂粮为粗粮。二者的不同，一是价钱；二是吃起来舒不舒服。有人会说，粗粮吃起来没什么不舒服啊，而且健康。咱在这儿不抬杠，偶尔一吃确实如此，长年累月上顿下顿的吃，您试试。老北京人常吃小米面和玉米面。小米面实际是黄豆面和糜子面的混合，上等小米面二者比例为六比四，次等七比三；再下等的还要搀些玉米面——称杂合面。据1900年的有关调查统计显示，每一百斤粮食的价格是：大米六块三毛二，白面六块四毛一，小米面三块九，玉米面三块零六分。可见，两种细粮的价钱大致是粗粮的一倍，加上当时时局不稳，据商界人士估计，当时“北京人口食豆麦杂粮者，约占十分之七，食米者不过十分之三。且不但贫民食杂粮，即中等以上，小康人家，亦无不食杂粮”。这里虽没有统计出人们吃面和吃杂粮的比例，但另一个统计显示，普通工人中吃小米面的数量是吃大米的六倍，是吃白面的两倍半。

杂合面是北京贫民最重要的主食食材，这在好多文学和影视作品里有提及。杂合面和玉米面不同，是掺了少量黄豆面或小米面的玉米面，蒸窝头特暄。老人们说，早年间北京城里纯吃玉米面的并不多，粮食统购统销后，粮店只卖纯玉米面，但一些老人仍叫杂合面，因此俩词有时通用。玉米有黄、白两种，中学学过农基课，知道北京地区的主要品种有金皇后、小八趟、白马牙之类。那年月市场上没有新鲜玉米，在很长时间里，北京人接触到的玉米制品只有玉米面，每斤价钱一毛一分二，或一毛一分五。

杂合面或玉米面的特点，决定了它只适合烙或蒸，典型的吃法是蒸窝头。北京人语言丰富幽默，又不乏乐天知命自信达观，窝头到了他们嘴里，就成了黄金塔或黄金钟，也被亲切地叫作窝嗍子。为避免黄金塔死硬难咬，和面时必需放起子（小苏打）。那时多数人家吃的差不多，窝头的区别，只是大小不同而已。蒸窝头不是复杂手艺，但要两手有机配合，并在手上沾些水，才能做成上小下大中间空的圆锥形状，而不会粘在手上成不了个儿。有个故事说，古时候一秀才，过年时穷得只有窝头。看着人家吃饺子，在家门上贴了副对联自嘲："人家过年二上八下，我家过年九外一中。"说的就是包饺子和蒸窝头的动作。粗粮费火，窝头中间要捅出个窟窿眼，故有大眼窝窝头的说法，有孩子自编的打油诗："小辫刘，蒸窝头，半拉生，半拉熟……""锛儿头窝窝眼，吃饭挑大碗，给他小碗他不要，给他大碗他害臊……"以及民间"窝头翻个儿——现大眼"等俏皮话。在缺粮的年月，人们会想出种种法子降低粮食耗费，菜是最理想的替代物，往玉米面里掺碎菜的菜窝头便是代表，而北京人常吃的菜团子，则更是糠菜半年粮原则的极致。

窝头属于贱物，老北京一般不直接说人穷命——张嘴闭嘴骂人家"穷鬼"的是电影里乍富的土豪，只说吃窝头的脑袋，一些穷人出去找活干也自嘲说是奔窝头或挣杂合面去。可这贱物偏偏又和宫廷挂上了钩。据说慈禧往西安逃的途中吃过百姓给的窝头，国内最高贵的嗓子眼不仅饿极时能接受村野之物，还能吃出感情，回宫踏实了，老太太又想起这一口儿。御厨自然不敢真端上去几个大眼窝头，于是，半寸高精工细作的小窝头横空出世，至今仍是仿膳的保留项目。仿膳小窝头俗称栗子面窝头，这只是坊间讹传，实际上用的只有精选的新鲜的玉米面和上好黄豆面，加桂花白糖，做工上细致些罢了。

老百姓的窝头自然不能和御膳房里的工艺品同日而语，西太后是调剂味蕾，顶多在王公贵族满汉大臣和全国百姓面前装个不忘国难的样子。穷人的窝头为的是果腹，为明天再挣出棒子面，必须先用棒子面填饱肚子。可窝头怎么也不如馒头烙饼吃着顺口，这就得有和它匹配的东西帮助往下咽。贱物只能搭配贱物，能就窝头的，绝不能是炖肉熘丸子，海参鲍鱼的更别提了。最好的是臭豆腐、炸辣椒、韭菜花、卤虾酱、酱豆腐都差着行市——只配夹馒头，当然最好有碗粥或汤。至于咸菜就窝头，我最爱的是鞋底子一样的大酱萝卜，切成大块，本着中庸之道，一手拿窝头一手拿咸菜，一边一口不偏不倚，吃起来舒服而豪爽，吃完了来一大碗凉白开，齐活！

长这么大，最集中吃窝头是去农村劳动，最难忘的是初三时去顺义夏收。那时我们中学在马坡公社东丰乐大队建了个分校，高中各班轮流驻训。那天我们从县城背着铺盖走到分校，空场上正开批斗会。几个高二学生在烈日底下双手把窝头举过头顶，罪名是偷食堂的干粮。主持会的两位老师数落着罪状，不时从后面踹两脚抽一巴掌。我不知道别人当时怎么想，这一幕在我心里的压抑和恐惧，至今挥之不去。有一次看电影《辛德勒名单》，不知怎么眼前突然叠印出了这个画面。其实，那两位老师后来都教过我，是相当可亲可敬的人，业务在区里也很有名气。这一幕怎么解释，到现在其实也说不十分明白。

高中去了两次农村分校，每次一个月，白天干活，晚上老师糊弄点文化课或老农侃一段农业知识村史家史。偶或自由活动，但当年农村一到晚上连个亮都没有，除了洗洗背心袜子什么也干不了。于是一位老师便给大家讲全本的《福尔摩斯探案集》！农村分校的饭几乎天天一样，早晨一个窝头一勺棒子面粥，中午两个窝头一碗熬菜或菜汤，偶尔吃一次懒龙（蒸肉卷）或包子，最后一天白菜炖肉和馒头权作尾牙。玉米面富含纤维素，特别能刺激胃肠的蠕动，结果是吃得多拉得快，虽能解决现在不少人发愁的便秘，却不顶时候，一会儿就饿——那时候许多人的饭量都特大，十六七岁的半大小伙子饿得更快。干着活盼吃饭，哥儿几个琢磨着一会儿开饭吃什么，是极大的享受。待到后期，对纪律和环境了解得多了，便能几个人偷跑到供销社买顺义出的干巴呲裂的点心，或去看望一下邻村曾住过的房东，蹭点炒花生白薯干，不过也不白吃，找个在食堂帮厨的哥儿们弄出几个窝头，给房东的狗当零食。

20世纪80年代农村情况改变，城市里的农副产品迅速丰富，肉蛋奶菜敞开供应，玉米及其制成品更不在话下。嘴巴早就淡出了鸟的人们，逮着这么个机会自然要补偿。当年有句流行语：把林彪、“四人帮”造成的损失夺回来，老百姓对这话最直接的理解就是玩命吃。结果，嘴巴的损失夺回来了，代价却要命，化验单上的指标噌噌往上蹿！于是，从大款开始，追求清淡成了继鸡鸭鱼肉生猛海鲜熊掌果子狸之后的新时尚，粗粮的身价蹿升。

几十年来，我们的物质资料极大增长，人们变着法的寻求新吃食，甚至愿意付出一切代价。我常想起罗马俱乐部那份著名的报告《增长的极限》——借用它的不是内容而是名字：我们对吃的追求，什么时候才能到极限？我们什么时候才能学会和接受一种有所节制的、不损人（包括环境）利己的生活方式呢，这种生活方式，原本就是人应该具备的。

难忘点心

老北京人忌讳把糕点叫成点心。点心一词源于东晋，当时百姓以糕饼劳军以示“点点心意”，可惜到朱家坐江山时这词变了味儿。明朝狱吏牢子折磨犯人是一绝——有方苞《狱中杂记》为证，就是“速求一死”也非易事。那时处决人犯按拨儿，一拨儿十几个几十个脑袋倒替着用那几口刀，排在后边的等于钝刀锯脖子，所以金圣叹想混个首刀。凌迟的更惨，少则几十刀多则几千刀，那惨状绝难入目。为减少死刑犯的痛苦，人犯家属只要有条件都会按“潜规则”买通刽子手，贿赂当然不能大张旗鼓，只要交给掌刑者一个明装酒饭暗藏银子的提盒，念叨两句“关照关照、点心点心”，两边就心照不宣了。收了钱的刽子手很有职业操守，行刑时会用尖刀先捅人犯心脏使其猝死，然后再对着尸首装模作样走完法定程序。至于无力或没人行贿的，则须公事公办，以便宣示人心似铁官法如炉的正能量。因为这个原因，后来整个北京都随着入关的满人把点心叫饽饽，一直叫到我小时候。如今，饽饽这个词虽还有残存（如豆包叫豆馅饽饽、肉丁馒头叫肉丁饽饽），但买卖糕点时就没人这么说了。

旧时北京的饽饽铺大多厂店一体，清代饽饽铺分满洲、清真和南式三种。满洲饽饽铺最初只卖多奶重油的满族糕饼并代卖鼻烟，后来因增加传统的汉式糕点演化成大教饽饽铺。清真糕点铺出售的糕点与满汉糕点基本同名同形，区别是用素油，照顾主儿是隔着教的和佛道信众。南果铺专营南方风味的糕点糖果，在京的南省人士更喜欢光顾。

再早，正经八百的京式老饽饽铺派头都不小，这派头不在门脸上，而在铺子里头的布置和伙计的做派上。饽饽铺的门脸没什么特点，不看“满汉细点”“龙凤喜饼”之类的冲天招牌，还真难把它和排在一块的中药店、绸缎庄、酱园子、香蜡铺分开，可一进门就能看出排场和大气：由红漆大柜台隔出两个区域，柜台外面有红木茶几和坐椅，里面靠墙是两溜红漆立箱，箱里分层分类放着各式糕点，不打开箱盖什么也看不见，不熟悉名称或心里没谱儿的主儿，因为不知道箱子里的内容，您自个儿就不敢进来，只有不论（lìn）规矩的二杆子会自找没脸。有个笑话：一穷人有了钱，非要和老饽饽铺逗逗闷子，进门往椅子上一坐，自然有伙计过来照应，他却答不出“大爷您用点什么”的问话，只能把银子往几上一拍：“你看着办！”伙计不卑不亢：“大爷，您看这么着吧，您拿这银子到对面买几个烧饼，找个摊子来碗豆汁儿，咸菜白饶！”北京城里有钱有势力的主儿多得是，进这个门，认的是字号正宗东西地道服务到家，根本不缺一个半个的主顾，做派也就没法不拽。这一点，恰恰是北京人做买卖的特点，要不当年赫赫有名的正明斋、瑞芳斋、桂英斋、毓美斋和芙蓉斋等五大斋全都没了影，光绪二十一年（1895年）才开张的稻香村却独霸了京城饽饽铺的头牌呢！

清末民初，社会激变，传统老饽饽铺也不得不改变风气，增加了玻璃柜台玻璃橱窗，甚至霓虹灯留声机打灯谜烧火判儿，送货上门买饽饽抓彩，放下身段维持着生意。可后来迁都南京把旧京的购买力拦腰一刀，北京糕点业跟着吃了挂落儿，不久又因日本人控制粮食油糖而一蹶不振。好容易盼到了战乱结束，北京再为国都，却又统购统销公私合营，原材料难以充分保证不说，好些老手艺人还被迫转行，这样一来，自然影响到了制作的水准。加上部分点心改为机械化半机械化制作，质量便越来越往下掉。到我记事时，有好几百年历史的北京糕点已像獐头鼠目的贾环一般上不得台面了，单酥软一项就没法提，相声说桃酥掉在地上嵌进去只能用江米条才能撬出来，不过是夸张的事实而已。

就品种而言，整个六七十年代，北京糕点中的大路货就剩下蛋糕（槽糕）、桃酥、酥皮、牛舌饼、江米条、小排叉、绿豆糕、萨其马等数种，再就是超出狭义糕点范畴的面包和饼干。至于在北京很有传统的应时糕点，则只剩下了月饼和蜜供，不过月饼改叫丰收饼以示不属于旧习俗，高塔形的蜜供则变成大块形象，以表明是为人吃而非供佛，至于五毒饼、太阳糕之类根本就没听说过。糕点品种少到谁都能背下来，倒也免去了隔着红漆大柜点名的尴尬——过去不少老北京人很有些瞧不起买糕点叫不出名儿、指着货说要这个要那个的主儿。大路的糕点大致有三个档次，每斤的价钱是六毛六、七毛二和七毛八，另有个别的超过九毛，同时每斤收六两粮票。糕点的包装用纸，巧手的售货员能包出漂亮的点心包。但如果送礼，纸包就拿不出手了，于是要买点心匣子。

不管怎么宣传移风易俗过革命化的节日，也不管点心水平怎么往下出溜，要脸面的北京人还是不愿意把送饽饽匣子的传统当“四旧”给废了。北京人对“匣子”这个词的一般理解是薄木板做的小盒子（非木制的通常会在前面加上材料名称，如铁匣子、铜匣子、纸皮匣子之类），特殊理解则指盛殓买不起棺材的人的薄木容器。据说老京式饽饽铺还真用薄木板做饽饽匣子，后来才改为纸质。

北京人送点心有个习惯：除了看病人，一般只送长辈。70年代初走后门成风，点心、酒和烟常被当礼物，名曰炸药包、手榴弹和二十响儿。我记事后的点心匣子，大约一拃来宽两拃来长，高度较宽度略小。盒子是马粪纸做的，做工和印刷都很粗糙，上蒙的彩纸已不印铺子的广告而是简单生硬的图案和“抓革命、促生产”“发展经济　保障供给”之类的语录。

买成盒点心叫装个盒儿或打个匣子，售货员会按顾客的选择（或由其代选）在盒子里装好若干种类，然后在盒盖上垫张红的或粉的装饰纸，再用纸绳一横两竖捆好，上面还会打出个提手。整个动作一气呵成，绑得漂亮、实用而结实，串门要是提溜这么个玩意很有面子。春节等节日前，食品店糕点柜台前常要排起长队。北京人好面子，那年月又不是很富裕，很多点心匣子是转着圈送，有相声说最后又给自己个儿送回来了，其实果真如此北京人也不大会计较，反正大家要的就是个面子，礼儿到了就成，谁还指着拿这个当饭吃——那年月大家是互相让着敬着抬举着过日子的，还没讲究直奔主题呢！北京人不会为那么点东西不要脸面，更不至于为那么点东西撕破了脸。

点心因含有较多的油和糖，在以吃饱为目标的当年自然和营养、进补联系起来。老人、病人和产妇吃是为正理，孩子常吃的则不多，以点心当零食的更少。我有个小学同学，先天性心脏病，从小和姥姥一样待遇，早晨一碗牛奶或冲鸡蛋就着点心吃，初中做了大手术，现在身体棒得牛一样，自己开着车往返于京晋之间带劲着呢，想来，和当年吃出来的底子不是没关系。

点心的价格，又使它被不少人看作是奢侈品，不信可以算笔账：早点吃一个现炸的油饼喝一碗热乎乎的豆浆是八分钱一两粮票，有稀有干，分量也大；买一两粮票最便宜的点心是一毛一（四毛八一斤的动物饼干不算），儿口就没了，一天省三分，一个月就是九毛，那可是好几天的菜钱！两者相较自然知道该选哪个。好些北京人嫌上海人“小气”，其实，某些方面北京人算计得并不比人家差，收入有限，没辙。所以，能经常享受糕点早餐的孩子大都情况特殊。我另一个常吃点心的同学，爹妈原是买卖人，手里有点积蓄却没孩子，挺大岁数托人抱了他，年过半百的老公母俩把这小子当佛供着，见天变着样儿吃，结果荷尔蒙多得和年纪不匹配，在同学堆儿里率先上长胡子下长毛，初中没毕业就因强奸幼女判了刑。

20世纪80年代以后，农副产品数量和种类的增加以及商业服务业的快速扩张，使得好些过去没见过的糕点出现在大大小小的食品店里，按西法制作的各种蛋糕大为流行，尤其是过生日，要不弄个蛋糕简直就不叫办事儿。西点大行其道，装糕点的盒子也随着变了脸，“鞋盒子”消失了差不多二十年。与西式点心的兴旺相比，传统中式糕点却没抓住好机会更上一层楼。早在《燕市积弊》的年代，作者就批评过京式糕点墨守成规不思改良，可这老毛病愣是没改，结果叫人家占尽了商机，直到90年代以后人们才又想起了老滋味，可惜，这时候的食物构成已不同以往，于是，不少人闹着要消灭重油厚糖的五仁儿馅儿月饼。

我家常以糕点做早点，当年常去崇文门的春明食品店，可后来春明没了。巧的是，我工作的学校开了个校办工厂，专烤西式蛋糕，规模不大，口味却不错，食材也是货真价实，绝对没有防腐剂——成品放几天就长绿毛。于是我成了那小作坊的常客，没两年工厂倒闭转产，却和承包人成了聊友。

在食品丰富且经济条件早已非当年可比的时代，很难说稻香村们到底还有多大的号召力，可我至今仍常以稻香村的老几样为早点，未必因为多好吃，而是犹如多年的旧友舍不得离开，那是一种习惯的滋味。

闲话春饼

一

立春是农历一年的第一个节气，也是民国以前所谓春节的日子，称元旦。至于以大年初一为春节则是袁世凯的贡献：民国肇始，按传统要更换节日。有人建议弘扬民粹设立节日，并提议新设春夏秋冬四节。老袁以为节日太多，只批准了春节。由于将公历一月一日确定为节日，并占用了元旦的名称，于是把原来的元旦改称春节，时间则挪到农历正月初一。中国是农业社会，过去对这个节日是相当重视的，据史书记载，李世民为不耽误天下春耕竟将太子的大婚改期，足见“一年之计在于春”不是随便一说糊弄人的口号。到了现代工业社会，这说法也就那么回事儿了。

《礼记》那时代，天子要“亲率三公九卿诸侯大夫以迎春于东郊”，到了后来，皇帝老儿要去“打春”，到东直门外（或先农坛他那一亩三分地），用扎了五彩绸缎的木头棒子照着同样扎了五彩绸缎的牛屁股敲打两下子，意思是告知天下要准备春耕了。皇上出动，朝中诸位大佬自然不能在家清闲着独享“春盘”，那年头儿交通没现在这么发达，去趟东直门就是出远门了，路不好走，没汽车，颠颠簸簸暴土扬烟的实在受罪，要不然《红楼梦》里的贾蓉去清虚观打个前站就受不了，躲在阴凉地儿歇着，让他老子逮住一顿臭骂，还得挨一顿嘴巴子呢。这些活动好像是宋朝和宋朝以前更像那么回事儿，明初凑合事，以后就越来越差行市了，为了龙体的考虑，皇上自个儿该干的活儿最后竟改由礼部和顺天府代劳了。至于现在，要是排演“皇上打春牛”之类，就只能是商业广告或者哄着大伙哈哈一乐的事了。

皇上打春牛，到了老百姓这儿自然用不着假模三道拿棍子棒牛屁股，于是打春牛简化成了以吃为主，为的是吃足了力气好下地干活儿，于是又有了“咬春”的说法，据说“咬春”能消除春困——北京人有“春困秋乏夏打盹、睡不醒的冬三月”一说，开春犯困，不利于生产，人必须打起精神。

二

各地“咬春”的食材不同，北京人一般是吃春饼。春饼古时候的文雅说法叫春盘，据说最高档次的春盘是在一桌燕翅席鸭果席基础上额外另上春饼和吃春饼的菜肴，以应个咬春的典。次一等的，要准备几个下酒菜和卷饼的菜蔬，再到熟肉铺子（盒子铺）叫个盒子菜。盒子菜在50年代后消失，只在一些老文字中见过，就是用内部分七个或九个格子的漆盒，分别放上酱肘子、肘花、咸肉、小肚、熏鸡、炉肉、叉烧、烤鸭（原称烧鸭子）等不同的肉食。盒子也有档次，最好的苏造盒子或苏式盒子相传是按内府苏某秘方所制，味道极好。这两个档次的春饼，当年至少是中等以上的人家才吃得起，普通百姓之家要简单得多。

卷春饼的常见食材，除了切成火柴梗粗细的肉丝、事先泡开的黄花木耳和剪成段的粉丝、掐去干须的豆芽、鸡蛋之外，还有几种新鲜蔬菜：韭黄或蒜黄、菠菜（极嫩的火焰儿菠菜）、韭菜（青韭）。食材如何搭配没有一定之规，故而有不同的组合。将几种青菜和掐菜、肉丝和粉丝、黄花木耳分别炒在一起，是谓“炒合菜”（合发火的音）。“炒合菜”的总体要求是：不能过火而须断生，菜的形状适合卷饼。最简单的合菜是把上述食材炒成一锅，俗称炒杂拌儿（有人家也叫炒和菜）。金受申说，在饭馆一两个人吃春饼，就要一个炒杂拌儿，上菜时伙计把摊成饼状的鸡蛋盖在上面，叫作炒杂拌盖被窝，再来一小碟酱肉，就能酒足饭饱了。熟肉的品种没有一定之规，金受申说只要是“熏的”和“酱的”都可以，我加一条是一定要切成细丝以适合卷饼。有人把肘子小肚切成大片直接装盘，看着壮观，可却是外行的做法。此外，还要预备切成丝的生葱和甜面酱。

烙饼（也可以蒸）比起炒菜一点也不省事。要用热水烫面，水里略微放盐。和面要软硬适度，弄不好稀泥一摊拿不起个儿来就是烙成坦克的装甲板。饧好的面揪成比饺子剂略大的剂子，两个剂子之间抹点油，擀薄上铛。因为面是烫的而且极薄，所以略烙即可。烙得的饼放在一个带盖的容器里，盖上块湿布再盖上盖。饼烙得好，放几天还能柔韧如初，绝不会干成一片薄脆。

吃春饼同样要点技术，弄不好就能出洋相闹笑话。卷饼的食材少说也有两三种，这就要求要以适度为原则。春饼要卷得细溜匀称，有模有样，秀气里透着漂亮。还要注意不能两头贯通，要把下面一端兜一下，以免卷在里面的东西漏出来。卷菜的基本要求是，每样食材都要有，但都点到而止。我自认为，吃春饼很能体现一个人对于物质的欲望。有人拿出大碗喝酒大块吃肉的架势对付春饼，不管三七二十一，什么都来它一大箸子，结果成不了卷，弄成个包子或大菜团子捧在手里，那就外扤了。更有人直接把饼卷个喇叭筒，把菜一个劲地从喇叭口往里装，卷成个非得俩手才能握住的大号麻雷子，顾此失彼两头拉拉汤不说，弄不好里面的东西就会漏一桌子一地。为避免尴尬，更有人学着抽烟的样子仰着脑袋从麻雷子屁股处下嘴，很像过去出力气穷哥儿们的一种吃法：把烙饼卷猪头肉弄个胳膊粗细的卷，仰着脑袋吃，其名曰吹喇叭——这不雅的名字放今天还很容易让人误会！还有一种怕卷不成卷儿的吃法：把菜放在饼上，中间夹根筷子，卷起来再把筷子抽出去。这种吃法最为老北京人所不屑，以为是“老赶”装斯文，比吹喇叭的还不如。这一切，盖出于卷菜时不知限量，不能控制。可能有人认为，都什么年代了还要假装斯文，我以为，干什么有什么规矩，比如吃西餐，我肯定坚持左手使叉右手使刀，非要说我迂腐我也没辙。

南方人立春吃春卷而不吃春饼。我曾有个女领导，上海人，说话办事都乍乍呼呼，什么也得抢个先儿。有一回我和一个同事聊到晚饭预备春饼，领导颇有些不屑，自称晚上也得吃上这个。不一会儿，从附近市场用塑料袋拎回一张切牙儿的大饼，不无得意地说：回家烧两个菜一卷，不比你们那个省事！众人不语，知道这大饼只能卷大炮或者卷喇叭。

三

古代，立春是一年中的第一个节日，其间的活动绝非仅仅春饼或春卷一项，只是许多内容随着社会发展被淘汰，最后剩下来的则只有吃。中国很多传统节日和农业文明是连在一起的，现而今农业社会已成了工业社会，当初节日的内容不可能也没必要延续了，这自然没必要遗憾，时代总在进步啊！前两年东直门那边搞的立春系列活动，我以为固然有积极的意义，但却不必要复制，更无法推广。弄些个假大臣假太监假宫娥围着个假皇上装模作样地打牛屁股，再围上一圈起哄看热闹的，纯属游戏，把它的意义说顶了天，也不过是增加些节日气氛而已，千万别当真。

尴尬的月饼

一

《帝京景物略》里说："八月十五祭月，其祭果饼必圆。"月饼的形状，使它成了给月亮的理想祭品。按《礼记》的说法，"太阳生于东，月生于西，此阴阳之分夫妇之位也"。古代认为人乃是女性血水所化，月亮属阴属水，生育崇尚便和月亮结了缘，住在广寒殿的嫦娥因此成了生育之神。嫦娥起初和咱身边的女人没什么不同，但嫁得不错，她男人不但精通射箭，还求了长生不死的仙药，可惜有个心存不轨的徒弟逢蒙，变着法儿的要弄走后羿的药，嫦娥抵挡不了，只好吞下药丸子被迫升了天。鲁迅在《故事新编》里对嫦娥飞天另有解释，按他的演绎，嫦娥乃今日拜金女们的鼻祖，在别人嚼草根充饥的时候，这女子成天吃着她男人打回来的飞禽走兽。凡事一分为二，后羿能耐大，可除了射箭没别的本事，仗弓箭几乎杀绝了世上的动物，最后只能见天射几只麻雀回来给媳妇做炸酱面，吃惯了山珍海味的嫦娥受不了清苦日子，心里一烦就奔了月宫，害得她男人有媳妇却不得不打起了光棍，于是月饼又有了象征团圆的含义。

另一种关于月饼的说法和中国历史上周而复始的政权更替有关。元末，中原百姓实在没了活路，准备起来赶走成吉思汗的子孙。在没有手机和网络的年代里，统一大家的行动并不容易，聪明的汉人想了个办法，把告知八月十五晚上举事的字条塞入月饼相互传送。起义如期爆发势如破竹，第二年中秋，朱元璋得到了徐达攻克大都城的消息，立即口谕全国军民共庆佳节，并以月饼赏赐群臣纪念战争的胜利。这个不知出处的故事在民间流传下来。1945年日本投降时我父亲正住在沈阳，他说东北不少地方当时盛传这句话，并发展为"八月十五杀鞑子，八月十六杀高丽”，结果那两天晚上成群的中国人到处追打甚至追杀日本人和高丽人。

资料记载，中国人吃月饼始于唐朝，僖宗曾派人把月饼送到曲江宴上，以示重视念书人。到了北宋，拿月饼（时称“小饼”或“月团”）当礼送的风气传到了民间，苏东坡因此有“小饼如嚼月，中有酥和饴”的句子。没多少年，大宋江山被北方狼主弄去了一大块，可偏安一隅的皇上并不想回复旧时基业，而是过起了醉生梦死的日子。“城中好高髻，四方高一尺”，皇上的垂范加上吴越水乡的绵风软雨，造就了奢靡的南宋民风，也就有了“月饼”的专用称呼（首见于周密记叙临安见闻的《武林旧事》）。明清时，月饼已经成了民间过中秋的必备吃食，制作水平也越来越高，袁枚在《随园食单》曾叙述了多种月饼的制作方法，复杂程度令人眼花缭乱。

月饼对中国人如此重要，使它脱离了果腹的低层次，上升为一种精致的工艺品，据专家们说还有形而上的内涵。经过多年的发展，月饼演变出了广、苏、京、潮等不同派系，食材和制作方法精益求精花样翻新，这些年更是不断冒出奇葩：韭菜鸡蛋馅、普洱菊花馅、各色海鲜馅月饼纷纷出笼。其实，无论怎样独辟蹊径标新立异，一旦离开了基本内核，就算愣说它是月饼，大约也难让人认可。至于一些地方出现的超级月饼，不过是商家做广告的把戏。

二

京式月饼不是特别甜腻，喜欢用香油，很适合北京人的口味，典型的是自来红、自来白、提浆和翻毛月饼，此外还有大个儿的供月月饼。自来红和自来白形如围棋子或馒头，以白糖、冰糖、青红丝、核桃仁和瓜子仁等为馅，成形后烤制而成，区别是前者用香油后者用大油。提浆月饼形似广式月饼，用油和熬好的糖浆和面，以模子成形上炉烘烤去掉水分，据说熬制糖浆时要用蛋白液提取其中的杂质，故名提浆。

翻毛月饼诞生于清朝，是京式月饼里的精品。这种月饼模样像酥皮儿，特点是外皮层次细密，把刚出炉的成品放在桌上轻轻拍打桌面，酥皮会像鹅毛一样飘起来。口感不黏不硬、鲜香松软、甜而不腻，馅儿为迎合北京人的口味掺入了椒盐、桂花、八宝等调料。翻毛的名字据说是慈禧起的，不久便风靡京师。民间传说西太后特别爱吃月饼，却有碍于月饼和月病（即月事）谐音而改叫月菜糕。这名字听着别扭，可大家也理解：慈禧地位再高权势再大也是个老娘儿们，又不必靠着抖搂隐私吸引注意，女人的面子怎么说也得顾忌一二，叫全国人民成天价念叨大清帝国掌门人“每个月总有那么几天身上不舒服”，毕竟有损于形象。我并没有吃过传说中的正宗翻毛月饼，到我能买到这种月饼时，那酥皮已厚若牛皮纸了，拿大锤砸桌子也飘不起来。

一成不变是北京糕点铺子多少年坚守的准则，公私合营和粮油统购统销则导致了包括月饼在内的各种糕点质量的每况愈下。记忆中第一次吃月饼是我七八岁的时候，并没特别的印象。当时北京的月饼品种仍是当年那几种——其中一些有时还会断档，南式月饼在一般的食品店里几乎见不到。每斤六块，收六两粮票，价钱不过六七毛。

有人爱把今不如昔挂在嘴边上，我记忆里当年的月饼质量却不怎么样，印象最深的，是硬而缺油。其实，退回多少年去，北京月饼的质量也不一定就好到哪儿去。邓云乡在《甜品集锦》一文里说，自来红、自来白“老人吃起来够辛苦，小孩子吃起来也不见得多好”；提浆“吃起来仍是坚硬，并不好吃”。老先生还引用了一首《同治都门纪略·都门杂咏》里的月饼诗：“红白翻毛制作精，中秋送礼遍都城；论斤成套皆低货，馅少皮干大半生。”据云乡先生说，当时北京好吃的月饼大都是“南式”，比如致美斋的苏式和佛照楼的粤式。《燕京岁时记·月饼》更是不客气地说，除了前门致美斋的月饼，“他处不足食也”，可见京式月饼的制作水平。供月月饼更是难以入口，有的甚至就是个带馅儿的生面疙瘩，须重新回锅蒸熟了才能吃。不过，考虑到这本来是给神仙们吃的，大家伙也就不那么在意了。如此说来，北京的月饼还真是乏善可陈，至于今天有些人对当年的月饼津津乐道，心情我理解，却不以为东西真就那么美好。人们对当年月饼无法忘怀还有个重要的原因，就是当时人们都缺嘴，月饼多油多糖，一年不过打一回牙祭，难免有吃人参果的效应。

三

旧时八月十五比现在要热闹得多。临节几天，满大街的店铺摊子就摆上了新鲜的瓜果，更有各色的“兔儿爷”。传统的中国人，虽缺乏信仰却不失敬畏，老北京人的中秋绝不只是吃月饼，最主要的活动是祭月。但凡有条件的家庭，十五晚上都会在院里放上桌案摆上月亮马儿（也叫月光马，即木版板水印的关帝像），供上月饼鲜果敬神钱粮带枝毛豆和鸡冠花，燃蜡焚香，由家中女性长辈主祭。此时家里的老爷们不能参与，因为北方民间有女不祭灶、男不拜月的说法，但据民俗作家常人春说，全家都可以参加祭拜。八月十五晚上，有人会赏着月亮动动笔墨或吟诵一番，有的聚在一起猜谜射覆。郊垧农家会举家品尝新鲜蔬果以庆丰收——大秋是一年的最后一次收获，这当然是有条件的，否则另说。我在农村教书时，某八月十五晚上去家访，村里给大伙放的电影已经开演，被访的学生和俩妹妹在母亲的带领下刚从地里刨花生回来，冷灶冷锅，看着心酸。

悠悠万事，唯吃最大。天地翻覆，天地鬼神不再敬畏，中秋节原有的内容，只有吃月饼保留了下来——顶多全家聚在一起吃顿团圆饭。80年代初拍的电影《啊，摇篮》里，有老红军在艰难的条件下给孩子们做月饼、做着做着闭了眼的情节和《爷爷为我打月饼》的插曲。故事虽是编剧所撰，但让人觉得真实，即使物质条件再匮乏，给孩子们做几块月饼，也不能算过分。只有王实味不明白道理，写什么劳什子的《野百合花》，真真得不通人情。

20世纪80年代以后，食品店的柜台越来越丰富起来，各种各样的月饼让人们颇有吃不过来的感慨，可不少北京人吃了一圈后回归了原点，号称最好吃的是自来红，正因此，饱受诟病的京式月饼至今仍有市场。

四

这些年，月饼在人们心里的地位一直朝下出溜。好的吃多了，人们开始追求清淡的口味、健康的食材及合理的搭配，多油多糖且热量过高的月饼与现代健康理念格格不入，在一些专家嘴里成了不健康食品。月饼自己也不争气：菌落总数超标、防腐剂和其他添加剂不合格，质量问题接二连三，甚至曝出南京冠生园用隔年剩馅做月饼的问题——这家有着近八十年历史的老店最终破产并负债1600多万元。人生苦短，谁也不会不拿自己的小命当回事，这不能不动摇大家伙对月饼的信念。

洋人也跟着起哄，已有30多个国家明确禁止中国月饼入境，另有一些国家则对邮寄月饼采取了严格的限制。如此欺负人，咱这倒也没人言声，细一琢磨，敢情是自己作的结果，不好意思指责人家。多少年来，国内食品安全事件就没断过，对策则只是灭火，把事压下去就好，少有能从根本上解决问题的法子。

虽然人们越来越不喜欢月饼，可这些年月饼市场却越做越大，黄金白银月饼、价值815万元一盒的豪华月饼一出来就抢购一空，明眼人都知道，这是送礼的。中国人讲礼儿，当年郭兰英有首歌叫《八月十五月儿明》，唱的是雷锋把部队发的四块月饼送给了住院的战友。相互之间送礼祝福本无可厚非，可现如今月饼最终却沦为腐败的道具，送月饼远远超出了祝福的范畴。这两年，月饼成了打击腐败的突破口，至少在一定程度上，中秋节比头些年清净和干净了许多。

冰棍岁月

我小时候没有冷饮而只有冰棍汽水的概念，按思维科学理论是概括能力不足。认识字后，看见食品店画着冰山北极熊的冷柜上写的冷饮俩字，第一反应仍是冰棍。所以，题目的冰棍就是冷饮。

北京人有吃冷饮的传统。清代文人严缁生晚年回到南方老家，对京师生活留恋得不得了，写了数首《忆京都词》，专拿北京的好处比南方的不足，其中一首道："忆京都，赏夏绿荷湾。冰果登筵凉沁齿，三钱买得水晶山。不似此间蒸溽暑，纵许伐冰无处所。"这小令前半段说的是什刹海赏荷花会贤堂吃冰碗；后半段则由南方的湿热想到了北京的冰箱。

如今讲养生，谁都知道夏天不宜多吃冷饮，可真能拒绝的却不多。我从二十多岁后爱喝热茶，觉得出身汗洗个澡特别舒服，可这几年也老想吃凉的，好在还能控制。可见，说教的力量和欲望相比作用很有限！

中国人吃冰的习惯有几千年了——尽管中医认为并不好。《诗经·豳风·七月》中有"二之日凿冰冲冲，三之日纳于凌阴"的诗句，冬天藏冰自然是为了夏天直接或间接食用，享用的主儿当然不是普通人。老百姓夏季吃凉食的历史始于唐宋，当时已有公开买凉食的，传为马可·波罗所著的《东方闻见录》里有"东方的黄金国里，居民们喜欢吃奶冰"的记载，明清时期，不少美味凉食名品出现了，包括老北京人熟悉的酸梅汤、绿豆汤、西瓜汁、刨冰、杏仁豆腐、奶酪，以及庄馆里的冰碗，我小时候多数孩子熟悉的，则是绿豆汤和凉白开。按今天的说法，这些凉食不属于冷饮，冷饮应该只用西法制作的汽水、冰棍、冰激凌之类。20世纪初，洋人的享乐物什进入国门，开放的上海如是，国都也不含糊，西式饭店洋货铺子番菜馆子咖啡厅里供应西式冰激凌，上点档次的食品铺子也能买到汽足煞口的荷兰水，只是这些东西最初不大受中国人的待见。

1772年英国人普利斯特里把二氧化碳打入水中，结果大部分被水吸收，这就是汽水的来历，后来法国的拉瓦锡造出了造汽水的机器，东方的汽水最早由荷兰人在东南亚生产，称亚逸勃兰达，这个马来语翻译过来就是荷兰水。荷兰水在清末民初传入中国，除了年轻学生，人们大多不感兴趣，我以为原因是价钱，老舍小说《离婚》里有段描写：“不能大意，生活是要有板有眼，一步不可放松的，多省一个便多给儿子留下一个。沏上了‘碧螺春’，放在冰箱里镇着，又香又清又凉，省得客人由性儿开汽水。汽水两毛一瓶，碧螺春，喝得过的，才两毛一两，一两茶叶能沏五六壶！汽水，开瓶时的响声就听着不自然！”这位张大哥是个有房产的公务员，家庭小康，交际广，又不是落伍的老八板儿，在家请客必得预备汽水，却不能不算计，可见我的判断有理。和张大哥同事的小赵买汽水未必就不心疼钱，可他知道洋玩意儿对年轻女学生的作用，一瓶汽水加上几声笛耳什么的，便足以俘虏半大不小的女孩子，所以拿汽水当“采花”的迷魂药。

我小时候，北京的汽水大都出自永定门外安乐林路的北京市食品厂，以北冰洋为商标，雪山北极熊图案在黄色汽水背景的衬托下格外鲜亮。小时喝汽水次数有限，因此印象深刻，尤其是冰凉煞口那第一口，喝猛了能叫人流出眼泪噎个跟头，连喝几口，一股气从肚子深处直顶到脑门，噎得人连气都出不来。一瓶喝完，暑气随着几个嗝顿时消散。买汽水给塑料吸管，但很多人不用，讲究对嘴仰脖一口气下去，这法子虽过瘾，可弄不好能从鼻子喷出来。80年代初人们兜里的钱多起来，什么都抢手。那时我正搞对象，冰棍汽水电影票是必不可少的，好几次遇上北冰洋脱销。

90年代，北京市食品厂在改成北冰洋集团红火了几年后突然归了百事可乐，北冰洋汽水消失，直到头两年才恢复。北冰洋复出的意义，具有满足怀旧愿望的价值，汽水本身其实就那么回事。我不想赶时髦，也没觉得当年的东西一定就比现在好，可口可乐我喝了也觉得不错，何必非得北冰洋呢。前些日子才碰上买了瓶北冰洋，一握就知道瓶子减了肥，喝一口，没了撞脑门迫五脏的感觉，这是因为汽少——可能是为安全吧！要吸管，三十多岁的女售货员说是按当年的规矩不预备，我以为这不必争论，在保存传统和保证健康的选择面前，我相信多数人会选择后者。如此的做派，再加上今天人们可选择的饮料远非当年能比，以及生活习惯的逐渐变化，很难说这老品牌到底能走出去多远。

当年食品店里冷饮种类不多，大致能分成三种：除了液体的汽水——后来增加了瓶装酸梅汤，还有固体的冰棍、雪糕、冰砖和冰激凌，以及半固体的酸奶。各种冷饮的原料货真价实，替代品相对少些，凡用奶的，就是普通的鸳鸯冰棍（北京人叫双棒儿）奶味都很浓。酸奶味浓而黏稠，需用铁勺攉着吃。

冷饮里吃得最多的是冰棍，因为它是冷饮里最廉价的。北京人必得对棍字儿化，我街坊的南方人叫棒冰或冰棒，当年显得很另类。冰棍的祖宗据说能倒腾到元朝的奶冰，西方商人将中国土造冰激凌的法子带回意大利后传到英法，英国人在其基础上发明了雪糕。1920年美国人研制出了现代冰棍，七年后上海开始出售圆柱形机制冰棍，当时全国日产量不过两三千支。

当年冷饮只在食品店出售，小店受储存条件限制只卖冰棍。小店的冰棍上午十点来钟进货，放在带盖的大木箱子里。卖得快的就几十根一盒带着外包装（很软很糙的纸盒）放进木箱，数量较少的则放在大口的竹皮保温瓶里，木箱盖子和冰棍盒子暖壶之间有棉被。冰棍按价钱分成三分和五分的，三分的有红果、小豆和水果（也叫杨梅的）三种，五分的只有巧克力和牛奶（也叫奶油）的，其中红果和巧克力的相对受欢迎，三分的比五分的销得快，好些孩子从家里就能要出三分钱，赶上三分的没了，只能望洋兴叹；不论大人孩子，买冰棍前常会问一句：“有三分的吗？”当年冰棍的尺寸相同，是个不到一拃的长方体，用细篾膀儿或木棍穿着。冰棍枝儿可以用作游戏。冰棍外面包着印有简单图案和文字的单色蜡纸，卖冰棍的有时会包掉蜡纸把冰棍递给买主，据说蜡纸攒起来能卖钱。

冰棍也到大街和胡同卖，推车卖冰棍的多是中老年人，妇女居多。卖冰棍须取得资格，我有个同学弟兄姐妹五六个，他爸工资不高，他妈平时给装订厂折页子，夏天卖仨月冰棍，上下学常能瞧见他妈推着小车在胡同里吆喝。卖冰棍的一般戴围裙套袖白帽子——天热时这工作服不一定穿。冰棍车是安了四个小铁轱辘的带把木箱，箱子刷成白色，写着“冰棍”俩字。打开木箱盖，有棉被盖着的冰棍盒和保温瓶，一般还有个装钱的小盒或小笸箩，有时也直接把钱放进围裙的兜里。卖一根冰棍能挣多少钱我不知道，但肯定不多，可对卖冰棍的来说却很重要，那是生活费。从来没看见过卖冰棍的吃冰棍，他们一般随车带个装着淡茶或白水的玻璃瓶子，每看到这个就能想起《红楼梦》里王夫人说的“卖油娘子水梳头”。

20世纪六七十年代，北京城里吆喝的内容和腔调十分简单，卖冰棍的不过是拉长音儿的俩字：“冰棍儿”——有淘气小孩可丁可卯地接着喊“败火，拉稀别找我”，顶多加上价钱和品种，比如“红果冰棍儿——”或“冰棍儿，三分五分！”公私合营后，游商摊贩和与其联系着的吆喝基本消失，吆喝在多年后被挖掘出来，不过是怀旧使然，当成一种文化符号偶尔表演一下未尝不可，却没什么可留恋的。

推车卖冰棍有一定的行动路线，一如帮会有各自的码头，不能随便坏规矩，万一误入人家的地盘抢了买卖，好说好商量就完了，不能拿出踢馆砸场子的架势。我见过俩老太太为此的骂战，看热闹的便有人出来评理，把不守规矩的说得灰头土脸。现在想起这事，不免感叹当时大家对规矩的尊重，也领悟到生活的艰辛。我住的那胡同，卖冰棍的车来的次数并不多，卖冰棍的都跑到前海河边“蹲点儿”了，那里树荫成片，又借着水气，凉快，过来过往的人也多——去游泳场的孩子尤其多，坐在那，喝着水扇着扇子凉凉快快就把买卖做了，自然犯不上下街跑腿儿。只有傍晚，才把剩下的半融化货色推到胡同里卖，要不就是阴天下雨，冰棍车子一天能来多少趟。

70年代末，胡同里常来一些原先没见过的卖冰棍人，并不老，多是骑着钢管焊的自行车，后架上绑个木箱子，吆喝的音调更单调，带着直不愣登的劲儿，拿出来的冰棍也与以往不同。知情者说，这是来自乡镇企业或小作坊的货色，卫生不敢保证，最好不要买，居委会的老太太甚至在胡同里设卡围追堵截。

20世纪80年代，食品业和服务业迅速发展，冷饮成了人们夏天里不可或缺的必需品，冷饮店多起来，经常有人排着队买蛋卷冰激凌之类。需求刺激了冷饮业的发展，冷饮种类越来越多，口味越来越怪，包装越来越好，当然价钱也越来越高，一根红果冰棍的价钱已是当年的数十倍。90年代初流行过一阵子和路雪，一根几块十几块，真叫不少家长嘬过牙花子，虽然为了独生子女什么都舍得，可收入在那儿搁着，要是天天来一根还真玩不起，于是有的家长拿它当成给孩子考好的奖励，地位如当时的麦当劳、肯德基。当然，北京的冷饮市场和几乎所有买卖一样也是鱼龙混杂，三精水兑出来的冰棍汽水就很是流行了一阵子，也没人管了一阵子。

冰箱的普及使各种的冷饮日常化地进入了家庭，人们几十几十地批冰棍，整袋整罐地买冰激凌，成箱地搬汽水可乐。不管冷天热天，想吃点凉的都不在话下，可绝大多数北京人仍守着自己对时令的理解，不敢像哈尔滨人那样“吃根冰糕度严冬”，正所谓一方水土一方人。今天的多数家长，仍会限制孩子吃冷饮的数量，只是并非出于经济的考虑，而是为了健康。

小酒馆

原来北京的大街和胡同里有好些个小酒馆儿，就是在破“四旧”的“文革”年月也没有完全消失，是不少离不开酒的北京爷们儿的好去处。随着铺面房价格的上涨和胡同大量被拆除，以及人们生活方式和习惯的变化，这些既失去“天时地利”又没了“人和”的酒馆，便迅速消失了。

小酒馆儿的前身是大酒缸，多半是善于经营的山西人的买卖。大酒缸多是一两间门脸儿，柜台上预备些常有的和应时的下酒小菜，白酒（烧酒）就存在半埋进地下的大缸里（有个电视剧，在水缸上放四方木板，周围置方凳，看着像一人抱着一个水缸），据说缸底因常年存酒而有淤泥，使酒有特殊的香味。缸口覆红漆厚木缸盖，酒客坐白茬木凳据缸而饮。老舍曾写了个叫多老大的，刚得了几吊钱就奔了大酒缸，要了小碟炒麻豆腐、几个腌小螃蟹和半斤白干，酒后又在门口买了一对熏鸡蛋、一块猪头肉和几个白面火烧，吃得心满意足，是为大酒缸吃喝的真实写照。新中国成立后酒属专营品，不能私造，大酒缸也就不再以缸存酒，故而代以方桌，酒菜也有所变化，大酒缸成了纯粹的小酒馆，但大酒缸的三昧依然。

我印象较深的小酒馆儿有两家，一家在交道口南路东，圆恩寺胡同斜对过儿，附近居民因其店门颜色称之为“黄门”。我父母家住北吉祥胡同，星期天从姥姥家去父母家，有时候我和我弟弟被派去“黄门”买点小肚蒜肠开花豆，还用暖壶买过散装的啤酒。另一家在银锭桥，就在下桥往北烟袋斜街西口，门朝南正对着银锭桥，这家小酒馆儿被老街坊们叫作“小铺儿”，因为它的面积确实小。小铺儿东边隔俩门还有一家较大的副食品商店，附近居民叫它“合作社”，卖菜肉蛋和各种副食品以及简单的日用品。小酒馆儿虽兼卖简单的副食品，货却不如副食店齐全，这大概是被叫成小铺儿的第二个原因吧。除了这两家，我在新街口、鼓楼后头也见过这样的小酒馆儿，但没有这两家印象深，特别是小铺儿。

小铺儿不大，面积要比“黄门”小不少，“黄门”是专门的酒馆，虽然兼卖些儿童小食品，但不预备副食品，屋里能放下四五张桌子，小铺儿的东墙有一拉溜的货架和柜台，出售凭副食本供应的副食品、油盐酱油醋和酱菜以及儿童食品，夏天兼卖冰棍儿，满打满算也只能放下两张桌子，且要贴着西墙，只能三面坐人，撑死了也就能招待十来位酒客。小铺儿只有三位伙计（应该叫售货员），都是五十岁上下的老派儿买卖人，因为年纪不小，动作没那么麻利，但仍可用静若处子动如脱兔比喻。他们和桌前多数酒客是熟人，客人进门柜台前一站，伙计的酒已经斟上了，不用等着吩咐也差不大离儿。

据老人们说，小铺儿早先是天合盛油盐店，后来才添了酒，它东边的副食店原本是鑫钟酱菜园子，后来演变成了菜床子（老北京对蔬菜店的称呼），20世纪50年代中期，这两家店都在公私合营中成了集体所有制，原来的铺面设备连同掌柜的带伙计，都归了公。

小酒馆儿里大同小异，进门迎面是个小玻璃柜台，柜台里放着几个大方搪瓷盘，每个托盘里有几种酒菜。好些文章记载，大酒缸出售的酒菜多是些煮花生、豆腐干、拌豆腐丝、拌粉皮、芥末墩、香椿豆、玫瑰枣、辣白菜、松花蛋、肉皮冻、老腌鸡子、熏排骨、酥鱼、熏小黄鱼、炸虾之类，有的也卖葱爆羊肉和炖黄花鱼，不少还带卖山西刀削面或荤素饺子。我记忆的年代，酒菜远没这么复杂了，不过是各种灌肠（从廉价的粉肠到广东香肠）、猪肉和下水制品、开花豆、腌鸭蛋和一种叫“素虾”的豆制品，小铺儿很少有粉皮、拍黄瓜那类需要简单加工的凉菜，多数酒菜都是现买现称，但煮好的花生仁儿、切好的腌鸡子咸鸭蛋和广味香肠等，则事先放在小碟子里按份出售。

小铺儿也卖烟。我家没人抽烟，来了吸烟的客人便会临时遣个孩子飞奔到小铺儿买包烟。还记得那里有装在铁盒儿里的阿尔巴尼亚烟和以铝管包装的雪茄。烟酒不分家，一些人平时不抽烟，喝酒时好抽一口，一些兜里银子不够买整盒烟的人也可以方便地解决临时性的需要，为方便他们，小铺把整包的烟拆散，放在小碟子里按根儿卖，常抽烟的则不屑于这样。

柜台上放着三个棕色的酒坛子，坛子上紧盖着裹着红布的盖子，坛子里的白酒分成三种，价钱是每两一毛、一毛三和一毛七。柜台上有个搪瓷托盘，里面放着卖零酒的提子和漏斗，还有一个带刻度的玻璃量杯——这是小铺儿财产里唯一有现代化气息的。柜台里的货架子上有瓶装的白酒、色（shǎi）酒，但绝没有高档货。来小酒馆儿喝酒的人没有选择色酒（葡萄酒、青梅酒，还流行过一阵子“佐餐”葡萄酒，实际上是一种酒精和果汁勾兑的酒，上头）的，他们所谓喝酒说的就是白酒。夏天，在柜台里还有几个类似于煤气罐的钢瓶，是装啤酒的容器。啤酒可以供酒客用塑料杯子（开始是玻璃杯子。一杯容量是一升，因此杯叫升）喝，附近居民也经常以暖壶或烧水的大壶提回家喝，有时为了保持冰凉还要买几根冰棍放在里面。柜台上的色酒和价钱较大的整瓶白酒——也不过是二锅头高粱酒之类，则主要是外售。

来小酒馆儿的，大多是附近居民家里来了客人或平时好喝两口儿的来这里打酒，多由孩子拎着瓶子暖壶来完成任务，不知那时候为什么好多喝酒的人都喜欢每天现喝现打而不多预备，虽然酒放着也坏不了。我以为这是一种心理在作怪：每天花两三毛钱打二两比一次花一块多打一斤省钱，无非是多跑两趟，但有孩子代劳，没有跑腿的劳顿又在精神层面上省了钱，双重收获啊。这类喝酒的人，或是不喜欢酒馆的环境，或是有什么不方便，总之都不占酒馆的地方。

我常路过小铺儿，有时候也去买东西，那里香肠熟肉和酒精混合的香味对人是一种莫大的诱惑。白天，小铺儿的两张酒桌几乎永远空着，傍晚才热闹起来。我印象中，去小铺儿喝酒的几乎全是四五十岁往上的主儿，很少有年轻的。

到小酒馆儿喝酒的人，一类是工作了一天准备回家的主儿，先到这里弄两口解解乏，再回家吃饭。这类人以体力劳动者居多，如房管局的泥瓦匠和运输联社蹬三轮的，他们工作强度大，流汗多，不喝点浑身皱得慌，一来二去就成了习惯。另一类人是所谓酒腻子，也是每天必喝的，想起酒就走不动道儿，不喝点就闹别扭，却不一定喝很多——有的根本酒量就不大，不会沾酒就闹事，就是闹也闹不大，但天天得和酒腻在一块，醉话和醉态往往叫人生厌。无论是这两类人里的哪一类，大多数北京人其实都有微词。

现在有人以为，老北京的爷儿们没泡过酒馆的不多，甚至把泡酒馆看作是京味文化，这说法有些想当然，印象中我住的那片，天天在酒馆泡着的酒腻子还真少见。今天人们喝点酒已不新鲜，更不会遭到非议，而在当年，常喝酒甚至每天一定要喝的人实属少数。对不少人来说，老辈子留下的观念是烟酒之属为不良习惯，嗜好烟酒不是正经的治家之道，许多人对此不齿。没到相当的年龄而嗜烟酒，肯定会被视为“不学好”而被老家儿不容。在当年人们的物质生活条件和教育之下，这种观念根深蒂固并为多数人接受，没有哪个人突发奇想跑到小酒馆儿那个嘈杂混乱的环境里去体验一下生活。

即便如此，不论今天还是当年，喜欢喝两口其实都无可厚非，口舌之欲，谁也没理由谴责。从大酒缸到小酒馆，也不可能只为贩夫走卒者所垄断，不少文人也喜欢到大酒缸去闲坐解闷儿，有些人还专门以文记之，但这绝不等于老北京人人泡酒馆，更不能把泡酒馆当作京味文化的标志。这样说不是有意将酒馆和泡酒馆的人打入什么什么层次，因为个人有个人的习惯喜好，说不上谁一定比谁更好，更别借着贬损人家抬高自己。实际上，酒馆里的气氛是很有意思的，三五酒友相聚小饮，就着小菜品酒，聊聊各自的见闻，虽不是推杯换盏的大热闹，却也能人人尽兴。有时喝的聊的高兴，吆三喝四面红耳赤，颇使人想到燕赵遗风。偶尔也有提着皮包戴眼镜的人，找个靠墙的位置，拿张《参考消息》边看边饮，不知道心思在酒上还是在天下大事上，那样子十分逍遥，宛如闹事中的大隐。

小酒馆不是摆谱儿的地方，来小铺儿喝酒的人中大概少有经济十分宽余的，虽然那年头家家的情况差不多，但这些人似乎更窘迫，因为喝酒毕竟是正常吃饭之外的开销，这从他们要的酒和酒菜中能看出来。喝白酒用的是一种壁和底都很厚的白粗瓷杯子，一杯能装一两多。那年头，对不富裕的人来说，喝酒就是喝酒，酒菜仅仅为了调剂一下味蕾的感受，以便延长喝酒的时间，不像现在，怎么也得有荤有素三五个菜，喝酒是为了吃菜。正因为这样，很少见到有要两种以上酒菜的，最多的是小碟装的几片粉肠、猪头肉或一把开花豆加二两或四两白酒，一毛三的白酒卖得最快，其次是一毛的，但据说一毛的太烈，撞脑袋，而一毛七的则贵了点。因为地方有限，须买了酒菜才有资格使用酒桌，有时酒客买了酒和酒菜，又从自己的兜里摸出个纸包，不过是豆腐干咸菜丝之类。也有些人根本就不瞅桌子凳子，柜台前来两杯，一扬脖儿下去，返身便走，从进门付款喝酒到出门不超过一分钟，那时候和同学议论，以为这是梁山好汉现身。

当年我住的院里，有十来户人家几十口子人，经常喝酒的不过四位，一是一个山东老头，工作是加工铁丝网或用铁丝编笊篱，一位是房管局的瓦匠，这两位天天喝是一辈子的习惯改不了；一位满族老太太，不是每天必喝，且只喝黄酒，每次一杯到一杯半绝不超量，据说和治疗慢性病有关系；我舅舅是位教师，似乎与酒的嗜好不应该沾边，但他教书的地点在郊区，每天搭在路上的时间在五个小时以上，晚上七八点钟才能到家，不喝点难以消乏。那时候，我和我表姐常为舅舅去打酒，通常是几两白酒加上些猪头肉、蒜肠、开花豆。后来结了婚，这习惯也就没了，再后来调动了工作，年岁也大了，一年也不一定喝两口。

总之，我的邻居不论什么职业多大年龄没有一位成天泡酒馆儿。至于我父亲，在我几十年的记忆中喝酒的次数不多于十次，每次也就是八钱杯的半杯便面若重枣了。直到现在，偶尔见我喝酒，虽不会指责什么，但绝对能看得出老爷子潜意识里的不快。

北京茶事

盖碗·缸子

小时候向往施耐庵笔下的落草生活，却想象不出来山东大汉是怎样大块吃肉大碗喝酒。后来才明白，燕赵与齐鲁同属北方，幽云一带又是古代汉狄拉锯的藩篱之地，民风中不乏豪爽，燕蓟爷们儿大碗喝茶，与梁山好汉大碗吃酒其实神似。

善事必先利器，喝茶须有合适的茶具。功夫茶要配壶杯盘洗红泥火炉，飘逸杯之类乃现代快节奏生活的无奈选择，正经的喝茶人不屑。喜欢花茶的北京人家里也有匹配的茶具——姑且称为京式，虽为一盘一壶四杯，每件形体却数倍于功夫茶的同名器皿。不少人家茶碗摔了就代以各色瓷杯玻璃杯，一般人家并不讲究。当年不少人家有这样的杂牌军茶具。今天，仍有北京人嫌牛眼杯不解气，甚至以为使这杯子的人必然小气，总觉得喝茶和做菜同理，小碟子小碗抠抠搜搜，岗尖儿一大盘子才是正理，其实是井底蛙的眼界。

要说北京人上档次的茶具，就得数盖碗了。当年读到《儒林外史》虞华轩请成老爹吃盖碗陈茶，并不真懂，70年代末看了电影《林则徐》才知道什么叫盖碗。其实当年盖碗多用于大宅门、买卖家和官场，而官场里一直拿着它当排场和礼数的道具，上茶、添水、端碗、饮茶都暗含着规矩套子，不懂就得露怯，也混不到圈子里边去。至于金受申笔下那些以奇取胜的盖碗，则是赏玩、收藏的玩意儿，与喝茶本身关系不大。新中国成立后，生活节奏和社会风气剧变，盖碗被视为陈腐，官场规矩也易辙更张。我邻居那旗人老太太给我表演过用盖碗，我试过，并不顺手，弄不好连茶带碗就得全折在身上或扔在地上。

北京人喝茶多属牛饮，自然得用大家伙，原来多是带把儿的搪瓷缸子，那年代好多单位都发印了各色标志的大把儿缸子，开个会得个奖也常发缸子纪念。后来时髦用带盖的陶瓷杯，容积也不小，自己泡茶或招待客人都不错，且更保温，看着也比缸子是样儿，可不少北京人还是觉得不过瘾，于是果珍、雀巢咖啡或罐头瓶子被拿来充当茶具，选择的原则是力求个儿大，公园里的老头尤其爱提溜一个，有的还自制棉套保温，为的是走到哪儿都能喝口热水。北京的出租司机和公交司机售票员也常预备一大瓶子茶水，得空就喝几口。头些年外出开会出差自带玻璃瓶子保温杯的北京人不少，虽然如今还这么干的人少了，可商店里保温杯的销量仍然不错。

北京人待客一定要沏茶，不少人家就用大缸子大瓶子，泡好了再分倒在茶杯里给客人，虽不好看，可这是不拿您当外人，要不就是没别的茶具。要是给您用带盖瓷杯泡茶，递上杯时再道一句“给您闷过了”，就不是待哥们儿的做派了，若是预备一壶四杯招待您，那就更有礼节的意思。

双窨·高末

茶分绿青红黑，各有各的好处，可老北京除了偶尔喝点绿茶，多数只喝花茶，我也是在得南方茶友教化后才领略了花茶外面的天地，闽籍茶友也不再避讳对花茶的批评，不过，我知道福州和闽东北一带盛产好花茶，可见八闽是个十里不同风百里不同俗的地界。

老北京讲究喝小叶香片。香片以绿茶做坯，混鲜花以吸其香味和水分，再烘干，这个过程叫窨。为使茶饱含花香，往往不止窨一次，故有双窨三窨之说，登峰造极时能至七窨九窨。旧时在南方做好的花茶运到天津或北京后常要再窨一次，是为双窨。花茶的好坏和窨有关，还取决于茶坯，因而有了茉莉银针、茉莉龙珠、茉莉白毫之类——甚至上好的毛峰龙井也能弄出茉莉花味，并能分出等级。喜欢的，说这叫强强联合，不喜欢的，则说是糟蹋东西。

花茶的最大优点是既不像绿茶那样凉，又不像红茶那样暖，性情适中，四季皆宜，而好花茶耐泡且味厚，也是北京人喜欢它的原因。我父亲一辈子只喝绿茶和花茶，他的理解是：绿茶喝茶香；花茶喝花香。我的比喻是，绿茶如待字闺中的少女，乌龙是饱经人世的老妪，花茶则是花枝招展的妇人，虽不乏风韵，却太过脂粉气，既失纯真又少阅历，北京人当然不会同意这说法。

老北京痴迷花茶，我以为和当年运输条件有关，也和饭菜口味有关，北方口重，北京人又喜欢吃羊肉、萝卜、大蒜、韭菜这些带强烈刺激味的东西，味道较重的花茶便有了口香糖的作用。另外，过去北京的水质差，花茶能遮掩水质的不足，可见，喜欢花茶，最初恐怕多少有些无奈的成分。

北京人对花茶有自己的一套说辞，评价的标准，一看叶形整不整齐——这无可厚非；二闻茉莉花味浓不浓，不少人以为浓就是好茶，所以如今有不良茶商要喷茉莉香精；三要看茶汤的颜色，有人觉得刘姥姥说妙玉的茶“好是好，就是颜色淡些”好笑，实际上不少北京人甚至北方人并不比刘姥姥强，茶水颜色深则好，否则劣，与老北京人做菜喜欢放酱油一样，不放总觉得白不呲咧不对味儿。

老北京喝茶的不少，甚至说人人喝茶也不很过分，可并非都喝得起好茶坯子窨出来的上品，于是高末高碎便盛行了起来。高碎，是茶庄子筛下来的碎茶；高末则是等而下之的茶土，这类“两高”无形可言，谑称“满天星”，和视觉美不沾边，虽能满足颜色和味道的要求，可一泡之后便索然无味，搭不上几泡有余香的车，因此，不少人养成了一种独特的习惯：在壶里放大量茶叶，用滚水泡成茶卤，喝时倒些在杯子里，再兑开水，王敦煌提到的那位旗人张奶奶便是这样。

尽管有人说“两高”中不乏好茶，可喝得起正经茶的主儿绝瞧不上，“两高”唯一的优点是便宜，当年一些单位夏天发防暑降温茶，很多就是这类茶叶末子。旧时喝茶叶末子，乃是无奈，绝说不上是美味。这几年，高碎高末（这俩词通用了）回潮，一些老茶庄甚至以此为号召，其实，对多数专找这口儿的人来说，恐怕就是为个念想，怎么说，茶叶末子也不是上档次的东西。

喝茶·品茶

史载，唐末卢龙节度使刘仁恭为攫取和控制资源，禁止南方茶叶输入而专售京西野山茶，如此说来，北京人喝茶的时间少说也有千年了。到了清代，在有钱有闲的旗人带动下，喝茶更成了日常生活少不了的内容，睁眼喝茶成了改不了的习惯。说睁眼喝茶并不夸张，我小时就有起床先闷上茶的街坊，直到今天，仍有早起不吃早点先喝茶的主儿。不少人到单位定要先沏上茶再干别的，外出则端着各色玻璃瓶子保温杯。据宣扬养生的人说，空腹喝茶有损健康，但老北京却说这样能清理肠胃提神醒脑，不先喝透了，身上不舒泰，什么也干不了。当年不少有老人的人家，早起先泡上一壶或一缸子茶，从早到晚说不定得沏几回，不少孩子就这么习惯了喝茶。我媳妇家就是这样，八仙桌上永远有大壶花茶或绿茶。不少人喝便宜茶，既没的可品也经不住泡，一来二去，不少人的茶越喝越酽，两泡后杯子里就满了，再好的茶也就全剩苦涩味了，喝茶者却并不在意，只要酽就行，可见北京人是喝茶而不是品茶。

在医疗不发达的当年，北京人还把茶当成保健治病的小药，赶上积着食，或觉着肠胃里有火，沏一碗酽茶搁上两勺子白糖，据说能消食化滞，故有“吃萝卜喝酽茶，气得大夫满街爬”的说法。

旧时北京有所谓“东城渴不死，西城饿不死”的说法，东城的人见面打招呼要问“您喝茶了吗”，西城人则问“您吃了吗”，可见茶与饭同样重要。老舍笔下的穷旗人，吃饭都成了事儿，可一壶茶叶末子总得泡上。北京人确实喜欢喝茶，却没有闽粤那样的茶道。茶道当下很受推崇，于是有人总结出了北京人喝茶礼节之类并有上升到北京茶道的意思，我以为，精神胜利不如实事求是的好。

品茶，除了茶还苛求水，好茶好水才能相得益彰，懂茶的主儿讲究天上水江中水初次雪三伏雨，多数北京人不管这些——也没这条件，他们把泡茶叫沏茶，沏茶的水只有一个标准——大火烧得滚开，绝无蟹眼松涛的讲究，验证水开与否的方法，是提起壶把哗哗翻滚的水朝地上浇，带着蒸汽的水在地面“噗”的一声才算合格。不管什么茶都是先放茶叶，以滚水“悬壶高冲”，使茶叶在壶中翻滚，还要将茶水再倒进杯子折回壶里，叫砸一下——不少人一定要“砸”了才喝，然后盖盖子闷。有炉子的年月，还有人会把茶缸子放在炉子上加热，即使是用陶瓷器皿也不妨放在炉盘上，像煮茶，美其名曰：“老有口儿热乎的。”

北京人沏茶这套路和品茶不沾边，反过来还要笑话闽粤功夫茶是浪费时间瞎折腾，这么说北京人未必乐意，却是事实。我同事说他有个粤籍邻居，“文革”时因天天泡功夫茶被“革命群众”批斗，这位到底也没弄明白，在老家连贫下中农都要饮的茶，怎么到北京就成了资产阶级生活方式。当然，并非所有北京人都只认茶叶末子，首善之区不乏懂茶品茶的主儿：泡一杯新绿，欣赏杯中茂密的叶林或穿梭的旗枪，吸着醉人的芳香，间或吸溜一口，让茶水沿着舌尖渗向整个舌头和口腔，再回味一番，从形而下到形而上，南方佳木的好处一丁点儿也没有糟蹋。

茶馆·茶摊

说到北京人喝茶，就要想到茶馆，这得益于老舍的话剧，以及这些年媒体不厌其烦地重复茶馆的旧事。老人们说，早先北京的茶馆确实多，这和当年的社会风气、居住条件有关。进茶馆的主儿大体上能分成闲人和非闲人。非闲人进茶馆，有的是为了生计，如老舍笔下那些躲避风雪的车夫，专事跑合拉纤的刘麻子，点完卯散了公事的官员衙役和进来歇脚喝茶的，也能归入这一类。茶馆往来人多消息活络，自然是理想的信息交流及生意中介平台，加上地方宽绰，说话方便，又成了会友谈事的合适场所，冠晓荷找刘棚匠耍狮子，就提出“要是——我们茶馆坐坐去好不好？”连黄胖子给两拨打架的平事说和也选在了老裕泰茶馆。

构成茶馆客源的还有闲人，这些人有的是功夫，来茶馆或是遛鸟遛早回来，或是起了床来踅摸早点——大茶馆能做出不比饽饽铺差的点心，要不就是在家待着没事做。往茶馆一坐，泡一壶茶——甚至能自备茶叶，聊天下棋玩虫逗鸟或者一个人坐着发发呆听听人家扯闲篇儿，中午来两碟小点心一碗烂肉面，要不叫灶上炒个菜烫壶酒。吃饱喝足用茶碗扣在壶嘴上回家眯会儿，再过来听书，哩哩啦啦能耗上一整天功夫。这样的闲人以前清最多，按月领钱粮却没事可做，只能找地儿打发时间，大茶馆成了帮着剽悍铁骑后代消磨时光的好去处。等到旗人断了铁杆儿庄稼，大茶馆自然也就一家接一家关张了。

随着社会风气和生活节奏的变化，到我记事时已经见不着茶馆了，但仍有茶摊，北京茶摊的历史恐怕比茶馆还要长，大多摆在路人、游人和走卒贩夫集中的地方，提供最便宜的饮料。茶摊简陋，最高档的，也不过是支个棚子，用木板搭个台子，茶壶茶碗多半是粗货，有的干脆就用饭碗，茶水有色而没什么味，好在来的人只求解渴，不会计较茶的好坏，茶摊也就不愁没买卖。20世纪80年代初，北京的茶摊生意被生活所迫的回城知青做得有声有色，围着茶摊喝茶成了前门一景。大碗茶开头用吃饭的蓝边大碗，后来做这生意的人多了，饭碗改成了容量减半甚至更少的玻璃杯。

二分钱一碗茶水，比起北冰洋汽水来等于白给，咕咚咕咚一碗下去也确实解渴，正因此，小本微利的前门大碗茶最终堂而皇之走进了茶馆，只不过京城这茶馆是复制出来的民俗活化石，和当年的茶馆没什么关系，和巴蜀江南一些地方一直开着的茶馆，以及北京城里大大小小的茶楼茶艺馆也不是一回事，涉足其间，不可能再有当年的自在和随意。

茶庄·茶城

北京不种茶，茶要从铺子里买，老人们习惯把茶叶铺叫茶庄，清初北京茶庄基本由徽闽商人垄断，到光绪末年，安徽歙县吴氏家族开了北新桥吴裕泰、大栅栏吴德泰、崇文门吴鼎裕、宣武门吴恒瑞和西单吴鼎和等茶庄，成了京城茶叶零售商老大，号称茶叶吴家。

中国人爱说无商不奸，其实是以农立国的偏见。浮梁进货，明明是茶生意不能少的环节，却成了重利轻别离的证据，可见商人不易。旧京茶庄的主顾，从有身份的爷到普通百姓，嘴巴一个赛一个刁，一点伺候不到没准就能捅出娄子，所以茶庄讲究和气生财，进了门一律热情招待，绝不敢以衣冠取人——您知道哪位破衣拉撒的主儿是不是微服私访啊！

为保证茶叶质量和控制成本，大庄子都是派人到南方产地坐庄收茶甚至包一处茶山，并雇当地人窨制，所用的茉莉花和工艺也都十分讲究。做买卖不简单，想撑住了门面就得精通业务，经营好的茶庄子，从上到下没一个不是行家里手，就说这包茶，从把一两茶包成十包到把三五斤包成一包，既要结实又得漂亮，不经过严格训练根本办不到。掌柜或大伙计也有自己的绝活——尝货样，数种新茶罗列，凭着看、闻、尝的功夫便能断出高下分成等级，绝非一日的功夫。至于拼配茶叶，用不同的茶坯和茉莉使每种茶都能达到其色香味的极致，更不是短时间可以练就的本事。

我记事时茶叶铺都已成了统一供货的公家买卖。小时候曾跟着父亲去鼓楼的吴肇祥和北新桥的吴裕泰买茶叶，记忆里，茶叶铺都是擦得明亮的玻璃窗，还没进门就能闻见茉莉花的香味。柜台后面货架上列着大号茶叶筒。印象中的售货员都是男性，都很和气——服务态度恶劣的年代也没见过横眉冷目的，约茶和包茶的动作流畅。出了铺子父亲把纸绳捆着的茶叶包挂在自行车把上，然后骑车带着我回家。包茶叶的纸归我画画，压在床铺垫子底下，过些日子拿出来仍有淡香。

公有茶叶铺和许多买卖的毛病一样，表面上和气，骨子里却是舍我其谁乎的牛气，这股劲儿多少年不改。20世纪90年代，不少南方人进京开茶店并形成了茶城，他们带来了北京土著不熟悉甚至没听说过的茶和茶道，还有不同的生意经：客人进门先坐下聊天喝茶，不买没关系，带几泡茶您回去尝尝。谁都明白茶钱最后归谁出，可这待朋友的做派叫主顾心里舒坦，何况，闲聊中还能长不少见识，甚至因此交几位茶老板朋友。至于说在茶城被忽悠得买了不可心的货，只能怨自个儿打眼。眼瞅着生意叫人家抢去不少，一些原本吃字号的茶叶铺也放下了不愁买卖的架子，当然也有不变的，几年前我去一个有百年历史的老茶庄，想买点新进的黄金桂，问及口味，售货员答曰：买一两回家尝！买了打开，勉强讨得纸杯，可热水器的温暾水根本泡不开，售货员还一脸的不高兴。如此做买卖，您就是再京味再有历史也白搭，腾出工夫还是奔马连道吧。

外二篇之折箩和瞪眼食

某电视剧里有段败落旗人主仆吃“瞪眼食”的场面，主子夹起来的不是渣子便是牙签，而仆人一筷子下去就是个丸子。其实，“瞪眼食”卖的不是这些东西，主仆二人吃的是折箩，而折箩不是这样的吃法。

北京一些地方也把折箩叫作杂合菜，《北京土语辞典》对它的解释是，“酒席吃罢，剩下的菜肴，不问种类，全倒在一块儿”，这说法并不全面。北京人吃折箩有不同情况，大致能分成吃自家的和吃外头买的。

第一种折箩是自家办事或年节过后的剩菜，或按类合并，或折在一起，加热后佐酒下饭或烩饭浇面。当年，就是大户人家一般也不轻易糟蹋饭菜，所以北京人差不多都这么吃过，尤其是办了红白事后，总得这么吃几天。当年我们兄妹几人结婚后，甚至连吃过一礼拜，至于过年过节后吃几天折箩，直到这些年才因为习惯的改变减少了。

第二种折箩是在庄馆请客后的剩菜。不少请客本来就是面子事，与宴者点到为止，剩菜也就多，庄馆伙计会挑着大圆笼原样不动送到主家儿，或按主人的要求送到亲戚朋友家，接受者不会觉得别扭，反倒会领这份人情。当然，送折箩不是庄馆的义务，要给伙计几个跑腿钱。这种习惯后来渐渐消失，但直到20世纪70年代，北京有些地方仍保留着办事儿后主家儿给街坊四邻送折箩的习惯。如今，北京人在外面吃饭为面子铺张浪费的越来越少，剩菜多会打包带走，其中一些就是折箩。

第三种折箩是叫花子要来的百家饭。有人考据说，折箩这个词实际是叫花子头（俗称“杆儿”）满语“觉和托”的转音。旧京职业丐帮虽以讨钱为主，但也不是一概不讨饭。赶上天灾战乱，城里也会有逃荒要饭的人。北京人对这两类人多会根据自己的条件给些施舍，来自不同人家不同档次的吃食，到了他们的钵里桶里就成了折箩，也就是刘宝瑞相声里的“珍珠翡翠白玉汤”。

最后一种折箩是饭馆饭铺收集起来的剩菜，这些剩菜里，虽不排除有大块鱼大块肉整条鸡腿的可能，运气好的没准还能撞上翅子海参什么的，但确是标准的“残羹剩汁”。按例，庄馆卖折箩的收入归掌灶的分配，他会按工作范围分成不同的人头份，从掌勺的跑堂的到剥葱剥蒜跑腿的小力巴儿都能得着一份。

买走的折箩不是喂猪或当垃圾处理，而是大致分类（或不分类）后加热卖给穷人，向例是按勺卖，买主儿自己预备家伙，赶上什么是什么，不能挑挑拣拣。对穷人来说，没钱而想解馋，自然顾不上卫生和脸面，折箩买卖也就成了不错的生意，甚至有人因此发财。当年崇文门外铁辘轳把有个女人，专从东交民巷六国饭店和附近西餐馆收购折箩卖——当地人称“洋粥”。东花市一带赤贫聚集，每天都有人早早的等着买“洋粥”开洋荤，去晚了还真买不着。卖“洋粥”的女人四十多岁，每天坐着包月洋车来指挥手底下人做生意，自己并不动手。据老人说，折箩买卖在20世纪50年代后期消失，我想，既有卫生原因，也和当时粮油统购统销及物资供应紧张有关，东西少，日子紧，下馆子吃饭，能剩的也就没什么啦。

我不知道买来的折箩是什么滋味，但从小到大在家也颇吃过些折箩，那混合的香味其实还是不错的，正因此，不少人对这有百味而无独味的佳肴赞不绝口，苦雨斋就留下过专门的文字，《孔府内宅轶事》里也说到第七十六代衍圣公孔令贻酷爱折箩，甚至遣人端着盆去曲阜城里办喜事的大户人家索要。不过，周作人孔令贻们喜欢折箩，和当年夹着盆端着锅排队买杂合菜的北京穷人恐怕并不是一样的心态，对后者来说，那是生活的无奈。有人说，如今北京一些饭馆里仍有类似的东西——加肉末和各色蔬菜的酱油烩饭，台湾也有“钵饭”——以蔬菜、鸡蛋、红烧肉丁和肉汁制成的快餐，但很难说它们就是折箩。

瞪眼食说起来比折箩要上档次，因为它卖的是成块肉而不是剩货，只是这号买卖用的，不是猪身上那些四六不成材的货色，就是马肉骡子肉，甚至是死牲口肉，否则赚不着钱——据说十块肉才卖一个铜子儿。瞪眼食摊子有一口坐在煤炉上的铁锅，锅里用水和简单的卤料煮肉，汤老开着，肉块上下翻滚。掌柜的在旁边案子前忙活，俩眼得紧盯着锅边蹲着的食客。食客们举着筷子从锅里夹出肉，蘸着案子上大盆里的酱油吃。每下筷子夹起一块肉，掌柜的便用一个制钱或竹劈儿当码计上数，吃的人再多，也不会出错，打码的同时还要照顾带着碗要肉汤的，并随时切肉，忙而不乱，手眼身法步样样到位，算得上独门技术。

瞪眼食摊子不是摆在护城河边，就是支在城根儿左近，反正都是穷人扎堆儿的地方，但凡家境过得去的人也不会光顾。围锅蹲食的主儿，或自带饼子窝头，或专为嚼几块肉犒劳肚子里的馋虫，目的不同，却都需俩眼紧盯着锅，因为能从沸腾的汤里准确夹起一块像样的肉来，不仅需要运气，更需要稳准狠的技术。按规矩，吃客就是夹到块囊膪，或带着硬毛的肉皮也得认头，绝不能放回锅里，掌柜的照样计数打码子，至于不能下咽，只能怨自个儿倒霉，或是技术不到家。

南贫北贱，旧京穷人不少，瞪眼食买卖自然错不了。每天天亮前后，煮肉锅边总会聚拢起吃客，叮叮当当的打码子声，忒儿喽忒儿喽的咀嚼声，汇成了穷人的欢乐交响曲，听出来的却是辛酸。我总觉得，吃瞪眼食比吃折箩更伤人的自尊。当年北京卖折箩不兴围着摊子就地而食——老天津有这样的摊子，买了折箩，回家吃就是，不必叫人家看贼似的盯着，那滋味，想想就别扭。

我上小学时，全国大搞“忆苦思甜”，吃过忆苦饭，也听过忆苦报告，只是当年弄这一套都是标准化程式化的蒙人把戏，就是生活在城圈子里的老北京，说起旧社会也必是吃糠咽菜。今天想来，若是讲讲旧京的折箩和瞪眼食，穷人的窘迫、凄凉、酸楚和屈辱，不是更能说明问题吗？

（二）那些吃食那些人

元宝蛋

自己有家后，过年总要炖三五斤肉，每顿饭不管吃不吃也要盛一盘，没有这个，总觉着不是过年的样儿。年岁渐长，没了大碗炖肉就烧酒的能耐，于是改做红烧肉，量则少得纯属象征性。去年，闹了一阵子胆囊的毛病，加上夫人对肉食原本就没兴趣，孩子最近又莫名其妙地戒了猪肉，于是打算免了这个保留节目，可还是没忍住，初二下午从超市拎回两斤前臀尖，和冰箱里的一块五花炖了笋干。

炖肉，和米粉肉、扣肉、丸子一样，是北京普通人家过年的看家硬菜，几乎家家预备，有的人家哩哩啦啦能吃到正月十五。北京人炖肉的方法属于北方的侉炖。先把肉收拾干净切块，下滚水紧一下，可以用酱油或糖色上色。若想油少些，则加少量底油把肥肉里的油煸出一些。各家放的调料差不多，不过花椒、大料、桂皮、茴香和葱姜，以及酱油、盐、糖、料酒。汤要宽些——这是和红烧肉最大的区别。

当年猪肉按量供应，就是过年也不过每人几斤，且瘦少肥多，这样的“丹顶鹤”更适合炼油，于是，不少人家用肉和其他的东西一起炖，通常的是粉条、白菜和冻豆腐，高档点的如蘑菇。因为借着肉味，所以炖什么都好吃。剩的肉汤可以熬菜烩饭或煮汤面，味道都很不错。可以和猪肉一起炖的还有鸡蛋，只是计划经济的年月鸡蛋的供应比肉更紧张——印象中就是过年的月份也不过每户三五斤，所以，炖肉放鸡蛋，属于高档的吃法。肉中炖蛋官称元宝蛋，可我总觉得这名字不贴切，因为元宝的样子并不是蛋形。而京城北郊称之为炖和尚头，则要形象得多，不但形状滚圆，上面还有类似戒疤的眼，像沙弥的脑袋。当然，这个说法对僧人不敬，很有些郊野粗话的味道，北京城里这么叫的不多。

传说炖和尚头是个跑大棚的乡下厨子发明的。当年在家办红白事要先搭棚砌灶，正日子头天大师傅带徒弟过来做准备，单等着正日子口儿上屉一蒸下勺一颠，以保证上菜的速度。那天晚上厨子叫小徒弟看着炖肉的大锅，嘱咐不许偷吃，但可以吃几个鸡蛋。半夜徒弟饿了，便煮了十来个鸡蛋，却耐不住肉锅发出的香味，把煮过的鸡蛋剥了皮放进锅里。吃了几个就去干别的事了，赶巧师傅过来，掀开锅盖一看吃了一惊，待问过徒弟后捞出一个尝尝，觉得蛋香和肉香混在一起简直是绝配，便问徒弟是从哪儿学来的这招儿，徒弟当然答不出来，却顺口编了“炖和尚头”这个名字。

元宝蛋的做法很简单，煮鸡蛋的火候要比平时吃煮蛋小，蛋青定住就行。剥了蛋壳，用牙签在上面扎些眼，下到半熟的肉锅里，肉炖熟蛋就好了，炖的时间长些无所谓。炖好的鸡蛋最好放在肉汤里泡上一宿，会更入味。鸡蛋可以和炖肉一起热着吃，但凉吃更好，蛋肉融为一体的香味更深厚，以此佐白酒，极佳!

我小时候家里没做过元宝蛋，第一次知道这道菜，是1978年春节后在同学家。那天我的翟姓同学正端着大碗吃馒头，碗里是猪肉炖粉条，还有两个棕红色的蛋。见我来，他像所有懂礼数的北京人一样客气地让过，然后就着馒头秃噜秃噜地吃起来，边吃边念叨着：你吃不吃，香着呢，真的，吃我给你盛一碗。没几分钟，他吃干净一碗，再去炉子上的大锅里盛，那锅猪肉粉条里赫然有十数个炖好的鸡蛋。那时候副食品供应已有改善，但仍是票证时代，这冒香味的吃食自然有着不小的诱惑力，但从小的家教让我必须拒绝……

翟的家境贫寒，但他是老儿子，没吃过什么大苦。他的学习在班里中等偏上，努一下，上个分校大专绝没问题，可惜在高考前两个月遵父命去了运输公司接班，因为颇好攒几句自由体诗什么的而进入公司宣传科。之后自学取得文学学士学位，并得以调入市总工会，成为其下属某报的编辑。翟好面子，多少有些虚荣，同学见面，爱说些喝大酒傍女人公款报销的话题，我当然无从判断真假。此后十余年间，为得到一席位置，他费了不少心血，终于拿到副总编的头衔，可没想到的是，不久竟突发心梗，去世那年刚过了四十九岁生日。得到这个消息时我正在家养病，不能送老同学最后一程，当时的脑海里，总是抹不去他那张几乎埋在炖肉和元宝蛋碗里的脸，边吃边吸溜鼻子，眼镜上全是哈气。

注释：

糖色：为加深食材（主要是肉类）的颜色，用油或水与糖炒制而成的辅料。制作过程称炒糖色。

跑大棚：指厨师应雇临时到某家操办酒席。因灶间常设在外面，上面通常搭一席棚，故名。

葱花饼

北京人爱吃面食，体力劳动者——如老舍笔下的车夫——尤其喜欢顶时候的烙饼。小时看见过装卸工吃大饼卷酱肉，一手握着饼卷，一手攥块咸菜，咬一口饼啃一口咸菜，间或用手指头勾住大缸子的把喝口水，很得梁山汉子的神韵。我们一帮小孩在一边看得恨不能流出哈喇子！上中学时在校办厂劳动，几个同学跟车送货，中午饭点，老师买了大饼粉肠给大家当午饭。干了一上午活，又见着荤腥，师生顿时如饿狼一般，吃的那叫一个解气！

当年饮食服务业不发达，少有今天遍布的主食厨房，买切面馒头火烧常要排队。何况，买成品要附加费用，钱虽不多，可在一分钱掰成两半花的年月，这笔可花可不花的开支理应省下，这才符合“从牙缝里节省”的精神，于是，不单主妇，就是北京男人会做面食的也不少，别人一夸，备不住就能说出一堆心得。

北京人在家做面食无非馒头、面条和烙饼，烙饼有发面死面之分，发面饼要搋碱，有碱香，但不如死面饼顶时候。死面饼又分带馅的和没馅的，最常见的家常饼做法并不复杂，却也有技术要点。和面要用略热的温水，面和好了讲究“三光”——盆光、面光、手光。和好的面上盖块湿布稍微放一放，叫饧着。把饧好的面放在撒了薄面的案板上擀成大片，涂油撒细盐，从一端卷成长条后揪成一个个剂子，两手捏住剂子的两端拧一下后放在案板上，用擀面杖擀成圆片状，就可以上铛烙了。饼铛须热，但烙饼时火却绝不能大，不能来回翻个儿却要随时转动保证受热均匀，还要盖上盖子保持温度，据说高手烙一张饼只两翻。下一张饼上铛翻个后，把烙好的放在上面加温。烙好的饼要盖上微湿的屉布，以避免干硬。在家常饼的基础上能演化出若干变型：加切碎的大葱是葱花饼，把油盐换成芝麻酱和糖或盐，就是芝麻酱饼，把油渣或猪板油丁卷在里头就成了油渣饼或脂油饼。饼烙得好，放两天仍不至于干成铁板。剩下的烙饼切成丝，用葱花炝锅，加点洋白菜丝做成炒饼或烩饼，饭菜兼得。

1969年，中苏两国在东北摩擦，全国百姓被忽悠进了临战状态，表现之一就是到处挖防空洞，据说能抵挡原子弹。彼时我们只半天上课，没课的半天正好充当免费苦力。北京老话说，十八十九力不全，我们毕竟是十岁上下的小孩儿，干不了正经活，做得最多的是把沙子白灰红砖黄土运回学校，再由高年级学生和老师砌到地底下去。

为了修地铁，决定拆掉城墙和城门，拆下来的砖由各单位拉走，既消纳了建筑垃圾又提供了建筑材料。某日，我们被遣去德胜门干这差事。明代城砖不是豆腐渣，每块重五十四斤，别说搬，就是俩人抬也抬不动，我们便用一根草绳打个活扣套在砖上拉着走。德胜门离后海南岸的学校不远，但对我们来说却是痛苦的长征，砖拉到天黑又累又饿。我和同学张一起跟城砖较着劲，不知不觉间到了他家门口。张神秘地让我等会儿，然后飞跑进去，没两分钟拎出来一张热腾腾的大饼，撕了一块给我，说是刚烙得的葱花饼。人饿极了，早忘了大人教的规矩，几口便下了肚……

人过半百，吃过无数的烙饼，唯有张给我的那块吃得终生难忘，至今仍能忆起它的香味。每每见到张，我都会提起那块饼，张也记得，说那饼放了不少油！

张老家山西文水云周西村，与刘胡兰同乡，他爷爷说亲眼看见过“勾子军”用铡刀切共产党的脑袋。张中学毕业后分配到服装厂，可手慢，很快就在优化组合中被淘汰下了流水线，后来通过家人调到西郊冷库，先烧锅炉后开电梯。张两口子工资都不高，骑自行车上下班，至今仍住在什刹海边那间不大的自建房里。其实，在我的老街坊、老同学里不少人都像他这样生活着，他们懂得天有多高地有多厚，不跟自己较着劲的踮起脚尖够天上的云彩，这种北京人特有的处世态度很有传统。张去年办了退休，对自己现在的生活很满意，也有自己的乐趣——坚持每天到北海跟着师傅练习兽行步法已有数年。

每年春节，我们几个同学都要聚聚，聊的话题，除了见闻趣事，仍是小时候那些琐碎的回忆，只是人一年比一年见老。只有张一如当年，常年锻炼和知足常乐的态度，使他的身体状况保持得相当不错。望着他一头浓密的黑发和精壮的身板，不免叫人想起那句大隐隐于市的话。

菜团子

我家的规矩是小孩儿不能串门，直到上了学，我才知道各家生活的差异有多大。我的同学孙，住在我家不远那院儿的西屋，兄弟姐妹正好五男二女，符合老话说的有福家庭子女配备，可我却没见着他爹妈享福，一帮孩子一个个的工作成家，老公母俩却一个走了，一个一身病，诸多儿女的日子也就那么回事，可见这说法值得怀疑。以后，几十年的基本国策禁绝了这种子女配置的可能，现在知道这说法的人不多了。

孙的父亲收入不高，母亲是家庭妇女，找了个往纸板上按子母扣的活，夏天额外卖三个月冰棍，后来因出身红五类又得以在街道跑腿和搬进了两间大北房。孩子多，生活水平自然下降，孙每学期总被免学费，别的穿戴不说，一年四季一双解放鞋，区别是冬天加双线袜子。冬天冷，两道鼻涕常淌上嘴唇，也就有了袖口抹鼻子的动作，俗称搭弓射箭，其结果是，袖口闪闪发光，硬如拔火罐。

一年级时，常找孙一起上学，他的早饭总是半拉窝头，只有一次，他拿的是一个菜团子。那是我第一次见到这种吃食，更不知是什么味，但却记得他吃得很香。

菜团子可能和北方农村糠菜半年粮的习惯有关，缺粮的年月，人们总要想法子降低粮食耗费，于是出现了菜窝头和菜团子了。当年，北京市民的粮食供应是有比例的，大致是一半面粉，两成大米，剩下的是粗粮——只有棒子面。棒子面能蒸窝头或烙饼，无论怎么吃，都不如白面烙饼馒头舒服，于是主妇们不得不想法子粗粮细做，免得一家子大小瞅着窝头反胃。另外，菜团子兼顾主副食，能简化做饭的劳动。

菜团子的面要用热水和，以增加黏合度，必须放起子，这样面不至于发死。为了好蒸和改善口感，有的人家会在棒子面里加些白面——俗称两样面。面稍饧，抓些放在手上压成扁片，中间放馅，然后两手配合向中间拢面皮，直到把馅全裹住，就可以上锅蒸了。包馅很要技术，否则包不严实，甚至直接就散在手里。巧手的主妇能把团子包得只有一层薄皮，如今网上有人说，棒子面菜团子做不到薄皮大馅，其实是技术不过关的说辞。

菜团子是粗食，馅不能讲究，储存菜的帮子，成堆卖的菠菜萝卜和成捆卖的韭菜雪里蕻，只要便宜都适合做馅。原料剁碎，搁点油盐虾皮五香面，或放排叉儿提味兼收汤，一般情况下是不会放肉的，顶多放点油渣儿。蒸菜团子的功夫比蒸窝头略短，蒸锅一揭，腾腾的热气伴着玉米面和菜香，远比大窝嘚子诱人。俩菜团子加上一碗虾皮白菜汤，是当年很不错的一顿饭。唯需注意的，是菜团子须以双手捧着或放在碗里吃，否则很可能散一地。

如今，粗粮的身价高过了大米白面，开车跑到郊区吃农家饭成了时尚，原先根本不在谱的窝头菜团子，堂而皇之上了桌，伸手慢了没准就抢不着，连公款埋单的大餐里也有精致的杂粮拼盘。不过，今天的菜团子与当年不同，棒子面磨得很细，多数还加上了白面小米面，远不像当年那样费牙刺嗓子。至于馅，也远非当年那些成捆成堆的货色可比。

回过来再说叫我认识了菜团子的孙。孙到学校如野马上笼头，上课总是笔管条直俩眼直盯着老师，这标准动作不仅使他第一批入了红小兵，还躲过了一次次被处罚危险。某日上课，我俩把一本小说里逗乐的情节写在纸条上传来传去，我因忍不住笑被老师责罚，孙却老僧入定没事人一般。孙爱看书，哥哥姐姐多，总能找到书看。上下学路上，我们常一块走着讲各自看的书，孙是因能讲故事而受大家欢迎的同学之一。不过，我最怕把书借给他，一是根本保证不了还书的时间，甚至可能有借无还；二是不管多新的书，被他家哥儿几个轮着翻一遍，再加上蘸唾沫的毛病，还回来即使没烂，也会比原来厚出不少，那书瞧着就恶心。

五年级时，孙因家庭困难跳班，以后就没了联系。十年前，听亲戚说他还住在老房子里，便去看他。孙坐在自己打的那对老沙发上，茶几旁边一堆二锅头瓶子，全然找不到当年那咧着大嘴憨笑的脸。提起小时的事，孙一脸茫然，只是一个劲让我抽烟。再往后，听说他落了炕，吃喝拉撒全靠人伺候，一年后死于糖尿病综合征，丢下个二婚的外地媳妇和一个没工作的闺女。

注释：

拔火罐：生火时放在炉口上的长喇叭形铸铁器具。

红小兵："文革"期间取代少先队的小学生组织。

老公母俩：对老年夫妇的敬称，读音为"老姑母俩"而不是"老公母俩"。

解放鞋：一种用帆布和橡胶制造的便鞋，通常为绿色。曾装备部队并流行于民间。

丸子汤

几十年前，北京的冬天多风多雪多寒流，早晨上学的孩子全副武装得如一个球：棉袄、棉裤、棉猴、棉鞋、棉手套、棉帽子外加围脖、口罩。当年多数人住平房，取暖保温条件远不如现在，吃饭便都喜欢有点热乎东西，最好是热汤面或粥。北京人不喜欢喝汤，也不会粤式煲汤，常出现在普通人家饭桌上的汤，用十个手指头就能数过来了，喝汤的习惯则和广东人反着，是在饭后，故有溜缝的说法。

北京人做的荤汤，以煨汆萝卜或虾皮萝卜汤和白菜丸子汤最常见。当年，家里没老人的双职工夫妇下班后相当紧张，要先捅开封着的炉子，待火上来才能做饭，既要做主食又要做副食，天天如此，劳动强度不小。为了省事，往往做个汤了事，既有菜又有稀的，同时还能满足取暖和营养需要，一举多得。羊肉发暖，煨汆萝卜当然最理想，可那时羊肉只卖给回民，汉民平时基本买不到，周末虽少量供应却要排大队，于是白菜丸子汤就成了首选。下班顺路买几毛钱的肉馅，回家有现成的储存大白菜，不必为准备食材多费心。

白菜丸子汤的做法很简单。肉末里加葱花姜末，略点料酒，加水后用筷子搅，其间放盐，根据口味也可以放酱油，这个步骤称打馅。打馅不能急，水要一点一点边打边加，而且要朝一个方向打，这两点有一个没做到位，馅就会打散，下锅成不了丸子。有人为保证丸子成形在馅里放淀粉或鸡蛋液，但口感都不如水打得好。馅搅到发黏、搅起来费劲，就打好了。用葱花炝锅后下切好的白菜略微煸炒后加足水——或直接以清水煮白菜。锅开后，用小勺把馅团成丸子下锅，开两开离火，在汤里放盐和味精，也可以点几滴香油，就大功告成了。不同家庭的白菜丸子汤在细节上会有所不同，且有不少变型，如另加豆腐或粉丝。

白菜丸子汤虽然简单，却能在佐饭的同时保证人必备的蛋白质和维生素。白菜丸子汤就着馒头或米饭，再来点咸菜酱豆腐，在当年算是一顿说得过去的饭了。如果在汤里加些胡椒粉，就更能突出驱寒发汗的功效，能喝得人周身通泰。喝酒的人，也可以拿白菜丸子汤当下酒菜，唯需多些丸子。

小学二年级，班里转来一个姓杨的新同学，他家住前海北岸那红色广亮大门里，那个几进的四合院是地质部宿舍——后来改为唐克住宅，杨家住大门右手的倒座和正院的一间西厢房，平时家里只有姥姥和一个上中学的小舅。杨家人都文质彬彬的，他父母平时很少在家，偶尔见到，对我居然很客气。可能是脾气相似，杨一转来，我们俩就成了形影不离的朋友，每天都要一起上学下学，放学后他总要拉着我去他家玩一会，因此多次看见过他家吃饭，可却只对他家的白菜丸子汤有印象。那是一个冬天的中午，他家人很齐全，正围着小桌子吃饭，每人面前都有一碗白菜丸子汤，盛着汤的锅则放在桌子中间……

一个夏天的中午，杨对我说，他父母要下放到湖北干校了，全家也要跟过去，以后只能写信了，并随口说了通信地址。那天，杨第一次带我去了他家西屋，屋里，堆着大大小小十几个帆布口袋，应该是准备运走的物品，靠门的三屉桌上堆着很多放注射液的小纸盒。杨打开一个纸盒，瓦楞纸隔开的小格子里放着花花绿绿闪闪发光的石头，每个小格子上有个很小的口取纸，写着极小的字。杨说，他父母是学地质的，这是他们在野外探矿找到并留下的矿石。我根本记不住这些矿石的名字，看了几盒便索然无味。杨又打开一个帆布口袋，里面竟全是邮票。他说，这些没整理过的邮票不打算带走，如果我要可以全拿走。虽然我父亲集邮，但我从小就被教育不能要别人的东西。见我没有要的意思，杨抓了一把塞给我，说留作纪念，不算要别人的东西。后来我父亲说，大部分是苏联邮票和东欧邮票。

某天，杨没到学校，那天我根本没心思上课。放了学赶紧跑到他家，倒座和西房全都搬空了，这时我才猛然想起忘了写下他家的地址。回忆了好久，只隐约记起“某某信箱第九十二分箱”，可前面的数字却怎么也想不起来了。至今，我冬天仍做白菜丸子汤，也经常因这道简单的汤菜想起与我同学一年的杨，他是我人生中第一个最要好的同学，而他的突然消失，使我第一次领悟到一种以前从未有过的生活体验。

注释：

煨汆：北京人常用的烹调方法。煨汆萝卜实际是将腌好的羊肉片下入煮熟的萝卜汤中烫熟。腌即煨，汆即烫熟。

唐克：1965—1985年先后任石油工业部副部长和部长、冶金工业部副部长和部长。

干校：亦称“五七干校”，“文革”期间集中干部进行劳动锻炼的农场，多按单位或系统建立。

炖海带

当年，受到运输条件的限制，北京人根本没有生猛海鲜的概念。大宗供应的海鱼就是按人限量的带鱼和黄花鱼，定量的鱼之外而想吃海味，不外乎这几个选择：不要票证的咸鱼、很便宜的卤虾酱和虾皮，以及海带。凡卖鱼的副食店，差不多都卖海带。海带没包装，几根折叠起来打成个把，放在柜台或货架子上，那卖相实在不怎么样。海带买回家要用水泡数小时并刷洗干净，完全泡软后才能烹饪。

海带是温带近海生长的大型藻类植物，富含碘，中国从南到北的海边上几乎都有，不少北京人喜欢这种廉价的海生植物。据说当年穷旗人馋得受不了时，喜欢用粉条炖海带——有点肉当然更好，美其名曰“陆鲜炖海鲜”！20世纪60年代，为治疗和预防甲状腺肿（俗称大脖子病）提倡多吃海带，海带因此更为普及。当年我家和好多人家一样，冬天总要吃几回海带，一是为了补充碘；二为换换白菜萝卜的口味。

海带的烹调简单得几乎没有技术含量。北京人当年的做法，大致是拌和炖，放在火锅里涮是后来的事。凉拌需事先把海带煮熟，切成尽可能细的丝，可以略微加白菜丝、黄瓜丝或粉丝，调料无非酱油、醋、香油，但一定要放蒜泥，否则压不住腥味。凉拌海带适合佐酒却不下饭，当年在饭馆吃饭，凉拌海带丝和花生米、拌粉皮、拍黄瓜、松花蛋都是不错的下酒小菜。一些小酒馆，也预备盛在小碟里的拌海带丝供酒腻子们渗酒。在家吃海带多用炖的方法。档次高的，是切成丝或菱形块与排骨腔骨或猪肉一起炖，肉须带肥，海带浸透了油吃着才香，而肉也不会很腻。我岳父喜欢把海带和黄豆及猪蹄一起炖，用高压锅焖两小时以上，肉、黄豆和海带都被焖得酥软，据说常吃能强筋壮骨。买只鸭架子，和海带一起炖到汤略黏稠，则是一道不错的汤菜。

肉的数量有限，家庭主妇们炖的海带多数是素的，做法很省事：葱花炝锅，加酱油和水下海带煮，也可以放些白菜丝，直到海带熟了。炖海带费火，好在当年家家有炉子，多加些水甭管它就是，并不耽误干别的。

我不喜欢海带那含碘过多的特殊腥味，我的同学唐却嗜海带如命。唐家是无锡望族，唐的祖父是燕京大学首批毕业生，做过北洋的官，醉心佛学，广做善事，有出售一幢小楼救济华北灾民的义举。唐家在前海有座四合院，除自家居住外还开办了佛学图书馆。“文革”初，唐家的房子物品被悉数没收，唐的祖父祖母惨遭批斗折磨，父亲被关押，唐母带着几个孩子被迫栖身在我家对门那院的小西屋里。于是我和唐成了发小，后来又在高中同学，并成为最好的学友。

高中时常顺路找唐一起上学，几次瞧见过他端着大碗吃白菜炖海带，吃得很投入。据他自己说，吃海带时很有马吃草的感觉。唐喜欢马，上学路上常疾走并自比奔马。能用钢笔随手画出不同形态的马，水墨骏马也颇能画上两笔。唐读过些写马的书，因此说起马来如数家珍。有一次不知从哪儿弄来一本日本人写的驯马教材，里面有大量照片，辅以文字，他那一上午几乎没干别的，专偷偷躲着老师在课桌底下苦读东洋马经。

唐毕业后被分配到高校任教，这种把马关进圈的生活并不适合他的性格，于是带着自己拍的照片去新华社求职，并被顺利录取为摄影记者，此后在多次重大事件中拍了不少有价值的照片。1991年海湾战争爆发，唐主动申请前往战场采访，开创了20世纪90年代以来新华社战地记者前往火线的先河，并写了几本书，经历奇特且文笔不错，一时声名大噪。不过，采访期间他的身体受到了很大损伤，有人说是美军贫铀弹辐射所致，也有的说是得了类似美军越南老兵的战场综合征，我始终没当面问过。

如今，唐已年过半百，却仍如马一样闲不下来，就是身体不佳的最近几年，仍国内国外的忙活，即使在家，只要一有事，也会立即蹬车或开车直奔现场，且其乐融融。这些年和唐的联系少了，但他的行踪却能从博客中了如指掌，每看到他驾着那辆越野车生龙活虎地颠簸，都不由得随着兴奋。愿奔马不停！

注释：

酒腻子：北京人对贪杯者的戏称，略带贬义。

芥末墩

北京人都知道芥末墩，老舍家的芥末墩是代表：好几篇文字都提到当年受过先生芥末墩的招待，就是老舍去世多年后，胡絜青仍以结婚那年便开始做的芥末墩招待客人。老舍的身份和收入非一般小康人士可比，却喜欢这土里土气的吃食，可见一方水土一方人，也足以说明这上不得菜谱的芥末墩那强大的诱惑力。

芥末墩不是名菜，制作却很见功夫，选料、制作、储存各环节都有严格的要求，哪个细节不注意都可能毁了大局。做芥末墩先要发芥末，发不好，后边的努力全都白搭。把芥末粉放进杯子，加热水调成糊状，封严后泡在装了热水的容器里，或放在炉台上，直到发出刺鼻子的味就能用了。刚下来的白菜水分大，要等上十天半个月让菜“出汗”，表层脱了水气而内层水分充足才能当芥末墩的原料。操作前，必须把手和所有器皿洗干净，不能见一点油。剥掉白菜的外帮，留下核心部分后切成一寸长两寸粗的段——千万别让它散了。菜段置漏勺上，以滚水反复浇几次，使其略软却不至于烫熟。把菜墩儿码在容器里，码好一层后浇上芥末、糖和米醋，然后再码第二层，装满容器后盖上盖子，置于凉处放几天便能吃了。

芥末墩集辣酸甜的味道和脆与凉的口感于一身，那钻鼻子顶脑门的噎人冲劲儿，能叫人越吃越上瘾，尤其是春节期间大鱼大肉吃多了时，更是成了解腻开胃的好东西，不管在自己家还是在别人家吃饭，芥末墩都比鸡鸭鱼肉更受欢迎。不过，芥末墩虽然好吃，做起来却麻烦，于是，好多人家非等到过年才做，芥末墩也就成了典型的年菜。

在我的记忆里，只有隔壁的关家平时常做芥末墩，不过每次做的量很少，甚至只用一棵菜的心——其他部位则大锅熬，这小灶归关老太太一个人享用，作为佐那碗烫黄酒的菜。有一次老太太一边吃芥末墩喝黄酒，一边教我背萨都剌的《金陵怀古》："六代豪华春去也更无消息"，此时她是不是在"思往事愁如织怀故国空陈迹"，不得而知。

关家老头儿是正白旗，祖父奎俊号称京城四大财主之一，是荣禄的亲叔父，做过四川总督、刑部和吏部尚书、内务府大臣，在南锣鼓巷沙井胡同路北有座不小的宅子，可惜民国后不久就败得差不多了，以至于后来卖了老宅，老头从家里带出来的，除了几件硬木家具和几个扇面——上面有总督那颇得赵孟頫风骨的字迹，就没什么了。

关老太太有文化，照当年的标准，年轻时算个美人儿：黄净子脸，五官端正，身量不高且瘦——据说这是穿旧式旗袍的理想身材。老太太并不在旗，娘家也是做官的，嫁给老头时带着陪送的电车公司股票，只因年轻时得过肺病，所以一辈子不工作，靠老头在电子管厂上班的工资生活。关家老头的能耐、身材和长相，哪条都够不上名门贵胄，性格则属于老实巴交一类，而且颇怕太太，与相貌很是匹配。后来我想，这婚事要搁在早先，即使是在有了满汉通婚恩准的年月也未必能成，可到了中华民国三十年，便难免有了"下嫁"的味儿。

可能是叫一肚子故古典儿憋的，夏天晚上坐在院子里乘凉，关老太太总爱给孩子们讲些旧书上的人和事，那时，人人自危的"文革"高潮刚刚过去，说这些很犯忌。四年级的一天，我见老太太看书，便问是什么，她说是《说岳全传》，且允许我翻翻，我立即被开头情节吸引。老太太说书是借的，她看完了可以借我两天，但不能跟外人说。为了读完这本书，我两天没上学。这是我第一次读繁体字竖排版的小说，老太太告诉了我好多字和词，以及岳飞的《满江红》。以后我有相当一段时间痴迷古典小说，开蒙的便是关老太太。今天想来，借我这本“封资修黑书”，是那年月的大忌，弄不好就有“教唆”的嫌疑。

我上高中那年当朝鼎革，言论略有开放，老太太却对我说“勿多言、言多必失”，可也不再避讳说她的家世。于是，我知道了满族人的称呼、礼节和生活习惯，知道了奎俊和沙井胡同，知道了小瑞子毓嵒见面要叫她老公母俩二叔二婶，知道了她和言慧珠曾是小时候的玩伴，知道了她的老伴儿曾拜定兴李氏三杰中的李星阶为师学习形意拳，并善使单刀……

老太太育有一男两女，可惜晚年烦心事不断，生活并不如意，好在有书相伴，还能得到些许的安静。我结婚那年，老太太托人带了份子。过后我去看她，她正躺在床上抽烟看小说。见我来，似乎连起来的精神头也没了，只是反复说：“我活不长了，快死了。”

不久，老太太过世，带走了一肚子没说完的故事。

注释：

萨都剌：元代诗人、画家、书法家。

正白旗：满洲有八旗建制，其中正黄旗、镶黄旗和正白旗谓上三旗。

在旗：满族人都有自己隶属的旗籍，故称在旗。

故古典儿：老人、老事物。

言慧珠：蒙古族旗人，京剧昆曲旦角艺术家，其父言菊朋乃民初四大须生之一。言慧珠1949年前爆红，之后则因性格原因备受打击。

小瑞子毓嵒：末代皇帝溥仪的远房侄子，在长春和苏联一直陪伴溥仪，曾被溥仪私定为继承人。

拨鱼汤

在外面吃饭，酒酣之后大家常异口同声地要一盆疙瘩汤当主食，于是这种再简单不过的北方家常饭堂而皇之地上了席面。

不少人把拨鱼汤混叫为疙瘩汤——我就是如此，一些饭馆也闹不清楚，反正面疙瘩在汤里，其实两者的做法是有区别的。做拨鱼汤很简单。把面粉放在碗里加水搅成略稠的糊，以葱花炝锅，下西红柿煸炒后加酱油和水，水开后用一根筷子沿碗边把面糊往锅里拨，不能急，手艺好的能把每根面鱼都拨得和筷子一样粗细。面鱼稍煮，洒上打好的鸡蛋液，关火，滴上几滴香油，放香菜，根据个人的习惯可以放白胡椒粉，即大功告成。

当年北京普通人吃饭并不十分讲究，可也要有干有稀，稀的，多数是粥或热汤面疙瘩汤之类。疙瘩汤热热乎乎，里面有粮食有蔬菜，又有咸淡味，在生活不富裕的年月，馒头窝头加上一锅疙瘩汤就可以当一顿饭，饭量小的，更是一碗疙瘩汤足矣。因此，几乎没人不会做这亦饭亦菜的吃食。我因常做疙瘩汤而自认为水平不错，因为大家都爱吃，晚饭也就常预备，一家三口吃得其乐融融，有时来了客人也会做上一盆，通常皆大欢喜。

由疙瘩汤想起了小时候的一位邻居。我家住的那四合院有个跨院，只有两间北屋和一间灰顶南房。北屋住着在中学教语文的周先生两口子，南屋是周先生的丈母娘——院里孩子们称她韩姥姥——一位瘦老太太，身体似乎不大好，不是颤颤巍巍拄着拐棍，就是推个小推车慢慢地挪步。韩姥姥的闺女后来死于肾病，周先生续弦搬了家。成了孤寡老人的韩姥姥每月从政府领几块钱救济，但不够用，于是又找了糊洋火盒的活儿。把七七八八的木片纸片弄到一块并不容易，糊十个不过几分钱，老太太的生活可想而知。不过，人老了，吃喝穿用也就那么回事，更需要的，恰恰不是钱，对此，不到一定的年龄不会懂。

周先生搬走那段时间，空出来的北房成了孩子们的乐园。不知是不是喧闹让老太太想起了短命的闺女，她的门老关着，做饭的时候才出来——门依然关着。孩子们常围着看她在门前的铁皮炉子上做饭。一个孤老婆子，牙口又不好，饭自然简单，常能看见她用个很小的单把锅打面糊，有时候也做面片和疙瘩汤，对老人来说，洒上蛋花、淋上香油的疙瘩汤，恐怕算是改善生活了吧！

韩姥姥做饭时会和孩子们说话，并招呼去她的小南屋，只是没人愿意去，因为小屋里黑乎乎的总有股霉味，也并没什么秘密：极小的房间里只有破旧的桌椅、板铺和炉子，还有一辆小孩竹车，车上装着糊好了准备交活儿的洋火盒——这是小屋里唯一不许孩子们动的东西，除了几个羊拐几本小人书，小屋里没什么可玩的。我家是不许孩子串门的，但在表姐的带领下还是去过两回小南屋，看老太太盘腿糊洋火盒。老太太叫我们到铺上玩，好像脱了鞋就走不了。铺上铺着皮褥子，应该是人老了火力差怕冷。几天后的一个晚上，韩姥姥到我家串门并送来了两小包点心，这之前，两家人没什么来往。多年以后我琢磨过送点心的原因，是希望孩子们再去她家，还是感激孩子们带去的短暂欢乐，或两兼而有之？不得而知，但有一点是确定的：人老了难免寂寞，有孩子在身边，是一种慰藉。

再往后，北屋住进了新人家，我再也没进过小跨院。1966年8月，韩姥姥被抄了家批斗，糊洋火盒的活儿自然没了。之后每天早晨在北屋“红五类”的恶声恶语中出去扫街，胸口上挂着写有“地主婆某某氏”的牌子。

韩姥姥虽然能忍下接连不断的变故和屈辱，却无法顶住最后的那根压垮骆驼的稻草，北屋“红五类”找街道革委会递了话，说政府不该照顾地主婆，“黑五类”拿救济等于继续吃剥削饭，于是老太太每月领的几块钱补助被取消。这一年的年底，断了生计的韩姥姥在某天夜里上吊自杀，我还记得火葬场装走她的是个黄色尸袋！

长大以后，我曾问过一些老街坊，谁也说不清1966年时韩姥姥是怎样的一种心境，但可以断定，降临在古稀老人头上的，是夺命的一刀，被杀死的，不是生的勇气而是希望；被消灭的，不是人的肉体而是灵魂。

住北屋的“红五类”在老太太死后的一段时间内遭人背后非议，一个人不敢在跨院里待着，多年以后还为这个过节做噩梦……

注释：

铁皮炉子：旧时一种用马口铁制成的炉子，烧煤球，不能装烟筒。

洋火：即火柴。

续弦：古时以琴瑟来比喻夫妻，所以把丧妻叫作断弦，再娶则为续弦。

棒骨汤

中医说，猪骨性温，味甘、咸，入脾经和胃经，有补脾气、润肠胃、生津液、丰肌体、泽皮肤、补中益气、养血健骨的功效。按现代科学的解释，猪骨中含有丰富的蛋白质、脂肪、维生素以及大量磷酸钙、骨胶原、骨黏蛋白，能补充儿童必需的骨胶原，增强骨髓造血功能，有助于骨骼生长发育，能使成年人延缓衰老。如此说来，猪骨确实是个好东西。

北京卖的猪骨，按肉的多少大致可分成排骨、腔骨和棒骨。北京人不善料理，也不像山东人那样有开馆子的传统，下厨多属粗放操作，做不出豉汁排骨蒜香排骨，煲不出莲藕排骨汤排骨玉米汤，来自猪两肋的排骨，多按北方人的路数侉炖，成品汤稍多。在此基础上变化，可以做成糖醋口味；若将排骨过油炸或炒糖色后再炖并收汤，就成了红烧。腔骨因肉少髓多，更宜于白煮，蘸着酱油醋蒜蓉调成的汁，从骨腔中吸骨髓，极香，汤可以烩菜。过去，北京凡不以这些大路手法做猪骨的，多不是北京人或北方人。

当年生猪供应不足，北京市场上的猪骨多按量供应，且需要排队——甚至排了队也买不到，不写本而能买到更是撞大运，几率比彩票中奖高点有限。买到排骨腔骨，算得上是一家人的喜事。骨头收拾起来再麻烦，主妇也不会有怨言，男人则盘算着出了锅喝两口，孩子们更是能被锅里肉香馋出哈喇子。那时候人人缺嘴，炖排骨腔骨必求量大，一锅里炖上三五斤并不新鲜，非如此不能过瘾。另外，当年卖的排骨腔骨都剔得很干净，吃上三五块也没什么硬货。

统称棒骨的股骨和肩胛与排骨腔骨们比起来剔得更干净，光溜溜的只能熬汤。煮棒骨汤的方法很简单，骨头最好砸断，使里面的骨髓充分融化，骨头先用冷水泡，浸出血水后上锅煮，所加的佐料无非葱姜椒料，但务必放醋，据说能溶解骨头里的钙质。熬得好的棒骨汤颜色奶白，但油腻，须与白菜萝卜豆腐海带之类同炖。棒骨汤虽然浓郁，却不如吃肉过瘾，是逗馋虫的东西，所以家庭生活水平高的人家往往不屑，可对于收入不高的家庭来说，却算得上是解馋之物，热乎乎的连汤带菜一大锅，能大快朵颐，吃个肚儿歪嘴巴光。

我小时候有个孟姓邻居——夫妇俩带一双儿女（女孩和我同学），生活条件一般。孟家人很在乎穿，周末夫妇俩总要穿上“礼服”才出门，逢年过节更是如此，就是到间壁儿拜个年，也必定穿上呢子大衣和打了油的皮鞋，并戴上手表。那年头大家的收入有限，谁过日子都得算计，维持穿，自然就要从嘴里节省，于是孟家平时少见荤腥，偶尔吃些油水，我那同学便会到我家说一声——她把啃棒骨说成是吃肉。

孟家男人被大家称为老孟，50年代招工进京，在建筑公司当木工，与张百发同事。老孟在家说话没分量，一切由夫人做主，偶尔到我家坐坐，得偷看多少回夫人的眼色。平时要不是做什么活儿便老在屋里闷着。老孟心软，“文革”初曾跟我姥姥说，看不下去造反派在批斗会上折磨时传祥张百发这些当年的劳模——这话当然没敢当着夫人说。

孟太太娘家姓艾，银盘大脸，一双细而媚的笑眼，身材五短，按旧时说法属于福相，但脸上什么地方有颗痣，据说妨人。因家里定亲，孟太太跟着到了北京——上小学的娘家妹妹也跟了来，起先在西郊新北京什么首长家当服务员，后来不知为什么放弃了那份优厚的事由儿，到百货商场卖儿童玩具，再后来进了塑料纽扣厂。这个街道小厂是“大跃进”的产物，工人基本来自家庭妇女，在首长家见过世面又上过两年小学的孟太太便成了人物，加上出身“红五类”，“文革”时当上了厂革委会委员，那阵子眼里老能瞧见阶级斗争，瞅着谁都别扭，浑身那打了鸡血的劲头很像话剧《小井胡同》里的小媳妇。

孟太太操持家是好手，可只要老孟给老家寄钱，太太总要和他闹几天别扭。对公婆的态度虽让老孟不满，可孟太太处理与娘家的关系也很克己，老孟也就没法说什么。困难时期，老孟爹在河北老家饿得受不了跑到北京，没住几天便被打发走了，走的时候挺高兴，因为腰里揣了儿媳妇给的一摞嘎巴嘎巴的票子。没多少日子，老头便杀回北京找儿子媳妇问罪，敢情那一摞簇新的票子，最大面值不过两毛。

不知是不是那颗痣闹的，老孟刚退休就走了。没多久，孟太太嫁了人，那片的老太太们议论了很长时间，依老妈妈令儿，孟太太等同于庄子遇到的那个扇坟娘子。

注释：

事由儿：老北京人将找工作叫作找事由儿。

“红五类”：革军、革干、工人、贫农、下中农，“文革”中泛指出身于这些家庭者。与之对应的是“黑五类”，即地主、富农、反革命分子、坏分子、右派。

老妈妈令儿：也做老妈妈论儿，即有一定岁数的妇人们说的规矩、道理。

它似蜜

我小时候听姥姥说过，有道清真菜叫它似蜜，我们住那院有个老太太，常从烤肉季叫一两个菜，其中多半会有它似蜜。老北京的馆子买卖做得仁义，即使客人只点一两个菜，也会派个伙计提着提盒送上门来，吃完了再过来收拾家伙，自然，主家儿通常会给几个赏钱。时过境迁，今天馆子还做它似蜜的不多了，有的厨子甚至连听都没听说过。也难怪，这道菜厚味浓油，搁在当年很能解馋，可用今天的标准看，高油高糖不合乎健康的要求，这就难免地位尴尬。关于这道清真名菜的来历有两个说法，一说它由香妃带到宫里的西域厨子炮制，乾隆十分欣赏，于是赐了名。二说是由宫里的厨子发明，太监因瞧见西太后喜欢，故意不说蜜汁羊肉的原名而请她赏个名字，老太太随口说了句“它似蜜呀”，于是有了这个名字。

制作它似蜜的主料是羊里脊——据说再早用鹿肉，后来满族骑射风气衰落，鹿肉断了来源，才改用羊肉。羊肉性温，《本草纲目》说它“能暖中补虚，补中益气，开胃健身，益肾气，养胆明目，治虚劳寒冷，五劳七伤”，是冬令进补的好东西。羊里脊斜刀切成薄片，用甜面酱和湿淀粉上浆，把姜汁、糖色、酱油、黄酒、白糖、醋、淀粉放在碗里调成芡汁。浆好肉下热油锅迅速滑散，一俟肉片泛白色迅速捞出。炒勺里放香油，油热后下滑好的肉片并倒入芡汁炒匀，使芡汁裹住里脊片，再淋少量香油。若烹调到位，它似蜜的成品十分漂亮，酱红色泛着油亮的芡汁包在肉片上形如杏脯，口味香甜带酸，口感软嫩。

当年我姥姥租住在什刹海北岸的一座四合院里，房主是位回族御医，回民做御医，是晚清的事。御医的三进四合院面积不小，倒座尽西头一间是车库，其他是书房兼诊室，病家来了看不到内宅。内、外宅分界的花墙和垂花门在“大跃进”时被拆除，木料拿去炼了钢铁。大门口有两块硕大的上马石，后来挪到院里，充作公用水管子下面的台子。

按老人的说法，御医并不像电视剧里那么神秘，有皇上那年月，每天大早要去地安门外太医院点卯，没事儿，聊会大天儿走人。民国遣散太医后，御医上午在地安门外的药铺坐堂，下午在家休息，也接待病人。据邻院儿御医的本家说，这御医的医术在北城一带有些口碑，他给人看病的风格像京剧《沙家浜》里那个假扮大夫说的，“病家不用开口，便知病情根源。说得对吃我的药，说得不对分文不取”。老人们说，当年门洞墙上和倒座后檐子下挂着不少“杏林高手”“妙手回春”之类的匾，可见有些本事。我小时候，匾早拆下来当劈柴进了火炉子，但挂匾的钩子还在。1949年我姥姥从府前街搬到南官房胡同路北这四合院时，八十开外的御医还在，是位个子不高、微胖白须的老人，对街坊四邻挺和气，大家尊称他为先生。御医家的人有见识，新中国成立不久就看出了门道儿，除了留下几间房自用，其余全卖给了政府，虽然四合院成了大杂院，可在以后一回接一回的运动中，御医的后人平安无事。

新中国成立不久，御医和他的独子相继过世，御医那常叫它似蜜的马姓儿媳成了一家之主——那阵儿还不到五十岁，仗着石驸马大街娘家陪送的房产租金和烟袋斜街天合盛油盐铺的股份，生活水准并没降低，常坐着洋车带着大孙子和名叫“五白”的肥狗出入，听戏，下馆子，逛公园。可到我记事的革命年代，这谱儿已经摆不起来了，当年体面的妇人变成了腌臜老婆子：腰弯得使上身几乎和地面平行，须拄拐棍才能撑住极胖的身子挪步——否则会扑到地上，且随时要坐下喘一阵。老太太不光邋遢，还神经兮兮的，见天儿坐在大门槛或门墩上等着看《北京日报》。此时老太太早和儿孙们分开另过了，依然讲吃，时不常挪到外面解馋，可衣服前襟上永远带着嘎巴，脚底下的鞋也从没提上过。不过，从那圆脸盘圆眼睛长睫毛高鼻梁和白皙的皮肤不难看出，老太太年轻时确是个标致的回族女子！

御医儿媳只有一个独子，一直在中专教书，娶了个曾经留学东洋的媳妇，夫妇俩相敬如宾，从二十多岁结婚到四十多岁，给御医养了五个孙子，最后以一对双棒儿闺女完美收关，只是第五个儿子一生下来就死在产房里，坏了福气之家五男二女的标配。

御医儿媳七十岁上死于煤气中毒，说不上善终。十年后，御医儿媳的一个孙女考上了中医药学院，算是继承了祖业吧！

注释：

烤肉季：什刹海前海北岸临近银锭桥的清真饭馆。

倒座：理想四合院位于胡同的路北，大门开在东南位置，其所在的一拉溜南房称倒座。

垂花门：四合院前院和正院间有一道墙，正中开门，其檐柱垂吊在屋檐下而不落地，垂柱下面装饰花瓣形彩绘垂珠，故称垂花门。

坐堂：中医大夫在药铺里等待患者来看病。

双棒儿：北京土话，谓双胞胎。

洋车：人力车。后来出现脚踏三轮车，也叫洋车。

猪肉炖菜

我小时住的那四合院倒座房尽西头的一间，比其他房间都大，早先是御医的车库，门直接开在胡同的路北。新中国成立初期，御医的骡子和车都卖了，车库租给一间用铁丝编笼子笊篱和砸大盘蒺藜丝的作坊。作坊归几个山东人所有，或现金出资，或人力入股，其中就有后来住在这间屋的张老头——我叫他张爷爷，他是作坊里相对的“大股东”。

我小时爱看张老头干活，一把钳子加上十个手指头，时候不大就能使一把铁丝变成实用的物件，动作因流畅而漂亮，看着是一种享受。张老头人也长得体面：瘦而高，大骨架，五官端正，两眼尤其有神，算得上一表人才。他老伴姓陈，模样根本不配和张老头往一块站：眼似乎睁不开且两眼间距过宽，厚嘴唇翻着闭不上，这副模样，加上说话跟不上趟，做事永远慢半拍，被街坊四邻背地里戏称为傻娘们儿。如此婚姻源于包办，媒人把女方的好处说得天花乱坠，却不提女家有姐儿俩，于是亲事一说就成，并顺利地用花轿把这位半傻不茶的姐姐抬了走，及至发现已是圆房之后。睡了人家的黄花大闺女，自然没有退换的道理，张老头气得丢下新媳妇跑到北京投奔朋友，边学手艺边吃喝嫖赌，还攒了些钱，日子过得倒也快活，可后来老家儿愣是追着把媳妇给送了来。正因此，两口子三天一小仗五天一大仗，不管是拌嘴还是动手，媳妇永远处于下风，老头子常常高声叫骂，山东嗓门大得能惊动半条胡同，经常如此，又是人家两口子的事，自然没人劝架。

那几个山东徐州哥们儿合伙开作坊时，是以老乡身份搭的班子，公私合营前大家哥们儿弟兄相称，乐乐呵呵的耍手艺，并没有老板和员工的分别。一帮老爷们干着活无聊，便拿傻媳妇开心打镲逗闷子。兄弟们的午饭就在作坊吃，伙东一锅，傻媳妇管做饭，自然没有煎炒烹炸，无非熬菜蒸窝头，月底炖一锅猪肉白菜粉条或包饺子。哥儿几个平时馋得受不了时，会叫几屉羊肉包子，因为是动用柜上的钱给做活的人打牙祭，照例没有媳妇的份儿，于是，这一片儿的土著都知道傻媳妇趁人不注意偷包子吃的典故。

到我记事时，作坊早随着公私合营成了街道所有制的金属加工厂，张老头和他的哥们儿都成了工人，依然用铁丝编笼子笊篱和砸蒺藜丝。“文革”初，张老头竟被当成了资本家批斗——其实当年定的成分是小业主，不久又因入过会道门被调查。好在张老头见过世面，这点不顺序和缺钱的烦恼比起来简直什么也算不上，喝酒睡一觉就忘了。老头的大儿子已结婚单过，上学的小儿子和媳妇靠他养着，按说，日子不至于太艰难，可他的烟酒都很凶，钱也就老不够花，于是月月借，债欠得太多再想辙堵窟窿。钱紧，心情自然不好，媳妇也就没法不成出气筒，挨打的次数虽有限，可老头几乎天天端起酒盅都得开骂，区别只是时间长短。傻媳妇的义务只有两个：做饭与洗衣服，权利也只有两个：吃饭与睡觉，这“睡觉”还不包括额外的含义，因为两人从小儿子出生就分了床。

张家一年三季在院里做饭，吃什么谁也瞒不住。除了偶尔蒸顿菜馅包子，主食常年是窝头，少有馒头。副食，不是一大锅没油水的菜或汤，就是炸辣椒臭豆腐卤虾酱韭菜花——老头喝酒也是这个，只有过年过节才会炖上一大锅肉，一如当年开作坊的传统，只是把月底的犒劳挪到了年节。年根儿底下炖肉，傻媳妇必会当成件大事来办，她的所有动作都像高速拍摄常速播放的电影，从切肉洗菜泡粉条到下锅，差不多得用大半天，等那锅菜熟了，老头也就快下班了。那几天，老头子喝酒前不骂媳妇。

张家炖肉用北方流行的法子，简单得很适合傻媳妇操作：先坐一大锅水，猪肉切大块直接下锅——焯水和炒糖色的程序都免了，同时放葱姜花椒大料酱油及盐，盖上锅盖就行了，其间傻媳妇会数次下勺子捞肉尝熟不熟。猪肉快熟时放宽粉条和白菜，有时也放冻豆腐。东西多，只能用蒸窝头的大锅炖，炖好后倒在一个刷干净的洗衣盆里，好腾出锅来蒸窝头或馒头——没主食老头照样要骂；第二天再炖，直到装满那个大盆。此后，经常是一人一大碗，搭上其他菜，差不多能吃到正月十五。那半个月里，傻媳妇天天有肉吃，且不挨骂，是一年里最幸福的日子。

注释：

蒺藜丝：带刺铁丝，是构筑铁丝网的材料。

会道门：指以异端信仰为纽带的民间秘密结社，因多以教、会、道、门取名而简称会道门，新中国成立初曾开展过打击取缔一贯道的运动。

不顺序：不痛快、不顺利的事。

杨村糕干

小时候我和弟弟平时跟着姥姥，父母住在交道口南边的一条胡同里，那胡同中段路南有个不大的三合院，原是位于南面胡同路北多进大四合院的后院，后来被主人分割成单独的小院，卖给了一位叫张吉荣的人。小院刚买来时只有四间北房，因为原是后罩房而有很大的开间和进深，举架也高，易主后，院里又盖了一间东房和一间半西房，留出半间东房的位置盖了个厕所。我父亲与张吉荣的孙子同事，租房正是因了这层关系，也因这层关系，我管张吉荣叫“老祖儿”。每星期我和弟弟被接回父母家，都和张吉荣的重孙们一起玩，也就免不了在老人屋里进进出出，对硬木家具、老式瓷器以及留声机麻将牌照相匣子等种种老物件的感性认识，都是从这间屋里开始的。

我有记忆时，老祖儿已八十上下，圆脸，两眼因年纪的缘故似乎睁不开，但永远是笑的，今天想来，很像慈眉善目的寿星老。长长的胡子和眉毛全是银白的，孩子们总爱凑上去摸那胡须，老祖儿并不反感。有几回他的重孙要零花钱，也是揪着胡须要挟的，每每如此，老人只能乖乖就范，却高兴。后来，老人有了防备，揪胡子不灵了，可孩子们有办法，就是在他要水喝时不给他，直到拿出三五分钱来。

老祖儿不能自己取水喝，是因为只有一条腿！六十岁前还能凭着拐杖和假肢行走，再老，人就懒了，加上身子胖，也就不再下炕，吃喝拉撒睡全在那张挂着帐幔的老式雕花拔步床上。人不活动，消化能力自然就弱了，吃下去东西，不是积食就是存不住食，最终结果都是蹿稀闹肚子，于是只能吃些软烂的东西，有时候甚至就吃些糕干。

老北京人都知道杨村糕干，当年婴儿没有母乳时就吃这东西，而不会喝牛奶，它是永乐二年（1404年）由定居杨村的浙江人杜金、杜银兄弟首创的，康熙年间第五代传人在杨村镇置办铺房专营。这种今天没落的吃食当年大名鼎鼎，康熙出巡曾三住杨村，每次都要吃杨村糕干，并定为贡品，特准使用江南贡米为原料，乾隆也曾御笔亲书了“妇孺恩物”。1915年杨村糕干获巴拿马万国博览会三等佳乐铜质奖章，1928年，费效曾的芝兰斋创造了带馅的天津糕干，使这种吃食又上了一个档次。杨村糕干用上好的天津小站米和白糖为原料，生产工艺细腻而考究，米要经过浸泡、碾压、箩筛、搅拌、发酵、成形、加热等十余道程序才能成为成品。糕干外观洁白，内味独特，松软适口，绵软筋道，很容易消化，有健脾养胃的功效，经常食用，效果不亚于茯苓，因此被誉为“茯苓糕干”。

接着说吃糕干的老祖儿。清末，中国有了革命党。与历史上的刺客不同，他们不像豫让荆轲们那样是为了复仇或报主，暗杀是他们夺权的手段，因此对付政敌时无所不用其极。加上科学昌明，有了炸弹手枪，不必再使藏在地图或鱼肚子里的短刀，清末官员因此丧命的不少。张吉荣1885年生于直隶沧州，不到二十岁，便在这个武术之乡练得一身好武艺，经人推荐，给一位姓蔡的督军做了亲随。蔡督军受命到南方上任，在上海遭遇革命党，一颗炸弹没伤着督军大人，却炸断了张吉荣的一条腿。抢救后张吉荣被送回北京，后来的民国总统曹锟念及蔡督军是自己的部下，派人送了一百块大洋，还派人帮着联系德国医生给张吉荣装了假腿。按当时的标准，张吉荣算是忠心护主的义士，因此不少名士前来结交，其中有最后的状元刘春霖，直到“文革”时，张吉荣的孙子们怕惹事，才把一大堆名人送的字画在院里烧掉，只留下了老人的一把剑和四副条屏。

为了生计，张吉荣拖着一条假腿给人拉房纤。这个职业类似今天的房屋中介，但都是“跑单帮”，也没有门店，工作地点一般在茶馆里，说妥了再带着买主儿看房。当年北京有不少吃瓦片儿的，加上建都迁都灾荒战乱，总有房屋买卖，拉房纤的人也不少，张吉荣的长处是买卖做得厚道，因此有了口碑，也没少赚钱。买了小院后张吉荣曾娶过媳妇，但无法生育，便从老家收了个养女，养女后来嫁了个沧州姓陈的，两人育有五男一女。养女、三个孙子、四个重孙子女都住在小院里，虽是螟蛉，但看着进进出出这么多人，老人高兴。

张吉荣八十五岁时去世。我母亲说，那天夜里她梦见老人叫着她的名字说：“我走了！”母亲被噩梦吓醒，不久，隔壁传来哭声。

注释：

后罩房：四合院中正房后面的一排房屋，在四合院中最后一进的院子里，一般为女眷居住。

拔步床：明清时期流行的一种大型床，其架子床外有额外的小屋式结构，使床前形成回廊，可置脚踏和小桌，床架可悬挂帐幔。

蹿稀：对腹泻的谑称，亦说拉稀跑肚。

拉房纤：即专门帮人介绍房屋买卖的职业，从业者称“拉房纤儿的”。

吃瓦片儿的：老北京人对专以出租自己房屋挣租金者的称呼。

槽子糕

1985年初我结婚。当时多数北京人家还不兴在庄馆办事，多是请个厨子，在家里置办几桌请些至亲挚友。我父亲请的厨子姓刘，我叫他刘大爷。刘大爷那时五十多岁，长相符合厨子的脸谱：个儿不高，眯缝眼，油亮的胖圆脸。事前他来了两回，穿得挺时髦：牛仔裤、羽绒服、毛线小帽，骑二八锰钢全链套自行车。刘大爷话不多，但出口几乎都是命令的句式和语气，基本没跟我说话，能看出与小辈人很隔膜。父亲说，刘大爷是来商量预备酒席的事，看了操作的地方，问了基本情况，还送了套茶具作为贺礼，并要求当天早上预备些豆浆油条，另外要备些槽子糕，干活饿了要吃。

槽子糕就是蛋糕。老北京人说话文明，忌讳多，绝不能张嘴带着生殖器。因为这个缘故，蛋这个字到了他们嘴里就有了变化，鸡蛋叫鸡子儿，炒鸡蛋叫摊黄菜，蛋汤叫甩果汤，汤里的荷包蛋叫窝（音握）果，这个现象，被《清稗类钞》的作者记录了下来：“京人讳蛋字”，所以老北京人管蛋糕叫槽子糕或槽糕。槽子糕是京津河北一带很流行的糕点，至少从明代就有了，虽不列入大小八件，却是深入人心的京式糕点。据清廷内务府文献记载，宫内糕点房能制作出精细的槽子糕，除保证宫廷食用外，也当祭祀祖先的供品。据说乾隆皇帝慈禧太后都很喜欢吃，他们的早膳桌上经常出现槽子糕。

做槽子糕的最主要材料是鸡蛋，老北京人因此有了这样的俏皮话：“没你这个臭鸡子儿照样能做槽子糕。”新鲜鸡蛋打散，按比例加入白糖、面粉和香料，放进槽子形的模子里烘烤，正是这种模子使槽子糕得名。槽子糕成品呈厚圆饼或梅花等形状，顶部棕红，底部嫩黄，入口松散柔软，味道清香。由于松软暄分，吃了不占地方，也易于消化，常被老人孩子孕妇病人当点心甚至当饭吃，过年过节给老人送点心匣子，槽子糕是必有的品种。

刘大爷老家河北，很小的时候便拜师学技，后来进入大名鼎鼎的鲁菜馆子正阳楼，新中国成立初那几年正年轻，可刚有了挣大钱的资本，就赶上社会风气骤变，下馆子的人越来越少，加上物资供应受限和商业网点调整，不少饭馆被撤销，很多厨师被分配去了新建的企事业单位，刘大爷因此成为东郊一家大型国有企业的大师傅。从饭馆到食堂，虽然都是做饭，可马勺改大灶，对厨子来说完全不一样。食堂那些大锅菜，找几个家庭妇女就能解决，八大楼下来的厨子，原先的手艺基本用不上，就是有小炒，无论用料还是灶具都无法与正经的馆子相提并论，于是，不少经历了这种变化的厨子多少都有点虎落平阳龙困浅滩的感觉，也渐渐的养成了一种牛哄哄的脾气，好在大家一般不会跟他们计较，一来，人家有真本事，本事大脾气当然就大，没脾气是㞞人。二来，没准哪大您就得张嘴求人家帮忙！

空有一身本事的食堂厨子，很多在亲朋好友或他们辗转介绍的私家席上找到了自己的位置，不光赢得了主家的尊重，还有了越来越大的朋友圈子，当然也有失落：旧京干这营生的厨子叫跑大棚的，和庄馆厨子本不在一个档次上，要不是时代变了，一般人家哪里请得动在八大楼耍手艺的！不过，跑大棚的身份虽比不上庄馆的厨子，却是个极受老北京人称道的行业。大棚厨子并不自己揽活儿，而是熟人介绍，因为很有职业德行而能口口相传名声在外，口碑好的，一年到头闲不住。大棚厨子为的是生计，和主家儿是主雇关系，但却会以朋友的身份出面给主家儿送礼随份子，更会事先问清楚主家儿办事能出的价钱和目的——是为席面好看还是为吃着实惠，或者干脆就是为了应付差事而需省钱，照此办理量入而出，绝不叫主家儿出丑难堪，还能不超预算多弄出几个菜甚至涨出几桌席来。刘大爷这类新式的大棚厨子当然不指着这个养家糊口——即使主家儿会用汤封意思意思，但那绝不是工资，主家儿过后带着烟酒茶叶上门道乏，也是待朋友的做派，而不是去结算工钱。厨子热衷于给人帮忙，既为的是手艺，也是为了证明自己的价值——至少潜意识里有这成分，所以多数都带着古道热肠的劲头。

那天刘大爷轰轰烈烈的带了几个徒弟来，除了关键的时候，一般的菜他只站在旁边指点，稍不合意，当着众人便没鼻子没脸的呲打徒弟，甚至拿起响勺就给一下子，要不干脆坐一边拿大缸子喝茶——没瞧见吃他让预备的槽子糕，真是摆足了师傅的架子！可师徒做的菜确实地道，参加婚礼的人无不称赞，甚至多年以后仍记得那滋味绵长的怪味鸡和色泽红艳的番茄丸子。

注释：

尿人：没本事的人，或胆小懦弱的人。

马勺：炒菜的带柄铁锅，据说早先是北方游牧民族使用的器皿，故名。

响勺：也叫手勺，是厨师用的长柄勺，可以用来加水、加汤料和调料并用来搅拌。

八大楼：旧京多庄馆，有八大楼、八大堂、八大春、八大居之说。八大楼解释不一，通常认为是东兴楼、泰丰楼、致美楼、鸿兴楼、正阳楼、庆云楼、新丰楼和春华楼，是清末出现的八家饭庄，由旗人出资，山东人经营。

汤封：过去北京人婚宴中的一个程序，上齐菜后上一个汤，此时娘家人会给厨师一个红包，里面有少量钱，是为感谢。

道乏：老北京人对登门感谢、慰问帮助了自己的人的客气说法。

呲打：训斥，斥责。

八宝饭

大学毕业后被分到远郊一所中学教书，虽号称重点，条件却十分艰苦，好在同宿舍老李也是北京人，虽大我不少，却有共同的话题，这多少能让我不至于在漫长的空余时间总是想家。不过，老李有言在先："等老路来了，你就得换屋住！"我问老路何人，老李说是他在山区时的同事，过些日子就调过来。因暂时没房，老路会在集体宿舍住一阵，老婆孩子则另想办法。老李特别关照说，老路可是上海人啊！北京人多多少少对上海人都有点看法，觉得他们精明算计甚至自私，一些京籍作家也喜欢拿这个说事儿，《渴望》里孙松演的那位刘慧芳万人恨的丈夫，干脆被定名王沪生。

一个月后我见到了老路：四十出头，略胖，戴眼镜，有个圆润厚实的下巴——据说属于性感造型，无论对谁都笑眯眯的，让人老想跟他握手，嗓音像唱歌的中音，一口海派普通话。老路随便找了个铺，说一老同事在县城把刚落实政策的空房借给了他，他不必长期住宿舍，我也不必再搬再挪动，我很感激他。

当时学校没电视没娱乐，四周全是庄稼地，十几个不能回家的教职工闲极无聊，便轮流请客或凑钱到外面吃饭喝酒，就是一些有家的听说后也纷纷加入，宁愿不回家，也要凑个热闹。大家张罗晚上去吃饭时，老路只跟着打哈哈，到点准时骑车走人，对我们要去的那些大小馆子也不以为然。每天下班前干完正事，大家都要在办公室聊聊天，老路从不跟着云山雾罩，只要他开口，话题总是很实用的衣食住用行常识。因为常说到做饭的经验，大伙便每每将他的军：“您就吹吧，大家怎么能信您这话？除非哪天露一手让大伙见识见识！”老路笑嘻嘻地说：“一定会认真请一次，但必须是在有了自己的住房之后。”于是，办公室里有了个歇后语：老路请客——没准日子！

过了一年，县城的几幢教师宿舍楼竣工，老路分得一套，这在当时是件大事，老李带头，撺掇着要尝老路的手艺。并没等到大家张嘴，老路便开始张罗请客了。那天几个人到他家时，他穿了件白大褂，两手面糊正在厨房里忙活，打过招呼便声言，大家聊天看电视，谁也不许进厨房。路夫人给大伙张罗着烟茶糖果，一老兄悄悄对我说，看老路媳妇走路和说话那劲头，就知道老路会伺候人！及至路夫人一道道的端上菜来，几个号称会做饭的全都不好意思再聊烹调的话题了，开胃的水果羹之后，芝麻里脊、酿豆腐盒、糖醋小排、红烧面筋、蟹粉狮子头，番茄浇汁鱼，一道道菜的色香味形，水准绝不低于大馆子。等到老路亲自端来曲终奏雅的八宝饭，大家便拍着桌子叫绝了。

今天想来，在什么都紧俏的计划经济年代，老路能把八宝饭做得那样出彩，肯定下了一番功夫。八宝饭是典型的江南甜点，色泽鲜艳，造型漂亮，口感软糯，味道香甜。据传是武王伐纣庆功宴会上庖人的应景作品，八宝象征八位有功之臣。做八宝饭说起来并不复杂，主料不过是事先泡过的江米，在大碗里抹油后码上小枣、莲子、桂圆以及各色果脯，放上用猪油和白糖拌过的熟江米，其间填上豆沙做馅，然后上大火蒸，出锅时整碗扣在盘子里露出图案，再浇上白糖桂花卤汁，便大功告成了。后来我按老路说的法子做过几次，却总达不到他那味道和口感，才知道伺候好了这道甜品并非那么简单。

这顿饭后，大家真服了老路。处久了，对他的身世也有了些了解。老路家当年有商铺，但在他父亲手里公私合营，辛辛苦苦创下的产业转眼就归了公当然心疼，可也没辙，好在几个子女都上了大学。老路读的是北京大学数学系，“文革”爆发那年本科毕业，研究生不再招生，回上海工作也断了可能，最后被分到京冀交界深山里的一座学校，一干就是八年，调到半山区后才娶了一位当地的大夫，两人有一儿一女。

常和老路接触，发现他是个挺好的人。他的一些特点，恐怕正是上海人的优点：精于算计，却不占不属于自己的便宜；与人总保持着一点距离，实际是对彼此隐私的尊重；不轻易答应别人什么，可看重自己的承诺，一旦吐口就不会反悔；对人不温不火，其实却是个热心人。去年见到一位和我同年入职的同事——如今已是北京很有名的数学教师了，当年他曾拜老路为师，媳妇也是老路介绍的。他说，那几年老路和他一块儿备了高中所有的代数和几何课，没这个捷径，他的业务未必能达到今天的水平。

炒肉末

前些日子父亲问我，吃没吃过我姥姥做的炒肉末，我知道，父母结婚时姥姥亲手做了几个菜——其中有炒肉末，算是招待新姑爷。我姥姥不怎么会做菜，但木樨肉和炒肉末却做得十分地道。姥姥嫁给姥爷时并不用自己做饭，等到要自己动手时我姥爷已经过世，断了生活来源的姥姥要凭着自己的双手养活几个儿女，自然没条件，也没工夫变着花样做着吃。

炒肉末究竟属于什么菜系已经无从考证，但从做法和口味看，肯定出自北方人的手。这道菜的主料是瘦多肥少的猪肉末——最好是自己剁馅且要把筋膜去除干净，做法并不难：锅里放很少的底油，下入肉末和少量姜末一起用小火煸炒，直到肉末成了粉白色并渗出油；撇去油后在肉末中下酱油和黄酱、料酒、盐、白糖及葱姜末，继续煸炒直到肉末略干，完全“吃”光了调料，点几滴香油就可以出锅了。我姥姥稍微改变了一下做法，临出锅时在肉末中放些切成碎末的香菜梗一同煸炒，吃起来味更香。炒肉末颜色棕红，不腥不腻，口味深厚，醇香绵长。

炒肉末最适合的吃法是夹烧饼，这就不能不说到至今还在卖的北海仿膳肉末烧饼。据说某天西太后半夜梦见自己吃夹了肉末的烧饼，没想到第二天的早膳上还真有，老太太一高兴，便问是谁做的，太监说是御厨赵永寿，慈禧当即赏了赵永寿一个尾翎和二十两银子。民国后解散了御膳房，宫廷厨子们纷纷自谋生路，肉末烧饼便被带到了民间。夹肉末的烧饼用特制的锅炉烤制而成，外焦里空，因形如马蹄而被叫作马蹄烧饼。

有人说，烧饼夹肉末的吃法民间早就有了，但我以为，老百姓的粗食自然比不了御膳房的号召力，没到礼失求诸野的份儿上，这说法难以成立。我姥姥的炒肉末和西太后的炒肉末在做法上略有不同，但本质上没什么区别，只是我记事的时候北京已经买不着马蹄烧饼了，夹肉末的，就是从烤肉季买的芝麻烧饼。我姥姥的炒肉末平时并不做，只偶尔出现在有客人的餐桌上，但那时我家的规矩是，来客人孩子不上桌，所以就盼着大人们能留下点肉末解馋，当年觉得这是最好吃的东西，尤其是肉末就白米粥，一旦吃过绝对难忘。前年大学同学聚会，地点就在仿膳，自然有大名鼎鼎的肉末烧饼，吃过却觉得也就那么回事，才醒悟，敢情小时候那是缺嘴。

上小学时我痴迷工笔仕女，却难得要领。一天我舅舅说，他同事周末要来家做客，其中有位老田，琴棋书画都懂，能给我些指点。这位我叫田叔的人四十来岁，身材颀长，腰板笔直，谢顶，戴黑边近视镜。那天他吃了肉末和烧饼，也看了我的几大本画，却没指点什么，这叫我很失望。后来才知道，他看上了一位女同事，希望我舅舅帮他牵线，根本没心思跟我耽误功夫。老田中意的人最终没嫁给他，后来却断断续续听说了不少他的故事，印象最深的是，老田是个右派，而当年人们心里的右派，是与地富反坏并列的阶级敌人。

老田毕业于南开，起初在某机关工作，外表出众而多才多艺，自然吸引了不少女青年的注意力，慢慢的便有些飘飘然，最大毛病是说话太直，不知道给上司和同事留面子，因此得罪了不少人。1957年，老田被定为右派。因为没什么过火的话，“罪行”不典型，只做了降级和调离处理，成了个中学教员，没两年右派甄别，摘了帽子。

即使老田不是个小心眼的人，这一通折腾也不能不叫他苍老，加上特殊的身份，搞对象成了老大难，不过，他仍坚守着自己选择对象的原则——漂亮而有教养。直到年近五十，老田才放弃了择偶标准娶了太太，据说长相惨不忍睹。

注释：

地富反坏：当年划分成分时的用法，即地主、富农、反革命、坏分子，加上右派，并称“黑五类”，后来又追加了叛徒、特务、走资派，称“黑八类”，若加上知识分子则为“黑九类”，故知识分子有“臭老九”的雅号。

漏鱼儿

《东京梦华录》里有汴梁“细索凉粉”的记载，可见中国人至少从北宋就开始吃凉粉（老北京人的粉字要儿化）了。旧京凉粉出于粉坊，做法是用泡好的绿豆磨浆加白矾搅成糊，倒入滚水成形后再冷却，便得到了半透明的凉粉砣子。若绿豆糊经漏勺漏出定型，就成了枣核形的漏鱼儿（亦称拨鱼儿），两者常被混称凉粉。当年没冰箱，凉粉或漏鱼儿要先用冷水拔透，再拌上麻酱、酱油、醋、辣椒油或香油，加上黄瓜丝和蒜泥，吃着清凉爽滑，大开胃口。由于价钱便宜，凉粉是老北京平民伏天理想的消暑食品。

由凉粉想起了我小时胡同里的一家人。这家男的是个瓦匠，背后人称“㞞王八”——起初我不懂这外号的隐意，走路探脖晃膀子，说话细声小气，站人对面眼睛爱往肚脐眼儿底下踅摸，据说是干活伤及命门才变得如此猥琐。瓦匠媳妇是房管局的小工，长腰粗腿，又长年干体力活儿，和爷们儿站一块很显壮实，矬老婆高声大嗓门。瓦匠两口子新中国成立前后都是真正的无产阶级，男人从老家出来学徒，媳妇娘家是响当当的城市贫民。就是在“劳动人民当了主人翁”的年月，他家日子依旧被踩着肩膀的一大堆孩子弄得窘迫：虽住着几间北房，却没几件家具，靠窗户的随檐大炕拆了后改成大通铺。院里墙根儿底下盘着个灶，上面有城里少见的大灶锅，灶旁边常堆着木块树枝子，靠这灶具能省不少煤钱。

瓦匠媳妇外号玻璃花儿。早先天花是要命的传染病，一旦得了，不死也会在脸上留疤瘌，就是皇上得了也难免当麻子。花儿要是出到了眼珠子上，过后就会留下白疤，老北京人叫玻璃花。五十年前中国消灭了天花，麻子断了来源，知道玻璃花的人也就越来越少了。玻璃花晚半晌儿常拿个板凳到大门口，或闲坐或吃饭，同时盯着看过往的人，这是当年胡同的一景。某次她端个海碗坐在门口就着漏鱼儿吃窝头，盯住了一个十四五的男孩子，突然高腔一嗓子：哟！怎么长得跟大刀螂是的！吓得那孩子落荒而走。当年的风气和后来还不大一样，玻璃花这副做派很为街坊四邻瞧不上，可也没人招她，因为她骂街的功夫很了得，能掰着蹦儿的成串儿甩脏话，几个钟头绝不重样儿，本事一点不比天桥大兵黄含糊。

1966年8月某天，玻璃花那院门口挤满了人，两边墙上糊满了大字报。听说玻璃花挨了斗，一会儿就押回来。果然，不大功夫瓦匠蹬着三轮平板车从西边过来，后面跟着几个戴红箍的。车上是抱着脑袋的玻璃花，她的头发已成剃去一半的阴阳发型。瓦匠两口子在众人的起哄唾骂中进了北屋，门随即关上。众人显然没瞧够洋相，革命义愤比斗地主资本家高得多，一帮未经人道儿却朦朦胧胧知道一二的半大小子更是很有节奏地叫起来："大破鞋——玻璃花！"又捡来砖头石块，瞄着北屋的窗户砸。在窗户纸和玻璃噗嗤嗤哗啦啦的声音里，突然一声惨叫，一块半头砖正砸在一个堵门叫骂"破鞋"的妇人后脑瓢儿上。众人见血轰然而散，一场没等到大轴儿的闹剧戛然收场，玻璃花坐的那辆平板车，正好拉着开瓢儿的女人上医院缝脑袋。

若干年后我才懂了破鞋的意思，这说法和旧京妓院有关。当年一些暗门子穷得租不起房，便屈身废弃的砖窑（故旧京有窑子和窑姐的说法，妓院和妓女属于书面语言，口语不用）。低等窑子没字号，也不能像卖白薯那样吆喝买卖，于是约定俗成挂只鞋招徕生意，时间长了，也就有了破鞋的说法。后来词义变化，破鞋专指作风不正派、淫乱放荡的女性。破鞋与窑姐不同，后者不论明暗都是营生儿，属专业人员序列；前者则多半不是为了生计，有时甚至会倒贴，属业余爱好范畴。按今天的标准，卖淫违法，通奸背德。

若干年后，我对这段公案有了新的理解。玻璃花当“破鞋”时虽有一堆儿女，却正是三十五六的虎狼之年，有欲望再正常不过。守着个没用的男人，要么守活寡，要么打野食，她选择了后者。据还记得当年大字报内容的老街坊说，玻璃花和不止一个男人有过性关系，她最中意的一位还不到二十，她跟人家自称是黄花大姑娘，有那么一阵儿俩人还真如胶似漆，就是工余时间，恨不能也找个地方苟且一下子。

注释：

粉坊：当年用绿豆制作凉粉、粉皮、粉丝和淀粉的手工作坊。

小工：建筑工地的杂工，从事搬砖运料、和泥淋灰等辅助性工作。

踅摸：原意是到处寻找，这里指不用正眼看。

踩着肩膀：孩子一个接一个，年龄相差小，喻生育的密集。

随檐大炕：屋里沿窗户砌的土炕。

大通铺：用铺板搭成的长铺，能睡很多人。

晚半晌儿：傍晚，“半”读“傍”的轻音。

刀螂：即螳螂，因臂如长刀俗称刀螂。

大兵黄：新中国成立前北京天桥“八大怪”之一。靠骂街招揽药糖生意，或针砭时弊，但满嘴脏话。

大轴：戏剧演出时的最后一出。

开瓢儿：北京人对脑袋被打破的说法，有诙谐的味道。

暗门子：新中国成立前北京人对没有登记的暗娼的称呼。

倒贴：女性以财物贴补所恋男子，一般在贬义时使用。

鸡臀尖

到远郊中学报道那天，我们三个人在雨后的大车道上走了一个钟头，才到了被庄稼地包围的学校。一位老者正抡着扫帚拾掇门口的空地，我们以为是工友——后来才知道是学校书记——连叫大爷。大爷说，都放假了，找个地方放下行李就可以回家了，8月底再过来，一点儿不耽误办手续。大爷领我们穿过齐腰的野草来到操场北头的一间宿舍，推开门，湿乎乎的霉味扑面而来。屋内两铺一桌一椅，冬天的炉子烟囱没有拆掉，桌上几个没刷的饭盆已经长出了白毛黑斑。大爷说，这屋住着去年从北京分来的赵三华和王燕京。安顿好行李打量四周，在床头墙上看到一张八开片页纸，上面有“大字报体”的打油诗：“三华呼噜似山崩，天塌地陷比它轻。远隔千里声犹在，不信晚上请来听”，由此，我记住了赵三华的名字。

开学后见到了赵三华，他从头到脚都圆圆乎乎，近视镜片后有一双笑眯眯的细眼，头发黑而稀疏，手掌绵软白皙。三华自我介绍后哈哈笑着说“欢迎新分来的同志们”，只手叉腰的姿势，以及神态口气都像电影里接见部下的首长，滑稽而亲切。

80年代初的农村学校生活清苦，死面卷子大锅熬菜吃得大家嘴里能淡出鸟来，想解馋只能下馆子或另想辙。三华听说教地理的小谭在养鸡场有熟人，便托他买鸡臀尖——当地人直呼鸡屁股。鸡臀尖是鸡尾巴下面的肥肉，据说做好了味道鲜美，但一定要把叫法氏囊的部位清除干净，因为那里聚集着大量细菌、病毒和致癌物。前几年社会上传说吃这东西容易得癌，但据说真正的原因是为了保证出口——日本人特喜欢吃烤鸡臀尖。实际上，在屠宰场里处理西装鸡时法氏囊已经和肛门一起去除，除了油大些，并没什么不安全。在养鸡场里，鸡臀尖是下脚料，但按公有企业的规矩不外卖，内部职工象征性给点钱就能拿走。鸡臀尖不算正经东西，当地没人吃，可好歹也是荤腥，又花不了几个钱，只是小谭并非谁的忙都肯帮，三华有本事，几句话就能让他第二天拎来一大袋子，一来二去，小谭得了个谐音不雅的外号——“鸡尖”。三华食髓知味，常是下班炖上，晚上下酒。我见过他炖的鸡臀尖，不过是放上酱油和盐煮熟。且不说一锅三角形的肉看着不舒服，单是那足有半寸厚的油就叫人反胃，虽然三华把他的美味夸得头头是道，我却始终没敢尝一口。后来，毛病正出在这厚厚的油脂上：三华和几个参与“夜宴”的兄弟上吐下泻，躺了一天后发誓绝不再吃。

戒了鸡臀尖，三华把更多的精力转向了“伙食团”。此团是我们自嘲的说法，主要活动有二：吃大户和下馆子。三华能说会道且气场十足，经他嘴里向领导同事提出的蹭饭要求非但没人拒绝，而且最后大都成了人家求着我们吃酒。至于去饭馆，三华更是能把所有问题都处理得妥妥当当，让所有人都满意，因此成了“伙食团”的灵魂。

某日吃酒，大家聊起了太祖家事，三华笑道：我与李讷有肌肤之亲。大家愕然，三华说，当年李讷初到报社，常来我家里找我父亲商量工作，见了面总要摸摸我脑袋，问问学习情况，这不算是肌肤之亲嘛！众人大笑。以后知道，三华的父亲抗战初参军，新中国成立后衔封少将，“文革”前任解放军报社总编，“文革”初被造反派打倒后关进监狱，夫人病逝，几个孩子到处流浪，吃了不少苦。

80年代中，上边号召大力发展商品经济，当时上上下下对这个说法的理解不过是倒腾买卖。校长兴奋地给大家传达县里的精神，说县领导讲了，要大办公司搞活经济，除了军火和人口什么都可以卖！大家很是兴奋了一阵子，可说来说去，能想到的也只有承包学校的小卖部，而为了那小卖部，已经有不少人给校长送过了礼。大家这才掂量出了自个儿的斤两，敢情除了上几堂课外并没有别的能耐和路子，更没胆子辞职下海。三华并不跟着大伙闲扯，新学期却没来上班，他的课转给了新调来的老师。后来我们才知道，他办了停薪留职，以帮助学校一部分经费为代价，跟着他的哥哥们经商去了。几个月后三华回来过一趟——应该是疏通什么关系吧。那天他请众人吃饭，半认真半玩笑地说，等我的生意做稳了，谁要是愿意都可以跟着我干，收入不敢说，但绝对比教书要强得多。在座的都明白，三华的背景、能量、本事、抱负和自己都不是一个能量级，所以没人拿这话当真。

二十年后，有个同事联系到了三华，七八个人汇集晋阳饭庄，喝酒闲聊，猜拳行令，仿佛又回到了当年，却发现，三华老了许多。

注释：

片页纸：学校印卷子的白纸，裁成八开大小。

晋阳饭庄：1959年开业的正宗晋菜馆子，地点在纪晓岚的阅微草堂旧址。

焦熘肉片

1988年，我经老李介绍，从远郊中学调入北京一所颇有口碑的中等师范学校。老李是我在农村工作时的同事，这一年国庆，我去他家正式致谢，老李夫妇留我吃饭，因为都是熟人，也就没客气。老李夫人把冰箱翻了个个儿，对老李说，菜倒是有，肉可只有一大堆肥膘儿，什么也做不了。我知道他家的情况，为了不让大家尴尬，赶紧说，“没事，肥肉也有用，正好做焦熘肉片。”老李夫妇茫然，我说，“我来做，保证人人爱吃。”

20世纪70年代，北京不少人家都做过焦熘肉片，我第一次吃是父亲做的，后来模仿了几回，皆胜于蓝。焦熘肉片在旧京馆子里原本不是什么有名的东西，突然在京城流行，是当年猪肉供应紧张的无奈。那时候肉蛋鱼油按人限量供应，加上生猪饲养技术仍处于原始状态，买到居民们手里的猪肉，多是瘦肉不多却带着几指肥膘的货色，这种被称为“丹顶鹤”的肉无论怎么做都不受欢迎，好在还能炼成大油，弥补食用油的不足。

旧京庄馆基本是鲁菜（胶州菜和济南菜）的一统天下，北京人口味偏重，色泽和味道浓烈的济南菜比讲究鲜嫩清淡的胶州菜更受推崇，焦熘肉片即属于济南菜风格。做这道菜要先把猪肉切成长而略厚的片，挂上用面粉、淀粉和水调成的稠糊，下热油，炸到表面硬挺焦黄捞出。另用炒勺放少量油，以葱姜末炝锅，再放入醋、酱油和白糖，略开后加水淀粉调成黏汁离火，同时投入拍碎的蒜末，浇在炸好的肉片上——或将主料下锅颠两颠，即大功告成。

焦熘肉片色泽红亮，吃起来外焦里嫩，酸甜中略带蒜香的汁和油脂香混合，越嚼香味越浓。与菜谱上说的不同，北京百姓自家做焦熘肉片大多不用瘦肉或五花儿，而是用肥肉，即使裹了面糊，肥肉一炸也会出油，炸狠点，面糊里面几乎能空洞无物，有时炸完了，锅里的油并不见少。按今天的标准，油重味厚的油炸面糊很不健康，但却是当年的美味，尤其用酸甜的芡汁和米饭——为此一些人家做时会有意多放些汁，至今还被不少五十岁往上的主儿津津乐道。那天，我在老李家做了两盘焦熘肉片，端上桌时还嗞嗞作响，老李夫妇和他们的儿女看得忘了动手，以至于我不得不反客为主地催他们赶紧趁热吃。后来，老李多次说起过这道菜，说是他吃过的最好的肥肉，可惜他做不出来。

老李大我十五岁，胖墩墩的，个儿不高，一团和气的圆脸，因为谢顶，显得比实际年龄大不少。老李没什么城府，又是北京老乡，和我几乎无话不谈。他1964年考入北京师范学院历史系，大二时赶上“文革”，两年后集体分到晋北当了两年兵，回京后被分到远郊中学，一干就是十四年，其间结了婚，夫人是“文革”前的高中生，受侯隽、邢燕子事迹感召自愿到农村当了教师。婚后二人无子女，只得抱了个儿子，没想到这螟蛉长到八岁时夫人却怀了孕，老李坚决要求调回市里，教育局说，只能先到县城附近学校过渡一年后才允许调动。虽然有了期限，但回京心切，老李经常夜里哭醒，这叫我心里很不是滋味，既有对他的同情，也是对自己前景的惶惑。在老李等待一年的期限中他闺女出生，我特意铰了些红喜字贴在办公室和宿舍窗户上，我觉得，这样老李多少会高兴些。

常住校的同事中老李最年长，大家吃喝自然都有他的份儿，他却很少掏钱，谁也不好说什么，一来二去倒也习惯了，况且，有他参与对大家多少是种保护。我知道，老李的日子窘迫，夫人怀孕后更是恨不得一分钱掰成几瓣花。和不少北京男人一样，老李发了工资需如数上交，夫人先留出来有关费用和需存款数，剩下多少就过多少钱的日子，花钱没法不仔细算计。每星期从北京返回单位，他的兜里差不多只有饭票和返回的火车票钱！

1984年暑假前，老李拿到了教育局的调令，在接收单位办妥了入职手续后回学校善后，当天中午我们俩最后一次一起坐火车回北京，老李兴奋，一路上话不断，我却因为他的离开始终提不起来精神。到北京站时已是傍晚，在花市北面的晋元饭馆我请老李吃饭，找了个说话方便的角落，四个菜两瓶酒，一直吃到饭馆上板儿。

开学，同事告诉我，老李临走时上上下下托付了不少人，请他们关照我，我知道，他是把我当成了朋友和晚辈。不久，收到了老李从新单位写来的信，开头是：你我之所以成为忘年之交，是因为在这个喧嚣的世界上，还都保持了一份童真……

注释：

大油：炼好的猪油。

颠：厨师的基本动作，能使烹饪原料在加热中均匀受热、上色、入味和保持菜肴的完整性。

和：这里读“或”音，即搅拌、混合，如“芡汁和米饭”。

侯隽、邢燕子：20世纪60年代初树立的两位先进人物，共同特点是中学毕业后自愿到农村劳动和落户，被誉为社会主义新型农民。

上板儿：旧时商店关门后要在门窗上挂上木板以为保护，作用类似今天的铁闸。

烧豆腐

古人说，食色，性也，按这个理论，我一直以为，中华民族对世界的贡献，四大发明远不如豆腐和茶叶。相传，豆腐由汉高祖刘邦的孙子、淮南王刘安带着一帮方士在八公山（即后来草木皆兵那地方）炼丹时发明，至今已有近两千年的历史了。豆腐以泡过的黄豆（大豆）为原料，遵古法要经过磨浆、煮开、淋汁、去渣、点卤、压制等数道工序才能得到成品。豆腐里含有丰富的植物蛋白以及多种维生素和矿物质，且在人体内的消化率极高，因此在国内外都受到推崇，茹素的人通常都会吃豆腐和豆制品以保证蛋白质的摄入，民间更是有“萝卜白菜保平安”的说法。古代的一些文人，甚至把豆腐誉为“小宰羊”，喻其质地洁白细嫩和营养价值丰富，无论内在还是外表都足以与羊肉媲美。

如今，上了岁数的人常爱抱怨，说豆腐里头全是水，也不是原先那味了。这话不假，据说按传统方法制作，一斤豆子只能出两三斤豆腐，而按照今天的方法已经达到了出六斤以上的水平，如此一来，口味和口感自然大打折扣，只有一些尚循古法的地方，还能做出好吃的豆腐。即便这样，今天无论在超市还是自由市场都能随时买到各种各样的豆腐，这就比当年强多了。计划供应的年代，每户北京人家每月只能凭副食本买二斤豆腐，而且只在上午卖。每天早晨，副食店门口都会有拿着盆或锅买豆腐的队伍，这是当年北京的一景。赶上周末人多，往往要排上个把钟头才能买到。当时副食店的豆腐只有两种，一是装在铁桶里卖的南豆腐，一是放在木屉里卖的北豆腐；南豆腐由石膏点成，滑软细嫩，用卤水点的北豆腐质地比较坚实，加上价钱比南豆腐便宜不少，因此更受欢迎。

大概没人能说得清豆腐到底有多少种做法，我做得最多的是肉末烧豆腐。这道普通的家常菜不难做，但入味却不容易。把切成小块的豆腐下入放了盐的滚水中略煮后捞出控水，炒勺放油，葱花姜末炝锅，放牛肉末或猪肉末煸炒到略干，放点料酒和酱油，再下入豆腐略微翻炒——千万不要炒散，加水并盖上锅盖，小火烧到汤汁近干，放盐、白糖并用极少的水淀粉勾芡，离火时撒拍碎的蒜末及白胡椒粉。豆腐借了肉味，根本不用再放味精鸡精。在此基础上，可以把肉末烧豆腐改造成素烧，也可以调出香辣、麻辣、海鲜、豆豉、怪味等多种口味。豆腐荤素皆宜，秉性随和，几乎能和任何食材相配，这就使它的演化空间更加广泛。

小时候我不喜欢豆腐，到农村工作后才慢慢吃起来，这和与我三年同宿舍的老郭有关。老郭很瘦，老有用不完的劲头儿，不管有多累，只要连抽几根烟，立刻就能生龙活虎。住校的教职工里老郭岁数算大的，晚上他常叫上几个年轻的一块出去吃饭，总是他结账。老郭酒量不小，但有节制，也从不许我们过量，下酒菜从来都是听凭大家，非让他点菜，永远只要烧豆腐和拆骨肉。那时当地饭馆做菜的水平都不怎么样，不管做什么都喜欢放五香粉，所谓烧豆腐，就是葱花炝锅后放上豆腐、酱油、盐和水一起煮，出锅时放点五香粉，各饭馆的豆腐，千篇一律都是齁咸和带着强烈的香料味，好在当地豆腐比城里买的质地密实，口感不错，还有一股城里豆腐没有的卤香。有时候，老郭会去县城买回来几块豆腐或一把豆腐丝，用小葱或白菜拌一大盆，再招呼大家一起享用。就是回老家，老郭也常买些古法做的豆腐，五十里路骑车带回来。

我工作的那所学校，当时刚好被定成县重点，学校对我任教的那届学生非常重视，确定老郭为年级组长。老郭是工农兵大学生，教课的水平实在不敢恭维，但人有亲和力，后来想想，他对我们各方面的关照，正是为了调动一切潜力，让他统管学校参加高考的第一届学生，确实是识人的选择。我觉得，老郭很像曼哈顿工程的负责人格罗夫斯将军，对核子裂变一窍不通，却有能力协调一个庞大的系统工程。老郭领着一群年轻人都憋着一股劲想提高学生的成绩，给学校闯闯牌子。高一结束时，老郭提出暑假补课，学校以责任太大而不愿出面，老郭立了军令状后，带着我们几个年轻教师硬是把近二百名学生留下来。那半个多月里，我们要备课和上课，还要管理学生，连早晨督促起床、夜里检查熄灯和下厨房蒸米饭炒大锅菜的活也干。补课结束，大家只拿到了象征性的几块钱，可谁也没有怨言。

三十年后，想起这段经历仍有热血沸腾的感觉。

芝麻烧饼

在太原工作的二舅当年常出差北京，没少帮同事带东西，可从没给自己买过什么。五十岁后再来北京，却都要带走十来个烧饼，有人去山西，行前总是要问问他需要什么，要的仍是烧饼。二舅虽在外地，却走南闯北见过世面，他是享受津贴的教授级高级工程师，华北地区数得着的输变电技术专家，参与过华北电网等国家重大项目的设计和施工，并因此进入电力行业名人辞典，直到七十岁，还常被请去帮助解决技术难题。这使我不理解，北京好吃的东西难道只有烧饼？及至我年过五十才明白，这是人上岁数后对旧事、旧物甚至一个时代的记忆，记忆之深刻，无论如何也忘不了。

烧饼和火烧是北方常见的面食，烧饼据说起源于汉代，与班超从西域带回的芝麻（称“胡麻”）有关，《续汉书》有“灵帝好胡饼”的记载。北京人说的烧饼和火烧界限十分清楚：烧饼带芝麻，烤制而成，火烧绝大多数是烙的，不带芝麻。旧时北京烧饼和火烧种类不少，即使按1980年出版的有关资料记载，仍有十多个品种，但实际上，我记忆里常见的只有芝麻烧饼和一种叫牛舌饼的火烧，其他的，如曾经很有名的马蹄烧饼和叉子火烧，在一切从简的年代很少见到。我小时候常被家里派去买牛舌饼，它比烧饼个儿大，也便宜，很适合做主食，常供不应求。当年出烟袋斜街往南拐有家没字号的小吃店，只有半间门脸，店里头窄得像条细胡同，炉子和案子只能摆在门口，顾客在门外排着队，就能瞧见做火烧和烧饼的整个操作过程。两位白案师傅揉面刷料分剂子，面团在案板上摔得啪啪响，擀面杖在案板上不时击出脆亮明快的节奏。烧饼出炉时传出的香味在鼓楼大街上没遮没拦，闻得人能流下哈喇子！

北京人喜欢烧饼，除了能当早点或点心，吃涮羊肉、烤肉、爆肚儿和杂碎汤都要就着烧饼。烧饼用半发面，直径两寸多，里面有芝麻酱、盐和磨碎的花椒和小茴香，外表一面刷糖色水粘上芝麻。半成品先放在大铛上烙，然后送进铛下炉子里的马道上烘烤——这道工序为的是酥脆。出炉的烧饼分层清晰——至少十六层，火色均匀、色泽焦黄，外皮松脆、内瓤柔软，咬一口满嘴喷香。现如今北京还有不少卖这种烧饼的铺子摊子，但大多似是而非，最主要的原因，是制作的人不知道必须放茴香籽才能吃出老滋味。

我姥姥有四个子女，国共内战时姥爷故去，生活没了着落的姥姥，带着四个子女辗转于京津冀之间到处找地方落脚，为了有口饭吃，只得托人把我母亲和二舅送进了万寿寺的慈幼院，直到一年后，姐弟俩才被接回家。此后，姥姥凭着双手养活几个子女，生活十分艰苦，一年到头以窝头和豆腐渣果腹。每个月姥姥关了饷，下班时便在鼓楼大街上买几个烧饼，算是给孩子们改善生活。知道了这段历史，我自然也就明白了烧饼在二舅心里的位置。

二舅从四中毕业后考入西安交通大学电力专业，各科成绩一直名列前茅。毕业前已接到分配回京的通知，但指标后来却被一个有背景的同学占用。分配到山西后，二舅被留在省电力局中心试验所，开始做一些辅助性的工作，并很快进入角色。60年代初，一场席卷中国的大饥馑让百姓苦不堪言，阶级斗争的法宝被再次祭起，一场以“四清”为内容的“社会主义教育运动”轰轰烈烈地展开了。二舅接到的参加工作后的第一个重要任务，这个任务却与他的专业没有丝毫关系——参加进驻阳高县的“四清”工作队。一个学电力的高才生，去靠油灯照明的山区帮着农村干部“清政治、清经济、清组织、清思想”，今天看来实在是荒唐，可当年能接受这样的政治任务，却是组织上的莫大信任。雁北虽有矿产，却称得上是穷山恶水，自然环境和生活条件都极为恶劣。二舅吃派饭的那家主妇，是位没有双臂的妇人，每天用两只脚做饭，可就是瞧着恶心饭也不能不吃，饭，不过是每天喝两顿放了菜甚至野菜的糊糊。雁北是山区，冬天奇冷，二舅的腿被冻坏并落下了病根，一直到老走路都跛着右脚。二舅说，他是带了技术资料去雁北的，多少个晚上，他一个人蜷缩在被窝儿里，就着如豆的油灯，完成了一个个的设计……

如今，二舅已近八旬，说起当年的事总是轻描淡写，且无怨无悔。孟子说，“天将降大任于斯人也，必先苦其心志，劳其筋骨，饿其体肤，空乏其身。”可我总想，那一代人，特别是那一代中国的知识分子，还是付出了一些代价。

注释：

烟袋斜街：鼓楼附近的一条街道，因清代开有烟袋铺子而出名，如今已成旅游点。

哈喇子：口水。

豆腐渣：豆腐坊做豆腐的下脚料。

关饷：旧时对发工资的说法。

“四清”：1963年到1966年5月在大部分农村和少数城市工矿企业、学校等单位开展的一次政治运动。

雁北：山西北部的一个地区（专区），辖十三县。

派饭：上级派干部到农村考察或工作，由当地干部分派到农户家里吃饭，要交钱和粮票。

写在《那些吃食那些人》之后

《那些吃食那些人》一共写了二十篇，其中一篇自己不满意，删了。我很喜欢这个系列，因此一定啰唆两句：

人生倏忽，眼瞅着奔向六十，于是这样的叹息便多了：怎么过得这么快！

童年和少年直到现在，经历的年代都带着不少荒诞主义的色彩，不由得叫人感叹：世事无常！

最初写那篇《元宝蛋》纯属偶然，只是为了纪念一下我那离世几年的老同学，完成后琢磨，要是把记忆里的一些人和事录下来也不错，这么一想，就犯了喜欢凑数的毛病。

这个系列最初叫“人物·吃食·记忆”，吃只不过是个媒介，即使用的笔墨不一定少，可我仍把它定位在道具的位置。借着说吃去表现人，或者说是不同的人生轨迹：或顺利或曲折，有悲惨有平淡。在茫茫人海里他们只能说是小概率事件，但我还是希望抓住这些人物的几个侧面，去表现我所经历和没有经历过的时代，以及时代潮水荡涤之下小人物的命运。借助一些零散而陈旧的黑白画面，将视野拉回到那些早已被忘却的年代里，和那些被忘却的真实镜头中，以弥补色彩艳丽银幕的缺憾。

我希望表达的，是一种对人生的感悟，对此，不同的人应该能读出不同的味道，我以为，我们不必去刻意抒发什么感情，但文字中一定要饱含对生命的悲悯——这正是我希望朋友读出来的，悲天悯人，乃大爱所在。

外篇之一·他曾是国民党少将——赖钟声小记

二十多年前在师范学校教书，和一位老同事聊起当时流行的报告文学里一个叫赖钟声的国民党将领，那同事说：他在咱这教过书！巧的是，几年后有个学生正是赖先生的孙女，只因时代和年龄的隔膜，她对旧事不甚了了，二十年后和她微信联系，问及赖先生，说早已故去了。

我只见过赖先生一次，却是个背影。除此之外，对他的了解仅限于书本和身边同事的只言片语，可我对他的故事甚感兴趣，于是写成下面文字，作为对一段历史的留念。

一

1944年4月，日军发动打通大陆交通线的“一号作战”，民国生存的最后根据地受到威胁，大批青年响应蒋介石“一寸河山一寸血，十万青年十万军”的号令参军保卫大西南。此时赖钟声从西南联大工学院土木工程系毕业已有两年，并考取了工程师资格，可他放弃了不错的工作和丰厚的收入，报名参加了青年军，并因学历高进入蒋介石任校长的中央干校研究部，学习期间深得教育长蒋经国的器重，被视为嫡系。

赖钟声毕业后从基层做起，在国防部预备干部局青年职业训练班当了个代理主任。1947年底，在蒋经国的安排下空降到青年军第二〇六师担任政工处长。小蒋重视政战和军情工作，赖钟声实际上负有双重使命，因此揣着和小蒋直接联络的密码本。第二〇六师是老蒋的嫡系，出于对师长邱行湘的信任，1947年底该师被派去守卫洛阳这座中原重镇。邱行湘向小蒋辞行时，认识了刚上任的政工处长。

战功赫赫的邱行湘并非一介丘八，他敬佩有文化的人，为此专门给驻守山东的李弥写信，请他关照赖钟声在烟台的家人。在第二〇六师的几个月里，两人配合默契，一个把军务搞得头头是道；一个把政工搞得生龙活虎。赖钟声对两党关系有深刻的理解，又有在万县做青年工作的经验，一到部队便办了灌输正统思想的《革命青年周刊》，并常下部队演讲，把小蒋在浮图关青年干校每日早操后的训词挂在嘴上："如果我们和共产党的斗争失败了，那么我们哪怕退到喜马拉雅山，还是要和共产党斗争到底！"赖钟声也有自己的见识，演讲总以这几句话结束："战争不是我们的目的。我们的目的是在统一大业完成后，实现工业化！"这，更令邱行湘刮目相看。

赖钟声虽为抗战入伍，又擅长宣传鼓动，却没到过前线，在大战前夕格外的宁静中他感到了恐惧，不是口出牢骚就是求佛保佑，甚至抱怨不该来洛阳送死。1948年3月，解放军猛攻洛阳，战况之惨烈，连久经战阵的邱行湘都吃惊，何况没打过仗的赖钟声！核心阵地被围困后，他一步也不敢离开他的师长，最后竟一头钻进了电报室再没出来……

二

洛阳之战，国民党军折兵两万，其中四分之三当了俘虏。邱行湘带着陈赓送他的几十磅猪肉罐头，被押着往北走，在徐州新安镇意外见到了赖钟声，此时这书生的精气神似乎都没了，刚过三十的人竟拄了根拐棍。瞧见他这副龙钟的模样，邱行湘喊着追上去塞给他四个鸡蛋，他却一言不发，只接了一个鸡蛋便摇摇头走开。此时，他是在为自己不能坚持到喜马拉雅山斗到底而懊悔，还是怕沾了二〇六师一号首长的包儿而害怕，抑或是彻底被吓蒙了，谁也不知道。

赖钟声在甄别时耍了滑头，换上士兵衣服没往军官队里站，被发现后又坚持说他是上校——直到20世纪80年代他才公开承认自己的少将军衔，不知当时对将官和校官的处理是否不同。经过关押教育，赖钟声在1950年被释放，而且顺利渡过镇反。

赖钟声没有被送到工厂农场，而是到了北京师大附中三部教工农速成中学，这所学校后来改为东城区师范，1964年，赖钟声与东城师范的一部分教师并入第一师范学校。有西南联大的底子，枯燥的物理被他教得生动有趣，多年后仍被学生津津乐道，他还写了不少普及物理学知识和探讨物理教学的书和文章。同事们喜欢这位对人和蔼的同事，大家发现，他熟悉的不只是物理，天文、地理、诗词、歌赋都能聊上一气，去颐和园，能把长廊故事讲得头头是道，被同事们公认为杂家。

赖钟声没受歧视，还以响当当的业务被评为一级教师，每月工资一百四十九块五！这是当时令人羡慕的收入，可大家心悦诚服。赖钟声娶了位中学女教师，在鼓楼东大街租住的房子里，夫妇俩生育了二子二女，他自己也开始发福了。

1966年底，赖钟声小有得意的平静日子被打破，不过，师范以女生为主的造反与那几所中学红卫兵的暴烈行动绝非一个能量级，赖钟声虽被批斗（不是主角）和贴大字报（甚至没弄明白“罪名”，出身农民竟成了“地主”，后来才被“正名”），却没受皮肉之苦，不过每天被看着打扫校园而已。只有一件事对他是个打击，刺激程度比当初被揪出来要大得多：“清队”那年，因所在学校不定期有外国人来参观，他被调到附近一所中学，后来虽然得以重上讲台，却一直郁郁，终于在某日上课时突发脑溢血。

三

赖钟声曾试图忘记过去，将自己的署名改成赖中生或赖仲生，似乎这样就能和历史一刀两断，可惜，他无法推翻年轻时的决定。70年代中杨振宁春风得意回祖国大陆，非要见见当年与他睡上下铺的兄弟，却被拒绝。赖钟声以对当年选择的肯定，保持着顽强的自尊："此生最大的慰藉，便是国难当头，日寇猖獗之时，我能够挺身而出，愿以血肉之躯，报效国家。"不过赖钟声也有遗憾："我本一介书生，因响应蒋介石抗战救国的号召，放弃专业，考入军校，进了研究部第一期学习。同学王升、陈元、李焕，现均已出任台湾高官，可当时吾人偏为蒋经国所用。投笔从戎，此举铸成大错，几乎成为蒋家王朝之殉葬物！若不去当那个倒霉的青年军整编二〇六师少将政工处长，比如出国留学，学成而归，情况会有多大的不同。环顾美籍中国学者，大半系我的联大同学，而我不过一中学老师耳，所以有时难免心烦意乱，大有'冠戴满京华，唯我独消瘦'之感慨！"

赖钟声的身体恢复得不错，思维也一直清楚。在邱行湘的推荐下，他得到了关照，后来出任崇文区政协副主席，当然不是对以往的补偿，而是希望通过他与他在台湾当着高官的同学及他的长官蒋经国建立联系进行统战。赖钟声在报上写过呼吁的文字，却没什么效果。

2009年，赖钟声去世，享年九十二岁，与他退休的那所普通中学校名相同。

外篇之二·他曾是宣统嗣子——毓嵒小记

看过溥仪回忆录《我的前半生》的人会记得，书里几处提到过小瑞、小秀、小固（毓嵒、毓嵣和毓嶦）几个侄子。几年前我到表姐家串门，她给我看了两幅字——是毓嵒的墨宝。彼时表姐在居委会工作，帮着毓嵒的二儿子租了间房，如果不是她提起，我早就忘了这位曾经的街坊。

我小时住南官房，胡同路北院子的地基比路南至少要高出一尺。我家往西路南，有座极不起眼的小门楼，本是前海北岸一座多进四合院（一度为石油部长唐克的住宅）的后院，后来隔断，辟出来的小院门大开在南官房胡同，由于门道低于路面，大家都叫“跳坑那院”。末代皇帝溥仪的侄子爱新觉罗·毓喦就住在这院的小东屋——面积小到只有七八平米，邻居们称呼他皇族或皇亲，有时候也指着他家老二叫大头他爸爸。我姥姥和我邻居那老太太曾断断续续给我说过些毓喦的事，我才知道原来毓喦就是小瑞，而且住得这么近。

记下记忆里的碎片，算是对这位特殊人物和一个特殊时代的记忆吧！

一

毓喦的高祖是道光皇帝，别看根正苗红，他却是个彻头彻尾的“倒霉孩子”。

了解点清史的人都知道，道光的五子奕誴是位怪王爷。由于性格粗犷而不受道光待见，被过继给了惇亲王绵恺，继父的疼爱使奕誴不羁的性格更被放大，即使袭了爵，夏天也常穿着粗布裤褂摇着大蒲扇坐在什刹海边和土著山南海北的聊大天，冬天则时不常套上老羊皮袄钻进到大酒缸，和窝脖儿杠夫一块就着花生仁喝烧酒，他从不拿架子，嘴里又不断有小道消息，因此颇受欢迎，这位不着四六儿的爷，便是毓喦的曾祖。奕誴只比咸丰小几天，皇上哥哥拿他没辙，就是后来西太后掌了权也让他三分。

奕誴的长子载濂在咸丰八年（1858年）袭了不入八分镇国公，几年后他的长子溥僎得头品顶戴双眼花翎，任乾清门行走，惇王这一支似乎有了起色，可惜，载濂和他爹一样没脱干净市井气，庚子国变时跟着朝野爱国贼起哄架秧子，给拳民叫好助阵，结果与载漪、载澜一道被列为

“庚子肇祸诸臣”，致使惇王一支败落。毓嵒出生时已经是中华民国六年（1917年），溥偁眼瞅着坐吃山空，心里一烦，卖了家产丢下老婆孩子拍屁股走人了，未几，溥偁的妻子富察敬贵去世，毓嵒成了孤儿，跟着伯父溥修过活。

1932年3月，日本人操纵的满洲国在东北成立，溥仪觉得形单影只，把弟妹和几个近支侄子接到长春，这其中就有十九岁的毓嵒。溥仪把他的字嵒瑞改成了严瑞，平时叫他小瑞，以后被溥仪定为内廷学生和贴身随侍。从表面上看，“康德”皇帝怎么着也算一“国”之君，得他重视，对贫困之中的毓嵒来说应该是件好事，可实际上，溥仪这个举动却把毓嵒的后半辈子害惨了。

二

溥仪名为皇帝，实为傀儡，一天到晚担心日本人谋他的位子拿他的命，再加上没了性功能，心态就更扭曲，性格也更加暴戾乖张，新京皇宫里他相信的人不多，还经常虐待太监责罚亲随。可能是小时候经历使然，毓嵒虽然也受过打骂，但还是尽心尽责，溥仪也十分信任这个胆小听话的侄子，指派他负责自己每日的吃喝，连打针备药这些本应由护士做的事也由毓嵒代劳了——溥仪打的是壮阳的激素，这秘密不宜叫外人知道。

毓嵒把受溥仪的气理解为晚辈的应分，但直到晚年仍记恨溥仪拆散了他的初恋。现在，有些人很难理解《海角七号》的故事，可中日婚恋在日满治下其实不新鲜，毓嵒恋上的恰恰是个在长春念书的日本女孩，两人爱得轰轰烈烈，甚至到了谈婚论嫁的地步，可疑神疑鬼的溥仪硬是逼着毓嵒的姐姐出面回绝了女方，毓嵒在1943年娶了溥仪安排的马佳·静兰，夫妇俩生育了恒镇和恒铠两个儿子。1945年8月，满洲国随着日本投降灰飞烟灭，溥仪等人成了苏军的俘虏，恒镇和恒铠跟着贵妃李玉琴和溥仪的妹妹们流离，其间静兰去世，恒镇哥儿俩由李玉琴辗转送回北京。

在苏联，溥仪一直由三个侄子照料生活起居，由于害怕被以汉奸罪处决，他希望留在苏联，但他的弟弟溥杰和妹夫润麒与多数人一样希望回国，只有毓嵒表示愿意陪伴他。1950年6—7月份的一个晚上，溥仪偷偷将毓嵒立为嗣子，并嘱咐他要对自己尽忠尽孝，念念不忘恢复大清皇朝的基业。不久，苏联向中国政府移交了全部满洲国战犯。

三

有不少当年改造战犯的详细描述，那个漫长而艰辛的过程，不能不让人信服改造的政策，溥仪、杜聿明等人因此有了强烈的标本意义。实际上，有点是被忽略的：绝非所有接受过改造的人都能得到溥仪那样的结局，毓嵒，是其中的典型。

1957年，毓嵒被免予起诉，从抚顺释放回到北京，住进了叔父溥修家租住的南官房胡同四十号院，栖身于窄小的东屋。为了生计，他在业余学校教过书，在街道工厂干过临时工，两年后被送到石景山和沙河的沙石场，最后转到天堂河农场，名为集中劳动，实为变相管制。不过，生活到底比关进监狱自由些，能定期回家且有固定收入，还经人介绍与隔几个门的张云访结了婚。张云访是个药铺掌柜的养女，街坊们背地里叫她老姑娘。老姑娘只上过小学，老实贤惠，对毓嵒不错，两人生了个儿子小东东（学名恒钧）。1959年溥仪被特赦，与毓嵒等重新建立了联系，但受制于时代和性格，溥仪对这个曾经忠心耿耿的侄子并没有什么格外的关照，只是在回忆录出版后多给了一百块钱，至于立嗣的事，则根本不再提及。

1966年8月，红卫兵到处打砸抢烧，毓嵒成了“封建残渣余孽”和“封建皇帝继承人”，在批斗会上被打得头破血流，而后每天挂着个大牌子，在邻居的冷眼和恶语中扫街，不久便被赶出北京，送到山西强制劳动。出生不久的小儿子由张云访自己带着，从小没少受欺负。

覆巢之下无完卵。1961年，片警找到了毓嵒的大儿子，说给他找工作，并把他约到雍和宫，从那里，十六岁的恒镇被直接送到了天堂河农场，成了“无业人员”中的一员。“文革”前恒镇自愿到新疆工作，被分配到石河子建设兵团工一师四团，后来成了电影放映员，直到1998年退休回京。此时，原先租住的房子已被收回，他只好在昌平租房，所幸户口还能落在南官房胡同。为了年轻时的念想，恒镇每礼拜都要从昌平花好几个钟头跑到什刹海参加社区活动，在什刹海附近租个住所成了心病，可惜，他租不起。恒镇的弟弟恒铠晚年从河北退休，虽是河北黄骅县政协委员的身份，但收入并不高，在北京也没有住房，又不能去方庄和继母兄弟抢那两间楼房，在我表姐帮着租的那间地震棚翻盖的小房里住了好几年。

1976年，毓嵒第二次回到北京，名曰落实政策，可工作没人管，毓嵒便包了这片儿打扫街道的活儿，好在“文革”落难时就干过，又有老伴帮忙，所以还能胜任。那几年我正上大学，有宿舍不住天天往家跑，早晨去学校时便常能遇见这位推小车抡扫帚的宣统继承人。再往后，清宫的人和物成了能带来利润的招牌，一辈子没得着好的毓嵒忽然成了你争我抢的宝贝儿，不断被请去写材料讲旧事，还得了文化部特聘恭王府顾问、中国书画家联谊会理事、东方书画院研究会理事、长白书画研究会理事等一大堆虚衔，虽忙得不亦乐乎，生活却总算安定了下来，并在方庄得了套两居室。

1999年1月18日，毓嵒在北京病逝，骨灰葬于东陵万佛园东苑。

（三）读红楼，话吃喝

两碗汤的分别

——红楼话吃喝之一

读过《红楼梦》的人大都会记得，宝玉挨了打后要吃“小荷叶儿小莲蓬儿”汤。书中没交代具体做法，只简单地说“借点新荷叶的清香，全仗着好汤”，但却详述了需要的器具：“原来是个小匣子，里面装着四副银模子，都有一尺多长，一寸见方。上面凿着豆子大小，也有菊花的，也有梅花的，也有莲蓬的，也有菱角的：共有三四十样，打得十分精巧。”至于汤本身，凤姐的评价是，“我吃着究竟也没什么意思”，“口味不算高贵，只是太磨牙了”，所谓磨牙，不是食材难得——无非“拿几只鸡，另外添了东西”，而是费力费时，正因此，所以“家常不大做”，只是“那一回呈样做了一回”，正因此，吃过一回之后这套模子便束之高阁，连放在什么地方都记不清了。

有人一口咬定说，宝玉这汤是莼菜汤，我觉得是歪解，第一，曹雪芹虚写南京实写北京，那年头北京去哪儿淘换莼菜？第二，一碗莼菜汤，给“丰年好大雪”薛家做媳妇的薛姨妈，未必能那么惊异：“你们府上也都想绝了，吃碗汤还有这些样子，若不说出来，我见这个也不认得这是作什么用的。”皇上不缺钱，却不一定有贾府的排场，这就是富与贵的差别。法国贵族的衣食，不见得有多高档，却须用自己的作坊和裁缝，有自己的酒庄和红茶加工作坊，拿着多少金币也买不来，很像当年的老罗尔斯·罗伊斯。不直接叙述烹制过程，是因为曹雪芹明白，在“珍珠如土金如铁”的薛姨妈面前，再怎么强调食材和操作也未必见效，一副模子却能借着薛姨妈的叹服从侧面说明问题，这就是手法的高明。其实，曹公这里是在卖关子，不信您仔细琢磨，宝玉要的汤，就是用鸡汤加上配料做的疙瘩汤，能把这普通吃食弄成精美的艺术品，正是曹雪芹高明的地方，这一点，高鹗就做不到。

高鹗也写过汤，即紫鹃吩咐雪雁叫厨房给病中黛玉做的火肉白菜汤，高先生这里既想说明潇湘馆主人病得不轻，也有心嘚瑟一下府邸里吃东西讲究，以及紫鹃对主子的忠诚和体贴：“加了一点儿虾米儿，配了点青笋、紫菜”，又说“还熬了一点红米粥”，并配了“咱们南来的五香大头菜，拌些麻油、醋”。啰唆半天，这碗汤被老高弄成了乱炖。

火肉白菜，是老北京特有的吃法，早已随着火肉而绝迹了。对火肉的解释有多种，有人说是驴肉，有人说是火腿，后者还说得过去，堂堂千金小姐吃驴肉，是没弄明白林黛玉和郭德纲的分别。我以为，火肉应该是炉肉，即用果木在烤炉里熏烤而成的晾晒过的五花肉，这种老北京独特的吃食，到我小时已经没了，据吃过的人说有浓郁的烤香。炉肉最宜和白菜同炖，荤素能相得益彰。可高鹗不但把这两样东西弄成了汤，还要添足加上青笋、紫菜、虾米——估计他想的是虾皮，挺好一道菜成了杂烩汤。按中国人的传统，生病调养身体需要喝粥，可用粥配汤，也是怪新鲜的吃法——起码北方人不这样吃。我孤陋寡闻，总觉得是不是高先生记住了曹公那句“女孩是水做的”，老想着把林妹妹灌个水饱？曹雪芹就明白这个道理，曾借贾母的话说：“那（野鸡崽子）汤虽好，就只不对稀饭。”至于大头菜拌醋，也是个败笔，南方的大头菜不比北方的芥菜疙瘩，一放醋，酱香的味道就全毁了。

高鹗有续红楼的自由，何况，给曹雪芹续貂是挺时髦的事——直到今天还有人坚持不懈，可惜一落笔就让人瞧出来是什么尾巴了。看高鹗的怪汤和怪吃法，我总觉着他的生活条件其实连西门庆的水平也达不到，兰陵笑笑生不是贵族，写不来小荷叶儿小莲蓬儿汤，但他有自知之明，没强努着非把山东县城的土财主写成宁荣二府里的少爷小姐。《金瓶梅》里写吃不少，除了用一根柴火烧熟猪头之类，兰陵笑笑生写吃更像一份详细的菜单，西门大官人有钱，又贿赂蔡京弄了约等于县公安局长的官，是个有靠山的暴发户，自然有条件享受这份菜单，只是上他餐桌上的东西，始终没离开土财主的档次，照着《金瓶梅》里菜单弄的"金瓶梅宴"，远比如今忽悠人的"红楼宴"靠谱！因为非逼着现今的厨子们做出一道没吃过没见过的"茄鲞"来，结果只能鼓捣出来烧茄子，就如那个笑话：一穷困老妪半夜饿着肚子纺线，边做活儿边想，我要是皇后多好，夜里纺线累了，宫女还能给端碗热汤面来。

变味的茄鲞
——红楼话吃喝之二

曹雪芹一辈子吃的苦比享的福多得多，可到底是个吃过见过的主儿，笔下的吃都够档次，而且曹公是大家，不至于像兰陵笑笑生那样，动不动就列一份没有什么指导意义的菜单来。茄鲞介绍之翔实，在全书里称得上孤例，记述之细致，使这段文字足以充当操作规程和技术规范："把才下来的茄子皮刨了，只要净肉，切成碎丁子，用鸡油炸了。再用鸡肉脯子合香菌、新笋、蘑菇、五香豆腐干子、各色干果子，都切成丁儿，拿鸡汤煨干了，拿香油一收，外加糟油一拌，盛在瓷罐子里封严了。要吃的时候，拿出来，用炒的鸡爪子一拌，就是了。"这段文字除了介绍茄鲞本身的方方面面，我以为至少还有两个效果：展示不同阶层生活的差异，展示中国人生活艺术的精妙。前者，很符合拿着《红楼梦》当封建社会百科全书和阶级斗争活教材去读的胃口；后者，则更贴近今天淡化社会矛盾、推崇传统文化、树立民族自信的大背景。

什么是茄鲞，说法不一，见仁见智，但我以为邓云乡的“路菜”解释最为准确，只是时代变了，交通迅捷食宿方便，人们已经没了路菜的概念，以至于拿曹雪芹当招牌的红楼宴上出现的茄鲞，基本上都弄成了鸡丁烧茄子或什锦烩茄子。实际上，曹雪芹那寥寥百余字，把制作茄鲞的食材选择和处理、烹调步骤和方法，以及每一步的具体要求都说得清清楚楚，照此操作应该八九不离十，当代厨子荒腔走板的关键原因，是忽略了这道菜并非现做现吃，过油、煨干、封严那一系列复杂的程序，其实都是为了长时间保存，以符合出远门时带着上路、随吃随取的需要。当年我在京郊工作时，常能买到山鸡，那东西最好的做法是与六必居酱瓜同炒，这多少有点像大观园开宴时拿出封着的茄鲞，用“炒的鸡爪子一拌”，只不过酱瓜的保存方法是用盐和酱腌，不能把茄鲞放在腌咸菜的档次上。

曹雪芹在茄鲞上下这么多功夫，绝非随心所欲，除了映射贾府的奢靡，恐怕还是为了写人。以世俗的角度看，贾母作为宁荣二府中代字辈唯一成员，自然喜欢烈火烹油的热闹场面，又遇上了饱经世故的刘姥姥，不免在拿她开心取乐的同时，有意无意地炫耀一下，这很符合上岁数老人家的心态。对刘姥姥来说，给她成窑五彩小盖盅盛的上好老君眉，远不如大号饭碗里泡的茶叶末子对脾气，可惜贾府的厨子未必能弄出梁山好汉下酒的大块牛肉来，于是老太太便拿茄鲞当了道具。茄子，对一个成天价和树皮草根打交道的乡下老太太来说自然不会陌生，可茄鲞的效果就不一样了。果然，刘姥姥先是不信：“别哄我了，茄子跑出这个味儿来了，我们也不用种粮食，只种茄子了”，而后诧异：“真是茄子？我白吃了半日”，细嚼了后将信将疑：“虽有一点茄子香，只是还不像是茄子”，等到听了具体的做法，就只有摇头吐舌的份儿了：

“我的佛祖！倒得多少只鸡配他，怪道这个味儿。”

在曹雪芹的年代，茄鲞未必是稀罕物，可没生活恐怕是写不出来的。中国饮食文化确是好东西，但今天拿这个来做文章，却往往不得要领，比如满大街的川菜，无不围着麻辣说事儿；湘菜则必是剁椒鱼头红烧肉。其实，读过有关的文字会发现，川菜也好湘菜也罢，真正追求的应该是食材本身的鲜香，而非单纯的刺激味蕾。巨辣巨咸之味，其实是穷人下饭的玩意儿。邓小平招待撒切尔夫人的开水白菜，才得正经川菜的精髓！

我非贵族，往上倒腾几代，也确乎没人进入过贵族的行列，但这并不妨碍我从文字中读出贵族的含义，也不妨碍对贵族俩字有自己的理解。贵族的本质不是摆谱，而是一种生活态度和处世待人的原则。就物质生活而言，未必追求龙肝凤髓山珍海味——这是和暴发户的区别，却会在精致上下功夫。茄鲞的描述，恰恰是食不厌精脍不厌细之类准则的具体化。我小时候读《论语》，总觉得孔老夫子已潦倒到了丧家犬的地步，还非得弄出一堆规矩套子，纯粹是瞎摆谱穷讲究，后来才明白，那是一种对贵族的要求，绝非我辈计划经济下平民者流所能理解的。可惜，现在早已经没了贵族的精神，追求的，唯有所谓贵族的享乐。

鹿肉不能乱吃
——红楼话吃喝之三

《红楼梦》第四十九回和第五十回里有一段吃鹿肉的描写，这个大场面戏发生在大观园里人物最齐全的时期，不单宝黛湘春聚齐，宝琴岫烟李绮李纹等姐妹也不约而至。豪爽且喜欢热闹的史湘云听说有鹿肉，便和宝玉悄悄商量：“不如咱们要一块，自己拿了园里弄着，又玩又吃。”宝玉本是无事忙，自然乐得折腾，当下便找凤姐要了肉让婆子送入园去。接着从初进贾府的李婶娘嘴里表现出了诧异：“怎么一个戴玉的哥儿和那一个挂金麒麟的姐儿，那样干净清秀，又不少吃的，他两个在那里商议着要吃生肉呢，说的有来有去的。我只不信肉也生吃得的。”实际上，宝玉湘云并不是要生吃鹿肉，而是要“烧着吃”，因为曹雪芹交代，老婆子们预备下了铁炉、铁叉、铁丝蒙，由此可以断定，芦雪亭吃的烧鹿肉实际是炭火烤肉。这顿“又玩又吃”的烤肉，最后居然惊动了贾府的最高人物。

古人认为，“鹿之一身皆益人，……鹿乃仙兽，纯阳多寿之物，能通督脉。”《本草纲目》里说，鹿肉“味甘，温，无毒。补虚羸，益气力，强五脏，养血生容。”中医认为，鹿肉补益肾气的功效居于肉类之首，是新婚夫妇和肾气日衰者理想的补品，只是鹿肉属于温热的东西，适合冬天吃，要是大热天吃这个，就是跟自己的身子骨过不去了，宝玉们选择的时间是大雪之后。冰天雪地之中，肉香随着烧烤的吱吱声四处弥漫，就是神仙也难免抵挡不了诱惑凑过来尝尝，难怪宝玉和一干姐妹像一群“花子”一样“腥的膻的大吃大嚼”。

曹雪芹生在富贵之家，个人修养不低，自然懂得中国饮食文化的精髓。仲冬食鹿肉，契合了孔子“不时不食”的要求。我以为，“不时不食”里面至少有两个含义，其一，万物生长有自己的规律，反季节生长的东西味道口感并不见得好，当年，有钱的北京人在正月要买两条丰台暖洞子种的顶花带刺的黄瓜供佛，不过是为了摆个谱，拿来拍黄瓜，满不是那么回事。其二，根据时令安排饮食，是要求人的内在机体与外界环境达到和谐，以实现养生的目的。

我没吃过鹿肉，但每年深秋和冬天总会吃些羊肉。农历二月一过，剩下的羊肉再好也就搁在冰箱里过夏天了。前年阳历6月，我妹妹号召全家出动到郊区吃烤串，并专门从牛街买了羊肉羊腰子大虾鸡翅之类。我本不会在夏天吃羊肉，却不能扫大家的兴，尝了几串，总觉燥，之后便上火，以至于一个夏天不舒服，虽不知到底是不是这几串羊肉闹的，可总觉着“不时不食”不是没道理，并非如“批林批孔”那阵儿说的只是孔丘这个没落贵族摆臭架子。

中国农业社会向来靠天吃饭，根本不可能年年风调雨顺，这就造成了农作物的种植和产量有了所谓的“大小年”，也就难免一部分人有吃不上饭的时候。于是，饿怕了的中国人总像饿兽一样，毫无敬畏毫无规矩地向大自然讨吃讨喝。其实，中国哲学的主流向来讲究顺应天理——并非每个流派如此，所谓天理，不应该简单归为“客观唯心主义”，而可以理解为自然的规律。可近世以来“不时不食”和许许多多统治多年的规矩成了陈词滥调，我们天天宣扬着天人一统、人与自然和谐，却天天没节制地破坏着自然，还要喋喋不休地鼓噪着对自然的胜利。每看到那些颇有几分天不怕地不怕精神的吃法，我脑子里总叠印出平山填湖、围海造田的战天斗地画面，嗅出几分专与自然作对的味道。虽然这种与天奋斗其乐无穷的价值取向已得到了成倍的报复，但我们却依旧重复着，永远在跌倒的地方重新跌倒而不知道改过，只是变换了说法和形式而已。

吃不起的螃蟹
——红楼话吃喝之四

《红楼梦》里有藕香榭吃螃蟹的场面，从第三十七回写到第三十九回，算是一场重头戏了。这顿螃蟹宴的起因是史湘云想开社做东，宝钗知道她手头羞涩，于是建议吃螃蟹，因为从薛蟠那儿可以拿到不花钱的螃蟹和黄酒，宝钗精明，宁荣两府一干人等在她脑子里排序清晰，湘云的东道，最终被她发展成请贾母、王夫人等大人物赏桂花吃螃蟹的大规模聚会。曹公用了不少笔墨，把螃蟹宴写得活灵活现，其间穿插着吃蟹的时间、吃法、药性、禁忌，乃至洗手用的“菊花叶儿桂花蕊熏的绿豆面子”都不忘了捎上一笔，再加上那些咏蟹诗，实在称得上一部“中华食蟹大全”了。

中国人吃螃蟹的历史长达数千年，北京人同样讲究这一口儿，不过当年北京吃不上南方的大闸蟹，以那时的运输条件，天津的鱼到了北京就能发臭，何况迢迢千里的苏南。北京人秋天吃的螃蟹大都来自东南近郊，要是能吃到胜芳的螃蟹，那就算上品的。别看如今河北时常闹干旱，当年胜芳可是河泽水乡。据说胜芳螃蟹个头不大，但味道不错，价钱当然也不低，可惜胜芳早成了旱地。至于灯笼子蟹之类，逗馋虫，渗酒，却算不上正经玩意儿。北京食蟹最有名的是正阳楼，他家的胜芳蟹号称喂过高粱米，肥腴，肚子里不存泥沙，加上蒸制方法和服务独特，所以风靡一时。不过，正阳楼在日占时期就倒闭了，今天还拿它说事儿已没什么意义，这很像《东京梦华录》，再怎么说这书好，我等俗人也读不下去。老百姓吃螃蟹都是在家里，螃蟹这东西和涮羊肉、炸酱面一样，在外面吃，味道和气氛都不如在家。

螃蟹的烹制方法简单——上锅蒸而已，但也不是没讲究。中医认为螃蟹和所有带壳带皮的水产品一样，性寒凉，所以不能吃凉的，蘸的汁里必须有姜末，所谓“性防积冷定须姜”，最好佐以温过的黄酒，且不能贪食——林妹妹等身子骨不咋地的主儿尤其如此。不过，这些年的吃法早已突破了祖训，曾在一家饭馆吃蟹，配的蘸料是一小碟滴了香油的生抽和醋，点缀数粒香葱。索要姜末，外地口音的服务员说得理直气壮：正宗老北京吃螃蟹都是这样的佐料。高高兴兴外边吃饭，谁还能掰扯这个。

我开始读《红楼梦》正值“文革”时期，后来又赶上评法批儒和评《红楼梦》的运动，在当时的背景下，这顿螃蟹宴自然成了控诉地主阶级的血泪教材，以至于那段话差不多都能背下来，“刘姥姥道：‘这样螃蟹，今年就值五分一斤。十斤五钱，五五二两五，三五一十五，再搭上酒菜，一共倒有二十多两银子。阿弥陀佛！这一顿的钱够我们庄稼人过一年了。’”

鲁迅说，一部红楼，经学家看见《易》，道学家看见淫，才子看见缠绵，革命家看见排满，流言家看见宫闱秘事。刘姥姥这段话，是从一个普普通通的下层百姓眼里看物价，折射出的是贫富差距，对于这样的差距，可以有两种不同的解读。除了少数人，自然经济下的农民能自给自足已属不错，赶上年景差，吃糠咽菜并不新鲜。就是今天，也没有完全解决贫困的难题，即便是已经小康的大多数人，也未必能做到按时当令的享受吃喝，如果以为每个中国人民每年必会烫点黄酒吃点螃蟹吟咏两句诗词什么的，那绝对是梦话。中国人在儒家的麻醉和法家的威慑下早成了顺民，多半会无可奈何安于现状。脑后长反骨的毕竟是少数，臣民不被逼急了眼，绝对做不出揭竿造反的事。

换个角度，以阶级斗争暴力学说演绎刘姥姥的话，结果必然是“哪里有压迫，哪里就有反抗”，刘姥姥们应该做的，不是靠着混进大观园哄老太太和太太们高兴打秋风，而是拿起枪杆子，去“剥夺剥夺者”，“把他们打翻在地再踏上一万只脚”，以“粗黑的手掌大印”。照此，历史自然也就跳不脱数千年来“零和游戏”的周期律咒语。

简化的元宵节
——红楼话吃喝之五

《红楼梦》里有不少节庆活动场面，这些场面几乎涵盖了所有重要的岁时节令，其中的除夕、元旦（农历正月初一）和正月十五上元节是当然的重头戏。全书中多处涉及上元节，开篇便写到了两年的上元节，并由甄士隐看灯丢了女儿英莲，引出冷子兴演说荣国府，从而牵出四大家族的故事。以后的两次上元节，一次正值元妃省亲，贾家处于“烈火烹油，鲜花著锦”的极盛之时，但作者却借着元春的视角感叹“奢华靡费”，暗含了物极必反、盛极则衰的意思。到了第五十三回“宁国府除夕祭宗祠，荣国府元宵开夜宴”再写上元节时，“诗礼簪缨之家”已今非昔比，贾府老太太率众人赏灯吃酒，连到场的族人也寥寥无几了，即使贾母能“破陈腐旧套”，凤姐能“效戏彩斑衣”，但无论是老太太的锐意改革，还是王熙凤的粉饰和谐，都遮掩不了宁荣二府大厦将倾的破败之象，并借着王熙凤的笑话点出了“聋子点炮仗——散了罢”的最终结局。

整天琢磨红楼宴的人们，一定会为曹雪芹没认真写元宵遗憾。按现如今多数人的理解，正月十五元宵节的主要内容不过是吃元宵——南方吃汤圆，曹雪芹虽为贾府的元宵节费了不少笔墨，可提到元宵时却只是一笔带过，“一时上汤之后，又接着献元宵。贾母便命：‘将戏暂歇，小孩子们可怜见的，也给他们些滚汤热菜的吃了再唱。’又命将各样果子元宵等物拿些给他们吃。”曹雪芹在南京和北京都生活过，对元宵或汤圆应该都不陌生。前者，用普通的糯米粉，馅是摇（滚）进去的，后者用的糯米粉则是水磨而成，馅子是包进去的，且馅子取材更为广泛，口感也更突出绵软滑糯。

曹雪芹不为元宵多费笔墨，我想无非两个理由：其一，元宵虽属节令食品，但终究是糯米粉裹馅，怎么写恐怕也出不来茄鲞的彩；其二，元宵也好汤圆也罢，虽有团圆的口彩，但吃元宵绝非正月十五的唯一内容，何况贾府，吃元宵或汤圆更是个点缀。时代变了，和许多传统节日一样，如今人们对正月十五的认知，基本就剩下吃了。曾看过一个记者采访老外，问其中国传统节日的特点，老外回答得很流利，也很能概括：春节吃饺子，上元吃元宵，端午吃粽子，中秋吃月饼……可见我们的节日已经成了节令吃食的同义词，而这些节日原有的内容，以及其中包含的寓意，却不为外国人甚至很多中国人所知晓。

我们不能数典忘祖，但却抵挡不了年节的沦陷。中国很多传统节日和农业文明下男耕女织的分工连在一起，当年的女孩子要是不会做针线活，恐怕嫁出去便有难度，于是女红成了女孩儿必备的功课。可今天，是否还有能手工做衣服的女孩子颇值得怀疑，自然也就没必要在七夕乞巧了，甚至根本就不知道还有这么个风俗。再比如立春，在农业社会是个大节日，皇帝大臣们要亲自出马去象征性地“打春牛”，以告之天下预备春耕。由于关系着一年的收成，古人从上到下无不重视这个节日，所谓一年之计在于春。

时代发展到工业和商业社会，年节的内容很难延续下来，其实这挺正常，没必要遗憾。不过，总有人热衷于复古——简单复古和继承传统并不是一码事！这些年，有专家提出要通过传统复兴节日来提高民族的凝聚力，提高中华文化在世界的地位，成为软实力输出的突破口云云。于是乎，一些地方出现了官办的传统节日活动，比如北京东直门社区就弄了个模仿古代的立春仪式，这个办法固然有积极的意义，但说顶了天，也不过是增加节日的气氛而已，绝不可能复制出原本的内涵来，而能提高多少民族凝聚力、能让几个国家因此而高看我们一眼，其实很值得怀疑。

近几十年，中国人过于讲究实惠的传统被无限放大，形而下的器物已经被当作图腾供了起来，甚至成了一些人的信仰；对形而上的东西，大多数人原本就没什么兴趣。别说传统节日，就是新中国成立以来的新节日也难幸免沦落，比如“五一”和“十一”，已经简化为商家的黄金周和民间的小长假，又有多少人还记得当初那些劳动者为争取权益进行的努力，为建立共和国有多少英烈献出了自己的生命！

妙玉的茶经

——红楼话吃喝之六

柴米油盐酱醋茶，前几项缺不得，茶则可有可无。不过，当年不少北京人喝茶是生活中少不了的内容，连晴雯哥嫂那样的下人家里平时也预备着茶，即使那茶是“绛红的”，“并无清香，且无茶味，只一味苦涩，略有茶意而已”。

曹雪芹小时家境不错，在南京北京都生活过，对茶应该熟悉，有人说他是个懂茶的人，不是没道理。细心人做了统计，《红楼梦》中有二百六十二处提到了茶，出现了四百五十九次茶字，不少人会记得枫露茶、暹罗贡茶、老君眉、六安茶、普洱茶，以及虚构的千红一窟。小说中既有日常生活中解渴的茶，也有礼节性的茶，还有代替酒出现在饮宴场合的茶——书中几次提到的“果茶”是古时以茶代酒的宴饮形式，而最为曹公推崇的，是与日常解渴和场面应酬没关系的品茶。把这些汇集起来做一番联想和发挥，便能攒出一部中国茶文化的百科全书来。不过，曹公写茶，有些细节还是值得琢磨的。

妙玉曾招待宝、黛、钗三人品过一回茶，妙玉（其实是曹公）那几句关于茶的议论被不少人奉为经典。且不说神乎其神的茶具，单泡茶那水便让今人觉得邪乎，除了“旧年蠲的雨水”，还有“收的梅花上的雪”。看过《茶经》的人都知道“山水上，江水中，井水下”的说法，茶圣并没说雨雪，但用雨雪烹茶确有记载，据说苏浙一带过去有以瓮缸积存“梅水”的习惯，白居易亦有“融雪煎茗茶”的诗句。考虑到妙玉闲着没事，收集些雨水雪水是完全可能的，只不知道这水是否符合“清轻甘洁”的标准，但曹雪芹借着宝玉的嘴说它“轻浮无比”，这的确是抓住了好水的本质。上初中时我曾做过件傻事，当时北京下了场很大的雪，正好读了《红楼梦》，便模仿妙师傅收集了一大茶缸子雪水，沉淀后煮开一尝，全是泥土味，而当时北京基本没有大气污染，因为没妙师傅的耐性，那缸子水倒了，所以至今不清楚“天水”泡茶的滋味，如今在满天雾霾里生活的今天，更不敢去尝了。

说到妙玉泡茶的水，插个题外话。有个《红楼梦》研究者说，“旧年蠲的雨水”乃是一句反清暗语，即“蠲”“清”，有除去清朝的意思，而妙玉说梅花雪水“清淳”，则是“清除”的谐音，倒过来便是“除清”。我佩服这位的想象力，但总觉得有些生拉硬套的味。曹雪芹毕竟不是孙文、洪秀全，也不可能比共产党人更早地接受马列主义，受再大的委屈，恐怕也难有反清的想法。

妙玉茶论中以“三杯”论的说法最为著名，我以为这说法很值得讨论。且不说卢仝的“七碗茶诗”，也不说武夷茶的七泡有余香，就是书里的龙井、六安、老君眉（或为君山银针），也能泡到三泡，而依品不过一杯（两杯都是蠢物）的标准，一泡就要倒掉，若像卢仝那样连喝七碗，简直是驴也不如了。喝茶人都知道，绿茶一二泡最好，可就是淡些的三泡，也太差不到哪儿去，懂得品茶的人是不会放过二泡三泡的。如此想来，妙师傅简直是暴殄天物——这不像出家人所为，唯一合理的解释，就是妙玉是在用与人不同的言行来证明自己的“各色”，并以此将钗黛列入俗人，以求能入大观园唯一男性的法眼，至少也是满足一下少女怀春那个特殊阶段的心理需求。从这点说，这位自称槛外人的带发修行者，心里其实装了太多的槛内事，正所谓“欲洁何曾洁，云空未必空”。

明初，散茶代替饼茶成为主流，煎煮方法式微，妙玉用的应该是逐渐流行的撮泡法，而清初在粤闽已经出现的功夫茶，可能因传播的缘故并未被曹雪芹所了解。曹公写茶的着力点放在了茶的种类和茶具上，对相当有讲究的泡茶方法和程序却几乎没有涉及，只说“自风炉上扇滚了水，另泡一壶茶”，联系上下文，给宝、黛、钗喝的应该也是绿茶，喝茶人都知道，直接以滚水来泡，茶就烫熟了，再好的茶也就糟蹋了。其实，即使达不到日本人保留下来的中国古代茶道风韵而用相对简单的撮泡方法，若有点睛的几笔也颇能说明妙玉与众不同的品位和性格，可惜，曹雪芹没这么做，这不能不说是个缺憾。

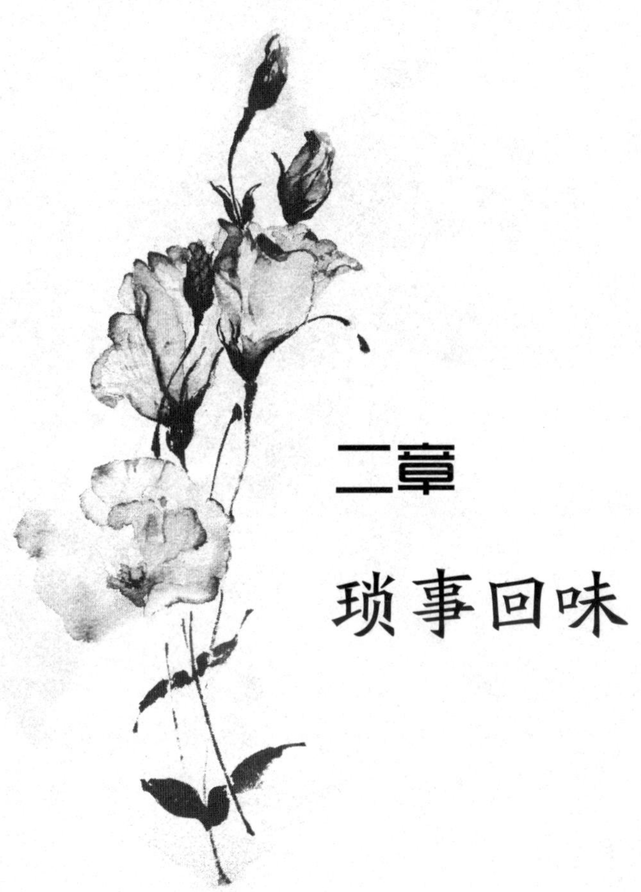

二章

琐事回味

取月·拾肆
萌畫

鞭炮闲话

中国人很早就把竹子扔进火里，为的是听那噼啪的响。据传为东方朔写的《神异经》里说，“燃竹而爆”是为了赶走山魈，和给人壮胆子有关。后来方士们炼丹歪打正着弄出了火药，火药装进竹筒，叫爆竹。北宋时，人们开始用卷纸代替竹子包裹火药，是为鞭炮的现代形态，并因形状改叫炮仗——仗字通杖，再往后又改为鞭炮，喻其点燃后类似甩鞭子的声响，放这样的鞭炮，少说也有一千年了。

中国人放鞭炮的学问极有讲究，从时间上说，一年四季并没有固定的限制；从目的上说，逢年过节婚丧嫁娶买卖开张庙会开市许愿还愿捉鬼驱妖都得放，甚至对门街坊不顺序，买卖铺子谁瞅谁别扭，也得拴上面镜子点两挂炮仗。当然，放鞭炮最集中的时间非春节莫属，据说春节期间鞭炮使用量至少是全年的一半，对中国人来说，没有鞭炮简直就不是过年。

北京人老礼儿老面儿真讲究穷讲究特别的多，清朝百一居士在笔记小说《壶天录》里说：“京师人烟稠密，甲于天下。富家竞购千竿爆竹，付之一炬，贫乏家即谋食维艰，索逋孔亟，亦必爆响数声，香焚一炷；除旧年之琐琐，卜来岁之蒸蒸，此习尚类然也。”也就是说，不论贵贱贫富，北京人过年没有不放鞭炮的，在乎的程度，老舍《正红旗下》里那段腊月二十三放炮仗的传神描写足以佐证：“老爷儿俩都脱了长袍。老头儿换上一件旧狐皮马褂，不系纽扣，而用一条旧布褡包松拢着，十分潇洒。大姐夫呢，年轻火力壮，只穿着小棉袄，直打喷嚏，而连说不冷。鞭声先起，清脆紧张，一会儿便火花急溅，响成一片。儿子放单响的麻雷子，父亲放双响的二踢脚，间隔停匀，有板有眼：噼啪噼啪，咚；噼啪噼啪，咚—当！这样放完一阵，父子相视微笑，都觉得放炮的技巧九城第一，理应得到四邻的热情夸赞。”

老人们说，旧时北京一进腊月就有花炮市，茶叶铺、杂货铺甚至干货铺子也能代卖，即使“破四旧”那些年，鞭炮仍是北京人年货中重要的内容，只是公私合营后规范为日杂商店专营，偶尔也能在胡同里的合作社买到品种简单的小鞭。腊月中旬到正月十五，卖花炮的柜台或摊子前总有顾客，其中不少是半大不小的男孩子，他们会用自己攒的零钱买些鞭炮，故老北京有“糖瓜祭灶，新年来到，丫头要花，小子要炮”的说法。

早年间，腊八就有放鞭炮的了，但正时候要从祭灶开始，至于东一声西一响，是孩子们玩。春节是孩子最快乐的时候，除了能吃到平时少见的食物，还有充裕的时间玩。孩子玩心大，老觉着手里的鞭炮数量不足，也就不愿意整挂点燃，到手的鞭炮差不多全拆开以便一个个的放。一旦有整挂的鞭炮响过，便有小孩围上去寻找没响的意外之财。炮仗捻儿很容易掉，拆时需格外认真。没捻儿的撅开了夹上个带捻儿的叫机枪架大炮，撅断直接点的是呲花，啐口唾沫把半截呲花立上，点燃了猛踩，凑巧了也能响，声音蔫儿屁大些。那段时间，男孩子衣袋里总有炮仗，一只手捏着香或点着的木头片（最好是向日葵秆，能经久阴燃），半大小子也会借机抽烟，想放时从兜里摸出一个，点着了往上一甩，扬扬自得。至于由鞭炮而来的小游戏和恶作剧，则是百花齐放百家争鸣，用不着多说。

不是人人天生都敢放花放炮，胆子是练出来的。常有小孩抻长了胳膊拿香点地上的小鞭，点着没点着都安弹簧一样蹦起来飞跑，可不用多久他就能自如操作了。所以，拔高点说，放鞭炮是男孩子形成勇敢和细心品格的有效途径。我在二、三年级时开始捏着小鞭尾巴放——捻儿着到根儿才扔出去。再大点，就敢拿着放二踢脚了，也没觉得有危险，至于有一阵子说鞭炮炸着了多少场火炸瞎多少只眼，不过是为了配合禁放。现在的孩子很难理解他们父辈当年对鞭炮的痴迷，揣着鞭炮满胡同找乐的小孩更难得见到。这些年，过年放花放炮的几乎全是大人，远远观看的孩子，不是龇牙咧嘴吱哇乱叫就是闭眼捂耳朵做胆战心惊状，有的干脆偎在大人怀里，这胆儿！

当年一般家庭放的多是挂鞭，加上少量麻雷子二踢脚，至于滴滴金儿和窜天猴、炮打灯之类，是哄女孩子和小孩儿玩的，半大小子不屑一顾，大人更懒得放。我小时北京的花炮种类有限，当年大杂院的邻里关系不错，谁家有了新鲜花炮，都会让孩子到各家说一声以求同乐。1969年，随父母给一亲戚拜年，得到数十个从广州带回来的花，都是北京见不着的。晚上燃放时全院的大人孩子全部出动，之后还几天里不断有孩子来打听今儿晚上还放不放。

据说，过年放鞭炮的时间是有规矩的，可也没那么严格，多是三十晚上、子夜时分和初一一大早，那几个时间段炮声哗哗的连成片，在屋里说话得放大了嗓门儿。我家隔壁那山东老头很讲究放炮仗的规矩，三十熬夜时，媳妇和儿子们包饺子，他就躺在床上抽烟冲盹儿，却不忘一会儿叫儿子出去点一挂，还念叨着该请什么什么神了，一宿得折腾多少回。老头曾给我仔细讲解过什么时辰送神什么时辰接神，乱七八糟的没记住。

旧时正月十五晚上商家要放焰火，有一定实力的店铺会在自家门前空地上提前搭好架子，挂上大型烟花，贴上“定于今晚燃放花盒烟火共庆上元同乐春宵”之类的欢迎词。我父母那代人还记得，旧时鼓楼到后门桥沿街两侧不少商铺都会燃放花盒子和太平花炮，有的还要挂花灯烧火判儿。虽是做广告招揽生意，却增添了节日气氛，丰富了人们的生活。到我记事时这传统早就没了，但“五一”“十一”会定点燃放焰火（俗称放花）和打探照灯。

花炮本是农业文明的产物，到了工业和商业主打的年代，自然有不合时宜的地方。在居民密集的城市，污染空气、制造噪声和纸屑杂物以及可能引起火灾或人身伤害，使这种习俗越来越受指责，在各方面的呼吁下，北京在1993年底发布了禁放令。转过年的春节是第一次禁放，警车救火车满大街转悠，老头老太太也戴上红箍在胡同和小区里溜达，专逮放炮仗的。积习虽然难改，可绝大多数人守规矩，加上过年前大批外来人员返乡，北京白天不堵车不排队不吵闹，晚上更是出奇的清净，让人恍惚穿越回到了几十年前。

曾几何时，鞭炮声是告知天下新人好合的号炮，噼里啪啦一响，多少人羡慕、感叹和默默的祝福。当年我一同事娶了个师长的闺女，婚礼开始时，十多个小战士站在礼堂顶上放万头挂鞭，震天动地持续了十数分钟，场面惊心动魄。禁放后就不行了，结婚只能踩踩气球，那动静连自个儿都听不清楚，于是人出点子：制造声效应鞭炮——可称鞭炮的后现代形态，逢年过节办喜事放段录音，没噪声不污染又有动静还能刺激消费，一举多得。不过并没见着厂家响应，可见放花放鞭不单是为了刺激耳朵。

老北京人好热闹，对不少人来说，春节不让放炮仗简直受不了，可又没法子，真有憋不住想过瘾的，就只能跑到郊区，帮着农家院的主人接神送神，背井离乡去欢度新春了。没几年，又有人说话了：春节放花炮并非简单的民俗，不仅事关悠久历史传统文化，还能坚定国民对民族文化的认同和自信，以及对外输出软实力什么什么的，于是主张开禁的呼吁越来越多。2006年春节，北京市将实行了十二年的禁放令改成了五环路以内有限制燃放，大家虽觉得有点别扭，可毕竟开了禁。

解禁当年，城区不少人疯一样的购买和燃放，甚至跑到外地采购便宜货，结果是那两年北京很时髦的礼花弹和各种威力奇大的玩意儿，因此造成的事故据说也有所增加，但北京的春节确实又热闹了几年。我住的楼前有块空地，解禁后每年除夕到元宵的晚上都有不少放花炮的，开始几年，不少人掀开轿车后盖一箱箱往下搬了放，可这两年越来越少，里面的原因，一是北京人深受雾霾的祸害，不少人觉着，少放点花炮换来干净空气，划算；另一方面，现在花炮的质量虽好可价钱也贵，又不是生活必需品，过过瘾就得，买多买少放多放少其实差不了多少事，就是放得再多，大约也找不着小时候那感觉了。

洗澡旧事

一

洗澡是如今再平常不过的事了，可对多数当年住北京城圈子里的人来说，想洗就洗却不是简单的事，这和当时的居住条件及生活习惯有关，就是皇亲贵族甚至九五之尊也大致如此。有条件的，衣裳能天天换洗，肌肤毛发分泌出的气味却不能自行消失，所以上上下下用了好几千年的香料。曹雪芹笔下的宁荣二府到处熏香，老爷太太哥儿姐儿连同下人都要佩戴香囊。一种倾向掩盖着另一种倾向，香遮了臭，虽非质变，起码能舒坦鼻子，可香属外在而臭为本质，因此，要彻底不委屈嗅觉，人还非得洗澡不可。

到处是江河浜汊的南方，千年老树当衣架，万里长江作浴盆，洗个澡确实方便痛快，北方可就费劲了。许多作品都描述了西北一些地方人生只洗三次甚至两次澡，相比之下，北京当年并不缺水，我父亲单位在东郊，据说新中国成立初挖下去几米就能出水——水质是另一码事，就是现在缺水，也不至于像陕西、甘肃一些地方那么邪乎，加上北京自海陵王迁都后成了消费城市，有权和钱者不少，需求引导产业，再加上京师讲礼节要脸面，臭烘烘的哪好意思出门，于是，洗澡便成了北京人生活的重要内容，也就有了大大小小三六九等的澡堂子。

看德龄写西太后生活的书，能大致了解宫里洗澡的烦琐，老太太如此，贵胄官宦之家恐怕也不含糊。这些人洗澡，要有人事先做准备并在旁边伺候，有时以现代龌龊之心度古人高尚之腹，总觉得西太后还好，要是小丫头陪着位爷，就不好说能出什么事了。《红楼梦》里就有这样的描写，丫鬟陪宝玉洗澡，不但“花了两三个时辰”，而且“水淹了床脚，席子上也汪着水，别人也不敢进去”。贾府这宝贝疙瘩此时情窦已开，和袭人也偷试过了，身边又凑着一帮年龄相仿的女孩子，此处曹公没说什么，却不能不叫人联想是“洗澡”还是“嬉澡”。曹公可能也怕引起这样的误会，所以曾说过，情者并非皮肤滥淫之辈，也就别往什么地方想了！

北京普通人洗澡，或在家解决，或去澡堂子。北京老爷儿们喜欢泡澡堂子是出了名的，不管是有钱的大爷还是拉车的祥子，各有各的去处，经常是不把自个儿泡舒坦了不回家。至于前一种办法，女性用得更多，因为北京开设女浴池是中华民国十年前后的事，按当时多数人的观念，女人出去洗澡简直不能接受。在家洗澡的还有孩子，小时候都是爹妈弄个大盆，搁里边连搞卫生带做游戏，一举两得。住大杂院时，谁家要是大白天挂窗帘，一会儿端出大盆来，多半是洗澡了，因为洗衣裳不用挂帘子，睡午觉不用端大盆。

二

北京的澡堂子大同小异。我去得最多的是烟袋斜街东口路北的鑫园，据说是李莲英的嗣子出资开的，新中国成立后充公，所以丝毫不见“四旧”痕迹，大门二门上早就没了传说中“金鸡未唱汤先热，红日东升客远来”和“勤浴无病勤欲病，学道无忧学盗忧”的对联。进得大门，左边男部，右边是挂着帘子的女部，还有个理发部。有小孩犯坏，成心把同去的伙伴往女部门里猛一推，惹得服务员骂小王八羔儿。

北京澡堂子里的从业人员多来自定兴、易县、涞水一带，这些农家子弟很小进城，为的是有口饱饭吃。当年北京的外地人大多来自山东、山西、河北，其他地方的不多，保定府一带的口音独特，因此成了澡堂的标志，至今天仍是老郭相声的素材。我小时候去洗澡，还能遇见这样口音的服务员，因为我街坊就有老家涞水、徐水的，熟悉这尾音拐弯、儿化夸张的腔调。我记忆中，服务员基本热情周到，至少和当时很多售货员的冷脸子不一样，这应该就是当年定义的社会主义同志式关系吧。冬天，进了门服务员会把大衣用竹竿挑着高高地挂起来，并接过客人的贵重物品代为保管——小孩用不着这程序，然后将客人领到里边。

人少时，每位客人都有柜子和小榻可用，洗完能眯一觉。新中国成立后不兴让伙计到馆子里叫菜端酒或找瞎子唱段《叹清水河》什么的了，抽大烟更是听都没听说过，但泡壶茶慢慢享用、饿了点补两块自带的桃酥槽子糕还是可以的，一般也不会被轰走。一些岁数大的主儿尤其喜欢这样，甚至泡了睡、醒了吃点再泡，循环往复，一耗就是一天大半天，应该是老人的寂寞和无聊吧！现在想起来，澡堂子最使人留恋的就是那张不大的床了，浑身通泰之后，盖着毛巾被的小睡确是莫大享受，只是当年时没这感觉和耐性。刚提倡搞活经济那阵子，出差的人多，北京旅店有限，很多澡堂子开设了夜间出租床位的业务，澡堂的床上从此偶有虱子跳蚤，再去便连坐也不敢坐了。赶上礼拜六、礼拜日和过年过节洗澡人多，不但要排队，服务员还要不断催促赶紧腾出床位，不愿意等的可用澡堂提供的竹编衣筐装衣服。

和更衣休息的大厅隔开的洗浴部分，最大特点是到处贴着白瓷砖，和永远混合着消毒水味的腾腾雾气，以及房顶上散气的天窗。澡堂子里都有泡澡的池子（号称温热三池）、淋浴的喷头、洗脸的面池和搓澡的台子，以及灰不溜秋的毛巾、永远一顺边儿的趿拉板儿（木拖鞋）和扔在地上的丝瓜瓤子、搓脚石，这些属于固定资本，也提供属流动资本的经过反复晾晒且切成小块的坚硬肥皂。后来毛巾、肥皂常被偷走，于是逐步取消改为自备。洗浴出来，多会有服务员及时给你肩上披条毛巾，顺手再递一条给你围腰，那态度和动作，亲切周道却不低三下四，自自然然的让人熨帖舒服。不像时下一些洗浴城的小伙子，嘴里大哥大哥叫得人浑身起鸡皮疙瘩，却看贼似的站在旁边，恨不得客人换内衣都不知道回避。

洗澡没有一定的程序，想怎么办是个人的自由，但总以舒服为标准。岁数大的，洗澡就是泡澡，年轻人特别是小孩子才是洗澡。岁数大的通常只用喷头冲一下甚至直接入池，而且经常直接进最热的池子，不把浑身泡成红色不出来，这叫泡透了。小孩一般不喜欢或不敢泡，多是直接淋浴，也有被大人逼进池子的，说是这样才能把身上的泥泡下来。此时小孩选择的都是最凉的池子，因为皮肤反应敏感，太热受不了。介于二者之间的中青年，往往也会泡泡再淋浴，但通常不具备老头儿们的耐性，适可而止。

有专爱在澡堂子里唱的“堂子红”，说能通三焦出肝火。可能是大家统统一丝不挂，不会有多大的心理压力，能越唱越带劲，甚至物我两忘，就像电影《洗澡》里姜武演的那位，但不拿水龙头浇他他还真唱不出来。有一回，一哥们儿对着墙边冲边唱，文武昆乱不挡的一赶三，一个人好几折。澡堂子唱有个毛病，越叫好越来劲，那天有人叫好。这老兄唱得上瘾，放下《红灯记》的鸠山李玉和又贯口似的表演起《智取威虎山》来。说到得意处，大段念白一气呵成颇有功力。

三

第一次有记忆的洗澡是我妈带我和弟弟——自然是进女部，那时我不过三四岁，没什么印象，唯独的印记是盆塘里有用绳吊着当座的木板，觉得那是秋千。后来就由父亲带着进男部了。再后来，才是和同学一块儿去，地点也不限于鑫园了，北新桥、新街口都去过。大学有浴室，虽然条件一般，但一次只要五分钱。大学时最爽的澡和澡堂无关。6月底7月初正热，又要考试，宿舍没有电扇，六个人上下铺，晚上不好过，因此流行一种洗澡方法，称“泼澡”。方法很简单，赤条条到水房用脸盆打满凉水，互相或自己从头往下浇，浇的盆数以冻得受不了浑身打哆嗦为限，如此处理后基本能保证前半夜睡踏实。这招儿据说流传多少年了，现在应该没有了，因为大学宿舍基本都装了空调。

到郊区工作后，洗澡更困难了。县城虽有澡堂，但卫生条件太差，附近厂矿虽有浴室，可门禁甚严不容易混进去，因此洗澡竟成了老大难。那时正搞对象，通常是礼拜六中午在东直门下了长途车坐106电车往花市或榄杆市洗澡，然后在磁器口喝豆汁儿，耗到下午四点去会女朋友——现在的老婆！那日子有滋有味，其中当然有洗澡的功劳。

随着北京的城市改造，原先的澡堂子不知不觉间一个个消失了，鑫园尚在，但已成客栈。头两年，电视报道过南苑还有京城最后的老式澡堂——双兴堂，估计也拆了。前些时候北京电视台专门做了期节目，请老几位讲当年澡堂子的故事，应该算是凭吊吧！澡堂，以后只能到民俗词典上去找了。因此，我们不能不感谢导演张扬和朱旭、濮存昕、姜武等演员创作了电影《洗澡》，片子里再现了京式老澡堂里浓酽厚重的人际关系，也感性而动态地留下了传统京城澡堂最后的画面。

老旧平房大片大片被拆，屈身大杂院的北京人一拨拨上了楼，住房条件改善引起生活习惯的变化，其中之一就是洗澡。不管春夏秋冬，在家打开热水器随时能洗，要多方便有多方便。不过，人总不会知足，干净了方便了，又想起了泡澡堂子来。虽然有人家有浴缸，但蛮不是那回事，除非您那卫生间有几十平米，可也不能预备温热三池，更没有聊大天的“洗友”（应该是“泡友”，怕谐音引起误会）啊！

人年岁大些，总不免留恋过去，想泡在热水里解乏无可厚非，只是甘蔗没有两头甜。如果让我选方便去澡堂的平房和只能在家淋浴的楼房，我一定选择后者。至于舒缓放松的法子，则并非只有泡澡。由此想到了旧城改造，虽然保留老房子想法没错，只是，力主保护老房子的，却未必住过六七十年代的大杂院。四合院是好东西，但那是给一家一户预备的，七八户十几户搁一块，真不是滋味。这些年来，多有描述四合院的文字，基本都是前廊后厦冬暖夏凉，天棚鱼缸石榴树，先生肥狗胖丫头，这样的四合院，说是世界上最好的居住方式也不为过，但有多少北京人真正享受过自己住一院的轻松与惬意？文人们没有这样描述沦为大杂院的四合院的：上厕所排队，房子下雨漏水，下水常堵，保险丝常烧，苍蝇到处飞，耗子满顶棚跑，巴掌大的厨房夏天热死冬天冻死，抬个病人连担架都进不去，没住过大杂院，还真不一定认可我这想法。

20世纪80年代中期，率先有了钱的广州、深圳、海口等城市出现的桑拿浴之类从高档酒店中分离出来成为独立的洗浴业，而后迅速蔓延，乃至于湖北巴东野三关镇那么个不知名的小地方都得有个硕大的雄风宾馆洗浴休闲中心，并出了个邓玉娇。作为消费城市，这新兴的朝阳产业自然不能不光顾北京，于是京城澡堂子后继有人，没几年到处就冒出了档次不同的足浴洗浴水疗美体SPA。

新式“澡堂子”与老式的相去甚远，最大差别是少了早先人之间亲切自然的关系，虽然到这里多是为了放松休息，但大都力求隐秘，个中缘由，不去探究也罢。但有这么个去处毕竟是好事。我有几个从小学到高中的同学，每年都要聚聚，地点就选在西四环那边的一个洗浴中心，每回都是先泡着澡聊天再喝着酒聊天，再包间房喝着茶继续聊天。热水池中，哥儿几个裸裎相见，没了职业阅历的差别，偶或谁在谁屁股上猛击一掌，清脆一声肉响，恍如回到少年时代。

记忆茅房

先声明两点：其一，中国人有不少关于如厕的文雅说法，但排泄的行为和地点却历来被视为污秽。以此为题，很可能引起阅读者不快。不过，人须和外界交换能量，获取能量时又必须有留有舍，有入便有出，任何一个人一礼拜不拉不尿，结果恐怕不会很妙。其二，时间已是21世纪，这么多年来咱们变着花样造出了无数新词儿，还要陈腐地说“茅房”，的确老土了。可过去咱北京人就是这么说的，后来才由茅房改为厕所，这些年更由厕所改为卫生间而后称洗手间。创新归创新，从说故的角度，还是别嫌茅房的说法土气。

吃了就得拉，于是有了五谷轮回之所。茅房一词的来历，据说是因古人排泄的地方和猪在一处，猪圈或曰厕所的顶只覆茅草而不见砖瓦，足见排泄一开始就被打入又副册，古今文人留下的文字也不多见。小时候读书常有些奇怪而低俗的想法，其中之一就是老想探究古人的吃喝拉撒，自然包括古人如何上茅房，可惜总没有理想答案。看到《三国》里刘备如厕见髀里肉生哭了一鼻子，总以为老刘有毛病，不好好拉屎，琢磨屁股蛋子干吗（当时不知道髀是大腿）！哪懂得人家罗贯中这是在夸老刘励志呢，咱现代人不骑马，又没有恢复汉家基业的宏图壮志，自然没有髀肉的忧扰，可见燕雀与鸿鹄的差距。

中国人对如厕问题历来不大重视，入口文明出口野蛮。北京有八百年首善之区的光荣传承，有身居天子脚下的磅礴大气，却同样不大在乎排泄这事。王思任《文饭小品》里说的堂堂大明京师简直就是个超级露天厕所，“故人都当道中便溺”，可见咱的乡亲老前辈并不以到处拉撒为耻为错，就是担社稷重任的官老爷们也不例外。京城老爷们儿随便找个地方就地解决，成了把排泄叫作“方便”最好的注解，以至于夏仁虎在《旧京琐记》中感叹“行人便溺多在路途”已成不可挽回的颓风。女人方便同样方便，虽不能当街一蹲，却能把便器当街一泼了事。再加上猪马牛羊驴骡骆驼鸡鸭猫狗，京城“重污叠秽，处处可闻”（《燕京杂记》）。

其实，我们完全可以从历史上找到当街便溺的道理。几千年的农业社会，大粪之于我们关乎着丰收还是歉产，以及会不会因没饭吃而背井离乡流落乞讨甚至当街倒卧，故领袖不以手是黑的脚上有牛屎为肮脏，“没有大粪臭、哪来五谷香”之类的话也只是这些年化肥盛行后才不大提了。这道理洋鬼子无法理解，据说八国联军进北京后，英军指挥官遣麾下阿三满大街抓随地大小便的，不打不杀不关监牢，而是押着去修建公厕，加上后来国内配套，北京才有了公厕。各家各户随意倾倒便溺也改成由专人拉着粪车摇铃为号收取。公厕都是国营，随便上，故曰官茅房——北京人把政府办的都标以官字头，如官道、官学、官水管子。

国人尚儒，不大看重公德，却在乎自身德行和自家的事情，于是至今仍有出于自家清洁考虑从高楼窗户往下飞垃圾，满楼道扔烟头擤鼻涕的，公车上把着孩子屙尿的爹妈，不少都理直气壮。北京四合院里是有茅房的，按八卦风水，西南方位乃聚邪犯祟之所在，坐北朝南的四合院大都会在这位置搭个简单的棚子当茅房，方便的同时以毒攻毒，排泄驱邪两不耽误。自家使用的厕所卫生会搞得很不错。旧时茅房里预备木质的马桶，北京人叫马子，粪场的人定期来倒马桶，按例这不用给工钱，只要过年过节意思意思就行，因为粪是有价的。

淘走的大粪运到城外与炉灰黄土混合后制成粪干，或直接出售粪稀，是种菜的上等肥料。那时北京粪车很多，《燕市积弊》把没时没晌过粪车列为一大恶弊，还质问为什么东交民巷的粪车能限时其他地方就办不到！有老人说，好多城门附近都有粪场子，老远就能闻见强烈“怪味”。从臭粪厂（后雅化为抽分厂）、粪场大院（后雅化为奋章胡同）、屎壳郎胡同（后雅化为时刻亮胡同）、猪巴巴胡同（后雅化为八宝胡同）等地名，就不难想见当时北京的卫生状况。

院里的茅房许多不分男女，按例进门前要问一声，因此少有误会，我住那片儿也没听说过谁被扭送的事。果真冲撞，按那时候人的关系也不至于动手打起来，道个歉就过去了，顶多叫人家挖苦两句弄个大红脸，然后落下个话把儿而已。不过也有例外，确有扒女厕所偷看被抓的——其中不乏学生，其实为这个进去的真流氓不多，多因懵懂和萌动，应归罪于至今缺失的性教育。

茅房的布局设施大同小异，除茅坑便池外几无他物，顶多有把剩个头的笤帚疙瘩，或谁家预备给老人用的茅凳儿。在同学家还见过茅坑旁边戳着一捆秫秸秆，说是刮屁股用的。新中国成立后厕所都改成封底的蹲坑，于是倒马子的改成淘茅房的——尊称淘粪工人，标准打扮是深蓝粗布工作服和帽子，有的戴口罩。背着口略粗于底、有上、中、下三道铁箍和斜置背梁的木质粪桶，另带长把淘粪勺和小桶，冬天有时额外带一把铲冰的铸铁小铲。小桶用于舀出茅坑里的液体，勺子用于扰出固体和半固体，这些全装进一米来高的粪桶。淘粪工半蹲着将粪桶背到背上再站起来，看着特要腰劲儿。有时淘进桶的液体太多，淘粪工会顺手从院里向日葵上揪两片叶子放进桶里防止外溅，还记得一个工人对我姥姥说：“老太太，劈你们家两片转日莲叶子！”淘完后工人一般会用笤帚打扫干净，再将粪桶背到胡同里的粪车上，由卡车改装的粪车有类似水箱的容器。粪桶置于车尾的活动托架上，摇动摇把将其升高翻倒，粪便依重力倾入“水箱”。

淘茅房是力气活儿，那粪桶少说也有几十斤。有家长便抓哏教育孩子：不学好，大了你去淘茅房！淘粪的要听见准得骂起来。没人这么教育过我，至今我仍在心里尊敬当年的淘粪工。据记载，新中国成立前淘粪工大多是从人多地少的山东出来的农家子弟，淘粪又脏又累还被人看不起甚至侮辱，使这些人不得不想出些招儿来给自己的尊严找平儿，比如借故三天五天不上你家门，叫你家茅房无处下脚；故意往你院里洒些汤汤水水，然后说着好话打扫干净，却叫你多少天褪不去臭味。这些法子，后来少多了，可谁也不敢公开和淘粪的叫板，单他们手里那把粪勺子，就足以吓退贼兵三十里！最著名的淘粪工是和刘少奇握过手的时传祥，我媳妇娘家在幸福大街那边，属时传祥所在清洁队的管片，她说小时候多次看见过这大名鼎鼎的劳模。我以为，能把荣誉给一个淘粪工的社会是有人味的。

谁也离不开淘粪的，几户十几户的几十口子一两天就能装满茅坑，所以淘茅房的每天都要来。以后，各院的厕所和公厕都改为冲水式，只因用的粗质陶管子直径不大，下管子又没留什么坡度，用一段时间后便经常堵塞，为此不得不把地刨开疏通，并要求手纸务必扔在坑外，由每天值日的人家烧掉，那味道可想而知。

不少人写过厕所，文字间极尽“恶毒攻击”之能事，我以为并不过分。当年的厕所实在让人毛骨悚然，不亲身经历是想象不出来的。厕所建筑多属凑合，不会用正经建材，夏天漏雨、冬天挨冻是不值一说的常态。老墙缝时不常会钻出土鳖爬出蚰蜒、蜈蚣，房顶上常有马蜂嗡嗡得你提心吊胆，就不用说满天苍蝇了。茅坑里能看见寻寻觅觅的老鼠——人称屎耗子，水陆两栖，常与人对视，轰都不走。起先茅坑是砖砌的（后来抹了洋灰）死坑，一米多深，一旦没及时淘，人蹲在上边常会有液体飞溅。坑边通常湿滑，小孩掉下去不新鲜，就是大人偶尔也会失足。改成冲坑后，常因管道不畅而堆积粪山，海拔甚至高出地平面。茅房的灯泡常憋，晚上常得摸黑进去，所以得预备手电，至少也得划根火柴照亮。那时北京人少车少噪声少，夜晚相当安静，尤其冬天。一个人如厕时要多恐怖有多恐怖：西北风的尖啸，房顶上野猫的哀嚎，什刹海猛然发出的炸冰巨响，以及其他不知道来路的怪声，足以叫你浑身战栗精神崩溃！茅房里氨气聚集，有时一进去鼻子刺痛眼泪直流，墙上到处尿碱更加重了刺人的气味。70年代大演电影《地雷战》，小孩到处踅摸一硝二磺三木炭，不少孩子干过把茅房墙上尿碱搿哧下来当硝石的事。

上面这段文字虽写得反胃，却属真实。其实厕所也有愉快的记忆。不少人爱在厕所看书，那地方鼻子虽不舒服，可一般没人打搅。我也爱这么干，还掉过茅坑好几本书，其中有刘继卣画的《鸡毛信》，笔法流畅老道极见功力，今天想起来还觉得可惜。我有个已是什么级别了的同学，据他说，任夫人怎么骂，每天不在卫生间看完一份参考绝不出来，小时养的毛病，改不了。

厕所宜聊天。有一阵，有个大我几岁的街坊特爱和我聊，什么清华蒯大富、北航韩爱晶，顽主打群架、流氓拍婆子，炮儿局一监半步桥儿，车钳铣没法比要翻砂就回家之类，他聊得上瘾我听着新鲜，于是每天必去茅房点卯，为的就是这段“厕书”，这些内容换个地方聊会味道全无。后来还发展了几个蹲友，却限于蹲位有限须有所取舍，为此约定了不同的拍手联络方式，并仿效莫尔斯电码以长线短点组成特定暗号，点和线不对绝不出去，大有特工接头的成就感。肚子里有故事且爱聊的主儿不论大人小孩蹲坑时都受欢迎，登峰造极时，左右各有陪蹲的将相诸侯不说，还有打站票伫立在旁边捧场听蹭儿甚至心甘情愿上烟点火敬献手纸的，风光的架势，足以和港片中一帮马仔前呼后拥的黑老大媲美。结婚后我住的那院用公厕，在里面聊大天的更多，特别是一早一晚，从外面一听，热闹劲很有大茶馆的风韵。

中国人蹲在一块上下舒坦其乐融融，老外却难以接受。有一回，一外教带她七八岁的儿子和我们去玩，在一服务区公厕外边把孩子交给男士领进去方便。蹲坑和便池前，中国老爷们儿有说有笑齐刷刷站成一排痛快淋漓，美国小崽儿却憋得尥着蹦儿叫唤，就是不肯加入排便行列，翻译说他上不惯没隔板的厕所。这是东西方文化的差异了。由此可见，好些冲突其实未必来自社会制度意识形态，而是文化不同互不了解却谁也不肯让步的结果。

当年小孩没什么玩的，淘气天性使然，厕所自然成了游戏和犯坏的所在。上房揭瓦捅马蜂窝放炮崩屎撒尿滋墙的勾当估计不少人干过。最有乐的是在一同学家，那院厕所里有好几个马蜂窝。每有同学如厕，我们便找根长竹竿朝房顶上的蜂窝比画，并不真捅，蹲坑者既不能反抗又不敢站起来，这时候让叫爹叫大爷或骂自个儿兔崽子王八蛋之类，提什么要求都行，只求爷爷您千万别真下竿子。

大约80年代中后期，来北京旅游出差做买卖的越来越多，如厕的难题不能再回避了，市区当局花了不小的力气，终于减少了对北京如厕难的谴责声。新盖的建筑无不备有厕所，相当一些设施完善干净明亮，水准绝不亚于发达国家，叫卫生间洗手间甚至补妆间都不过分。还新修了一些官茅房——此时早已改叫公共厕所了，但大抵要收五毛一块的进门费，由此诞生了厕所收费员的新工种，直到奥运前不久，北京的公厕才免了费。可惜的是，一方面，厕所布局受制于多种因素不甚合理；另一方面，人们多少年养成的恶习难改，四处便溺的还大有人在。我家附近有个街心公园，公园周边没有住户，是的哥小憩交班的所在。天热经过时总觉得味道不对，冬天草干了，一堆堆粪便就水落石出现了形，害得遛狗的人都要回避。

好多北京人离开平房住进楼里，一般人家的单元里，厕所不仅是解决排泄的地方，也是盥洗的地方，合二而一很是方便。自家厕所最大特点是在各方面都力求清洁，这，的确改变了人们多少年的积习。十多年前从平房搬家到楼房，一关系不错的同事对我说，这回你知道什么是人的生活了。开始不解，后来在自家卫生间里想起了平房的厕所，才算多少明白些这话里的意思。

昨日烟香

一

抽烟，对不抽的人来说是自杀和谋杀，对烟民却是莫大的享受。世界卫生组织的《烟草控制框架公约》已订了十年，作为签约国我们也有限定场所之类的规定，烟草却未见减产，直到最近，控烟才有了实质性进展。看样子，一国也好一人也好，真想禁烟，还真不至于像走蜀道那么难。

烟草据说是哥伦布发现的，几十年后被带回欧洲栽种，后来英国人又从美洲带回了烟斗，欧洲人才开始学着抽烟。之后，烟草经海陆不同途径传进中国，万历年间姚旅在《露书》中说："吕宋国出一草，曰淡巴菰。以火烧一头，以一头向口，烟气从管中入喉，能令人醉，且可辟瘴气。有人携漳州种之，今反多于吕宋，载入其国售之"，不过，明廷对这个外来事物相当反感，曾几次禁除。也有说法称烟草起源于中国，至少中国人很早就种植了，但只做药用。烟草入华后只在地广人稀的东北发扬光大，那地界山高皇上远没人辖制和教化，以至于抽烟劣习扎了根。姑且不说起源哪里，反正举国吞云吐雾确是要感谢顺治和他爹们：满人入关，使八旗男女对烟草的嗜好跟着甲马骑兵弯弓长刀打进了山海关。在新主子的引领示范下，星星点点的火种到乾隆嘉庆年间已经燎原，天子脚下自然表率，单城里有名的烟铺大字号就有数家，还成就了一条烟袋斜街。男女贵贱，无不把抽烟看成时尚。此时距烟草在美洲被发现，满打满算还不到二百年。

北京人怎么抽烟，金受申有过详细的描述，后辈晚生自然不该饶舌，但金先生那些记述后来有了相当大的变化，所以还要啰唆几句。首先是水烟只能在电影上见到了，多半还是土豪劣绅什么的——国民党军官汉奸特务的典型形象是歪嘴叼烟卷。20世纪80年代中期，邻居一位退休老大夫喜欢抽水烟，为弄明白原理我仔细看过他用的那物件，这是我第一次见到水烟袋。第二个变化是鼻烟消失了。我是看了邓友梅的小说才知道这东西的，后来在橄杆市的百货副食店里曾见过，虽有心尝试，可老人说鼻烟和烟不是一回事，吸了要不住的打嚏喷，成天价流两筒大黑鼻涕，于是没敢试。几年前，一个同事突然吸上了鼻咽，我有幸尝了两回，除打了个喷嚏外没觉得有什么特别，不知古人为什么能如醉如狂。第三个变化是，金先生那年代抽旱烟袋或烟斗的为烟民主流，新中国成立后则少多了，这应该是第四变化带来的：迅速发展的烟草工业，使方便的卷烟成了烟民的首选。

二

我小时住的那个西城大杂院有五位烟民，除一位外都是五十岁往上的主儿。烟民中的前两位，是间壁儿山东老头儿爷儿俩。老头平时抽纸烟，家里也预备着柳条编的小烟笸箩，里面放着烟叶子和一拃来长铜锅铜嘴斑竹管的小烟袋，还预备着几个大、小烟斗和烟嘴，可见是资深老烟炮。老头一人养活三口，又嗜烟酒，生活不富裕，这就决定了其抽烟的档次每月呈周期性变化：月初是三毛多的前门、恒大；月中降为一两毛钱的战斗、绿叶、大生产甚至白包；月底就只能抽论斤约的烟叶子——老头常为此骂街。老头儿子和他爹在一厂子，也嗜烟。依那时老例，孩子上班便是成人，烟酒嗜好一般不再深管。老头儿子只抽天坛，劲儿大且猛，但不生痰。这老兄后来搬到了回龙观，前两年我在那边开会到他家串了个门，他让我的还是黑杆。

里院一老头，是房管局的泥瓦匠，上下班时推一辆没了漆的老凤头，烟荷包就拴在车把上而不放进同在车把上挂着的人造革兜子里，不知为什么，不骑车时烟荷包别在煞腰的布带子上。荷包里装着烟叶和烟袋，被细绳绕紧的荷包口上露出半截乌木烟袋杆儿和玉石烟嘴，有时荷包里也装烟丝和卷烟用的过期月份牌。老头年轻时从涞水到北京当小工，后来出师成了大工，老实巴交，永远笑眯眯的，个不高身体却挺壮，据说六十多了还缠着老太太干那事，老太太不乐意时就给几块钱，害得老太太常找别的老太太诉苦，并按划分成分的规矩把老头定性为“老不要脸”，这笑料儿是公开的秘密。有那么一段，老头时不常闹着要去郊区上山挖麻梨疙瘩，说是自己抠烟斗，不知道这愿望实现没有。

两位女性烟民之一是个干巴瘦的小老太太，住西屋，深居简出，待人接物极有礼数也极有分寸，不串门也不待客，她用一个绿烟嘴。另一位，是住挨门洞那间倒座的旗人老太太，她烟瘾不小，就是躺在床上看书看报也嘴不离烟，而且深得旗人讲究的三昧，划火柴那架势派头十足，俩指头夹烟的姿势却透着俏皮。老太太抽烟的牌子没一定，但少有低档的。老太太喜欢我，烟盒全给我留着，对烟盒的认识由此开蒙。"文革"初的一天，老太太郑重其事地找到我，把所有烟盒仔细检查了一遍，其中一些被拿走烧了，据说链球牌还是重九牌的图案上有反动标语，此事没下文。1970年前后，兴了一阵子自己卷烟，老太太让儿子给做了个精致的木头卷烟器，买了上好的烟叶，精心切成细丝并喷了红酒和化开的巧克力，还让我闻。当时我不过是十来岁的孩子，能懂什么，可见老太太的得意。老太太年轻时得过肺病，但终生没有戒烟且瘾一直很大，死因却与吸烟无关。她老头倒是烟酒不沾，每天晚上还要在金银藤底下风雨无阻地练一个时辰太极拳——据说年轻时善使单刀，但却早走了好几年。

孩子对吸烟没有兴趣，却关注烟盒，烟盒是男孩子游戏的重要内容，但却不是家家有人抽烟，即使有，也难以供应足够游戏的数量。孩子们只得满世界淘换，甚至去翻垃圾堆。我有不少烟盒，上面的图案曾给了我不少乐趣，但对拍元宝拍三角的游戏却没兴趣，现在想来，玩烟盒赌个输赢并非坏事，起码能让孩子在群体活动中建立公平竞争、服从秩序的意识，至于卫生倒不是问题，没听说过谁家孩子因为玩烟盒上吐下泻的。当时烟盒都是软包装，里面衬的防潮纸能区分档次，锡纸（俗称金纸）能叠酒杯等小玩意儿或熔化了作成"锡山"，沥青纸则没什么用。

新中国成立后香烟最大变化是取消了烟画（应该叫洋烟画，俗称洋画）。有一次我表姐不知从哪儿弄来了几百张，仔细看，有人物、戏出、百科知识等不同系列，还有只缺几张的《走马荐诸葛》和《枪挑小梁王》。其中几张老刀牌里的古代仕女画得极细致，足以充当学工笔的摹本。那是第一次见到洋画，后来我舅舅说他小时候兴玩洋画而不是烟盒。关于洋画，翁偶虹老先生曾在集子《北京话旧》中有详尽的介绍。20世纪80年代，我还买过整版的四大古典小说人物绣像洋画，但已非原来意义上的洋画了。

三

小学六年级，老师开始在班会上点名或不点名批评某某抽烟，这才知道原来同学里已有烟民了。初三时赶上唐山地震，学校组织男生护校，每天夜里分几拨儿轮流坐在昔日涛贝勒府那朱漆大门前值班。那时，我们不过是十五六的孩子，子时一过，四五个人便困得受不了，开始，还能靠讲鬼故事提神，但大家鬼的知识有限，又都没见过，说服力不足，于是全住了嘴。一同学不知从哪儿摸出一包压扁的碧鸡牌烟，当时就有俩眼发直的。我说不抽，但大家立即做了结论："谁不抽，明天老师知道就是他告的密。"众人连连称是。那时的孩子最烦内奸，于是冒了几口，虽没感觉——当时还不懂要往下咽，但这却是我第一次接触烟。之后的话题基本是烟，过了瘾的那哥儿几个，精神十足地切磋着吐烟圈的技术，交流了拿烟而不被发现及去除手指头黄褐色烟痕的方法，听着好玩，却无法共鸣，也没往资产阶级生活方式上联想。"文革"中期后，北京学生里"学坏"的不少，标志之一就是抽烟。一般说，家长对孩子抽烟的反感程度和管教手段远激烈于喝酒，孩子偷着抽烟被发现绝不是小事，轻则要训斥乃至罚跪反省；重则就得挨顿臭揍，有人身上脸上因此挂彩而遭同学嘲笑。当年这些偷偷摸摸抽烟的孩子，后来大都是挺不错的人。细究起来，孩子抽烟很多是对长辈的模仿，这笔账，还真不知道该怎么算。

四

我真正抽烟是1983年。那天在教育局报道后去单位安置行李，然后去村里饭馆解决午饭。乡村饭馆少有人光顾，饭前等了好久，同事便让我抽烟，因烦而无助，抽了，也无师自通地往下咽了。我俩至今仍是好友，他早已是北京高中数学老师里名气不小的主儿了。这老弟告诉过我，他的烟龄始于小学二年级——在他们那儿还不算最早的，曾多次被老师处罚，挨打挨骂都好办，最要命的是，罚每个抽烟的在限定时间内给老师买一条香山，那时一盒香山是三毛四，为这笔巨款他愁了多少天。在农村中学，开始总是别人让烟，一来二去就不好意思了，于是自力更生取代了外援，结果一抽就是二十年。

抽烟的故事挺多。没烟着急，有烟没火更急，为了抽上那一口什么丢人现眼的事都干得出来，所以能理解“玩粉”的主儿，也敬重那些能真戒了毒的。抽烟人的寒碜事，不说也罢，但还是可以举两例。某次坐火车回北京，三位烟民同时断粮，郊区车上不卖东西，于是一老兄要大家把座位旁烟灰缸里的烟头弄来剥开，聚了一堆烟末子，又以废卷子裹之，边卷着发给大家边说，三年饥荒时他家哥儿仨常这么干，满大街给他爷爷凑粮食。此人后来辞职经商，其父衔封少将。某同事——现已是北京名师了，为管教抽烟的学生居然订立互相监督的契约：谁逮着谁抽烟扇五个嘴巴且不许顾及师生面子。谁挨了打不知道，反正有一天大伙看见这同事的腮帮子肿了，后来由校长出面才结束了闹剧。这哥们现在见面还是当年那样子，酒桌前一坐便笑眯眯地让烟，口头语是：“怕啥的！”

烟这东西，沾上就放不下。一来二去，就到了每天两盒还经常超额的地步。抽烟人都有不顾及别人感受的时候——虽非主观故意，因此可以说多少都有自私的成分，可惜，知道这道理是在戒烟之后。某次等车，一位烟民的烟顺风直钻我鼻子，呛得人如吃了盐的刺猬不住声的吭吭。我突然对媳妇有感而发：现在才知道抽烟多让人讨厌。

因为抽烟看到了形形色色的人——大方的、吝啬的，绅士的、猥琐的，讲义气的、耍鸡贼的，体会到友谊也见识了下作。当年，同宿舍的同事为俩人抽上口烟，能半夜十二点披上大衣踩着雪砸开小卖部的门买两盒烟，嘶嘶呵呵钻进被窝半天缓不过气来，却不忘将烟和火扔到对面铺上。回城后有一同事，新科硕士，每次见面，打招呼后的动作一定是嘻嘻的手一张："给来根烟！"十年前又见此君，已是某部委的处长了。

戒烟对我来说是天意。2009年初查出结核，虽不严重，但烟却不能抽了，至此烟龄已过四分之一世纪了！戒烟之于我，既没痛不欲生的折磨，也没无法割舍的留恋和此起彼伏的反复，现在偶尔来一根，完了也不会再想。不过，对袅袅而来的烟香，闻着还是觉得舒服。烟非万恶，吸烟只是病因之一而非全部，早有一些研究肺癌的大夫坚称肺部病变的主要原因是空气污染，可惜好久之后才被认可，因为空气污染一直是个忌讳很多的敏感话题，结果，在相当一段时间里烟代人受过，一直被说成是肺癌的元凶。

不少人说，吸烟百害而无一利，我却觉得这不符合常识。抽烟并非无利，且不说创造税收这黑色幽默，提神、解闷、帮助思维、促进人际交往，缓解身心的疲劳与紧张，不抽烟的人是体会不到的，只不过，吸烟必须付出身体的代价。在利与害的天平上，就看你的身体能不能承受了，身体允许，但抽无妨，却别过分。有时想，冥冥之中是有定数的。一生允许吸的烟是一定的，每天抽得越多，可抽的时间便越短。这是个简单的算术问题，也有哲人由此引申出了成篇的道理，但我却从自己的身体得出了经验。就像挣钱，一生能挣多少钱只有天知道，那不妨把工作和挣钱拉长了时间，而不必杀鸡取卵的玩命。明白了这个，人会淡泊许多。可惜，真能理解这想法的，未必能有多少人。

捅马蜂窝

捅马蜂窝的说法，按现在常用的解释，就是捅了娄子惹出麻烦却难以收场的意思，这其实是个引申来的说法，对当年住在胡同里平房的北京孩子来说可没这么拐弯抹角，那是实实在在的真把马蜂窝捅下来。不信您去问问，肯定不少人有过这样的经历。当年的孩子，如今五十往上的主儿，常会聚在一起忆忆旧叹叹人生什么的，说到小时候的玩闹，一个津津乐道的话题就是捅马蜂窝。

1966—1968年，北京入小学孩子的数量猛增，很多学校只能半天上课，空闲的半天自然不能大撒巴掌，就用上小组代替上课。上小组就是住得较近的几个同学集中到一人家里一起写作业复习功课，玩当然是少不了的内容，在多数小组的多半时间里，玩是主业而学习是副业，不少孩子是专等着别人把作业写好，然后以最快的速度抄了预备明天交差，之后大家一起玩。老师来突击检查的时候几乎为零，老师派出来检查的钦差，有时也禁不住诱惑加入游戏行列，因此皆大欢喜。

那时孩子玩的远没现在丰富，只能变着法儿找乐子。对小孩，玩活物儿的乐趣永远大于玩死物，所以，逮老牛、蛐蛐和蜻蜓，粘知了，到河里钓鱼捞虾，养蚕，甚至槐树上的吊死鬼儿、墙根挖出的金刚、枣树上的洋刺子和毛毛虫，都成了玩意儿。最奇的是我一同学居然养土鳖，那时人们经常在晚上逮带盖儿的土鳖——带翅膀的是公的，卖给药铺每个一两分钱，有那么一段时间，男女老少半夜拿着手电到处搜土鳖是北京的一景，土鳖太多，以至于药铺先降价后拒收。我这同学和他哥与众不同，逮了土鳖不立刻出售，用两个大坛子养起来，等土鳖繁殖多了，按大小分拨卖，颇有点今天养殖专业户的意思，不过这和玩没关系，纯为钱。

马蜂不能卖钱——马蜂窝可以卖且价格不菲，有一阵有人说蜜蜂的屁股是甜的，但城里没地方找蜜蜂去，好些孩子逮个马蜂揪下钩子嘬尾巴，据说能吸出甜味。实际上，进入孩子玩的范围的马蜂没多大价值，与马蜂的关系多是捅马蜂窝。小时候常见的蜂至少有三种，马蜂长有一公分，细腰，黄得醒目，在房檐屋顶造窝；土蜂只有黄豆大小，土黄带着灰色，飞的时候好像总打着旋儿，专往墙缝里钻；牛蜂个儿足有蚕豆大，嗡嗡响着飞，速度极慢，不知道在哪儿做窝。我上学的时候，北京城里人少楼房少，但树多土多空地多，这几种蜂都常见到。

我并非天然地与马蜂为敌，也没想过捅马蜂窝。大概是在小学三年级时，有天觉得脖子上有个东西，随手一摸，那东西嗡地飞开，立刻觉得刺疼，接着便难以忍受，那种滋味一辈子也不会忘。经街坊老太太鉴定，是被马蜂蜇了，并告知，如果马蜂落在身上千万不要动，等它自己飞走，一动它便以为遭到攻击而要自卫。可我哪知道这些啊，稀里糊涂就遭了劫。小孩儿都有点拧脾气，还不懂得宽容，我并没有招惹它，凭什么和我过不去。仇一旦结下，便会想起马蜂的种种不是来：咬坏了花草，在房檐下筑窝毁坏了房子，威胁人的安全——即使不招它也没准挨蜇，嗡嗡的叫声令人讨厌……接着开始琢磨怎样消灭这人类安全的隐患。

把大半个院子搜索了一遍，也没发现个马蜂窝，其实就是当时真发现了也未必敢捅。于是从简单易行的做起。院里有个公共水管子，水管子周围的地面上总有积水，是马蜂经常光顾的地方，少则一只，多则三五只，嗡嗡的飞近积水，落下，再飞起，据说是吸了水喷到房檐的木头上，使木头变软以便咬碎筑巢。又知道如果不主动攻击马蜂，一般它们也不会有攻击的动作，于是便开始在积水边观察马蜂。马蜂飞临积水时总是很慢，垂直落下后吸水，然后垂直起飞，飞的速度并不快，垂直飞时速度更慢。

实事求是调查研究，发现了事物的规律就能找到解决问题的办法，对付积水边的马蜂其实很容易，拿个苍蝇拍子，在水边蹲着，千万别乱动弹，等马蜂落下的一瞬间挥拍一下子便绝不会落空。没多久，马蜂来吸水的时间、飞的规律以及下拍的时机、角度、力度，加上对付一只或者多只的技巧便完全熟悉于心运用自如了。战果与经验成正比，最多的时候，一会儿工夫就能打死二三十只，从没失过手。

蜂尸陈列一排煞是壮观，真可谓世上无难事，只要肯登攀，当年八路军以游击战对付鬼子，要的就是这样的效果：看起来干掉得不多，架不住积少成多，时间长了，对手就顶不住啦！有段时间，我天天下午在水管子旁边等着马蜂，没多长时间，战果便大大地减小了，不知道是马蜂被消灭得太多了还是长记性不敢来了，经常是没有猎物了。偶尔来一两只，打起来不过瘾。于是把目标转向牛蜂。牛蜂是典型的庞然大物，样子吓人，是不是纸老虎却不知道，因为没被它蜇过。院里有棵金银藤，铺天盖地茂茂实实长满了金银花，一进大门就觉着清爽，但也特招牛蜂，常有不少牛蜂围着金银藤飞，然后对准一朵花落下去，牛蜂一走花就败落了，金银藤的主人——一位六十多岁的老太太很是愤怒。

老太太讨厌牛蜂似乎成了我消灭它们的理由，起先用苍蝇拍打，但有个毛病，一拍下去金银花落英缤纷，于是无师自通地发明了个法子，等牛蜂落下，拿一只尖嘴钳子对准一夹，牛蜂肯定没跑，然后再把钳子头在地上一磕。用这种方法几乎从无疏漏，战绩不下于逮马蜂。实施不久，就没了骚扰花粉的牛蜂。

再后来，觉得零敲碎打的做法不过瘾，除恶务尽，必须找到马蜂窝的地点，于是再发现来积水边的马蜂便不打了，而是盯着它飞到哪里。这法子很灵，简单地就找到了厕所里！厕所的房顶很矮，是由“井”字形木架上覆石棉瓦构成的，马蜂窝就在木架上，而且不止一个。有一天我们几个孩子把其中的一个捅了下来，第一次知道了蜂房的构造，一个个六角形蜂巢里居住着一个个没有成虫的马蜂儿子，往地下一甩，悉数出来全被鸡吃了——有一阵子好些人家养鸡。马蜂窝被同院一孩子拿走了。马蜂有记性，窝没了，便聚在窝所在的地方不走，谁上厕所谁就倒霉了，于是捅祸的孩子被痛骂，最后好像是往房顶上打了敌敌畏才解决了问题。

后来厕所里不断有新筑的马蜂窝，每看着房顶上飞来飞去的马蜂和它们的窝，心里都痒痒，捅下它的欲望让一个十来岁的孩子像着了魔，神催鬼使的，我自己和那些马蜂窝折腾了好几次，用水枪滋，用火烧，用敌敌畏喷，好像有什么不共戴天的仇。最牛的一次，是发现窝上落着好些马蜂，便找了个装罐头的广口瓶，对准目标一下扣去，连马蜂带窝全部收入瓶中，像《封神演义》里的法宝囊住了妖精。可惜这法宝不像菩萨那样收放自如，把瓶子口顶在房顶上却不敢松手，等于自个儿把自个儿钉在那里。坚持了半天，叫别人给拿了个写字的铁垫板，插到瓶口和房顶瓦之间才算脱离了煎熬。不过，以后再以类似办法就很顺手了。

与一般的玩不同，捅马蜂窝具有相当的危险性，一旦被蜇，不仅要承受肉体的“痛苦”，还要遭家长责骂，那时不像现在家家都预备常用的药品，一旦被蜇，起码肿大半天，想躲几乎不可能。捅马蜂窝常需爬墙上房，甚至威胁他人安全，会遭到邻居的指责告状。凡此种种，使捅马蜂窝成为极具冒险性的玩法，小学三、四年级孩子们颇爱炫耀他们的战斗经过或互相切磋操作的经验。我同学的一个小组，自称银锭桥一带的马蜂窝都捅光了，有时下午半天，能从房上一个院接一个院的搜寻，一直到北官房。

现在的孩子恐怕根本不屑我们小时候的玩意儿，不少孩子从小知道保护环境，各种各样的玩具使他们可以在屏幕前面体验冒险和刺激，而不必亲自到一线拿自个儿的皮肤开玩笑。环境确实该保护，再不保护着点，我们身边就什么都没了！比如蜻蜓，这些年已经很少看见了，可小时候不但多，而且种类也不止一种，老子儿、红秦椒、老缸儿、老膏药等。小时候知道的昆虫，现在还能常见的只有蚊子和苍蝇了。水泥地柏油路多了，连最普通的黄蚂蚁、水牛都看不见了。现在的孩子，就是遇到马蜂也绝想不到去打了。

最近读到冯骥才的《捅马蜂窝》，其中有这么一段："'……马蜂就是这样，你不惹它，它不蜇你。它要是蜇了你，自己也就死了。''那它干吗还要蜇我呢，它不就完了吗？''你毁了它的家，它当然不肯饶你。它要拼命的！'爷爷说。我听了心里暗暗吃惊，一只小虫竟有这样的激情和勇气。低头再瞧瞧这只马蜂，微风吹着它，轻轻颤动，好似活了一般。我不禁想起那天它朝我猛扑过来时那副视死如归的架势，与毁坏它们生活的人拼出一死，真像一个英雄……我面对这壮烈牺牲的小飞虫的尸体，似乎有种罪孽感沉重地压我心上。那一窝马蜂呢，无家可归的一群呢，它们还会不会回来重建家园？我甚至想用胶水把这只空空的蜂窝黏上去。"大冯说得有理，今天想想小时做的事，确实难以心安理得，固然是无知无聊所为，也带来过乐趣，但毁灭生命的游戏毕竟罪恶，只是明白这些已是人过半百了。从另一个角度说，孩子的言行举止源于教育——不仅仅是学校教育，当1966年8月学生向自己的老师挥动腰带甚至将他们活活打死的时候，已经揭示了那个时代教育中潜藏着的暴戾。可惜，真正有勇气站出来反思自己行为的人却不多！

水管子及其他

老北京吃水主要靠水井。旧时北京井水多苦涩，难以饮用，《酌中志》说用这种水"茗具三日不拭，则满积水碱"，但凡不是过不去的人家都要买甜水吃，用介于甜水和苦水之间的"二性子"水洗菜淘米。吃甜水要靠人送，甜水井有的属于私人，有的是官井（官井不收费，但水质不如私井），因为井要有人看守，需搭窝棚，于是渐渐有了水窝子的称呼。水窝子多雇山东人打水并用水车挨家挨户送，向例是当时不收钱，三节或月底统一算账。几年前到我小时候住的胡同，正赶上奥运会前旧房改造，门洞多少年的老墙皮被铲下，露出了不少像鸡爪子的图案，便知道这是送水的记账标记，后来老人们予以证实。苦水是白使的，有个别生活极为窘迫的人家全部用水都是苦水，比如我姥姥，孀居，有一段时间要自己养活几个孩子，生活艰辛，用水都是自己到胡同东口的苦水井去挑，那口井我小时候还在。

北京的自来水业出现在清末，当时维新、实业这些新鲜事物不断出现，自来水这种中国人闻所未闻的玩意儿也来到了北京这首善之区。光绪三十四年（1908年），清农工商部奏请以官督商办的方式兴办京师自来水工程，拟先成立京师自来水有限公司，通过招商集股的形式筹集资金，所需款为三百万洋银，分三十万股，每股十元，在股份未招齐之前由直隶所设天津银号先行垫款。此后不到一年便招齐了款项，经勘察认为，安定门外沙子营以下孙河的水源比较充足，因此将厂址定在这里，然后置办机器设备材料。宣统元年（1909年）上半年，进口的德国机器设备到货，经近两年的施工，内外城安装了三百七十余里管线和四百多个水龙头，之后正式售水。不过，在当时人们的生活水平之下，大多数人用不起自来水，到新中国成立前夕，北京的自来水管线只有六百三十里，供水面积四十五平方公里，设在东直门的水厂每天的配水量不过四千吨。

新中国成立初期，政府出资改善居民的生活设施，新建和改建了水源和管线设备。据资料记载，到1959年（我出生那年）供水系统扩展到五个，新建了两个大型半自动化水厂，管线长度增加到一千三百多公里，城区供水面积三百一十七平方公里，用水人口达到百分之九十八点六。随着自来水管线进入几乎所有居民区，原来的水井失去了作用，地下水位的下降使这些井逐渐干涸，于是水井纷纷被填平。我小时候还能在不少胡同里看到废弃的水井，一般是在一个不大的空场，以条石或石板围成的井口，而井大多被巨石盖住，小孩淘气，往里面扔石头，传来的声音说明井是干的，而且不深。再往后，水井便全部消失了。今天，恐怕只有六十开外的老人还依稀能指出当年水井的位置。

新中国成立初虽然在城区内迅速铺设自来水管线，但在百废待兴的困难条件下并不完善，好多居民院里没有安装自来水，而是使用公共水管——北京人叫“官水管子”，一些官水管子的龙头就设在原来的井窝子的位置，由人看管收费，每天定时卖水，就像《龙须沟》里程宝庆干的那营生。我上小学时，银锭桥、槐宝庵、三座桥等地方还有公用自来水管，供院里没通自来水的居民打水，但已没人看守了，可能用户按月缴费了。中午和下午上学放学时渴了，看没人（有人通常会被制止）就打开龙头喝一气，十分痛快，因为公共水管比院里的粗，水流大，因此觉得更凉更痛快。喝水时须弯腰以嘴就管，故有“蹶尾（yǐ）巴管”的说法。小孩有羊群心理，一个喝，其他的不管渴不渴也喝。冬天的时候，公共水管都用草绳绑起来防冻。大约到了20世纪70年代初，北京全部实现了每院都通自来水，公用水管彻底消失了。

我小时住的南官房胡同，各院都通自来水，有关自来水的好多场面却历历在目。

院中的自来水俗称水管子，一般安在院当中或一进大门相对宽敞的地方。我们院是座两进的中型四合院，面积不小，一进大门就能看见两块很大的方形石头，像对大桌面，小孩称“大石头”，喜欢在上面玩或坐着。后来才知道这原是门口的上马石。自来水龙头在进大门左手第一间南房前，离房子有两米多远。大石头之一在水龙头下面，为的是在上面放桶或其他容器，以方便接水和洗衣服洗菜。

自来水龙头旁边有个旱井，小时老觉着井里特神秘，曾故意把玩具从木盖缝扔进去以名正言顺地打开井盖一探究竟。旱井有一人来深，四周以砖砌壁，井里有计量用水量的水表、总截门和一个回水龙头。旱井里面地方很大——有小孩藏猫儿玩时躲在里面，而且是俩人，井上盖着木头盖。后来水管子的进户线路修了一次，井改成了圆形铁盖子，比原来深，但里面的容积小得多，大人下去费劲，所以小孩们经常被派遣下去回水。

除了冬天，居民随时可以到水管子接水，夏天时大石头及四周长满青苔，经常有马蜂光顾，土里有好多蚯蚓。那时每家都有个水缸和至少一个水桶，习惯把缸里接满水，用水时以瓢往外舀，水瓢是大葫芦锯成两半做的，也有铁制的。冬天时水管子会冻上，不能二十四小时开着，每天上午十点来钟，一般就会有人打水，总截门打开就不用关了，直到下午四五点钟。虽然这给一些人造成了麻烦，特别是下班较晚的双职工，他们下了班要重新打开水管子，接了水后再关上，但院里十来户人谁也没嫌过麻烦。

开水管的方法很简单，先用一根前端带一个小叉子的棍子叉住回水龙头关闭，再拧开总截门，水就流出来了。偶尔水龙头被冻住，用一点热水一浇就开了，此时不能直接拧龙头，否则会拧坏。回水相对要复杂一些，首先要关闭旱井里的总截门，并打开回水龙头，这时在地上水龙头与回水龙头之间管子里的水会流出一部分。如果不把剩余的水排出就可能冻住，但因压力的原因，必须用嘴含住龙头用力吹，将剩余的水从回水龙头吹出去，直到吹气能直接从回水龙头吹出去为止，是否吹光了，以吹气时能听到“扑扑”声为准。

我小时北京的气候比现在要低，一旦不慎水管子就会冻住，那第二天就麻烦了。所以那时候下午回水成了一件大事，有时小孩回了水，大人们总不放心，一定要亲自检查。为防止水管子冻上，有的院为地面的管子缠上了草绳或砌上砖，但唯一保险的方法是回水。

万一忘了回水或回水不到位冻住水管子，就得用热水往水龙头和水管子上浇，水不能是刚开的滚水，太烫可能炸裂管子。如果冻得不很厉害，浇一两壶水就能化开管子里的冰。浇热水没用时，就要在管子接近地面的地方放劈柴烧，如果这招儿还不行，就需要将龙头拧下，用烧红的火筷子往管子里插，直到管子里地面上下的冰融化。通常，水管子上冻不会从头一直冻到底，上面那几招总会起作用，不过浪费些水罢了。

说到浪费水，那年月人们的价值观和现在不大一样，起码在我们院里，好像谁也不浪费水，使水也很注意节约。夏天小孩玩滋水枪要到水管子灌水，总觉着像做贼，怕被人看见——一旦被看到总会被制止。偶尔趁邻院没人给自己的水枪里灌满水便有极大的成就感和满足感。如果外院的孩子来玩水则会遭到严厉的呵斥，小孩玩水被叫作“祸害水”。因为大人小孩人人如此，偶尔有找我的同学到水管子喝水而被邻居看见，总觉得有点不好意思。我觉得，我们院里具有一种好风气好习惯，这是一种良好的秩序，包括公共生活的许多方面，比如轮流打扫水管子、下水道和厕所的卫生，晚上自觉关好大门——完全按传统的习惯上两道门闩并顶好顶门杠，回来晚的人，也会在叫开门后自觉将大门关好。

诸如此类的习惯还有好多，即使在“文革”最乱的时候也没终止。在一个经济条件、生活习惯、教育背景不同的八户人家（后来又有增加）组成的群体中，大家自觉遵守一种公共生活规则，以今天的情况看，实在是难能可贵。现在想来，这就是老北京人的一种特质，大家爱面子、要面子，局着面子，因此谁也不会做破坏规则的事。不过，“文革”后期社会风气的变化，加上院里来了些新住户，风气便也有所改变了，但也没出大圈。

我在这个院子住到二十多岁。结婚后住在南城的一个院子，这已是20世纪80年代了，事过境迁，这里的风气与我小时住的院截然不同。这个院子的住户不及南官房那院，我住的十多年里，公共水管、下水道的卫生除了我家人外几乎从来没人打扫过，用水几乎都像和水有仇，玩命的造——一个笤帚或者便盆能冲半个小时，后来多数把自来水接到了自己家里，但无论接上水还是下水，从不会考虑给别人及公共设施带来什么影响，更不会征求谁的意见。冬天公共水管子从不回水，一旦回水，谁回的谁就遭骂——因为有些人接水从不分时间，按他们的意思，是要随时有水而且不能上冻。于是，只好不关严龙头，以长流水防止上冻，至于一宿糟蹋多少水没人在乎了，反正不过是多交点水费嘛！现在大家的经济条件比原先好了，所以这样想的人不少，人们的水平，还仅仅停留在水费上，而没人懂得水是一种不能再生的资源！至于街门，回来晚赶上门已关的，差不多都是叫骂几嗓子后绝不多等，上脚就踹，大门常被整个儿踹掉，于是改为不关街门，而且后来有人为了摩托车出入方便锯了门槛，致使门框松动，那对被踹的千疮百孔的门最后也没了。住在这样的环境里，您要是不腻歪才怪！

居民用水是要收费的。我住的南城那个院，每年都要为水费问题打几回架，这使我更怀念小时住的那个院子。自来水公司每个月有人来查水表，将用水量和单价写在一张三联单上作为缴纳水费的依据，各户轮流算账，孩子一般上到四、五年级就可以算了。算水费前需到各户问清楚有多少人口，人口各家自报，遇有临时户口也不会隐瞒。算的方法很简单，先用表数与人口数相除得到每字实际价格，再乘以各户人口就齐了，核对一遍就可以到各家收钱了。收齐之后，在规定的日期前交到银行。有时候遇到年节怕银行休息，收费的人家会自己先把所有费用垫上交银行。

交费之后还有最后一项工作，就是将收费情况记录下来。和绝大多数院子一样，我们院里也有个本子，上面详细记录着每个月水费的总表数、单价、各户人口数、实际单价以及各户须缴纳的钱数。如果有余额也须记录下来并将余款转交给下一户。每月一页记录水费情况，一页记录电费情况，所有事情做完后移交给下一户。这一套啰唆，看起来费力而划不来，但事关各家权益，因此没人嫌费事。有时为了质疑谁家的算法，还会引起争论——不是吵架，结果会得到大家公认的算法，征得大家同意后执行，绝对没有包办代替强迫人家接受的，很有点“民主政治”的味道。

炉火正旺

据2007年的报道，中国是全球变暖特征最明显的国家之一，百年内气温升高了近一摄氏度，北京等华北大部分地区比平均数还要高些，降水量则平均每十年减少二十毫米到四十毫米。就是没有这些数字，不少人也会记得当年北京那冷劲儿，更不会忘了那些典型的场景：凄厉的西北风把电线刮得呜呜尖啸，沙子噼里啪啦打在窗户纸上，能让被窝里的人心惊肉跳，早晨推开门，干冷的空气能把人噎个跟头，低头一看，一地的黄土面；窗户上变化万千的冰凌花，要等炉火上来才能慢慢地融化；水管子前的冰山越积累越厚，路过的人需小心翼翼。1967年我上小学，早晨出门从里到外捂得严严实实，却不觉着热。哪儿像现在，三保暖加上羽绒服就过了冬。

古代还没有煤的年月，北京人用木炭取暖，可也不是家家都用得起，赤贫的人家冬天只能苦挨，无家可归的主儿更惨，要不然北京城里那么多倒卧呢。就是皇宫里的人，冬三月也不好过。当年皇城里有个惜薪司，宫内有爇火处、柴炭处和烧炕处，专管宫里的木炭供给，除了皇上能享受地炉并不受用炭量的限制，连他娘和媳妇也不过每月一百斤多点，不能敞开了烧，其他人就更别提了。制约北京人使用木炭的重要原因，是京城一带可供烧炭的树木有限。后来取暖不再依赖木炭，北京有了新的热源，金中都城墙上的黄土都给挖下来和进了煤末子，最终成了炉灰。

烧煤须用炉灶，炉和灶是两回事。灶是做饭的，一些人家20世纪五六十年代还有连着灶的土炕，但因为城里没有大宗柴火，就是有炕，也多要另备炉子取暖，或给土炕砌个地炉、在炕洞里放个小炕炉子。我在农村工作时看见过带轱辘的小炕炉子——个别人家还预备，在当地算奢侈的。当年去农村劳动和后来在农村工作时睡过几回火炕，说不上舒服，老舍笔下那个牛天赐，睡了一宿就成了“火眼金睛”，并不是瞎说。

北京人最早使的白泥炉子用河北易县的“不灰木”（主要原料是石棉）制作，《析津志》里已有记载，可见历史之久。白泥炉子有大小不同的规格，外形像个倒置的缸，既能烧煤球也能烧硬煤，上口有三爪能支锅做饭烧水。白泥炉子一度很流行，连睿王府每年也要从灯市口外的海山长白炉铺买数十个，并由专人笼着了送到各屋供取暖之用。我没见过白泥炉子，但文学作品中有描述，鲁迅《伤逝》里就提到了子君用白炉子做饭，老舍在《骆驼祥子》里描述得更传神：“刘四爷正在屋里喝茶呢，面前放着个大白炉子，火苗有半尺多高”，足见火力之壮，只是不能安烟筒，存在着安全隐患。

到我记事的时候，北京城里就是再困难的人家也用上了炉子。那时候的家用炉子大致有两种，一种是铁皮炉子，一种是铸铁炉子。

铁皮炉子俗称煤球炉子，铁皮手工制作，半米高的炉筒子上有个四方炉盘，炉筒子内壁用青灰和缸沙搪抹形成炉腔。煤球炉子只能烧煤球，不能装烟筒，要在院里笼着并等到火苗子变红（蓝火苗有煤气）搬进屋里，煤烧乏了要赶紧搬出去，以免煤气中毒。伺候煤球炉子并不容易，没经验的人，笼火、添煤都费劲。小时候我有个邻居，添了煤放上拔火罐，火就是不上来，气得边用通条捅边气哼哼地念叨。这种炉子还有个能吃不能拉的毛病，要等炉火全熄炉子晾凉，才能倒提着炉子倒出乏煤，用通条愣捅，没准就能捅折了膛底的篦子。正因为毛病多，加上煤球逐渐被蜂窝煤代替，煤球炉子大约在20世纪60年代后期消失。

北京人管铸铁炉子叫洋炉子，是20世纪初才有的舶来品，与土造品最大的不同是能装烟筒，安全性有保证。最早的洋炉子是个一米多高的铸铁圆筒，上有添煤的门和炉盖，下设撤灰的炉门，体积和内部容量都大，费煤，但火力足。我上小学时教室里烧这种炉子，高度跟我们的身高差不多，上下午两炉火足以保证教室暖和一天。学校的另一种铸铁炉子炉身外面有纵向凹凸，没有炉瓦，能烧到炉体发红，外面要圈以马口铁皮或铁丝网，以防烫伤学生。洋炉子不能做饭，后来演化成取暖做饭两用的花盆儿炉子，它的炉身像两个倒扣的花盆，上有炉盘，炉腰有个镂花托盘，能烤馒头或小孩的衣裤鞋袜。再后来，花盆儿炉子改成简单的圆台形状并取消了托盘，称简易两用炉，既能烧煤球也能烧蜂窝煤，烧煤需用青灰搪，烧蜂窝煤则用现成的炉瓦。简易两用炉从20世纪50年代一直用到现在，结构和样子都没什么变化。

烧炉子就得有煤，北京有上百个煤厂子，把煤块砸碎成粉再制成煤球，也有直接从房山或门头沟运来煤块出售的，当年骆驼运输的大宗货物之一就是京西的煤。北京人起初都烧煤球，入冬买来煤末子，再请师傅。《房山县志》称“房山煤业发轫于辽、金以前，滥觞于元、明以后”，数百年的用煤历史造就了一批擅长摇煤球的师傅——多为河北定兴人，他们用垫在花盆上的大号筛子，不大功夫就能把煤末子变成匀溜滚圆的煤球。20世纪50年代出现了机制煤球，但我小时候还能看见摇煤球的。家里剩下些煤末子，都是摊成薄片切成四方小块——称煤茧儿，直接烧，也有老人出于习惯把煤茧攒成煤球。

烧煤球又脏又费事，添煤、撤火爆土扬烟，于是有了蜂窝煤。记得我小时候煤厂会用三轮卡车把煤拉到胡同口，有煤球也有蜂窝煤，都装在竹筐里，由师傅送到各家。每筐煤球五十斤，送煤师傅每次至少要搬两筐，或背或抱，送蜂窝煤则是先码在木板上再搬到住户门口，有时还要帮着码好。再往后，送煤改成三轮板儿车，一车怎么也得有千八百斤。有一阵儿煤厂不管送，装车、拉走、卸车、码放都是自己的事，我因此知道送煤是又脏又累的苦差事，懂了这个，是不会管送煤师傅叫煤黑子的。

每年阳历10月底，各家便开始安炉子，这是每年的一件大事。安炉子要有点技术和耐心，因为把各部分对付到一块并确保密封并不容易。装炉子还有相应的配套工作：用布条和糨糊把烟囱接缝的地方粘住，再安上一个风斗，手巧的人会在风斗里面配上小巧的卷窗，以便随时控制通风量，既保证安全又保证室温。配套工作主要目的是预防煤气中毒，那年月煤气是冬季里要命的杀手，每年都听说有人死于煤气中毒，小学二年级上常识课时老师就让背过“一氧化碳，俗称煤气，无色无味，有毒气体……”当然，准备工作做得好再加上平时注意检查炉子和烟囱，绝对不会有任何危险。

停火后一般不会马上拆除烟囱炉子，怕的是倒春寒，不少人家拆炉具甚至要等到五一，可北京开春风多天燥，再生火并不舒服，所以多数人家都不会笼火。那年月人们大多心疼东西，炉子拆下来都会彻底收拾——掏空、刷干净，保养得好能用好多年。烟囱更要认真清理，刷洗干净并彻底晾干后灌上生石灰，包上报纸吊在通风避雨的房檐子下。烟囱保存得再好，顶多能使三年就该出沙眼儿了，必须更换。我记事时，炉子和烟囱都归日用杂品店（俗称山货店）卖，但有定量，不能随便买，特别是烟囱。除了炉子烟囱，还要预备一大堆物件：火钩子、火筷子、炉捅条、煤铲子、煤夹子、土簸箕，缺了一样都别扭。

笼上了火，北京的屋里就有了过冬的样儿。鲁迅日记提到过冬日来临之际“购一小白泥炉，炽炭少许置室中，时时看之，颇忘旅人之苦”，把旅居北地的南方人从炉子得到的温暖和安慰写得非常传神。北京的冬三月寒冷漫长，谁也离不开炉子，每天早晨起来第一件事就是赶紧把火打开，火灭了就得赶紧升，要不就接上块引火炭。北京人把生火叫笼炉子，笼炉子是件脏活。笼煤球炉子先要用少量乏煤垫底，放刨花或细劈柴，引火后再放粗劈柴，待火苗升起放煤球，炉口放拔火罐或直接盖炉盖。等大火苗从煤球间蹿起再加煤球，用捅条把炉膛里的煤捅瓷实，还要在中间捅出个孔，下一步就是等待了。相对而言，笼蜂窝煤就简单多了，引火炭和煤放好，从下面用劈柴把炭烧着就行。有那笼火不利落的主儿，手忙脚乱折腾半天，弄满屋子烟，那时候人们没有环保的意识，呛得咳嗽流眼泪，倒也不觉得怎么着，甚至还能幽默一句："烟暖房屁暖床。"那时候早晨上学的路上到处能看见烟囱冒烟，满胡同都是煤烟子味，一不留神，谁家捅出来的烟囱就能滴答你一身烟袋油子，到了教室，没准工友刚给炉子蓄上煤，满屋子烟熏火燎，也没人当回事儿。天天伺候炉子并不是件轻松事，家里有老人的还好，如果是双职工，火就得从早一直封到下午，下班紧赶慢赶到了家，没准火灭了，那时候不少孩子下了课回家头一件事就是先把火打开，灭了，赶紧笼，省得大人回来着急，一家子吃不上饭！

不少人说起当年的炉子，立刻就能归出七宗罪，其实炉子也给人带来过乐趣。我从小就喜欢火，一看见大人笼火就有莫名的兴奋，小时候就常请缨笼火，虽很少得到允许，但对付蜂窝煤炉子却无师自通。到郊区工作后头一回接触煤球炉子，几天便搞定了所需技术，包括晚上用湿煤面子和泥封火。当时学校控制用煤，大家冷得受不了，便相约去偷食堂的煤，可大灶用的硬煤块本不是给炉子预备的，很难点着，对付的办法是把煤块和旧桌椅用铅球分别砸碎，粗柴烧硬煤，能把整个炉子烟囱烧得通红，吓得众人不敢再用，学校也意识到了危险，不再限制用煤量。直到今天，当年同事见面说起这一段还觉得有意思。

前些日子一老者说，他当年从上海调到北京工作，最感慨的就是到处是烟囱。最近几年大家一直在讨论南方供暖的事儿，冬天没到过南方的人，根本无法想象南方冷的滋味。北京人当年有炉子，今天有暖气，是意识不到的福分，难怪老年邓云乡写下了这样的《忆江南》：“京华忆，最忆是围炉，老屋风寒浑似梦，纸窗暖意记如酥，天外念吾庐。”这样的情感，久居北京的人是很容易忽略的。

北京人多有晚睡习惯，漫长的冬天不好过，围炉便成了一大乐事，古人围炉，不单有纵论天下、畅想人生的气魄，也有把玩博古、吟诗咏赋的雅致，或煮雪烹茶、小酌啜粥的平凡滋味。到了我辈小的时候，古训几近失传，文化已成沙漠，自然也就少见古人那样的闲情逸致，能做的，不过是在炉子上蹾一只大号的铝壶，任里面的水哗哗地开，壶嘴喷出白汽，水，既能泡茶，也洗脸洗脚。炉盘上烤几片馒头或几个包子，能当明天的早点，晚上饿了也能顺手拿来当了点心。围在炉旁，切开个心里美萝卜咔嚓咔嚓地大嚼，边听着老人扯些三百年前五百年后的闲话，或由识字多的给我们读读小说，或是大家轮流讲故事——要是有人能贡献个鬼故事、说得大家一惊一乍，就更过瘾。有时候捧一本闲书，就着炉火能看到忘了时间……

这两年，天一冷市府总会召集会商，日均气温低于五摄氏度便开始供暖。当年城圈子里的北京人，如今多数上了楼，虽说搬到了四环五环甚至通县燕郊，可住的确实宽绰多了，做饭有燃气，取暖有暖气。就是仍住在城里平房的，多数也用上了电暖气和燃气，不必再和炉子较劲儿，单取消煤炉这一项，就不能不赞同旧房改造和煤改电的政策，就算搭点钱，到底舒服了不是?

粮店记忆

民以食为天，哪朝哪代老百姓都得吃饭。在乡村，人们把粮食存在空房里，随时取用，城里人不种粮，吃粮得去粮店。据说宋代蔡京以为不能忘记农事为国本，故问他的孩子们粮食是从哪里来的。这些养尊处优的少爷不仅没人能答出来，遭到训斥后还都挺委屈，其实他们是真委屈，要不是我小时候赶上了学农劳动，恐怕也和现在大多数孩子们一样以为粮食是在超市买来的。

不管当年还是现今，居民吃的粮食确是从店里来的，要不怎么叫“商品粮”呢？我没见过旧时的粮店，据老人们说，新中国成立前的粮店大都是自带磨房前店后厂。新中国成立后粮油统购统销，米面铺自备的磨房被国营粮食加工厂代替，统一的机织面口袋上有“北京市第×面粉厂”的字样，时常能看见带挂斗的卡车给粮店送粮食，搬运工和粮店售货员一起往店里扛，那时候挺羡慕这些人——五十斤一袋的面粉少的扛两袋，多的扛四袋。

计划经济的年代，城镇居民吃粮油要凭票证，粮油票按月发，都是粮店的人下到胡同里，找一家住房比较宽敞的现场办公，附近居民到这里来领取，发粮票的一般是俩人，提个木箱子，里面的一个个牛皮纸袋里预先装好了各家的粮、油票，各家来人带着粮本和戳子。过期不候，赶不上自己到粮店取。

小时候还认不全粮票上的大写数字，每次领了粮票便如数拿回家来，从来不会错，也没听说过谁家出过错。为确防购粮时的纰漏，除粮票外每户还有个购粮本，是个巴掌大的硬壳本子，第一页上有所有家庭成员的姓名、年龄、职业（工种）和月粮食定量等信息，之后每页记录一个月的购粮情况。有了粮本和粮票双保险，你只能按规定购粮，不过粮店对超过定量的面和米监督较严，买棒子面则睁一只眼闭一只眼。

每人粮食定量中的粗细粮是有定额的，百分之五十白面和百分之二十大米，剩下的是粗粮。那时的人都能吃，一顿仨馒头两大张烙饼的不新鲜，正长身体的孩子更像“火化食”，吃完了就饿，放了学回家先找吃的，孩子多的家庭，不到饭点找吃的会遭叱骂，甚至有人家要把剩余的干粮藏起来以防不到吃饭的时候被吃掉。我有一街坊家的干粮换着地方藏，老太太天天和俩孙子斗智斗勇，经常是吃饭时才变戏法般变出干粮，有一次被另一老太太看见，引用了《红灯记》里鸠山的一句台词："一个共产党员藏的东西是一万个人也找不到的！"

那时人们能吃的原因很简单，副食跟不上，肚子里缺油水；除了吃饭零食少，肚子里没东西，只能拿粮食充数，不像现在的人，零食随时吃，吃饭时副食为主粮食为辅，主副食掉个儿了。我姥姥不爱吃粗粮，我家的大部分粗粮票都用来买火烧或切面吃了，真以窝头做主食的时候不多。我自小有龋齿，吃棒子面牙就不舒服，至今不爱吃窝头。

粮店和副食店一样，按居民的分布覆盖在大街小巷里，据说北京最多时有800多家，足以方便购粮。我印象里的有三处，一在银锭桥东路北，一在三座桥，一在前海北沿老会贤堂饭庄旁边。银锭桥那家门脸对着前海，间壁儿就是烤肉季，店最大，临河沿儿满是大玻璃窗，给人敞亮的感觉。大约一九七几年，烤肉季着火，比邻的粮店一同烧毁，重建后依然宽敞。

粮店和其他商店的门面比并没什么不同，也没自己的特点，只是门或窗上有醒目的"粮店"字样，一进门就能闻见一股粮食味。店里的布置大致相同。一拉溜一米多高的粮食柜子，里面分别放着面粉、大米和玉米面，这是常年有的大宗货，粮食口袋堆在柜台里，随时往柜里倒。还有一两个柜子放临时供应的品种，如春节的富强粉和好大米、夏天的绿豆、阴历五月的江米红小豆。粮柜是个大木箱，箱顶一半封死一半敞开，敞开部分有合页连着的盖板，下班时盖上。粮柜上面镶着台秤，每个柜子外面都有个固定的铁皮漏斗。粮店都预备着大秤，主要用途是卖定量的白薯。大秤有时放在柜台外面，秤砣多是被取下收起来。稍大的粮店有货架子，上面放着干挂面之类，有的粮店还自轧切面，放在大号的柳条笸箩里卖。

那时候，很少有人家将一个月的粮食一次买齐，大概是没地儿放或钱不够，大多是一次买几十斤，有的人家甚至三五斤的买，加上粮食消耗快，因此粮店里经常排着小队。逢年过节还要排长队，至于来了年节的“特供”和每年秋天卖白薯，更是忙碌热闹的时候，用人山人海形容并不过分。

粮店里的售货员不多，其中一位坐在柜台里，负责查验粮本、记录购买情况、收钱和粮票，多是年轻点的女性，另外一两位售粮。售粮的过程是，根据买的数量用带提梁的铁皮簸箕将粮食从粮柜里撮起放在秤上约好，这时顾客要把口袋套在漏斗上，售货员通常会问套好了没有，得到肯定回答后才往漏斗里倒，有时还要分几次倒，颇为负责，并非后来人们说的当时服务态度都很恶劣，我所接触过的大多数和居民生活相关的商店服务态度都是和蔼的老派。

用漏斗接粮食一定要攥紧口袋，否则粮食和口袋可能一起掉落，捏袋口不能过松，且要卡紧漏斗，否则粮食特别是面粉会从漏斗和袋口之间喷出来。如果买的较多，还要不断轻轻晃动口袋，蹾实袋子使粮食不至于溢出来。我看过好几次粮食撒出来的，甚至几十斤粮食一大半折在外面，失手的大人小孩都有。一旦粮食撒在地上，售货员会把笤帚簸箕递给顾客。

现在人们都是直接到超市买粮，直接包装拎起来就走，散装粮食也有，多是照顾老头儿老太太。

买粮的很多是老人，半大孩子也是买粮主力，尤其是双职工家庭，你下班粮店关门上板儿，要不就礼拜天买，要不就差个孩子。孩子们买粮，少的或扛或抱或提溜着，多了就要借助车，比如推小孩的竹车，但半大孩子一般不愿意使，一是用这种车买几十斤粮食不值当；二是推个小孩车跌份儿——这车应该是老太太推的，所以不是万不得已不用。孩子们乐意使自行车，连干活带玩，还能练练车技，一举多得。所以，对北京孩子们来说，自行车后架上驮百八十斤不新鲜。

20世纪90年代初粮食供应改革，粮食涨价，但对买粮需带粮本交粮票的规定却不那么严了，这本来是好事，可还是带来了抢购。1993年大概6、7月正式取消了粮票，之前实际已传出了消息，人们早已闻风而动，80年代出现的用粮票到自由市场换杂粮和日用品达到高潮，官方不允许，但装看不见，我家当时用粮票换的高压锅和一大堆餐具至今仍用着。

取消粮票怎么说也是件好事，它表明粮食多了。粮食多的原因，公认说法是改行承包制度，这种说法到底是否站得住，我想，站得住也站不住，承包确实在一定时间内调动了农民的积极性，但仅凭小农经济的生产，恐怕无论如何也满足不了十多亿人吃饭的问题。

骑行天下

四五十年前，北京大人孩子不会骑车的，不多；现如今，还能坚持骑车（不是电动车）的，不多。为这个，非得聊聊骑车的琐事儿。

一

自行车这东西，搁咱圣贤眼里是典型的奇技淫巧。洋人们一天到晚琢磨着延长自个儿感官的功能去探究世界，多数中国人则瞧不起工匠，也不大爱劳神费力，于是养成了爱对付的毛病。拿走路来说，解决的原则和结果就不大一样，洋人老想借助机械，于是有了汽车、火车、自行车。中国人也幻想着腿肚子上绑俩神符夜行八百，可谁都知道做不到，于是，上等人坐轿子由别人的腿代劳；等而下之的，可假不减震的大轱辘畜力车；再下等的只能靠两条腿，反正农业社会讲究慢节奏，最不缺的就是时间。

自行车是英国人约翰·斯塔利的发明，之前不少人弄出过类似的玩意儿，其中也有中国人黄履庄，他的事迹在《虞初新志》和《清朝野史大观》里有记载，据说能“日足行八十里”，但须“以手挽轴旁曲拐”，充其量算个轮椅，真用这玩意走八十里，胳膊受不了。这些奇形怪状的玩意到了斯塔利手里便成了今天自行车的模样，于是欧洲人推他为自行车之父。自行车最早在北京城露面是1904年，当时叫洋车——进口货，和代步无关，有钱人拿它当玩意儿，废帝宣统就曾在自己那块保留地里头锯掉了不少门槛以方便骑车。最初，国人对这种新鲜玩意的看法，多少有点羡慕嫉妒恨，宣统元年（1909年）有“竹枝词”说：“臂高肩耸目无斜，大似鞠躬敬有加。嘎叭一声人急避，后边来了自行车。”民初，中国人开始能造些非关键性的自行车零配件，攒车随即盛行，1930年前后，两种正经的国产车在日本技师指导下组装出来。

到1949年，全北京只有14万辆自行车。50年代开始的工业化加速了生活节奏，自行车作用凸显，到1957年，北京自行车的数量增至45万辆，1965年翻番到94万辆，十年后达到了223万辆。随着自行车数量猛增，两个相关的行当也发展起来。一是修车。公私合营后修车摊大多进了店，网点稀少，补车胎还能快点，麻烦点的活儿就得等，拿龙一类的大活儿要等几天，于是一些人练就了修车的手艺，一般问题都能在家解决。修车的门口预备电打气或气筒子，相当于现在的加油站。二是存车。公共场所都有存车处，或有棚子或占便道，全市统一标准二分钱，后来由一毛而两毛。存取凭证是撕成两半的纸片或一分为二的竹片木牌。后来车越来越多，干脆省了这些麻烦，倒也少有丢车的。各单位都有自己的存车处，直到20世纪80年代，仍有单位把修车棚当成为员工办的大事来抓。

20世纪六七十年代，国产自行车逐渐形成了永久、凤凰、飞鸽三大系列垄断的局面，永久13和17及凤凰18等型号为个中翘楚，购得不易。我父亲的凤凰加重骑了几十年，我岳母的永久二八女车骑的时间更长，前几年当废品卖时，除了露出防锈漆外没大毛病。20世纪60—80年代，是自行车的黄金时期，其时全国自行车厂有十数家，但除了上海、天津的产品均属非主流，俗称杂牌子。计划经济年代，国货样式和颜色单一，但自行车起码能分成男车女车，再按车圈直径分成二八和二六，再小的——北京人叫小轱辘车，骑的不多。很长一段时间，自行车多是黑色，满街跑五颜六色彩车是后来的事。除上述区别，还有普通车、加重车和轻便车的不同，大链套半链套的不同，是否使用锰钢的不同，车铃、支子、座套、车锁、车闸、涂漆颜色等细节上也有差异。

20世纪80年代，经济形势和家庭收入的变化使三大名牌无法满足需求，广州五羊、常州金狮等牌子迅速占据了很大一块市场。再往后，自行车逐渐形成了买方市场，牌子样式五花八门，再少见的车也不新鲜了。谁家想买辆自行车，绝不会比当年买十斤肉更咬牙，到如今，甚至买电话卡办银行卡也能送辆自行车，但骑车的人却随着轿车进入家庭和电动自行车普及越来越少。

二

新中国成立后四十年间，自行车一直是与公交车和11路（步行形象的说法）并行的出行方式。自行车须办理登记手续和上税，我从记事起就知道挡泥板上有个横竖都成弧形的大蓝牌子，牌子上压出中文数字，是车子的身份证明，与之匹配的是“非机动车驾驶证”，有这俩东西才能上路。那时的骑车人很怕违章被抓，当年还不兴罚钱，但要写检查并通知单位，很是麻烦。上初二时，我一同学骑车带我回家，在银锭桥头被警察截住摘走了大牌，几经交涉才从平安里交通队取回，对其印象之深的表现，是前两年见到那同学说起此事时，我脱口而出大牌上的号码：1349634！大牌的尺寸和弧度只适合二八车的挡泥板，后来改成能装在不同位置的长方形小牌。自行车要交税，直到我买自行车时依旧如此，交税的标志是拴在钥匙上的塑料牌，后来简化为不干胶贴纸。

当年，自行车在北京家庭中的地位非同一般，其原因，是购买之难和用途之大。

20世纪六七十年代一辆车价的底线是一百二十块，大致是一般中年工人夫妇俩三个月的工资，和多数的家庭收入比算个大数，需要攒一阵子钱和工业券，可仍不是说买就能买，按计划供应的购买指标分配到单位，须排队等待。我工作后的第一个教师节，学校得到一个永久加重车指标。校长端个纸盒让大家抓阄感受关怀，也为避免麻烦。

当年北京人管耐用消费品叫大件儿，自行车当之无愧地与手表、缝纫机并称为三大件儿，再加上半导体收音机合为三转一提，是70年代的结婚必备品，类似今天有车有房，新婚两口子骑着簇新的车子回门谢客是很有面子的事儿。那年月，新车买回家犹如贵客临门，街坊邻居会过来观赏评判一番。当年买车和今天买房支出的能量级不可同日而语，兴奋程度却相似。摇一下脚蹬子，闭上眼听浸着润滑油的飞轮轮盘沙沙作响，感觉如醉一样晕乎。俗话说，车骑仨月新，刚买时恨不能天天擦，隔段时间涂一回上光蜡，遇到下雨下雪要大清洗，甚至阶段性大拆大卸彻底保养一番，礼拜天擦车和洗衣服属于同样重要的家务活儿。自行车大梁和后架常被塑料带电影胶片缠起来以防掉漆，脚蹬子套橡胶套。要是把盖铃换成转铃，再配上个加快轴，更是上了层次。一些女人还要对男人自行车的座套、把套捯饬一番，织的钩的挑的绣的一通招呼，多数老爷们儿受不了，顶多保留个玻璃丝编的金鱼喇叭花钥匙坠表明不拒绝这份美意。

没有私家汽车的年月自行车举足轻重。公共交通不发达，骑车上下班更方便，还能省几块月票钱和顺便接送孩子。孩子小坐大梁，大点骑后架，后来还有了专用的竹椅子。骑车带人属违章，但碰到带孩子的警察多是睁一只眼闭一只眼。带孩子的极致是在自行车侧面装个单轮封闭车厢，既不违章又能为孩子遮风蔽雨。骑车也能带大人，我街坊有两口子好些年用一辆车上下班。甚至一辆车驮一家四口——戏称全家福。用自行车驮病人上医院当年也不新鲜，至于带女朋友兜风则属特殊情况，与出行不一定直接相关，首先考虑的是潇洒。有那么一阵特兴让女朋友侧坐在大梁上，看着青春浪漫，可惜这场面如今几乎不见了。前两年有个叫马诺的，发出了宁愿坐在宝马车里面哭也不坐在自行车上笑的言论，是时代和家庭教化的结果。如果孩子上学远，也可能骑车，通常是大人淘汰的、不乏随时会散架的货。自行车还是重要的货运工具，不少人的车把前面安个车筐放小件东西，后座则能驮大些的物件，甚至大衣柜。

三

北京孩子大都是糊里糊涂会骑车的，趁家长的车闲着要来钥匙玩一会儿，家里没车就用别人家的车学。由家长或大点儿的孩子扶着后架骑几趟，大概就差不多会了，多少年来大体如此。不少孩子练车时腿迈不上大梁，屁股搁在座上脚够不着蹬子，只能掏裆，车子和身子都歪着，犹如蹬里藏身。刚学会的半吊子最爱抖机灵，一旦摸着车哪儿都敢去，甚至掏着裆就去了香山、颐和园。骑车的下一步是玩车。物质基础虽不能和现在玩车的比，本质却一样，用破车照样能定车、提把跳跃和原地转向，至于飞身上车、双手撒把、后座骑行和骑一辆牵一辆，根本就不好意思在人面前说车技。我一同学当年将反扶把（左手扶右把，右手扶左把）和两脚倒替着扶把蹬车玩得炉火纯青，更了得的，是能把车蹬起来站上车座任车子滑行，那一片无人能出其右。因地制宜，什刹海边上玩车的还有自己的路数，如从没栏杆的地方直接往水里骑，或者专门比赛冰上骑行。上高中有一阵我专爱骑车看报——那时路上比现在可安全。

20世纪70年代，骑车的中学生多起来，由此形成了独特的“半大小子骑行文化”。学生（含少数青工）时髦的姿势，是把座子拔高，车把上来弹簧锁，一手扶把一手插兜，用脚掌中部而不是脚尖呈外八字踩蹬子，上车忌讳滑轮，下车要先捏闸双脚点地再迈下来，这“份儿”不能丢。一旦骑辆好车，再加上蓝制服白边儿和领子露出的白汗衫，就必须配这派头才算火之有焰，否则简直就是糟践好车。当然也招事，多是车子叫横的主儿“借”走玩两天，或叫顽主瞧见挨几个莫名其妙的嘴巴。

我六年级学车，虽然晚，却因个子高免了掏裆环节。大学时不爱住宿舍，几乎天天骑一个来钟头回家，也不觉得累，现在想想，年轻时真好。1988年，每周末从南城上北城夜校挣外快，晚上九点下课，玩命往家蹬，曾撞上障碍物飞出去好几米，也没什么事，现在想想，年轻时真皮实。金狮丢了后又买了一辆凤凰二六，再后来就是骑我岳母那辆老永久。现在，有十年不怎么骑车了，家里也就剩下闺女那辆崭新的二六坤车了，骑车出去，不是碰上断头路或被迫与汽车混行，就是让横冲直撞的电动车吓得精神紧张，总有点“找死”的味道，就别提尾气啦！不过，偶尔一骑，便不觉脚下用力，还能找到当年耳畔生风的感觉！

曾经的麦收

北京的5月好像越来越热，害得大家自嘲，说和烤串之间就差一把孜然和一把辣椒面了。可也就是5月底到6月初，往往会突然来一阵不小的风雨甚至雹子，这种天气的特点，预示着北京要收麦子了，只是，现在到底还有多少人记得麦收这个词儿，颇值得怀疑。

当年，“三夏”是个北京人熟悉的词儿，一过阳历6月的芒种节气，农村便开始忙碌，一直要忙到6月中下旬，因此有“三夏大忙季节”的说法。北京地区，在所谓夏收夏种夏管的“三夏”中，以收获头年种下去的冬小麦最为要紧。庄稼人的功夫全在地里头，希望也全在地里头，谁都盼着有个好收成。虽说在先交公粮后分口粮的年月里，北京地区尚能保证一旦受灾领到救济粮，但吃嗟来之食的滋味并不好受，于是农民没理由不重视麦收。麦子成熟好像是突然间的事，那些年，京郊收麦子的劳动基本保持着原始状态，麦收那几天又常有猛而快的雨，甚至常伴着狂风雹子。突如其来的闹这么一场，没准大半年的心血就全毁了，所以，京郊收麦子往往是说抢收，或形象地叫作龙口夺粮。

住在城墙圈子里的北京人，从温度上不难感受到暑热一步步逼近，鲜货也开始丰富起来，桑葚、杏儿、各种瓜的上市和麦子成熟前后脚，看到这些，城里人一进阳历6月时不常就能冒出一句：“该收麦子了！”当年，土地和土地上的农民全归公家所有，加上农业机械化水平普遍不高，所以老觉得缺人手。好在咱有工农联盟，一到麦收，城里的单位便要派人下乡支援。有的单位组成壮观的支农大军：抽调数十上百人，大卡车拉着浩浩荡荡直奔目的地，插彩旗放广播设立临时卫生站，发仁丹、清凉油，绿豆汤随便喝，再备上一顿午饭，气派很不小。有的单位分配到的名额少，就只能派出支农小分队，象征性地找三五个人应付差事。每年的6月中旬，常会在胡同里看见有下班的人后背上或手里头多了顶草帽或多了条毛巾，上面有红漆喷的“备战备荒为人民”之类的字样，这是下乡支农收麦子的标志物件儿。

当年种地以农家肥为主，粮食作物的产量都不高，五六十年前，北京地区一亩地打二三百斤小麦已经不错了。种子的不断改进、化肥的广泛施用以及其他技术的推广，使京郊小麦的产量翻了番：2008年平均亩产达到了六百八十斤（最高的通州区是七百四十八斤），不过种地有大小年，就是科学再昌明，多少也得靠着点老天爷，不可能永远保持在某个水平上，2013年北京的小麦平均亩产又回落到了六百二十斤。

说到这儿有个插曲：有人写文章列出了判断小麦亩产的三个方法，

一是看麦秆和麦穗的长势和颜色；一是收完麦子后看麦秸和麦茬的颜色，这两个方法需有长时间的经验积累，一般人做不到，要不中国人尊重老农呢！能直接给出估产数字的是第三个方法——数麦穗籽粒的数量：长势良好、饱满光泽的籽粒在三十八个以上的，亩产一般能超过五百斤，五十个以上的，一般能过八百，至于《艳阳天》里萧长春捻出的七十二个粒的麦穗，据说在六十年前根本不可能。虽然1958年6月8日的《人民日报》说，河南遂平卫星农业社在五亩试验田里创出了小麦亩产两千一百零五斤的纪录——这个纪录在接下来的几个月里不断被突破，但实际上，按《1956—1976年全国农业发展纲要》的规定，在黄河以北、长江以南和二者之间的地区粮食亩产量分别是四百斤、八百斤和五百斤（北京地区通常是一季冬麦和一季玉米）。70年代我们在顺义劳动，墙上常有“过黄河”“跨长江”“双跨长江”等白粉标语，为此，学校还专门请大队的农业技术员给讲了讲。

当年，学生需从小参加体力劳动以保持劳动人民本色，另外，要做到快收快抢颗粒归仓，须使用人海战术弥补机械力的不足，于是，从小学到中学都要下乡参加夏收劳动。70年代，北京城区学生参加“三夏”劳动的区域，大致在近郊朝阳、海淀和丰台，以及顺义、大兴、通县三个主要种植冬小麦的远郊县。开镰的时间是从南到北，各校出发的时间也就有所不同。

我从小学三年级到高中毕业每年都参加“三夏”劳动，开始是象征性地去马甸、塔院一带，当天去当天回，内容不过是捡麦穗。因为要带饭和饮水，感觉和春游差不多。稍大改在祁家豁子、豆各庄，背着行李走着去，住三五天。劳动的内容大多是把割下来的麦子运回场院，作用大致等于牲口拉的车，有时被分派去做些杂活——也称“妇女活儿”。

中学进入十三中，我的“三夏”劳动历史便步入了正轨。每年6月，全校师生倾巢出动，坐上火车（那时专门加开运送“三夏”劳动学生的火车）直奔顺义马坡公社，而后分派到老乡家里住下来，白天劳动，晚上除了开开班会很少有其他活动，大多是听老乡闲扯或在黑咕隆咚的村里闲逛，要不就偷偷跑到潮白河边玩——那时候潮白河的水量相当大，两岸芦苇茂密，进去往往找不着出来的路。我同学有几个住在一老光棍子家，没少听男男女女的段子，在接受了贫下中农再教育的同时顺带着接受了贫下中农的性教育——这是毕业多年之后才知道的。

麦收并非只有割麦子一道工序，实际上，正式收获前要做多方面的准备，要做好麦场，要打理运输和轧场用的牲口和车辆，要预备好铡刀、草席和各种工具，要把镰刀磨好，还要把家里的吃喝住用打点好。收麦子那些天，都是早晨四五点钟出工，最多干到十一点，下午三点钟左右继续，为的是避开一天中最热的时间段。

麦子收回到场院，要脱粒，方法是把麦个子（在地里割下来后直接打成便于运输的麦捆，捆麦个子是很有技术性的活儿）解开铺在地上用牲口拉着碌碡在上面转着圈轧，直到麦粒和麦秸分离。麦粒要扬场，使之和糠皮分开，而后晾晒装麻袋。我去农村劳动时，顺义一些地方已经用上了脱粒机、扬场机和秸秆粉碎机等小型农机，好些场院上的活都机械化了，靠人力的并不多见。

收麦子有拔和割两种方法，要想从头到尾地坚持下来麦收那十来天，拔麦子和割麦子都需要一定的技巧，否则干不到半天就顶不住。不论用哪种方法，最受折磨的都是腰，犹如断了一般，直不起来弯不下去，与此相比，被太阳晒脱了皮、被麦芒子划破了脸、被镰刀割了手脚和手上打血泡什么的都不值得一提。正因此，收麦子绝对算得上是诸多农活里的累活，故京郊有“四大累”之说，各县说法不同，但各版本都有割麦子。

我干过不少“三夏”的活茬儿（顺义话，即活儿的种类），但真正拔麦子（贫下中农不愿意给我们使镰刀，可能怕出危险）只有高中的一回，因为人家始终没把我们当主力，哩哩啦啦的干了俩半天，就被发去干别的了，所以，对收麦子的累其实缺乏真正的体会。即便这样，当时和同学私底下聊天，还是觉得当个农民实在太苦，也初步明白了什么叫面朝黄土背朝天和汗珠子掉地下摔八瓣的滋味，这，可能是我至今反感浪费粮食的一个原因吧！

20世纪80年代初，大学组织我们到北安河收了一回麦子，每人一把镰刀，但没人正经当回事干，也就没留下什么特别的印象，好像手上磨了个泡。这是最后一次参加麦收的劳动。毕业后分到农村中学教书，学校四周几乎全是庄稼地，种一季冬麦一季玉米。麦苗刚长起来时，经常有人在地边转悠，以防下了长途汽车的人抄近道践踏。收获的季节，开始还瞧见过小型收割机，但承包后那些属于大队所有的农机就不知道哪去了，地里又出现了割麦子捆麦个的场面，场面倒是挺亲切，可看着曾被机械力解放出来的人又回了原点，心里总有点不舒服。

当时农村的学校尚有普通校和完全校的不同，区别之一就是前者放麦假，暑假时间则很短。我所在的学校没有麦假，一些家里有承包田的同事非常头疼，常为请假的事和领导别扭。如果当着班主任，还能动用麾下的男生帮忙，不是班主任的，就只能请关系比较好的乡亲或同事搭把手。我知道自己的本事，这种活动从不参与，却误打误撞地蹭过一顿麦收饭。某天去家访，路过同事聂先生家，聂先生是“文革”前去农村支教的，脚有残疾，人正派而热心，媳妇和孩子都是农业户口而有几亩地。顺道进去拜访，正赶上聂先生从地里回来，说一会儿要请帮着割麦子的人喝酒，强留下我们俩人来作陪。给聂先生帮忙的是位七十岁的老太太，加上跛着脚的聂先生，还有按当地习惯在旁边站着不上桌的聂先生老伴和孩子，这顿饭吃得心里有说不出的滋味。从此以后，这个时节再不串门。

上高中时看过一份介绍美国农业现代化的材料，其中提到，小麦从播种到收获全部依靠机械。收麦子时，联合收割机一过，麦粒直接与麦秆分离装进麻袋，麦秸则被压成运输和储存都很方便的垛子，当时觉得了不得。80年代以后，中国北方冬小麦主产区夏收逐步实现了机械化，即使麦客的小型收割机，一个钟头也能收完七八亩地。收割完了，留出自己用的粮食，用车拉去卖掉，不用再上场院晾晒。至于北京地区的麦秸，随着制式建材的普及很少再用来打坯了，除了一部分拉走造纸外，多数被烧掉后作为钾肥翻进土里，后来则改成粉碎还田以培肥地力、改善土壤结构并消除对大气的污染。

大约十年前有一次路过顺义，是下午六点钟左右，看见路边有五六个四十多岁的妇女——应该是我的同龄人，穿得干干净净，一人一辆自行车，车的后架上别着把铁锹。骑到地头儿，打开喷灌开关后便坐在地上聊天，铁锹把正好充当板凳。这场面立刻让人联想到当年的农村，也感叹农业劳动生产率提高带给种粮人的实惠，只是不知这几位是否还能记得她们小时候“三夏”的场景。

水中世界

一

说到游泳，不少当年的北京孩子会想到“七一六”。毛泽东一辈子离不开水，不但说过“游泳是一项很好的运动，应该提倡”的话，而且七老八十还坚持下水，甚至在海里边游泳池的房里一住十年。什刹海边上老百姓游泳，未必没有锻炼的目的，可多数都外带着娱乐和乘凉的功能，因为当年体育在大家心目中是少数人的职业，与一般人无关，健身是这些年吃饱了之后的说法。于是，游泳可以界定在锻炼和玩之间。普通的游泳到了领袖嘴里，就能浓缩成一部人类社会的进化史：“大风大浪也不可怕。人类社会就是从大风大浪中发展起来的”，至于1966年7

月16日那天的“畅游”，就更非同一般了，古稀老人一口气在长江里游一小时零五分钟近三十华里，并谆谆教导“长江水深流急，可以锻炼身体，可以锻炼意志”。

是年7月25日《人民日报》发表《跟着毛主席在大风大浪中前进》社论，还配上了老人家“满面红光，神采奕奕”披着睡衣挥手的大幅照片——当时不少人都是第一次看见这打扮，我们院一老太太逮着人就打听，怎么毛主席披上被窝了。后来，7月16日成了节日，正名曰“毛主席畅游长江纪念日”，这一天全国不少地方都要搞活动庆祝，北京的水面不少，郊区开阔的水库太远，于是昆明湖、什刹海、八一湖、龙潭湖、陶然亭的水域就成了主要的纪念活动场地。那时我还上小学，有两回学校居然为此停课，让学生自行到河边看热闹，名曰受教育。

7月16日头天，前海水里就插上旗子拉起浮标，水面四周插彩旗，大喇叭放革命歌曲。河边全是坐在板凳马扎上早早候着的人——街道革委会已提前通知各家各户，前海北岸劈柴厂的大块劈柴坯子都被搬到了河边当座儿。看热闹的大多是老头儿、老太太和孩子，当然，半大小子们一般不愿意老老实实坐着，依着他们，最好是下水与庆祝大军的健儿们同乐，可惜当天早晨就有人巡逻，不允许闲杂人等下水。当年娱乐生活单调，这一天算得上是个乐子，平常主管做饭看孩子的老太太们是观众里最高兴的，甚至有人换上干净衣裳一大早就拿着板凳、扇子候着了。

上午九点钟，游行队伍在露天游泳场北门空场下水，路线每年一样，大致是逆时针绕小岛一周。游泳的人穿戴整齐，每个方队有三五十人，有中学生，也有附近单位的职工和部队士兵。第一个方队称旗队，有红旗和大幅领袖像，后边各队也推着漂浮的语录牌或旗子。游泳的人全用蛙泳姿势，途中要不断喊口号——据说很费劲，声音低而沉闷地在水面上转悠。一时间，水里喊，岸上也喊，拍巴掌叫好，加上高音喇叭的音乐和解说，气氛很是热烈。

1976年7月，邮电部发行了《到大江大海去锻炼》纪念邮票，应该是官方最后一次对“七一六”的表态。2013年，畅游时乘坐过并被改名为“66-716”号交通艇退役。这些年，一些地方每年“七一六”都有渡江、渡河、渡海的活动，参加者有当年“七一六”的亲历者，也有年轻的游泳爱好者，活动不过是民间群体性娱乐而不再有政治含义。有人在网上建议，把每年的这一天作为正式的纪念日，但并没看见官方响应，也没多少网友点赞叫好，毕竟，还一门心思留恋那个时代的人不多。

二

北京的电视台里，常能看见水务、城管、公安围堵在京密引水渠、护城河、什刹海游泳者的场面，被喊上岸的，大抵有两种反应，一类像亏了理忙着穿衣裳认错；另一类操京腔，态度不能说蛮横可也没那么顺服：我打小就在这儿游，游了好几十年了。这位还真不是瞎说，往回推四十年，除了公园禁游区，没哪块水游泳要受限制，虽然每年都能听说淹死人的事，老师家长也会讲注意安全，却没人说不许游泳，也没人会从游泳联想到保护水源美化环境，更不至于往首都形象遵纪守法那儿上纲上线。

老百姓当年游泳很少能去游泳池游泳馆，虽然不少大院儿有游泳场馆，但那是供自己人员和家属用的，外人免进，城里和近郊各处的露天水域便成了主流游泳场地。当年游泳从6月开始，游泳场从“六一”开到八月底，每年7、8月份什刹海最热闹，尤其是傍晚，水里全是人，一家子全泡在水里的不新鲜，也有没德行的主儿带着毛巾、肥皂、丝瓜瓤子，游泳顺带着搞个人卫生。当年的北京孩子就是不想游都不行，小学中年级开始有游泳课，一到5月，学校油印的通知就让学生带给家长签字了，除了有毛病的都得下水。到游泳场要是坐在水边，体育老师会不客气地推下去，而且还要考试，虽属象征性，可半大小子们觉得游泳不及格比数学、语文挂科还寒碜！现在倒好了，别说游泳，就是短跑和一些体操器械动作都被取消了，据说太危险。

我住的胡同位于前海、后海和填平的月牙河封闭起来的金丝套三角地带，虽非金贵之地——以为这里是达官贵人居住区的不是导游就是被导游忽悠的游客，游泳却得天独厚，穿着游泳裤衩光着脚丫子跑到河边，扑通一声就下了水。有时和同学约好下课游泳，要事先穿好游泳裤，或把游泳裤藏在书包里。有时中午先游一阵子再去上课，都是把湿泳裤顶在脑袋上，要不边走边抡，到学校就半干了。因为有小时候游泳的底子，刚工作那两年，常和同事下午下课后骑车三十里到密云水库游泳，那时水库里有三十八九亿立方米的库存，水深且开阔，水质远非什刹海可比，感觉特好，可惜没几年主坝被封，再也不能去游泳了。

在前海野泳不限区域，虽然最深不过三米，但中间多水草，游泳的人都说水草厉害，我遇到时都是赶紧躺平了退出来，绝没闪过挑战极限的念头，所以到底水草有多大威力至今没发言权。当年什刹海水质还不错，一猛子扎下去，甚至看到过鱼。上中学后玩儿心小了，就从北岸下水游几个来回了事，或游到大岛绕几圈再游回来，有两次和同学举着衣服游到对岸，上岸穿上溜达回来，专为打赌。

露天游泳场介于野水和正规池子之间，其实是圈起来的野水。在什刹海修建游泳设施是水系整治的结果，由于西小海失去了供水作用，1951年6月被改造成了游泳场，1963年填平改建业余体校后，在其东侧水域用水泥桩和铁网隔出了一个新的露天游泳场，它的栅栏门就对着会贤堂，进门西侧是原来开设什刹海临时市场的大堤，当年的老柳树正好提供了大片阴凉。大堤西侧用灰砖砌了一拉溜平房，充作存包处、淋浴间、更衣室、失物招领处，水边有铁管焊的扶梯。游泳场的水面分成浅水区和深水区，浅水区北端更浅，不会游的和孩子可以练习和嬉水。

每年7月中旬后游泳场最热闹，大喇叭不断播放歌曲、寻人及失物招领启事和清场的催促，众多人聚在一块发出的声音，近处听是“呜呜”，远处听是“哗哗”，怪异而喧嚣。三伏天，家里没有电扇空调，游泳是不错的避暑方法，放了假的学生找大人要一毛钱，打票坐车吃冰棍全有了，连来带去能玩大半天。

当年京城有四大露天游泳场的说法，什刹海之外还有陶然亭、八一湖和龙潭湖，虽说都游过，但感觉什刹海最亲切。至今，路过什刹海西南一带，眼前看到的并不是会所饭馆酒吧茶座和喧闹的人群，而是长长的柳条轻抚着水面和在柳荫下水里嬉闹的孩子。

1982年我曾在什刹海游泳场游泳，那时水已脏得不像话了，两年后游泳场关闭。1991年我最后一次在什刹海游泳，因为已游过了密云水库，感觉就是个污水池，当年游完泳是身上一挠一道子白印，现在可好，刚从水里出来身上就往下淌黑水！此后什刹海几经整治，整治的结果，是当年那古朴宁静的平民的什刹海不再。也不知怎么的，原来的水面一宿之间竟成了虎狼之地，插上了“水深危险，禁止游泳”的警告牌子。

三

今天游泳，游泳衣裤外还要有泳帽、泳镜、耳塞和鼻夹，以及拖鞋、毛巾、浴巾、棉签、洗眼液和全套的洗浴护肤用品，初学者还要预备浮体物，孩子游泳额外要带上吃喝。当年没这么啰唆，偶尔有个带脚蹼的便是稀罕物。男生能比出高低的只有游泳裤，游泳课上，孩子们有穿有正规泳裤的，也有穿着普通短裤甚至内裤的。短裤又有正经运动短裤和家做大裤衩子的分别，后者俗称“没（音末）膝大衩”，与专用游泳裤的区别，是不能紧绷在身上，兜水，游起来前后鼓大包，既不美观又影响速度，弄不好还可能出事故：因水的阻力可能脱离身体闹笑话。有孩子犯坏，专在人多的地方从后边抓住大裤衩的两腿或后腰往下猛一拽，这时俩人就难免打起来。

当年男式泳裤不外乎两种，一是三角形的棉线针织泳裤，这种泳裤刚穿着还行，时间稍长就澥了咣当，还必须脱下裤子更换，这就要找更衣室换，或是在腰间围件衣服（那时几乎没人预备浴巾）遮住关键部位，不但麻烦，还需防止同伴玩坏抢走遮蔽物导致曝光——一旦如此既不能追也没处躲，只能蹲下去听天由命。二是受青睐的侧开口式布泳裤，开口用几个扣子或从空心铆钉里穿过带子系紧，能快速穿脱，造型也更抱身，但大小必须合适，否则会导致“皮包不住馅”，尤其青春期的男孩子已开始发育，弄不好就能走光。十多岁的孩子长得飞快，新泳裤过年（明年）没准就穿不了，可一些家长偏爱给买大一号的衣裤鞋袜——包括泳裤，所以不少男孩子都向往有条合身的游泳裤。至于女孩的游泳衣，不管什么材质，都是前胸后背包裹得严严实实，只露胳膊腿，绝没有现在常见的分体式和三点式，相当符合中国特色。

按体育老师讲的道理，人在水里不折腾就不会淹死，因为人体比重略轻于水，能漂着。可惜理论是灰色的，真到水里未必都能临阵不乱处变不惊。通常，学游泳的孩子要先练憋气，约定俗成，多是在家弄个脸盆把脸扎在里边，之后趴在铺板上练动作。按老师的说法，到水里要先熟悉水性，无非互相撩撩水，练练憋气换气，扒着河岸练漂浮练打水。一年就那么几回游泳课，几百学生，老师哪儿教得过来，没听说过谁一夏天游泳课就学会了游泳。

我家住什刹海边上，不会游泳从哪条也说不过去。我和我弟弟一人一个旧篮球球胆，表姐执教，没几回就能游了。那一带不少孩子都是稀里糊涂学会游泳的，很多孩子从劈柴厂的木头堆上偷偷抱块木头下水，抱着扑腾扑腾就差不多了，也没听说过谁被淹着。到我女儿学游泳的年代，已改为教练在后背绑一块泡沫塑料，就是想沉也沉不下去。

刚会游泳的半吊子恨不能天天泡在水里，常见晚上九点十点爹妈站在河边喊孩子上来的。游泳呛水是常事儿，也都喝过带腥味的脏水，谁也没觉得怎么着。野水不比正规游泳池，受伤不新鲜，我同学街坊扎破脑袋的，腿肚子划出二十公分长大口子的，脚丫子刮破露出骨头的都有。刚能游时还不敢往水深的地方去，就在岸边折腾。玩水的法子很多，比赛憋气扎猛子——需从水底下摸出点石头蛤蜊或抓把泥作为证明；站在固定河栏杆的水泥柱子上往下跳“冰棍”；分拨打水仗。孩子们也会互相交心得，只是这种时候不多，因为谁也不比谁强多少。比玩水更进一步的是恶作剧，比如趁人不注意从背后给一脚推一把弄下水去，或照屁股给一巴掌。有时候几个人一块算计一个，五马分尸似的扯着胳膊腿往水里扔，从没想到危险。也有孩子趁人家在水里把放在岸上的衣服藏起来。至于在水里撒尿，则是好奇的结果。瞎折腾并不能直接提高游泳的技术，对炼胆子驾驭河水却有好处。今天的孩子能把各种游泳姿势学得很地道，却不一定享受过嬉水的乐趣，这是散养和圈养的差别。

当年进游泳场要先检查身体，心肺五官血压皮肤合格了才给办游泳证——游泳场馆的准入证明，这张月票大小的蓝色白板纸卡片能用四年，如果能通过在深水区里连续游二百米的测试就可以办深水合格证。现在进游泳馆就没这么啰唆了，只要交钱就给办卡放人，没人管你有没有病。就这，游泳馆的生意还是不大好，家门上老有小广告，遛弯时也常能被人拦住，问是不是希望了解一下某某游泳馆的情况。

打冰年代

没有冰箱的夏天，保存食物是个难题。虽说当年受供应和收入限制，多数人家都是现买现做现吃，但也免不掉剩下饭菜。剩了饭菜一般有两个解决办法，一是加热后泡在凉水盆里拔着；二是打歼灭战，吃进肚子避免浪费。按今天说法很不健康，可当时这么做的人并不在少数。

初三学工，一位师傅给我们做报告讲传统，说她家饭菜馊了从不扔掉，放点碱煮煮接着吃。当即有人撇嘴有人嘟囔——不久前生理卫生课老师刚讲完消化系统和预防食物中毒，这位五十来岁的女工有点下不来台，幸亏班主任赶紧打圆场，说学习工人阶级主要是学精神学思想，不要纠缠细节云云。至今，一些人——主要是五十岁往上的大爷大妈——仍有这习惯，宁可委屈肠胃也不愿意倒掉饭菜。

中国采冰的最早记载见于《诗经·豳风·七月》：“二之日凿冰冲冲，三之日纳于凌阴”，以后历代都有伐冰藏冰的记载。至明清两代，北京仍“每到三九、四九天，即有伐冰、藏冰之举，颇属盛事”。采冰和窖冰要花费相当的人力、物力，很长时间里夏天能用上冰的仅限于宫廷和贵族，清代有“赐冰”制度，官冰窖每年阴历五月端午后开窖送冰，供皇宫使用，并按规定数量供给官府衙门庙坛监狱，它是赏赐给在京的文武官员。北京民间用冰，始于雍正十年（1732年）以后，此后才有了官冰窖和府第冰窖之外的商民冰窖，北京也才有了会贤堂的冰碗和信远斋的冰镇酸梅汤，有了街上和家里的各种冰镇吃食，以及挎着篮子满大街卖冰核儿的小孩儿。

用冰需有盛冰的器物，这种器物始于宫内，是个带盖的木桶，叫冰桶。后来改进成了冰箱。典型的明清冰箱用黄花梨木或桐木制作，箱身口大底小，像个盛粮食的斗。箱身由横向铜箍加固，两侧有便于搬运的提手，底下有四条腿和漏水的小孔。箱口覆镂有金钱眼的盖板，箱内另有活板，内壁挂锡（后来改为马口铁）以防止腐蚀。使用时掀开盖板放入冰块，放好食物后再盖上盖板，冰融化后水从箱底下的漏水孔流出。为了取食方便，盖板后来改成开门式。因为冷气往下走，箱内改成上层置冰下层放食品。据我姥姥说，夏天早晨放上一块冰，差不多能使一天，不光能镇西瓜汽水酸梅汤，冰箱里的凉气还能从镂空的孔排出，带来丝丝凉意，人感觉特别舒服。这一点，比后来的电冰箱要强，电冰箱不但不能降低室温，反而会因为散热把温度留在屋里。当时，人们的需求被压缩到了维持生存的最低层次，冰箱退出了市民生活的视野。至于电冰箱，更是闻所未闻。

当年夏天用的冰全靠冬天采了存在窖里，官称窖冰或采冰，什刹海一带的老百姓则说打冰。据记载，为保证冰的清洁，立冬前相关区域要涮河，即蓄满水后清除杂物水草，放去脏水后再将水重新蓄满。冬至半个月后河面完全封冻，就开始打冰了。天气特别寒冷的年份能连续打好几茬，打完一茬后上游提闸放水，待水面复原并冻到需要的厚度时再采一茬，通常能采到四茬，不过各茬冰的质量不同，一茬坚厚，二茬、三茬洁净，四茬薄而易溶化。我小时候，入冬前上游仍要放水涮河，但并不打那么多茬。再往后，人造冰完全取代了天然冰，打冰彻底消失。

受生活范围的局限，当年我知道的打冰地点只有后海、前海和北海，其他就不熟悉了。1967年入学，小学在后海南岸，上学放学天天看着打冰，地点在出大翔凤胡同北口往西一点与李广桥之间的河边上。那段时间，几乎整个后海南沿的道路被碎冰覆盖着，路边堆满了大大小小的碎冰块。不时有装着冰块的挂斗解放轧在碎冰上咯吱吱缓慢地往东开去，加上机器震耳欲聋的轰鸣、打冰人的叫喊，以及冰块装上车时与车帮碰撞发出的巨大声音，对小孩来说确是震撼的场面。这段时间，打冰人会阻止非工作人员靠近冰上的作业区，特别是孩子，只要靠近就会遭到呵斥，多数家长也会警告孩子要远离打冰的，因为冰面上到处有冰窟窿，运冰车和打冰的机器都十分危险，就是走在路上也容易摔跟头，但孩子们经过后海，却总忍不住停下来观看，可见机械力和现代化对人的诱惑。过了几年，打冰地点东移，再后来干脆挪到了前海东沿儿，这一带的道路不如后海南沿直和宽，行人和车辆又相对密集，因此没几年什刹海就取消了打冰。

打冰的第一步是勘察和划线，据说有经验的工人一眼就能判断出冰冻得厚度。为了操作方便，打冰都是从离采冰点较远的位置开始——一般是靠近银锭桥和北岸的冰面，这就需要凿出通向岸边的通道。打冰前先要划出大的区域，然后再划成小块。划块用的工具叫冰镩子，铁制，分量很重，手握的一端呈 T 字形，另一端是个四棱尖。在冰上划出直线，不但需要技术，还要有力气。打冰人双手握住镩子抵在胸前，身子微微前倾，与冰镩子呈人字形，然后大步往前走——有时甚至是跑，冰镩子尖划在冰上呲呲作响，白色的冰碴飞溅，动作流畅潇洒。大直趟划完后，再划成差一米见方的小块，然后用冰镩子沿着划好的线一下下戳，冰块便从整体上脱离漂到了水里。小块冰通常不是一次切成，而是十块二十块连在一起——小孩们称为冰船，待到靠近岸边传送带时才切开。淘气的孩子会趁打冰人不注意溜上冰面漂着的冰船玩。这游戏相当危险，因为冰船必须有工具才能控制方向，而且划了线的冰块会因站上人后受力不平均断裂，常有小孩冬天掉冰窟窿的事，有的就是因为划冰船。

早年间，打冰完全依靠人力。水边要搭上架子铺上木板，用人力把冰块拉上来，再套上绳子拉到冰窖的门口。拉冰不需要什么技术，拉一块一百来斤重的冰走挺远才能挣几分钱，是个苦差事，但谁都能干。到我小时候，打冰的大部分工作实现了机械化。届时会架起几台卷扬机控制的钢制传送带，传送带一端伸进水里，岸上的一端架在龙门支架上，高度与卡车车厢平齐，两台传送带可以同时为挂斗卡车装冰。伸进水里的传送带前面是一条凿开的通道，不远处切成小块的冰由打冰人用长长的搭钩钩住移到通道口，冰块便很自然地顺着水流漂到传送带前，轻轻一拨就被传送带上的齿咬住。在机械的作用下，装满一车冰块用不了半个钟头。

打下来的冰运到冰窖储存起来，这几年介绍冰窖的文章不少，不做赘述，免得有抄袭的嫌疑。当年，北京的饭馆、食品商店、鲜货仓库和市场以及医院都需要用冰，一些冷饮（比如雪花酪和低档的酸梅汤）

也用天然冰制作，更有直接买卖冰核儿的。迁都南京前，北京是民国的首都，官府衙门和达官贵人蚁集，用冰数量猛增。1949年再次成为首都后，北京打冰和窖冰更为发展，直到让位于人造冰。什刹海附近有几处冰窖，前海南岸与白米斜街之间、德胜门北边与新街口外大街之间都有。小时有个邻居聊天时爱讲他进冰窖的见闻，谁家孩子哭闹，他常许愿：听话，等夏天我带你上冰窖玩去。不过他这话从没兑现过，因此我也就从来没见识过冰窖。

20世纪70年代，北京地区人造冰供应尚不充足，还需要采冰和窖冰，只是不供应一般居民。小时候夏天能见到的冰，印象深的有两处，一处是在烟袋斜街出口往北的北洪吉副食商店那个卖鱼的柜台上，早晨用三轮卡车送来几块冰——总有小孩跟在后面希望能捡到几块碎的。另一处是烟袋斜街把口的公和魁和地安门百货商场斜对过的大德恒，这两家食品店都有硕大的铁箱子，里边有冰块和水（不知道是放的还是冰溶化的），镇着北冰洋汽水和西瓜之类。

最先想到用现代方法解决制冷需要的是美国人，1910年他们造出了第一台压缩制冷家用冰箱。北京制冷设备厂在1956年造出了第一台冰箱并以“雪花”为商标，但冰箱只是企业、医院等特定用户使用，老百姓并不知道还有家庭用的冰箱。普通家庭拥有电冰箱是1980年引进国外生产线以后的事，电冰箱和旧时的冰箱一样，也是为了人在热天有凉的吃喝，可从原理到结构却都不是一回事。电冰箱要借助电力和氟利昂的作用，对环境或多或少都有破坏，原来的冰箱则使用纯粹的自然力，不会对环境造成任何损害，可却只能在夏季使用，这一点又不及电冰箱，好在当年北京冬天的温度比现在要低，保存食物完全可以借助天然的“冰箱”。

三十多年前，电冰箱绝对是紧俏商品，北京人喜欢“雪花”，理由是至少出了毛病修着方便，可“雪花”远不能满足需求，不少人早就把钱攒出来揣着，俩眼紧盯着卖电器的商场，可就是得不到购买指标。实在等不及的，就买个杂牌子凑合，也算挺了不起的。按当时不少人的想法，冰箱属奢侈品，可有可无——没这玩意儿多少年不是也过来了嘛。一些不掌握财权却想买冰箱的男人，往往会找出种种理由动员媳妇——最大的理由是为了孩子。1985年底，父亲托人给我弄了个“雪花”的指标，爷儿俩用平板车从北展拉到幸福大街，这个冰箱和我岳父母一起用了十多年。

巨大的市场使电冰箱的产量猛增，到90年代，买冰箱已经简单到了不比买一棵白菜两条黄瓜更费事。电冰箱不单数量充足，品牌形制规格功能也不断翻新，质量则基本达到了过关的水平。按后来的统计，1978年北京居民每万户有电冰箱三台，1986年每百户拥有二十七台，到了2012年达到了一百零三台。只是，北京老百姓心中的“雪花”随着电冰箱制造业的发展消失了，虽然商标还在，但今天的“雪花”已属于海信集团。

搓板时光

如今的孩子未必全知道搓板，当年的北京孩子无论男女，对这物件却都十分熟悉，除了洗衣服，有人的膝盖还和它发生过接触。我一小学同学，淘得不得了，气得他妈天天叫他跪搓板，外加上锥子扎、掸子把儿抽。前年我路过他住那院，正巧他妈戴个红箍儿站在门口，见有生人便横着个身子俩手撑着门框盘问。我逗老太太：“您不认识我啦？某某小时候可没少跪搓板上叫您扎屁股蛋子！”老太太大笑，一边捶我带我往里走，一边喊他儿子。

想当年，洗衣服是家务活儿的重要内容。衣服人人穿，再邋遢再不讲究，一个礼拜也得换一回吧。夏天好办，揉搓几把就解决了，冬天可就不行了，那时北京的土大，外衣厚重，又不如现在换得勤，所以特别脏，孩子衣服的脏还得加个更字，半大男孩子如是，女孩子也未必都能干净。洗这样的衣服，老太太们会开玩笑说“够本儿”。到了换季更得大拆大洗，每年换季有好几次，最重要的是入夏前，要清洗一冬的衣被：不但要拆洗被褥，棉衣棉裤也得拆，绒衣绒裤秋衣秋裤围脖棉鞋棉帽子棉手套、冬天的窗帘门帘椅子垫，也都得换下来彻底清洗并彻底晾干，真是个大工程。如今都是塞进洗衣机骨碌碌一转了事，可当年这都得一件件一把把用两只手搓出来拧出来，有的主妇连手都能洗肿了。当年看莫泊桑小说《项链》，读到路瓦栽夫人因丢失项链身负重债沦为下层劳动妇女那一段时，马上就想到了大杂院里大盆搓衣服的主妇形象。

洗衣服的程序大致分成三步：洗涤、漂洗、晾晒，简称洗、淘和晾。具体的操作，经历过的人都知道，年轻的就不一定了，尤其是有了将手工洗衣服三步合一的带烘干功能的全自动洗衣机。所以还得不嫌啰唆说几句，不然过些年没准还真能失传了。

洗衣服需要的工具大致是盆、搓板、洗涤用品、衣架夹子，再就是一双手了。当年还没有塑料盆，洗衣服都用瓦盆（有挂釉子的和不挂釉的）或铁盆，使木盆的不多。洗衣盆直径在一米左右，太小了没法洗大件。搓板也叫搓衣板或洗衣板，也有叫钱板的，木制（后来有塑料的），大小不一，一般宽二十公分左右，长五六十公分。一面或两面有铣出的V形凹槽——这个构造使它很适合折磨膝盖的软组织，因此能用在犯错的孩子身上，媳妇调教男人也能用，故有床头跪（柜）一说。处罚男人和处罚孩子的区别，一般在留不留面子上。中国自古就不大讲究尊重别人的隐私，犯了错或犯了罪更无人权可言，正因此，惩罚孩子总以撕脸伤自尊为要旨和精髓——美其名曰不打不成材，不少孩子因此被罚在院里甚至门道里跪着公开羞辱。女人收拾自己爷们儿一般不大张旗鼓，若非极端——致伤致残或导致离婚，则可视为闺房乐趣的组成部分，据说还真有男人因此上了瘾——《重庆时报》就有过报道。

搓板用一段时间凹槽会变浅甚至磨平，当时胡同里还有各种修理匠人，修搓板的便是其中之一。他们用特制的铣刀解决这个问题如小菜一碟。修搓板是小手艺，却也有绝活，就是几乎断成两半烂了半截的搓板也能化腐朽为神奇。

搓洗漂洗之外，有时还需对衣被做特殊处理。当年没有衣领净之类，过分油污的衣物需用碱甚至火碱浸泡，用刷子刷。夏天洗浅颜色的衣服要先用清水泡，把汗浸出来免得衣服发黄。有时为了清洁要用滚水浇衣服——化纤材质就不能用这招了。一些淘好的衣被还要用米汤浆，衣服取其挺括，被单为的是下回洗起来去污快。当年布质的衣服多是染色，穿一段时间会褪色，所以要到化工商店买专用的小袋装颜料，弄个大盆放上水和颜料煮开了染衣服。

有老人的家庭，洗衣服的劳动多由他们承担。如果是双职工家庭，小件的能随手洗，大件的只能攒到周末。当年的家务劳动比现在多，双职工下班，先得鼓捣炉子做饭，等吃完收拾利落差不多就该睡了，再洗衣服就得熬夜，可第二天还得上班呢。那时一礼拜只休息一天，家庭主妇们通常会在礼拜六晚上或礼拜天上午洗一周的衣服。

在相当一段时间内肥皂（北京人习惯叫胰子）都按计划每月每人供应半条，当时单位都发肥皂、毛巾之类的劳保用品可补不足。香皂和药皂倒是能随便买到，却不适合洗衣服，至于洗衣粉，好些人使不惯，尤其是老人。那时最好使的肥皂是永外石榴庄日化一厂出的灯塔牌，其他的（如北海牌和香山牌）则属杂牌，不受欢迎。20世纪后期灯塔品牌随着日化一厂破产而消失。

洗衣服的动作简单机械，但也不是没一点技术性，掌握了要领便能事半功倍，否则，就是再用死劲儿也洗不干净。洗完的衣服搭在院里拉起的铁丝上，赶上洗得多还要另外拉绳。当年大杂院的邻里关系大多不错，大家一般都遵守着不成文的规矩：晾衣绳大家混着用；到人家屋前晾衣物要打声招呼，对可能带去不便的歉意；洗的衣物再多，也不能晾在通道上或堵着人家门口；内衣内裤不能满院子挂彩旗；赶上刮风下雨，街坊之间都会喊一嗓子收衣裳，衣物主人要是不在家，就帮着收了，干了的一般还会顺手叠好，等主人回来送过去。一般人家都备有一定数量的衣架和夹子，衣架多为竹木制品，或用铅丝自己窝的——甚至能窝出折叠式、伸缩式等形制。夹子为竹制和铁制，街坊间互相借衣架夹子是常事。

冬天在屋里洗衣服难免弄一地水，这就得用炉灰收干。数九寒天，衣裤单子往外头一搭，一会儿就冻得钢钢儿的，有孩子手欠爱撅着玩，被大人看见定会一顿臭骂。着急穿的和小件的衣服可以用烘笼架在炉子上烤，烘笼多是铁丝（也有竹子）编的，直径四五十公分。孩子的衣服特别是尿褯子老换，不上烘笼跟不上用，大冬天不能开窗户，满屋子奶腥味和尿骚味，是有婴儿的特殊标记。

当年，大杂院里常能瞧见这样的场面，一个女人坐在门前小凳或马扎上低头搓着大盆的衣服。赶上夏天，这确实是个辛苦活。顺着湿成一绺一绺的头发和脑门子往搓板上盆子里噼里啪啦的滴答汗珠子，是再平常不过的事。有时搓着衣服还得兼顾其他——比如火上焖着饭或旁边有个孩子。这么不动地方机械地搓上一两个钟头，不但腰酸胳膊软，甚至能两腿抽筋站起来打晃。积水潭那边有个蒋养房，是明朝内廷二十四衙之一的浣衣局（也叫浆绛房）的所在地，专为宫廷洗涤衣物。到这里的有年老色衰和因罪被贬的宫女妃嫔，有获罪大臣的妻女和其他宫里头失势的女性，最典型的是明熹宗的奶妈子客氏，她在熹宗死后奉命步行去浣衣局报道并接受杖刑，被活活打死后焚尸扬灰，客氏这段遭遇后来被琼瑶搁在《还珠格格》里尽情演绎，只是容嬷嬷没被杖毙。浣衣局成了处罚罪人的地方，足以说明洗衣服是个苦差事。

当然，也有把现实主义和浪漫主义结合起来，拿洗衣服当正能量的，如“文革”初期许多宣传队的保留节目《洗衣歌》。不讨论其他，我以为音乐和舞蹈都不错，至少让我第一次领略了藏族舞的美。在一些文学和影视作品里，也有女的帮男的洗衣服的场面，多寓倾慕或私情的意思，至于男性军人有帮战友洗衣服的，则视为助人为乐的表现。

洗衣服好像天生是女人的事，往深了说，是中国社会两性的社会角色认定使然。很长时间里，女性承担了繁重的家务，这与其经济不独立有关，从这点上说，20世纪50年代让妇女走出家门，确实是伟大的进步，由此，家务劳动也成了男女有份的责任，男人抱着大盆搓被单床单并不新鲜。

当年北京孩子没洗过衣服的大概不多。一般而言，小学低年级时家长就要求洗小件（手绢口罩袜子红领巾之类）了，再大点要洗背心裤衩和夏天的衣服。小学高年级或初中，自己的衣服一般得自己洗，有时还得洗别人的。在院里常能瞧见洗衣服的孩子，有皱着眉咧着嘴的，有码上大大小小若干盆子标新立异玩花样的，有一边干正事一边和别的孩子玩水打闹、两件衣服能折腾半天的。孩子们就是能侥幸躲过在家洗衣服，每年去农村劳动也跑不了，十天半个月不换洗还真不好坚持。不过多数男生都是揉几把对付事，甚至连肥皂也懒得使。更有甚者，是不顾禁令穿着衣裳直接下潮白河游泳，衣服相当于洗过，上岸来沤一阵子就干了。当然，也发生过女生给男生洗衣服的事并遭到表扬，只是这等美事没有蔚然成风。

孩子洗衣服是被逼无奈，而快乐是成功的前提，所以，不少孩子洗衣服都糊弄，并不管洗没洗干净，或磨洋工对付事，很有些欧洲工人自发斗争那年月的心态。大人一般不会像看贼似的盯着，因为让孩子洗衣服本身未必有多重要，主要是为养成劳动习惯和责任意识，不少家长因此睁一只眼闭一只眼。实在看不下去了，干脆自己返工。当然，也有能从洗衣服做饭里品尝快乐甚至陶陶然于其间的，我一男同学，不大就洗一家子的衣服，一下课就往家跑做五六口人的晚饭，在那一带老太太嘴里颇有口碑。

第一个成功地用机械力把人从洗衣服劳动中解放出来的，是美国人汉密尔顿·史密斯，他在1858年制成了世界第一台手摇洗衣机。之后美国人在洗衣自动化技术研究方面一路领先，在1880—1932年研制出了蒸气洗衣机、电动洗衣机、搅拌式洗衣机，并最终完成了洗涤、漂洗、脱水在同一个滚筒内完成的前装式滚筒洗衣机。20世纪50年代以后，日本取代了美国洗衣机技术老大的地位，先后研制出了流行至今的波轮式洗衣机、带甩干桶的半自动双桶洗衣机、波轮式套桶自动洗衣机和微处理器控制的全自动洗衣机。

在东邻家用电器突飞猛进的70年代后期，我们多数人还用着搓板。1978年我舅舅公差去了日本，回来说到日本人的生活时提起了洗衣机，这位50年代的工科毕业生断言：单凭在水里转转，衣服不可能洗干净。没过几年，中国老百姓瞧见了传说中的洗衣机。我在1985年托关系买了第一台洗衣机，白菊牌。据统计，1978年每千户北京居民只有两台洗衣机，到1986年增加到了五百七十多台，到2000年前后便已饱和。有了这种神奇的机器，家务劳动确实轻松了很多。可洗衣机刚进来时，不少人却很是不屑，老太太们尤其反感。起先，她们坚决不信不用搓板能把衣服洗干净，虽然后来不得不接受事实，可又找出了新的反对理由：好端端的衣裳在里边轰隆轰隆转，全磨坏了——不符合“新三年旧三年缝缝补补又三年”的要求。此外，老太太们还觉得，比起手来，洗衣机又费水又费电——主要是心疼按度数收钱的电费，至于大家伙均摊的水费倒不怎么在乎。加上那时多数北京人的居住条件差，平房的上下水不方便，所以一些家庭干脆拒洗衣机于门外。

鲁迅在《娜拉走后怎样》里说了一段有意思的话：“可惜中国太难改变了，即使搬动一张桌子，改装一个火炉，几乎也要血；而且即使有了血，也未必一定能搬动，能改装。”这话并非全对。洗衣机登陆中国没多少年，就武装了全部北京家庭——2012年的统计是每百户拥有量超过了一百台，也没有老太太再继续拒绝了，她们起码承认，用这家伙对付床单被罩比自己搓强得多。自然也不能排除还有人坚持用搓板，但那或是有特殊原因，或是习惯使然。可见，中国人固然有保守的地方，但也未必什么事都“太难改变”。

户口故事

争论多年的户籍制度改革终于露头，其实谁都知道，户口本上写着“农业”的人，去了这俩字容易，后边跟着的一大堆问题却难一下子解决，户籍制度改革真正应该解决的，是城乡居民社会保障和公共服务的平等，而不是简单的取消户口本上那两个字。

中国人家家有户口本，这东西没人不熟悉，没人不知道。户口二字都是来自甲骨文的最早一批汉文字，户是单扇的门——两扇为门，户或门户后来引申为人家，通常由几个人组成，一个人构不成严格意义上的家庭。口是人吃饭的家伙，无论贫富贵贱一人一个，所以这个字指单个的人。不过在添丁添口一说里口字单指女性，原因来自农业文明，丁字形肖挑担的人，挑担子当然是男人的事，而女人则只能张嘴吃饭，这是典型的歧视妇女，与户口话题不相干。所谓计家为户计人为口，户口俩字合在一起，本意是户数和人数，后来演化成户籍，词典的解释是，由公安机关户政管理机构所制作的用以记载和留存住户人口的基本信息的法律文书。

中国的户籍制度至少在汉朝时就有了，除《史记》等正史的记载，不少小说里也都有城池失陷后守官向破城者献出地图户籍的情节。领导之所以重视户籍，首先是为保证财政收入。不管是一人一份还是一家一份，几千年来完税都天经地义，至于“闯王来了不纳粮”，只是为了举事的口号，一旦老李真做了皇上，粮照样要纳、税照样要缴。纳税以户口为依据，事关政府的银子，肉食者自然十二分上心。户籍对当权者的另一个意义是关系着军队的数量。虽然一些朝代实行府兵制，但多数时候扩军甚至保持常备军还得靠募兵，募不来就得抓——“老翁逾墙走”正是为了不被抓走，结果老太太顶缸“急应河阳役”，连夜给大兵们“备晨炊”去了。户口的第三个作用是连坐的依据。古代按户口建立保甲，一人有罪大家倒霉，这个由户籍制度演化来的有效恶政震慑作用大于实际意义，是重要的维稳工具，且不仅仅用于惩治犯罪，个别时候甚至能控制五家十户使一把菜刀，害得造反农民不得不斩木为兵，拿着棍子对抗武装到牙齿的官军。

中国的政治是垂直的，领导重视，老百姓自然要加个更字。从我很小就有了这么个常识——估计大多数人都一样：人不能没户口，“黑人”没粮票没饭吃。1951年7月16日，公安部在《城市户口管理暂行条例》里统一了全国城市的户口登记制度，规定了对人口出生、死亡、迁入、迁出、社会变动等事项的管制办法。1955年，国务院发布《关于建立经常户口等级制度的指示》，统一了全国城乡的户口登记工作，要求全国城市、集镇、乡村都要建立户口登记制度，户口登记的统计时间为每年一次。1958年1月《中华人民共和国户口登记条例》问世，人们的户口被分成了农业和非农业，确定了后来广为诟病的城乡二元结构。1964年8月公安部在《关于处理户口迁移的规定（草案）》中更强化了户口迁移的两个“严加限制”——对从农村迁往城市和集镇、从集镇迁往城市的要严加限制，这一来，农民别说改城镇户口了，就是进趟城都成了麻烦事。农民比他们的前辈更结实地被拴在了土地上，这画地为牢的滋味，城里人就是再苦也体味不出来。

户籍制度，是个看不见大网一般的庞大和强大的制度体系，而老百姓理解的户籍制度，不过是那个巴掌大的户口本（官称《居民户口簿》）而已。我小时候的户口本是个六十四开的活页夹子，牛皮纸本色纸板的封面封底——70年代初改成暗红色，封面上有户口簿三个大字，下面是北京市公安局字样，封二、封三印着注意事项之类，对“火警电话119匪警电话110”记忆深刻。户口本横着翻篇儿，左边有两个孔，砸着气眼（空芯铆钉），用鞋带穿过系起来，以便随时加减里面的活页。活页每个人一张，上面记录着个人信息，大致有姓名、性别、民族、出生时间和出生地、籍贯、家庭住址、婚姻状况、文化程度等项，背面的空格主要记录迁徙情况以及其他变化内容（变动记录并不及时，比如多年以后我还是小学学历呢），每填写一项需盖上刻着“变更”字样的小戳子。是不是还有家庭出身一项，忘了，但至少在警察的户籍底子（称《常住人口登记簿》，户口登记机关留存备用）上是有的，因为很清楚地记得七几年核对户口时，一位邻居老太太被问及出身，答曰官吏——这是我第一次听说这个词。户口本活页的第一篇属于户主，户主不过是名义上的一家之主，当年不是户主的男人自嘲时有“我们家户主”或“我们当家的”云云。户主之外的每个人都需填写与户主的关系（如父子、夫妻之类）。当年户口本上的所有项目都是手工写的，有的字迹漂亮，有的则如刚上学的孩子歪歪扭扭，直到90年代更换户口本才改成机打字。户口本由官方强制颁发，成本却由居民负担——据说是工本费，直到2013年才取消。

户口本是各家各户重要的物件，丢不得，平时会被妥善保存，通常和重要的物件一起锁在抽屉或柜子里。谁要是必须带着外出办事，家里人定会千叮咛万嘱咐留神别丢了。1976年唐山地震，北京人躲出去避难，随身携带的，除了数量有限的现金存折票证，就是户口本购粮本购货本了。那时我家那片儿的居民都在什刹海业余体校搭地震棚，有一回半夜查户口，挨着那家的户口本一时找不着，两口子都急眼——可能是还没完全从梦里边清醒，互相指责着竟由拌嘴发展成骂街，什么都骂，惹得一帮不睡觉的起哄架秧子。同样在什刹海体校那段时间，看过两次批斗大会，几个判了劳教的人被宣布“注销户口滚出北京”，这几个人其实也没犯什么大不了的事儿，记得其中有一位是某剧团的工作人员，半夜闲得难受，喊了两嗓子地震啦，算扰乱社会治安按坏分子处罪。

我六七岁时亲见街坊去插队，虽然大道理能说一堆，可一家子人哭得什么似的，说着说着就扯到销户口上来。十三中有个大我几届的女生，不知道是怎么想的，竟不和同学一起去延庆定点插队而坚决要求去陕北，当然也销了北京户口。这些人，不管是被迫还是自愿，后来弄回户口都费了不少劲，一个当年去内蒙古插队后来回京的街坊，对此甚为感慨，一说就要掉眼泪。

当年外地人到北京临时小住上十天八天，和革委会打个招呼就行。我院有家街坊，河北亲戚不断，因为都住不长，也没人管。据我一个同学说，他老家在河北某县，当地人到北京来还要大队开路条呢。外地人在北京居住超过半个月必须上临时户口，人走了销掉。我的两位舅舅在外地，常来北京出差，报和销临时户口并没遇到过周折，到街道革委会或片警填个单子，不久就有片警上门来登记，给张盖着公章的纸片，凭这张纸片去兑换北京粮票油票，遇到查户口时作为凭证出示。

印象中“文革”中有一段常查户口。我最初知道查户口是听京剧《红灯记》，里面俩小特务看见铁梅外出便闯进来查户口，李奶奶并不顶撞，而是机智地有问必答，可见查户口是公事。一些小说里也有查户口描写，可都是1949年以前的事，所以从小就有个印象：旧社会才查户口。在现实中看见查户口时我大概六七岁，街道革委会的人事先来通知各户晚上等着查户口，不过是革委会的人带着警察问问看看而已。除了查户口，隔几年还要核对户口，街道的人陪着内勤警察，带着装在箱子里的户籍底子深入各院，按户按项目询问核对，劳动量不小。

当年的北京人，不少已到四环五环外边甚至更远的地方安家落户了，可仍有北京户口，以及户口后面的福利与服务——可以叫作权利。要想得到北京户口大致有几个法子，一是符合引进规定（包括到有进京指标的单位和考研）；二是与有北京户口的人通婚；三是通过关系买或办到。前两条道是合法的，这些年北京对引进大开其门，常住人口翻番，直到最近才想起控制。第三条路并不合法，可按传统，未必绝对办不到。至于能通过第二条路得到京户的，并不是主渠道。于是，北京人满为患，北京人和首都人、文化意义上的和行政意义上的北京人一统于那巴掌大的户口本上了，唯一能看出来不同的，是身份证开头的三位数。

我大学毕业时被分配到郊区，按过去的规定要带着户口走人，可市里为鼓励支援山区做了新规定，人到郊区户口留在城里。于是拿着从学校转出的户口跑到某分局，领略了办事者的冷脸子后只得找学校，结果是仍被一顿训斥。此事最终简单解决：居委会老太太告诉我父亲，直接通过居委会找片儿警去派出所办就成，分局告知这个程序只是动动嘴皮子，却非要折腾你。这种事，没想到多年后仍没有绝迹。

在郊区，第一次感受到当地人农转非愿望的强烈。我有不少同事是农非结合的家庭，老婆是农业户，孩子的户口按规定要随母亲，这意味着他们娘儿几个不能享受许多机会和福利，且老婆孩子都有责任田，侍弄庄稼是个不小的负担。有时和这些同事聊天，他们总会聊到户口，也流露出对非农业户口的羡慕和嫉妒。农村中学的高中生，大多学习刻苦，动力之一就是转户口。回城后在中等师范学校教书，也遇到了一些来自郊区的学生，他们不读高中而进入中专，为的也是先把户口转了图个踏实。这些，都是几十年前的事，如今，北京郊区的土地值钱，农民觉得手里有块地比什么都踏实，生个孩子还是农业户口好。

1985年，中国正式颁发居民身份证，这个制度是为了强化身份管理而淡化户籍管理，据当时的说法，将来会逐步以身份证取代户口本。

不过，最近广州政协委员曹志伟带领一个团队用了半年时间调研，绘出一幅“人在证途”的图表，人们这才比较清晰地看到了做个中国人一生的艰难：他们要办六大类一百零三个常用证件，要经过近六十个单位部门，盖一百多个章，交二十八项办证费，还要在不同的部门重复提交各种资料，在办理过程中，照片要提交五十次，户口簿要提交三十七次，身份证要提交七十三次。这个调查说明，身份证的出现并没有减轻户口本的分量，重复设卡多头管理的传统不但没变，还比几十年前变本加厉了，其结果，只能是人们生活的成本越来越重，活得越来越压抑。

有人以为，户籍制度像一张网，制约了人的自由。其实，户口无疑具备维护公民部分权力和利益以及为官方提供基本人口资料的价值，也有维护社会秩序的作用，这在哪个国家都是必需的，只是方式不同而已。多年前，我到单位的人事办公室，看见长桌子上排列着数十本卷宗。人事干部说是怕档案受潮，放在外面过过风。经过允许，我找到了我那本，粗翻了一下，从各种登记表到中学的入团申请书和总结，好些连我自己都不记得了。看着本应该瞒着我却被我碰巧看到的这本东西，有说不出来的感觉，在这张看不见的网面前，你被剥得一丝不挂无处逃遁。这件事已过去多年，却记忆深刻，那本属于我的东西不知是否还在。

麻将声声

一

可别以为打麻将是下层的娱乐，上流者，在麻将桌前如醉如痴的也并不少见。梁启超自称喜欢做“四人功课”，说过“只有读书可以忘记打牌，只有打麻将可以忘记读书”的名言，还坐在牌桌上口授了不少文章，由秘书记下来送到报馆当社论。对麻将痴迷的远不止梁启超，梅贻琦、胡适、徐志摩、罗隆基、郁达夫、闻一多这些响当当的人物，对打牌的兴致并不亚于对学问的追求，用梁实秋的话说，这叫“贤者不免”。

革命者们也并不拒绝牌桌的诱惑，据说老人家对麻将评价不低，说它与中医和《红楼梦》是中国对世界的三大贡献，且遗物中有牛骨和塑料麻将各一副，在延安窑洞时想玩了便说一句“搬砖头喽”，不过，老人家打牌却不带响儿，他治下的解放区严厉禁赌。至于他的老对手，大陆电影里有段情节：视察江宁要塞的蒋校长看到几个军官打牌，帮着输钱的要塞司令李襄南狠赢了几把，而后语重心长：“打牌，你不行；打仗，我不行，长江天险能否守住，就全靠你们几位仁兄啦！”我觉得这情节编得有意思，在大军压境之下还有心打麻将的军队，要不败简直没天理！

关于麻将的来历说法不同。有人说它来自太仓的护粮牌，为鼓励百姓消灭麻雀，以竹制筹牌记录捕雀数目予以奖励，筒索万是枪筒、细绳和赏钱，中发白是射中、发赏和空炮，所以今天一些地方仍叫麻将为麻雀。有的说它是郑和下西洋途中发明的，条筒万分别代表缆绳、淡水桶和钱，东西南北是风向。也有人认为，麻将由元末明初的万秉迢按水浒一百单八将所创，纸牌上的梁山好汉后来成了陈老莲的《水浒叶子》。最公认的说法，是麻将源于明末清初的马吊牌和由它而来的纸牌，这种纸牌多为老太太们的消遣，故有“老太太斗梭胡”的说法。清朝后期，有人把纸牌的花色及玩法与宋代骨牌结合，便成了麻将。

麻将问世没多久便走出了国门，不知是传教士觉得新鲜还是留学生为打发时光带了去的——有的留学生还带女人的小鞋呢。有统计，1923年美国有一千五百万人参与游戏，欧洲则有专门的俱乐部和比赛。在欧洲人眼里中国麻将充满着神秘，2005年3月，旅居加拿大的中国画家刘溢在纽约展出的油画《2008·北京》（也叫《搓麻将的女人》）引起轰动，麻将的高深莫测与变化多端再次受到关注。一贯崇拜唐宋的东瀛也学会了麻将，据说日本现在还开着一万五千多家麻将馆，千叶县甚至建立了世界第一家麻将博物馆，收集有中国清帝用的麻将等珍贵文物。

有人说麻将是娱乐的玩意、益智的游戏，但实际上，它是作为赌具来到世间的。按社会心理学和犯罪心理学的说法，赌博偏好是人的天性，中国人也不例外，雅的，几个人斯斯文文坐在桌前和风细雨；糙的，大呼小叫脸红脖子粗拍桌子瞪眼甚至动起手来。慢的能玩几个时辰；快的则出手就分出胜负。至于赌具，则别出心裁五花八门，或因地制宜因陋就简。顶牛斗纸牌，押宝掷骰子，扑克牌围棋子，就是坐在田间地头也能撅两根草棍捡几个石头子甚至就用几个手指头赌个长短分出高下。游戏方式和器具不同，但目的都是输赢，筹码可能是田产房屋甚至老婆孩子和躺着先人的祖坟，乃至于以国有资产形式存在的纳税人血汗，也可能是一根烟卷几粒花生仁儿。嗜者号称，不带点响儿没刺激，往好听了说，这叫有竞争意识。

正因为麻将能当赌具，所以受过不少指责和围剿，清人吴佛业在《绥冠经略》中认为，明朝灭亡与明末的颓废风气有关，当时斗牌成风，士大夫整日整夜醉心马吊牌，以致荒废了正事。看到赌博之害的清高层用严法禁赌，《大清律例》对禁赌做了全面的规定，总原则是，“凡赌博，不分兵民，俱枷号两个月，杖一百”，重者可至“绞监候”。一些文人也撰文著书宣传禁赌，尤侗在《戒赌文》中说，打麻将费时、费心、费财，甚至能家破人亡、杀人越货，区区一副麻将被说得如洪水猛兽。近代，麻将在一些文人眼里成了与德赛二先生格格不入的旧文化，在亲眼见到了西洋人生活后，胡适算了笔账：四圈牌用俩钟头，全国按每天一百万桌八圈麻将计算，要用去四百万个小时，等于十六万七千日，他痛心疾首地呼吁：“女人们打麻将为家常，老人们以打麻将为下半生的‘大事业’，我们走遍全世界，可曾有哪个长进的民族，文明的国家肯这样荒时废业的吗？”此后胡适终生不摸麻将，并著文将麻将和鸦片、八股、缠足称为中国的四大害。

清末，广东革命党人拿“赌风甲于天下”的广州开刀禁赌，没几个月，广州一带的赌博销声匿迹，民国在南京也发布了禁赌令，以后蒋介石继续保持对赌博的高压态势，曾题词“永禁赌害，消灭烟毒”，且始终将禁赌作为改变民众素质的新生活运动的重要内容。老蒋在1940年到1946年间曾六次部署在重庆严查赌博，且不惜动用军警宪特，文史专家认为，如此持续关注一个社会问题，在老蒋的从政生涯里异常罕见。不过，中国人办事向来是往下逐层逐级打马虎眼，因此直到老蒋回了南京也没根除了陪都的赌风，倒是一些地方的禁赌大见成效。比如长沙，1935年阴历正月不到半个月里就抓了一千多赌博者并实施了严厉的惩戒。1939年第一次长沙会战后薛岳主湘，凡抓获军人和公务员打牌赌博者一律处死，市民参赌罚做五到十年劳役，湖南省粮食管理局局长谢铮的侄子、省粮食局二科科员谢铁成因打麻将由九战区长官部军法处审判后枪毙。

二

新中国成立后，赌博和嫖娼吸毒娶姨太太都在严禁之列，作为旧时代象征的麻将，身份和大烟白面嫖客一样，铲除之严厉一点不比前朝含糊，且一禁就是三十年。我小时候，街坊中虽不乏有根底的老人家儿，可也没听说过谁家还打麻将牌。及至“文革”，整个世界翻了个底儿朝天，造反学生们就是见过麻将牌，大多也是在电影里，自然把这玩意儿等同于旧时代的标志，吓得家里还留着麻将的主儿趁没人赶紧处理，垃圾堆里便能见着整盒的麻将牌。

这三十多年，时时刻刻发生着翻天覆地的变化，昨天还是腐朽没落的生活方式，今天就成了活跃人们物质文化生活的重要内容。从十恶不赦到趋之若鹜，颠来倒去快得人眼花缭乱。1980年5月8日，公安部等六部门联合下发文件，称“麻将、纸牌虽然容易被用来进行赌博活动，但又是我国传统的娱乐活动用具，就像对待打扑克牌一样。我们要严格禁止赌博，但不必禁牌”，“制造、销售麻将、纸牌由有关部门管理。公安机关只对赌博活动予以取缔，并没收赌具”。这份级别为机密的通知由内部掌握，不登报、不广播，结果使麻将在20世纪80年代初地位尴尬：说它不合法，好像玩玩也没人管，只是多年的习惯，也没多少人大呼小叫地码长城，悄没声的玩几把甚至要挂上窗帘。

20世纪末，不少北京人家里都有了麻将，逢年过节礼拜天，朋友聚会老人过生日，吃了饭打打麻将是重要内容，就是平时，有可能也会凑上几圈，玩的范围也渐渐超出了家庭。北京刚开始风靡麻将的时候，老年间的规矩早已消失，没有统一标准便礼失求诸野，天津的江淮的东北的西北的五花八门的说法和习惯都被拿了来用。在这家玩能和的牌，到了另一家没准就是诈和，一帮人甚至自家人凑一块玩，要先说好规矩，免得起误会，老话不是说了嘛，喝酒喝厚了耍钱耍薄了。

90年代初经济提速，带动得什么都讲速度，麻将玩法的一个变化是，不少人不再算番数嘴，推倒和省了许多麻烦，却降低了娱乐性。这个变化明显反映出人们希望加快节奏直奔主题的欲望，时间就是金钱，赢字压倒一切。那时我岳母和几个邻居常一玩就是大半天甚至一宿，却乐此不疲，我岳父常恨恨地拽咧子：“何必这么耗着，不如掷骰子快当！”其实，这里边多少还是有破孤闷找乐子的需要。

三

1983年我被分配到郊区工作，一帮青年人混在一起，备课上课之外几乎无事可做。一位同事某天带了副麻将来，说是“文革”初在垃圾里捡的。那是个精致的带盖木匣，牌据说是象牙的，但经年纪大的老先生鉴定是竹板镶象骨的，老先生告诉我们，在牌上滴一滴水，放上根头发，便可根据其是否沿着纹路转向而断定真伪。同事里有个精通麻将的主动给大家当老师，众人于是玩笑着拜了师，开始了习麻过程。没过一周，已有数人可独立操作，凑上两桌牌一点问题也没有。“师傅”教给大家的，是带许多讲儿的老式玩法，没有用混儿的规矩，命风圈风局风打起来按部就班，算番数嘴一点不含糊，不够番数诈和不仅要挨罚（赢扑克的点数），还要换人停玩若干圈，正因此，后来我一直不习惯也不喜欢“推倒和”。

大家对麻将的热情持续了一年，鉴于业余生活枯燥，领导也不好反对。某天，校长踱到牌桌前，顺手抄起一张牌闭着眼摸了摸后准确说出了花色，大家惊呼，原来是个老手！不过校长毕竟是校长，顾左右而言他，根本不聊该不该玩牌的事。五十来岁的女教务主任，某天把我们几个年轻教师请到家里，先喝酒吃回民的手抓饭，后打十二圈麻将。另一位副主任甚至晚上也偶尔过来凑一手，这让大家很是感动了一阵子。到后来，个别人开始挂响儿，起初不过是拿饭票当筹码，后来便渐渐加入了毛票。我从不参与这样的游戏，宁可叫人说我各色。

和同事打牌最愉快的记忆，是大家关系的融洽，在这样的气氛里身心能得到极大的放松和愉悦。众人坐到一处，喝着大缸子泡的劣质茶，一晚上能消耗两筒七十支装的大公烟。一旦遇到一副好牌大家会由衷地叫好，真让人感叹麻将是和谐人际关系最有效的介质。牌桌前，就是平时最不爱说话的也成了话痨，可也没人嫌烦。有人专门喜欢在牌桌上说笑话，荤素段子常因为应景引得大家笑出眼泪，乐子倒比输赢重要。不过，也确有为输几张扑克牌急眼不高兴的，但绝不至于骂街，也不回摔牌骂色子。很多人说打麻将可以判断一个人，脾气秉性、爱好、智慧、胸怀、忍耐力、应变能力乃至身体状况等在牌桌前都会暴露无遗，对此就不多说了。至今，大家见面时还会留恋那段时光。

四

三十多年前开行鼎革新政以来，北京大街胡同的门脸变来变去。不知道哪一年，小区和胡同里突然雨后春笋般地冒出了无数的棋牌室，相当一部分还挂着营业执照。细一琢磨，门脸变化多多少少能折射出社会的变化。一些人下了岗，但手头上多少有点钱，有人没到退休年龄早早回了家领打折的退休金，再加上城市发展出现了大量拿到拆迁补偿款的、有多余房子吃瓦片的和其他各色各样无事可做却有俩闲钱的主儿，北京的闲人一时间多了起来，这些人，构成了棋牌室的主力军。据一项调查显示，常出入棋牌室的人中下岗职工和退休人员各占三成，附近居民占两成，其他是有收入而不必为工作所累的闲人。常去棋牌室的人中三十五到五十岁的人占百分之八十，老年人则不到百分之十五。

有调查显示，一间不足一百平米的棋牌室，一个月的盈利能超过三万（元），被采访的人称，“棋牌室没几个不赌博的，也没几个不是冲钱来的”。我听过棋牌室里稀里哗啦的声音，却没进去过，自然说不清里边的规矩，也没必要重复报纸上的报道。可常识告诉大家，开这个的人，肯定不是为学雷锋办公益，只是没人去捅这层窗户纸罢了。棋牌室里滋生出不少问题，比如扰民、引发纠纷甚至影响到社会安定，也带动了与相关的产业链——从出售自动洗牌机透视眼镜到传授百战百胜独门秘籍，从承包转让棋牌室到抵押借贷放高利贷，而各有关部门似乎都不愿意介入对棋牌室的管理和监督，个中原委，很难说得清楚。

据有的人说，棋牌室已影响到了北京国际化大都市的身份，说这话的人一定不需要进棋牌室，虽然能弄出《国民旅游休闲纲要》，可偌大的北京城，却几乎没有几个普通百姓可去的地方：公园挤得满满当当，正经的健身场所价码高的一般人不敢涉足，到小饭馆叫上俩菜来瓶小二的钱，不够看场电影的，至于京剧话剧音乐会，就是您有那雅兴，也不一定有掏钱买票的底气和勇气。这么一来，再加上人对赌博的偏爱，简直就没有不进棋牌室的道理。这么一想，打打麻将，还真是老百姓离不开的消遣，只要不出大圈，由他去吧!

印象广播操

年过五十才明白锻炼的重要，于是和办公室同事商量做做广播操。瞧着小我二十岁的女同事轻捷的动作，不禁想起了臧克家说的“老牛自知夕阳晚，不须扬鞭自奋蹄”！单位里，做操的并不多，这和当年不同，70年代有那么一段，一到钟点就放广播，所有人都得出来做操，除了大雨大雪，就是四五级风刮得漫天黄沙也不能幸免。

广播体操是不用器械的徒手运动方式，通常有八到十节，每节动作分二到四个八拍，一个八拍是一组基本动作。只要认真做完全套动作，至少会微微出汗，身体各个部位都能得到锻炼。正因此，广播操很适合普通人，用官话说，叫群众性体育活动。

据说广播操起源于美国，后来日本人学了去。明治维新后，决心脱亚入欧的日本人放弃了曾虚心学习过的唐宋先生，转拜黄毛碧眼为师。一直被咱瞧不起的东洋鬼子当年干的好些事，至今我们还没有踏踏实实地做，比如发展国民教育和提高国民体质。1925年，日本邮政保险部门员工出访美国时发现了一套十五分钟长的广播操，这套大都会人寿保险公司赞助得到操被美国政府列入保健事业计划，每天在各大城市的电台按时播送，因此被叫作“收音机体操”。不久，日本政府以增进国民健康为目的，参考这套操创制了自己的广播操，并在1928年当作向裕仁天皇登基献礼的节目隆重推出，由日本广播协会（NHK）电台每天定时播放。第二次世界大战期间，日本官方出于提高军民体质的考虑推广广播操，并将其带到了中国台湾、“满洲”和印度尼西亚等地，在根据老舍《四世同堂》改编的电视剧里，就有住在小羊圈的日本人穿着兜裆布做早操，以及老北平人嘬着牙花子骂鬼子不是人的镜头。由于日文的“广播”一词发音有点像中文的“辣椒”，早期中国人将广播操叫作“辣椒操”。日本战败后，战胜国以广播操体现军国主义为由禁止NHK继续播放，直到1951年才恢复播放改编过的广播操音乐，日本的学校和一些企业至今仍坚持做广播操。虽然咱们烦东洋人，可做广播操却是一种积极健康的生活方式，比窝在家里打牌强。

民国时期，公立学校推广了国民健康操，但当时收音机少，民众物质生活匮乏，且战乱不断，普及成了空话。新中国成立初，新政府干了不少移风易俗的好事，目的都是推行健康的生活方式。1951年，北京市推出《体育锻炼标准》，不少单位都开辟了运动场，设置了运动器械甚至游泳池。那个时期，上上下下确实有一种不同于以往的精神面貌，到处充满了活力。

为克服全民体育运动面临的缺乏场地和器械困难，全国体育总会筹委会和中央广播事业局在1951年11月24日公布了第一套广播体操，12月1日，中央人民广播电台第一次播出了《广播体操》音乐。半年后，四十个地方广播电台开始播送广播体操节目，每天总计超过一千二百分钟。中小学每天按时做广播体操从此成为定例，工矿企业和事业单位只要有条件，也都以工间操的形式做广播操。1954年3月1日，中央政府下达《关于在政府机关中开展工间操和其他体育运动的通知》，机关团体在工间休息时作广播体操成为制度。据北京、上海、广州、重庆等十三座城市不完全统计，参加广播体操的人数超过了百万，其中学生最为踊跃，仅北京就有二十三万之众。每天做操看起来是不大的事，却是实实在在地改变着人们的生活习惯和身体素质，从这个角度上说，应该算得上是个关系到民族的伟业。

为了推广和普及广播操，不少单位安装了扩音喇叭，喇叭一响全民做操，成为古老国家从未有过的事情。为宣传广播操，邮电部专门发行了一套特种邮票，这套票就是广播操的动作图解，颜色图案都很简朴。当年我父亲集邮，我最不喜欢的邮品之一就是这套四十枚的T4票，这套票现在的市场价好像已经上万了（票面价格是旧币一万六千圆——合现在的一块六）。人民广播器材厂加班加点地做出了三千八百张广播体操唱片，以满足收听广播有困难的地区使用。在当时的一些电影和文学作品里，也涉及了广播体操（最典型的故事片是1962年拍的《大李、小李和老李》）。以后，广播体操经历了几次修改，动作中融入了民族元素（武术），并与大众广播体操同步颁布儿童广播体操以适合学生使用。1959年，国家形势逆转，人们连肚子的问题都不能解决了，加大运动量无异于"作死"和"浪费粮食"，于是电台从这一年开始停播广播操，以降低人们对热量的消耗。直到四年之后才再次公布了新一套（第四套）广播体操《时代在召唤》。

1967年我上小学，那届的学生是二部制，半天上课，没有课间操，但体育课上却学了一阵子"语录操"，好在这种边动作边口诵的东西一阵风就过去了。三、四年级全日上课后，虽有课间操内容却并不固定，完全根据体育老师随意地创造发挥，常有一个礼拜改一回规矩的事儿，但不管怎么改，也超不出"伸伸臂弯弯腰踢踢腿蹦蹦跳"的圈。

1971年9月1日，国家体委发布第五套广播体操，当时我刚升入五年级，天天下了课被留下练习。也就是从这一年开始，北京中小学学生做广播操的制度重新确立。学校集中做操时由体育老师在前面领操，也有不少学校由动作标准的学生代劳，厂桥小学的李连杰就是因领操上了新闻简报，之后进入什刹海体校学武术。当时我表姐同学的哥哥是北京武术队的教练，常拿来北海体育场的免费票，以至于票多得懒得再看。李连杰、李霞、王建军、戈春艳、回旭娜这些后来名气不小的人当时还是十来岁的孩子，由他们的表演我对武术有了感性的了解。李连杰出生在典型的北京普通市民家庭，放在今天，恐怕露头角并非容易，可当时还是能做到的。我有个发小羡同春，小名二柱子，家境比李连杰还不如，六年级被选入运动队，再后来成为国家级摩托车运动员。这样的事例，在我认识的孩子里还能举出几例。

广播操对提高几代人的锻炼意识、集体意识和体质有着不可替代的作用，王朔、冯小刚等人在他们的小说和电影里都表现过第五套广播体操并引起共鸣，足以证明这是一代人的整体记忆。这套操多少受到了政治大背景的影响，同时也体现了“为工农兵所喜闻乐见”的特点，简单易学。第五套操的颁布在北京不少地方引发了做操热，院里街坊聊天时常比比画画地说着各自单位做操的奇人趣事。今天想来，当年的工人阶级，在某些地方确实有“当家做主”的味儿，更像是有尊严的“领导阶级”而非边缘化的群体。

每天早晨或课间学生集中到一起做操，今天想来，那确是挺壮观而且有趣的事。这么多人聚在一块，难免推推搡搡打打闹闹，虽然完成列队并不要老师太多费心，可前后左右说话甚至冲突却不能杜绝，只要不闹大了通常也没人深管。我有个同学预备了一个套在拇指上打纸弹的小弹弓子，经常从背后照人家脖子飞去一弹，被袭击的找不着对手，又不能喊，只好摸着脖子自认倒霉。

不管是当年还是今天，能主动锻炼的人肯定是少数，不少学生都不愿意做操，能躲就躲，可惜除了病假经老师允许或女生经期，谁也躲不过去。出于无奈的学生很少有人能认真做操，老师要不断在队伍中穿梭巡视，提醒呵斥甚至借助肢体语言。十三中颇有几位好老师，往往正式做广播操前要加几节自编操，相对之下学生更欢迎这种动作和气氛都很活泼的节目。做操之后，通常有学校领导或老师的训话，有几次还把违反纪律的学生揪到台上批判一番。

鼎革以来，只有学校还能坚持做广播操，企事业单位还能坚持工间操的就罕见了。按新形势下的解释，企业是生产的主体，哪能用干活的时间让工人锻炼自己的身体？到后来，企业的日子越来越不好过，工人甚至直接没了饭碗，哪儿还有人做操。比起生计大事，运动健身简直可以忽略不计，自20世纪80年代中期开始，各地电台干脆陆续停播广播体操。

广播体操在企事业单位最后一次的回光返照是2010年，在市人大代表的督促下，北京市将工间操列入《健康北京人——全民健康促进十年行动规划》。这一年8月9日，北京电台恢复播放广播操音乐，此时停播已有十三年。次日，数家单位参加了首都职工示范推广工间操宣传周启动仪式，市总工会立即跟进，下达了“2011年全市职工参与健身活动比例要达到60%以上，国有企业参与工间或工前操活动要达到100%，机关事业单位要达到70%”的指标，并称将以此来考核单位的一把手。可惜这个随即烟消云散，直到今天也没见考核了谁，宣传周上喊出的“工间做操三十分，健康工作五十年，幸福生活一辈子”美妙口号，也就没人再提起了。

广播操吻合着用运动方式强迫或半强迫解决问题的时代背景，离开这个大环境，愿望再美好也难复制出当年的场面。取消了大一统式的锻炼，人们的锻炼走向多元，不管有钱还是没钱，只要您自己乐意，总能找到适合的锻炼方式。不过，积极主动的锻炼还远没有融入多数人的生活，再加上工作和生活的压力，北京人的健康状况每况愈下。据一份调查显示，高血压、糖尿病已经成为北京人的常见病，二十五岁到六十五岁的人群是最缺乏体力活动的群体，特别是白领，一天到晚对着电脑，很多人每天步行甚至不超过五百步。这么一想，当年的强制，还真是实实在在地给人们带来过好处。

粉笔那些事

孩子大都喜欢粉笔，可能是因为它代表的身份和相应的权利：用粉笔的人，能决定孩子们的“生杀予夺”，在家长那里是被表扬还是挨板子，不过是用粉笔者几句话或一个纸条的事。

粉笔源于上古记事的木炭，欧洲人在中世纪发现，用石灰加水做成的块状物能在深色而坚硬的物体上留下痕迹，效果比木炭更好。19世纪出现了用于这种白粉块状物书写的黑漆木板，白粉块则逐渐演化成了两寸来长、一头粗一头细的粉笔。粉笔和黑板的出现，对近代学校的班级教学乃至一个国家的国民教育发展都起了重要作用。

粉笔便宜，一毛钱能买一大把，可当年大人一般不给孩子买，因为不是必要的支出，更怕孩子乱写乱画找麻烦。我有个同学那院出了打倒谁谁谁的“反动标语”，他家出身不好，自然被列为一号嫌疑对象，弄到警察局折腾了一天才择干净，这对一年级的孩子来说是不小的刺激，这同学后来成了个唯唯诺诺的人，按弗洛伊德的说法，与这个心理阴影应该不是没有关系。学校有粉笔，可孩子们不敢往家拿——一旦如此会被说成是偷东西，就是下课一般也不动粉笔，哪怕是粉笔头。

小学四年级的一天，我和一个同学值日，见有许多彩色粉笔便手痒，在黑板上画了幅朝霞映在阳澄湖上，然后如做贼一般赶紧擦了，生怕被老师发现。五年级暑假进了板报组，并接受美术老师的报头设计和美术字培训，粉笔随便用，当时那叫得意。

粉笔与教鞭都是教师身份的标志，可多数老师上课不带教鞭，却不能没有粉笔。有的老师会预备个小木盒或铁盒装粉笔，干净，每看到他们从里边拿出粉笔都觉得像变戏法。我一同事常用空烟盒装粉笔，好处是容器随时有；坏处是难免顺手摸一根塞嘴里。也有人上课前急匆匆抓几根粉笔往教室跑，状若脱兔，显得挺潇洒。用粉笔的习惯不尽相同，有人捏着笔尖，有人拿着笔根，有的先撅成两截。爱惜东西的，没用完的装进盒子下次接着用，但多是随手丢下，以至于每个教室的黑板槽里都有不少粉笔头。“文革”初，我们班几个女生异想天开要再生粉笔，方法是在两块红砖上各磨一个半圆槽，把粉笔头碾碎加水调成膏状放在槽里成形后晾干，成品一碰就断无法使用，却符合老人家节约闹革命的号召。不管是我上过的学校还是后来工作过的学校，粉笔供应都充足，可在办学费用紧张的地方粉笔就金贵了，远的不说，我在京郊工作时，不少学校的粉笔是按课时分配的，一节课只给一根，同事说起，难免让人有些心酸。

粉笔和嘴是老师向学生传递信息的两个基本工具，因此粉笔字和口才意义重大。板书如何，直接关系着学生买不买老师的账，不少学生是通过板书来确定老师在自己心里地位的。当年不少老师，或受过旧学训练，或上过正规师范，都能写一手漂亮的粉笔字。字这东西，有天赋的因素，但也和练有关，正因此，中国近代开辟的师范教育大多重视板书训练，陶行知创办的晓庄师范尤其典型。当年我在中等师范教书时，学生的粉笔字和钢笔字毛笔字一样要考核。学生一人一块小黑板，早自习练钢笔字，晚上练毛笔字，中午饭后练粉笔字，树荫下花丛中学生三五成群练字，成为校园一景。

上过学的人，都有关于板书的记忆。我小学的启蒙老师张文君是位五十多岁的老太太，人极干净利落，黑绒面布鞋永远掸得一尘不染，上衣口袋里永远装着叠得四四方方的手绢。张老师写一手正楷粉笔字，字因规矩而漂亮，犹如台阁体。我没练过字，字说不上好，但教书法的同事说，间架结构还不错，这恐怕得益于张老师最初的训练。“文革”后，不管中学还是小学，一笔烂字的老师并不少见。六年级时我遇到个刚从师范毕业的数学老师，专业水平其实不错，可不善表达，再加上那粉笔字，没到一学期就被哄下了讲台。我大学实习的同组试讲，一起笔板书便朝右上方刷刷而去，等发现顶了天才改换方向，一行字成了过山车，情绪大挫，课的效果可想而知，幸好学生很给面子。

粉笔板书，一要清楚；二要干净；三要布局合理，同时满足这几个要求便是上品。多媒体进入课堂以前，不少学校要求备课要设计板书。好的板书，一堂课下来正好占满两块黑板，知识点和重点难点清清楚楚，积累下来便是一套完整的授课提纲和复习资料，这种板书，如条理清晰的论文。我更喜欢另一种板书：一边是简单明了的提纲，另一边随手写出零七八碎的课内外知识，我称这是散文式样，看起来云山雾罩，神却不散。达到这两个境界，自然非一日之功，除了对教学内容的把握，也需要一手好字，但只要用心，一定能如解牛的庖丁游刃有余。除此之外，就属于个人的绝活了，比如地理老师随手画出世界地图，几何老师随手画个相当圆的圆，我同学所在某中学有个老师，一次右臂打着石膏来上课，学生们以为要上自习了，没想到这老先生居然用左手写出了整整齐齐的楷书，不论汉字、阿拉伯数字还是物理公式都一丝不乱，被学生视为神人。

粉笔不光是传递信息的媒介，还被一些老师当成延长的教鞭，学生上课违规，一个粉笔头丢过去立即见效。我刚工作时，尚有老师打骂学生，相比之下，一个粉笔头既有提醒作用又不至于让人太难堪，较之拿教鞭敲脑袋，或点名罚站要人性化得多。不过发射粉笔头需要技术，一旦打歪了会有不必要的麻烦。我有个同事属于高水平，能用中指和拇指配合把粉笔头从讲台弹到最后一个位子，基本弹无虚发。当然，粉笔头也是双刃剑。我一同学在京郊某重点中学教书，这老弟理论功底相当好——要不是户口等原因就被调到他们县的政策研究室了，却不大会讲课，他的课没学生不烦。经常是他一回身写板书，后背就成了靶子，下了课后脊梁常背着一片白点。这老弟有宰相的肚子，一笑付之从不计较，后来校长实在看不下去，把他调到了全是女生的卫生学校。

吃粉笔末这说法，有嘲笑甚至蔑视教书人的味，从职业特点来说，教师和矿工一样须忍受粉尘，我却没觉得应该歌颂，好比选择了警察或军人的职业，本身就包含着牺牲生命，教师吃粉笔末，乃是职业的一部分，虽然粉笔灰对人的呼吸系统的伤害确实不小。不少教师都有慢性咽炎等上呼吸道疾病，但据专家说粉笔的成分对人体没有毒害作用，医学界也没有因吸入粉笔灰引起肺部疾病的报道，所以劳动卫生部门并没有将粉笔灰作为职业尘肺的病因。

20世纪80年代，无尘粉笔进入课堂，干净，却不好使。之后的二十年间，水笔书写白板、光电背投电子白板以及多媒体设备一代接一代问世。二十年前用多媒体上课还是新鲜事，可几年后，不但高校，就是中小学也普及了多媒体教学设备，不用多媒体上课差不多成了另类。三十多年所谓教育改革，成果基本限于硬件的范围，教师算是这种器物层面进步的得益者吧！

黑板和粉笔随着电子设备的使用地位迅速下降，传统的备课方式也变成了制作投影胶片、电子演示文稿和多媒体课件。中国人好走极端，许多教室早已取消了黑板，即使保留，不少也是摆设。电子时代的青年人更是不屑于传统的传播手段，一个年轻教师曾跟我说，用计算机和投影上课就是为了不写板书，于是，一些人干脆直接拿着没做任何处理的文本文件去上课……

多媒体和板书各有千秋，板书有着多媒体不可替代的价值——教师个人的魅力。板书和语言共同作用的环境，是一种慢节奏的恬静的信息交流方式，可惜的是，现在很少有人再去关注甚至根本意识不到粉笔和黑板独特的价值了。

北京那些大院

北京的大院有多种——部队及其机关院校大院、国家或地方机关大院、教科文卫单位大院、工矿企业大院，等等。我这里说的大致指第一类。古代有府邸，无非住着皇亲贵胄的一家子，而不能把若干皇亲贵胄放在一个圈里过日子，以此为依据，紫禁城不过是皇上自家的院，和黄世仁的宅院刘文彩的庄园，以及倒了霉的贵妃那破瓦寒窑没有本质区别；台湾地区，有眷村，可那里住的是失势的主子带去的残兵败将和家眷，这两类与北京的大院不同。

20世纪80年代后期统计，北京约有两万五千个大院。这种有特色的市民聚落，而今已被升至“大院文化”。作为胡同里长大又非专业研究的人，自然无法详述一二三，也懒得花功夫查资料给它下个定义，更不能把人家的成果拿了来转帖，但对大院多少还有些了解，因为有几个同学同事住在大院里，其中一位住大院同事的父亲是当年授衔的少将，“文革”初曾颇有名。

1949年初傅作义放弃北平，不久，北平改回北京成了政治中心。胜利者们没有像顺治那样清空内城，而是在城外空地上盖了工作和生活新区（多为二者一体），这就是大院的来历。军队的大院多集中在西郊，就是日据北平时打算开辟的“新北京”一带——我小时候大人们还常说这个词。至于城里，也有一些被列为官僚垄断资本没收或被原主出售的院落——通常是质量不错的，成为某机关的办公地或宿舍，比如阿拉善王府成了公安部宿舍，庆亲王府成了卫戍区办公地，它东边的恭王府则被数个单位分割。

大院里等级森严。宿舍的楼房（也有平房）通常按居住者的等级设计和分配。不同等级的居室里格局、设施甚至配备的家具不同，将军楼校官楼绝不能混淆，一旦身份和与之匹配的待遇发生变化就要搬家。“文革”小报曾有文章揭露某些学校干部子弟拿老子的官衔说事，在二代们集中的学校——这些学校北京人都知道，选班干部很多情况下是按家长身份为标准的，于是学生之间便有了“我爸爸是管你爸爸的”说法。

大院里有完备的生活设施。幼儿园、小学、运动场、游泳馆、浴室理发部、食堂、礼堂、商店（服务社）、医院、邮局一应俱全，基本上可以保证不出大门解决一切生活需要。同学曾带着我在大院里转悠着介绍，看得我眼花缭乱。至于那位少将，因品级较高而有自己的小楼，且楼上楼下电灯电话，先行一步进入了共产主义。大院里保持着军人的做派和生活习惯，偶有列队的士兵经过，也能瞧见走着的军人给军阶高的敬礼。住在同学家，早晨是被起床号叫醒的，然后跟着同学去食堂用饭票吃早饭。

大院有严格的门禁制度。和一般单位不同，警卫室和收发室不会合二而一，至于哨位更了不得，岗楼子前边地上一道白线，旁边立个杀气腾腾的牌子：哨兵尊严不可侵犯。持枪或不持枪的士兵配合高大的围墙，外人没“内线”带着根本进不去。就是找人，也要按严格的规定登记进出。正是这样的大墙，把院里和院外隔离开来形成了两个截然不同的世界，也形成了院里人独特的思维方式和价值观念。大院的孩子虽然被优越环境造了一身优越感，但接触后就会发现，一些人并不难打交道。当年的部队较后来要单纯和干净得多，老军人身上看重情义、尚武好斗的品质，乃至于粗鲁野蛮打人骂街的军阀习气，不可避免地影响到了他们的后代。

积淀了数百年的老北京文化和历史不长的大院文化，是广义北京城当年两种截然不同的文化，它们一静一动，一个贯穿着恬淡，一个充满了朝气，一个习惯于守着老辈子留下来的规矩踏踏实实过日子，一个蕴含着打江山开基业改天换地的激情和血性。十多年里，虽然大院和胡同的孩子接受的主流教育出于一门，却各走着各的路，两种文化少有交集，大院孩子斗蛐蛐攒洋画拍三角欻冰棍枝的要少得多，胡同孩子也难有机会进入大院看免费内部电影、吃食堂里带补贴的饭菜，以及使用设施良好的运动场游泳池。

大院的人们，不论是教科文卫工作者还是打过天下的军人，都算得上是精英，但他们的文化却无法等同于北京传统的文化，更没有丝毫原始意义上的京味。只是后来这种东西通过一些作品光大且被奉为“京味”，其实，盛气凌人、玩世不恭、骄横暴戾、粗鲁无理，都不是老北京的做派，更不是京味的主流，而是大院和市井负面东西在扭曲时代的组合，并在是非颠倒的环境下盛行。

大院的存在以及它特有的生活与思维方式无法否认，不管老北京人喜不喜欢，它都是一种存在。这种文化已经而且将越来越多地与传统北京的生活与思维方式融合，加上不断进入北京的各地生活与思维方式，最终将成为一种不同于以往的新文化，这个趋势，不管你高兴不高兴，都阻挡不住。

其实，北京的历史就是融合的历史，老北京文化是融合的结果，生活在既有文化系统中的北京人，不得不接受这样的变化，这种变化，谁也没辙。

处在这种变化中的北京人，消极些的，只能接受现实；积极些的，则应以理解和宽容去面对。

关于北京那些奇奇怪怪的建筑

二十年前有个朋友出国回来，说美国一些建筑不过百十年历史，却当文物保护起来，甚为感慨。后来和一个懂建筑的聊北京老房保护，他的看法是，砖木结构，不适合保留。当时我很反感，后来才明白他说得有理。三十年前，见一邻居家翻盖房子，那所谓老宅不过五十来年，里面的柱子已经糟朽，地下部分几乎全成了木粉，当然，北京的房子不会全都如此，可真要全面保护，确实要花钱花功夫，在一切围着经济效益转磨的背景下，是不是值得去保护北京成片成片的老房子，根本就不用讨论。

什刹海一带的民居里，除了个别单位的宿舍外，很少有楼房，印象深的，是鸦儿胡同萧军的海北楼和前海南岸张之洞那老式的二层小楼。

“文革”初，一些地方盖了简易楼，比如靠前井胡同北口一气盖了三幢，其原址是清代将军兆惠的老宅。这种房虽号称楼房，但除了层分上下，和现在的公寓式楼房几乎不是同一个概念。虽有自家居室，能关起门来自成一统江山，可大家要共用厨房、上下水和厕所，没有暖气和煤气，家家户户笼炉子，二楼窗户里也要捅出个烟筒，烟袋油子比平房的更有杀伤力。走在一侧有门的半露天楼道里，有点像邮轮或酒店的廊道。

20世纪80年代，北京还基本保持着最初的格局，胡同即使有楼房也属偶然。80年代初沿前三门大街盖住宅楼，据说是为了改善知识分子居住条件——相当一部分给了机关，当时算高档住宅，一般人不敢想象。我同学的父母都是北京医院有高级职称的大夫，在台基厂大方百货旁边的塔楼上分得一套两居室，去过几回，也没觉得怎么样，居室仄逼，厨房狭窄，布局也不很合理。彼时我父母已在团结湖分得两居室单元楼房，使用面积虽然差不多，但因为是板楼，内部空间比台基厂高知楼似乎还宽敞些。

前三门那一串塔楼，是鼎革以来对北京旧时风貌第一次大规模的破坏。不久，在长安街靠近大北窑的路北边盖了建国饭店，花园式造型和低矮的楼房，使这条代表正统的大街显得一亮。不过，随后出现的京伦饭店“大草帽”，却实实在在地将追求现代化外貌的浮躁心态表现了出来。当时公映了日本电影《人证》（应译为《人性的证明》），京伦和电影里八衫恭子杀人的酒店外形如出一辙，是为原封不动的翻版。“大草帽”开辟了北京建筑乱象的新时代，以至于那一带出现了一批在当时属于奇形怪状的建筑：“大裤衩、肚脐眼、阴阳脸、棺材板”，全部加上儿化音，合辙押韵。至于二环三环和其他地方，更是被国外建筑师称为七八十年代的垃圾建筑试验场。还有一种风格，就是现代化大楼上架个小亭子，如穿西装戴瓜皮小帽。转过来想，这想法多少还算顾及了传统，当时制定的北京城市总体规划，回过头来看是一部不错的规划，如果不是后来弃之不顾，北京绝不可能变成非驴非马的大杂烩。

90年代，姓资姓社的斗嘴被叫停，经济如点了火的窜天猴，城市建设一下子冲进了疯狂的轨道，加上权力和利益的结合，北京成了特大号的工地，老城急速消失，老百姓眼瞅着一片片老城被挖掘机推平，却不得不听着电视里天天强调要保护传统风貌。

小时候家里有一本50年代的《北京游览手册》，首页是一张略带变形的半俯视北京全图，一图在手，凸字形的市区、西面和北面的山脉以及东南的平原尽收眼底。可这座深深印在我心中的城，没了。美国建筑师沙里宁说，“建筑像一本打开的书，从中你能看到一座城市的抱负”，“让我看看你的城市，我就能说出这个城市居民在文化上追求的是什么”，沙里宁这话有理，可不全适合中国。在北京的新建筑里，我们看不到对传统精神的敬畏和尊重，也看不到对现代化内涵的把握和理解，只有追求标新立异的庸俗。在失去自我又不能把握他人的迷茫中，北京铺满了奇奇怪怪的建筑。

三章

永远的什刹海

Oct·12·2014.

什刹海

原来打算把题目定为“游什刹海”，可如果说游什刹海，实在是有大话的嫌疑，因为这里既非专门的公园，也非驰名的景点。虽然近年来出版的风物志和旅游书籍中多会提到这里，但也只能把它放在诸多名胜古迹的后面。所以，说游倒不如说是随便走走，走到哪儿说到哪儿。

一

关于什刹海名字的来历说法颇多，有的说源于明代万历年间修建的什刹海寺（什刹海），有的说来自元代海子的数座水闸，有的说和这一带的十座寺院有关，也有人解释说，来源于佛家用语，刹为土田，刹海犹言水陆。老百姓也有自己的解释，称什刹海应该是十窖海，因为沈万三曾在这一带帮皇帝找到了十窖四十八万两银子作为修建北京城的费用。至于为什么叫海，刘侗和于奕正在《帝京景物略》中说得清楚：“京城贵水泉而尊称之，里也，海之矣。顷也，湖之矣。亩也，河之矣。”

广义的什刹海应当是什刹海三海，亦称后三海，即积水潭、后海和前海，后三海从德胜门逶迤蜿蜒数华里，与北海、中海和南海组成的前三海连成一片，把京师点缀得绝美无比，在中国北方诸多城市中，也算得上数一数二了。

什刹海是永定河故道较为宽阔的部分，最初并没有今天三海的严格区分。金代在今天北京西南处建中都，其东北就是如一片汪洋的海子和金天子的离宫太液池。剽悍却酷爱中原文化的忽必烈对这片浩瀚水泊情有独钟，在围困中都时曾发誓，今后建都一定将这块水域纳入都城。果然，在后来大都总设计师刘秉忠规划都城时，海子便被廓入城内了，那时的海子，与今天三海的形状不同，面积要大许多。

昔日的什刹海风光无限，元代许有壬《江城子》词云：“柳梢烟重滴春娇，傍天桥，往栏桡。春暖香云，何处一声萧？天上广寒宫阙近，金晃朝，翠岩徭。谁家花外酒旗飘？故相招，尽飘遥。我政悠悠，云水永今朝。休道斜街风物好，才去此，便尘嚣。”元代宋本的一首七绝说：“渡桥西望似江乡，隔岸楼台罨画妆。十里玻璃秋影碧，照人骑马过宫墙。”什刹海的位置在元大都中部偏西，南面就是大内，所谓宫墙正是大都内皇城的北墙。海子的水源系经厚载门过平桥、望云桥流入宫墙的，平静的绿水泛着涟漪，在阳光的映照下闪闪而动，如同斑斓的玻璃，似玛瑙般可爱。在大都宽阔的官道上，高冠华服的蒙古贵族缓辔而行，与红色的宫墙、绿色的垂柳以及水畔的楼台亭阁一并倒映在绿水中，实在是一幅美不胜收的画面，使多少人陶醉在这迷人的秋影里和清脆的马蹄声中啊！

那时候的什刹海是大都城里的码头。郭守敬引京北白孚等泉之水向西南汇集瓮山泊，而后折向东南，迂回入城，作为大都的重要水源。郭守敬又开掘通惠河，使南方漕运粮食的船舶抵达通州后得以直接进京，“川陕豪客，吴楚大贾，飞帆一苇，径抵辇下”，“扬波之橹，多于东溟之鱼，驰风之樯，繁于南山之笋”，船舶到达日下的终点，也就是今天的后三海一带。古籍上说：“（至元）十三年，帝还自上都，过积水潭，见有舳舻蔽水……”这个“帝”就是叱咤一时的元世祖忽必烈，从这个记载可以想见，当时的什刹海上樯橹成片，桅杆栉比，千帆林立，万舟埃乃，船歌高亢，一派繁忙景象。高珩《德胜门水关竹枝词》说：“酒家亭畔唤渔船，万顷玻璃万顷天。便欲过溪东渡去，笙歌直到鼓楼前。”从这个记述可以知道，元代的海子，不仅是城市里的港口和货物的集散地，也是旅游区和消费的重要区域。

到了明代，什刹海地区发生了重大变化。首先，徐达率领军队北伐攻克大都城，为了安全和管理的方便，将大都北面城墙向南移了约五华里，把大都北部抛弃在城外，这就使原来的城外水源入口不得不随之发生变化。在今天德胜门附近筑造水关，后来经姚广孝建议，在小岛上修建镇水观音庵，并最终成为清代重建的汇通祠。其次，南方的物资已经改为陆路运往北京地区，致使大运河荒置淤塞。元末战争结束，天下由大乱达到了大治，再没有疏浚运河，连通惠河也基本废弃了，面积逐渐缩小的什刹海，成为都市货物集散中心，变成了纯粹的游乐场所，留下了王冕“海子酒船高如歌”的诗句，当时的热闹景象，《天咫偶闻》中有一段颇为传神的描述：“长夏夕阳，火热初敛，柳荫水曲，团扇风前。几席纵横，茶瓜狼藉。玻璃十顷，卷浪溶溶。菡苁一枝，飘香冉冉。想唐代曲江，不过如此。昔有好事者于北岸开望苏楼肆，肴馔皆仿南烹，点心尤精。小楼二楹，面对湖水，新荷当户，高柳摇窗，大有西湖楼外楼风致。”戴璐的《藤阴杂记》也曾十分精到地描述了这里的情况和自己游览时的心情：“积水潭荷花极盛。潭在德胜门内，毗连秦家河沿，荷繁于昔。河沿有河船一具，仿西湖船式。六七两月，月望前后，放棹花间，明月清风，如游仙境，忘其在人海中也。”

二

广义的什刹海，要从今天的积水潭（也叫西海或鸡石潭）开始，它是后三海中面积最小的，在后三海中以周围多古寺为特色，因此名声甚大，并成了什刹海的代名词。积水潭诸寺观中最著名的是四面环水的汇通祠，里面有一块径有丈余的陨石，不知何年所存，下有石座，上有铭文，观者驻足抚摩，多有流连之意，而今此碑已被保护起来。积水潭南岸有高庙，高庙并非本名，而是因位置高踞水畔的俗称。第二次鸦片战争中被中国拘禁的英国使者巴夏礼曾被关押在这里。

高庙后来被毁坏，据说当年庙旁有一块石碑，刻着“梁巨川殉道处”，是为了纪念梁漱溟先生的父亲梁巨川。梁老先生生前居住在积水潭小铜厂一号，为清官员，酷爱读书，有“忠于清所以忠于世，惜吾道不敢惜吾身”的自勉联。清亡后，目睹民初乱象，留下“国性不存，国将不国”“我之死，非仅眷恋旧也，并将唤起新也”的《敬告世人书》后于生日当天投湖自尽。梁氏旧居在20世纪70年代改建总政排练场。

明初大都城的变化，堵塞了和义门西北诸泉进入京师的通道，为保证城市水源，在德胜门西汇通祠北另设铁棂闸，水经该闸注入积水潭。清麟庆在《鸿雪因缘图记》中记载：“其水汇西山一亩、马眼诸泉，经高梁桥，穴城址而入，为都城水源来路。故立关为之限，俗名铁棂。闸则以闸口密置铁棂，防人出入，仍无碍于行水也。”我对积水潭并不十分熟悉，而且在相当长的一段时间里，积水潭四周的一部分处于封闭状态。

后海以西、积水潭以北直到德胜门一带，历史上曾有一片面积很大的市场，叫什刹海早市，这里的货源来历复杂，或者是家道没落的官宦之家不肖子弟，缺钱花却丢不起人，放不下架子，或是打小鼓收破烂的要到这里趁天黑“出货”和“抓货”，甚至是偷盗来的赃物，当然也有自产自销的小手艺人，前三类人的货物总是要趁天色未亮出手，交易时按规矩不说话，以手相握，以出示手指和翻覆手掌告知价格和砍价，讲究的是“漫天要价，立地还钱”，一百块的东西可能十个铜子就能拿下。早市的规矩，只要天色放亮立即收摊。旧时传说，鬼通常在夜间出来活动，听不得黎明鸡鸣，正因此早市被叫作“鬼市”。另一种对“鬼市”的解释是，这里的主顾和卖家在灯笼风灯的光亮中显得人影憧憧。“鬼市”因时常出售纸板的“皮靴”、汉白玉的“玉石”和马口铁的“洋炉子”遭人非议，却也有慧眼者得到真货，只看你有没有特别的本事，家住北官房的书法家张伯英曾得王羲之《此事帖》，经考证，知其系金源内府收藏，为海内珍贵墨迹，后来张氏将《此事帖》真迹和《十七帖》馆本及包世臣的《十七帖疏证》手稿合印为《右军书范》，由商务印书馆在1927年出版。“鬼市”的魅力确实不小，难怪胡适、鲁迅等大家也时不常前来逛逛，查鲁迅日记，他曾多次到什刹海一带吃饭请客逛小市。

说到后海积水潭的市场，当年附近的老人都知道这样的话：“穷德胜门，恶果子市，不开眼的绦儿胡同。”德胜门一带不但居民穷，而且是与安定门驰名的北城乞丐聚居地。以“杆儿”为核心形成势力的花子们，白天倾巢出动，或板砖擂胸或铁钉穿额，或坐地静候或沿街讨要，或敲着牛肩胛骨唱数来宝，或扯着嗓门叫号丧歌，各有路数各显神通。一到夜晚，这些有着不同能耐的八仙便麇集于被人遗弃的破房烂屋，点起篝火以度寒夜。这些叫花子颇为老北京市民所不齿，但仅仅是贬之为“穷”“贱”而已，与“恶”并不沾边。当然，就是瞧不起叫花子，可谁也不敢招惹他们。开业或操办红白喜事的日子口，一旦主家儿没给前来讨赏钱唱喜歌的叫花子几个小钱甚至恶脸相向，他们便会有各色各样的手段恶心得你比死还难受。

鼓楼曾有北京两大果子市之一。北果子市坐落于后海北岸、今天的鼓楼西大街一带，专营干鲜果品批发零售，并逐渐形成了若干操纵市面的大买卖家。而北京人喜欢的山楂专利向来为马氏所独占，据说这是靠坐烧红的饼铛得来的——因为没有人比马掌柜的屁股更结实，所以大家乖乖地认输，马掌柜的也就成了“红果马爷”。新中国成立前，这一带的市场已经萧条，商业区的地位也不复存在，新中国成立后更成了一条普普通通的大街。不过20世纪后期，后海北岸一带又开设了地摊性质的早市，一度集中了不少旧书报杂志、鱼鸟用具、手工艺制品和其他各色小商品，后来因为维持清洁的需要被取缔。

挨着北城根儿的绦儿胡同一带，有不少居民专做金玉其外、败絮其中的“老虎活”——他们从打小鼓的手中弄来破布（北京人叫作“破铺衬儿”）稍加洗染，再添上败絮做成“棉袄棉裤”卖给更穷的人，就是老舍先生笔下丁约翰找马老太太做的那种活计，不过倒还不至于以烂纸代替棉花。东绦胡同明代设有枪局，曾因地震失火，籍载“延烧草垛，其烟如灵芝、如云、如浪，移时方散”，古人善使笔墨，连一场火灾也描得如此出神入化，居然烧出了动态的灵芝。

积水潭隔着德胜门内大街与后海相连，原来这里有单孔砖砌石拱桥，叫德胜桥，桥洞刻有同治年间永泉庵住持法明和西真武庙僧人捐资的镇水兽“镇海神牛”，它与汇通祠下的“镇海石螭”及崇文镇海寺的“镇海铁龟”并称北京的镇海三宝。德胜老桥早已没了，代之以普通的水泥桥，是民国时期的建筑。明代开始，德胜桥东面的后海曾有大面积稻田，清代有关记载称，后海有“稻田八百亩，以供御用，内官监四十人领之”。桥两侧“缥萍映波，黍稷粳稻”的风光在北京城内十分鲜见。从明代起，达官显贵便纷纷在这里兴建私园，如定国公园、米氏漫园、杨园等，但今俱无遗迹可考，正所谓“荒烟蔓草故侯家”。释家对这里的环境亦颇感兴趣，“桥东有永泉庵，北有佑圣寺，唐遗刹也。少东为寿明寺”（光绪《顺天府志》）。康熙曾游后海北岸的瑞应寺，据说看到寺内“文光果实忽并蒂骈颗，青荧光泽”，认为是灵光凸现，遂作诗曰：“喜雨滇黔有此种，花从贝梵待春融。龙章瑞应题真境，载笔欣瞻近法宫。内白皮青多果实，丛香叶密待诗公。冰盘光献枫宸所，更喜连连时雨中。”

后海形状狭长，在后三海中面积最大。我小时候在后海北岸的幼儿园里度过了一年多时光，后来才知道，其实这座幼儿园的园址原来是敕建大藏龙华寺，俗称小龙华寺，清末成为醇亲王府的家庙。清灭亡后，失了业的摄政王及其幼子溥任在家庙开了净业私立小学校。大藏龙华寺东边是占地八十亩的醇亲王府——溥仪称之为北府。这里原是清初重臣、协助康熙平定了三藩之乱的明珠的住宅，即纳兰性德的父亲，明珠后因受御史严劾而不再被授以权柄，所以在家安度二十多年，其子以独树一帜的《纳兰词》出名，至今网上仍有一批纳兰迷。明珠宅后来一度成了和珅的别墅，和珅死后其子仍承袭爵位，之后一部分作为和孝公主府，一部分为成亲王府。由于成亲王不是“铁帽子王”，内务府在他死后收回了府邸。原来在宣武门太平湖的醇王府（南府），因为出了光绪而成为“龙潜地”，不能继续使用，皇帝便把这个收回的宅子赐予醇亲王建府。边袖石《什刹海诗》云“平泉花木翠回环，相国楼台占此间”，新中国成立后，王府花园改造为宋庆龄住宅，宋庆龄去世后即对外开放。府邸部分是国务院宗教事务管理局。龙华寺西边有市第二聋哑学校（现已搬迁），最初是醇亲王府的马号。醇亲王府往东有一个规模不小的煤厂，为附近居民制造出售各种煤炭制品，我小时候曾多次到那里订煤买炭。印象尤其深的是，附近的马路以及河边的土，全是黑乎乎的，怎么扫也没用。

从后海幼儿园往西，居民不多，环境极为清幽，与前海最不同的是后海两岸多为粗大的柳树而不是杨树，柳枝在风中婆娑而动，婀娜娇态，惹得人心醉。转向同样清幽的南岸，有一带高坡，坡上有个小花园，过小花园，就是古代叫作“柳堤”的河岸，沿岸可到达银锭桥。

我在后海南岸的大翔凤小学度过了七年半时光——六年小学、一年初中和因为拉练而延长的半年。校园由胡同里的三处四合院组成，分别用做低、中、高年级校舍，其中低年级的校舍是很规整的院落，当地有人说是文绣的住宅，亦说属梅兰芳，现已为梅府所有。高年级的那个多进四合院有前廊后厦的房屋，房间的开间和进深都不小，举架也高。多年以后看了有关资料才知道，这里是清初战功赫赫的大将军兆惠宅子的一部分。可惜，知道这些时已是年近半百了。

清幽的后海南沿排列着不多的院落，但这些小院多在北官房胡同西口的东面。这些小院落称不上宅门，最有名气的也不过是26号那并不起眼的张伯驹故居，这个院落虽有临水的宜人环境，但格局却并不规矩。张先生乃民国初年“四大公子”之一，擅长诗词书画且酷爱收藏，为此不惜倾家荡产。新中国成立后，张将其收藏的李白《上阳台帖》、杜牧《张好好诗》卷、范仲淹《道服赞》卷、黄庭坚《诸上座帖》、赵孟頫草书《千字文》卷、西晋陆机的《平复帖》和隋代展子虔的《游春图》等珍贵文物献给国家。此时张先生的生活已近拮据，除了尚有住房外，日常生计只能靠夫人潘素为书画生产合作社画扇面书签维持。

三

沿地安门大街北行，便是鼓楼和钟楼——明清钟鼓楼的位置与元代略有差别，这片区域紧临漕运的最终点，因此成了元代大都的商业中心，繁华热闹一直持续到新中国成立前。《天咫偶闻》载：“地安门外大街，最为骈阗，北至鼓楼凡二里余，每日中为市，攘往熙来，无物不有。”喧嚣声中，地摊商号云集，招幌鳞次栉比，争夺着寸土寸金的“生存空间”。《析津志》说，这里有米市、面市、靴子市、衣帽市、皮市、缎子市、针线市、鹅鸭市、铁器市、柴炭市等等，一应俱全，甚至还有劳动力市场“穷汉市”。可以想见当时这里的繁荣，也能看到穷人的辛酸，他们不得不跻身闹市，像牲畜一般任人挑选使用。

走到后门桥，便可西望什刹海的高槐古柳和碧影清波，与喧闹的尘世相比自然是另一番风光。有诗道：“立马金桥上，荷香出苑池。石桥丘雨后，瑶海夕阳时。深树栖鸦早，微波浴象迟。烦禁一笑爽，正喜好风吹。”后门桥是座不大的石桥，元代叫万宁桥或澄清闸，也称海子桥。清代地安门俗称后门，故又名后门桥。桥建于元代至元二十二年（1285年），始为木桥，后改建为单孔石桥，桥下即元时通惠河船只进入海子的闸口。什刹海水从桥下东去，经过东不压桥、南河沿往南在正义路北口进入皇宫，河水从御河桥出皇宫，转向南从今天的台基厂二条流过，在苏州胡同南边的船板胡同折东，在东便门直达通州。

后门桥在老北京人眼里非同寻常，侯仁之先生考证认为，它是大都和北京城起源的重要标志。老北京则世代相传，说桥底下刻着“北京”两字的石头，别看城里城外到处有这两个字，但只有后门桥下的“北京”最古老最正宗，因此“先有后门桥，后有北京城”。张江裁《燕京访古录》说，“后门外地安桥下，有石刻三字，曰：‘北京城’”。徐国枢《燕京杂咏》说：“俗传地安桥下埋有石猪，即为北平之子午线”，此处所说的“猪”应为“鼠”字之误，鼠为子向，即南北向的子午线。据记载，1951年夏季，清除淤泥、疏通河道时，在淤泥中挖出了一根丈余长、七八寸宽的四方长石桩，石桩子一面上刻着一个三寸多长横着的石鼠，石鼠的下边，确有竖刻的“北京”两个楷体字。而正阳门即前门外河沿新中国成立后清理时也曾经挖到石马，马为午，与后门桥的鼠共同确定了北京城市南北子午向。

从地安门到鼓楼，后门桥的南边和北边都是各式各样的大小铺子。清末民初，这一带有许多店铺是远近闻名的字号，如与瑞蚨祥齐名的通兴长绸缎店、与六必居齐名的宝瑞兴酱菜园子，以及闻名京师的闻异轩香蜡铺和北豫丰烟铺。后门桥有一家古玩商店，字号记不住了，有资料说是李莲英和其他太监出资所开，且有太监违反禁令私自出宫到这里做些卖官鬻爵、收受贿赂的勾当，不知道这说法是否为真。我小时和大多数小孩子一样，不敢进那古玩铺的门，却经常在店外橱窗前徘徊，仔仔细细反反复复地看那些绝少见到的瓷器和字画，陶然之中忘却时间。古玩铺对面有家信（委）托商店——实际就是旧时当铺的变种，因为新社会了，不能再叫当铺。在信（委）托商店里曾经见到了当时绝少见到的老式座钟、怀表、西装和硕大的瓷瓶，对生活在那个时代的小孩子来说，称得上是“开了眼”的东西了。

老人们说，后门桥以东的河道在新中国成立前就已经淤塞，桥也破烂不堪。新中国成立后，因河水被改道为经北海而入前三海，后门桥东侧的河道全部被填平并建造了民房，随着工商业改造、大小商店公私合营，后门桥一带也失去了往昔的喧嚣。直到2000年，市政府为保护古迹对后门桥进行了整治修缮，掩埋在柏油路下的半截桥身和桥闸石被挖出来，毁坏的桥栏板按旧样修整。

沿着大街继续往北，一下后门桥，路西有座火神庙。旧时建筑大量使用木料，防火是个难题，因此北京有大小数十座火神庙，香火都很盛，其中最大的是崇文门外火神庙和后门桥火神庙。后门桥火神庙建于元至正六年（1346年），明万历三十三年（1605年）改增碧瓦重檐，名火德真君庙。大殿后面有水亭，可望湖水。火神庙建造在水边是为了“以水济而胜压魇也”。明朝时皇宫里几次失火，吓坏了皇上，于是每日从宫里开支，“给币五十清醮也”。明天启六年五月初六巳时，地安门内侍忽然听到有“粗细乐”过往，凡三次，于是四处寻找，发现火神真君出驾活动，随即发生地震和火灾。据说当时崇文门外火神庙的主人也伺机蠢蠢而动，企图助阵，与北城火神配合着在全城燃起大火。众庙祝慌乱得不知道如何是好，趴了一地乞求祷告。可能受到感动，此火德真君终于“举足而还”。这是关于北京南北两大火神庙的一段颇有意思的记载。从记载中可见，当时地安门火神庙的香火是最盛的，甚至一国之君也要将对火灾的恐惧和避免火灾的希望寄托在火神他老人家身上。

火神庙北临原有一座二层小楼，是座天主教堂，不是属于哪个门派，新中国成立后成为民居。我有同学住在二楼上，曾感叹他家一楼地板走上去极舒服，后来才知道那地板下面竟有深达一米的空间，可惜的是这座小楼被拆除了。

向北而行，鼓楼兀然而立，其势宏伟，巍然壮观。鼓楼元代名齐政楼，现在的鼓楼是明朝重建的，位置与元代稍有不同。按古代没有钟表，以钟鼓报时，所谓暮鼓晨钟，鼓楼上有十余面报更的大鼓，以更香和铜壶滴漏计时，与钟楼上的铜制大钟配合，分别用以白天和夜晚报时。与红体灰瓦绿色剪边的鼓楼不同，钟楼灰墙绿檐，形体瘦削，多情文人说二者一虚一实、一胖一瘦、一高一矮，所以将二者比作夫妻，亦为妙喻。在钟鼓二楼之间是一片不小的平地，民国初年辟为娱乐市场，设置游艺项目、风味小吃和儿童活动，是为一片面对市民的崭新天地。

鼓楼在明清两代曾是皇城北面的制高点，在当时条件下的城市防御体系中占有特殊地位。庚子年间洋兵攻入北京时，在这一带发生了激战。当时英兵企图占领鼓楼作为窥测皇城的据点，却被驻守在皇城北面的荣禄所部所阻，其中一名清军士兵单独在鼓楼上毙敌数人，被誉为“鼓楼勇士”。中华民国十三年（1914年），鼓楼作为图书馆，后来开放，展出报时的大鼓，尤其是被八国联军以刀毁坏的鼓面，并改名明耻楼，意为让国民铭记国家近代历史上的耻辱。

鼓楼附近商家密集，老字号不少，当然，新中国成立后已经没有能和前门一带字号相提并论的商家了，但附近的居民却对它们情有独钟，卖生熟肉的合成楼尤以酱猪头肉出名，卖文具的洪吉纸店，卖蔬菜的泰麟商店，卖糕点烟酒的公和魁和大德恒，吴肇祥茶庄子，京华和红都照相馆，在今天五十岁以上的人们嘴里，还时常可以听见这些名字。

四

鼓楼往南路西，有一条不起眼的窄小胡同，这是历史上赫赫有名的烟袋斜街。当地老人们说，此地以制作和出售烟袋闻名，曾为西太后清洗过烟袋，胡同口路北高台阶上的两家烟袋铺子门面尚在，曾以巨大的烟袋作幌子招徕生意。挨着烟袋铺，是一拉溜的饽饽铺、豆腐房、切面铺、浴池、油盐店、香蜡铺、裁缝铺，与日常生活的买卖一应俱全，加之临近鼓楼的优越地理位置，所以生意是错不了的。因此有人带着自豪地夸张说，这条胡同能和大栅栏媲美。前行向西，是门挨门的几家湖笔店、南纸店和裱画铺子。我小时候这里还有一家裱画店，里面有几位上年纪的老先生，总是在一张红木大案子上忙活，墙上挂满了装裱好的写意和工笔。后来才知道，这家铺子是早年的藜光阁，曾以制作仿古名画而以“后门捯”出名。“文革”后期为适应需要重新开张，黄永玉、范曾等大师常到这里裱画。

再往前走，是小有名气的广福观，这里在元代时一度成为全国宗教管理机构所在地，新中国成立后部分房屋改为粮店，后来全部成为民居，我的同学就住在里面的西跨院。小时我曾到过里面，大约是随母亲去找一个裁缝，依稀记得三间巍峨的正殿，殿前有石碑——因为经过“文革”，所以早不见了踪影，只有改了门窗的正殿三个券门尚在，似乎可以寻到当年的一些遗踪。前几年广福观重修，准备辟为博物馆。

公私合营后，鼓楼一带的商业服务业萎缩，烟袋斜街的繁华随之不再，我记事时，整条街上只有一家卖各种副食的合作社和一家兼卖副食品的酒馆，其他铺面已为民房，这使老北京望之兴叹，新市民则早已生疏了这里昔日的繁华。

继续往南走可以到达水边，首先看到的是前海畔著名的烤肉季，过去北京人吃烤肉讲究南宛北季，烤肉季开始不过是一溜河沿（从后门桥到银锭桥之间河边一带，本来还有一溜胡同，但现在已经因地安门商场改建拆掉）诸多烤肉摊中的一个，因为主人善于经营且制法规矩、用料讲究，买卖越做越大，发家后盖了二层砖木结构的小楼，号曰潞泉居，俗称烤肉季。

烤肉季旁边有座叫“小楼杨”的茶馆和“爆肚张”的铺面，都是二层中式小楼，小时候我的一个同学就住在里面，那时总觉得挺神秘。现在，爆肚张已以中华老字号的身份开张。至于那家新中国成立前消失的小楼杨，原是一家有代表性的酒馆，主人曾得内务府秘方，能整治出三五精致下酒小菜，但志向只在借这个平台结交文友、史友和棋友，酒馆因此赚钱不多，主人却闲云野鹤悠然自得。从烤肉季向西走几步，在银锭桥北路西有家豆腐坊。刘心武在小说《钟鼓楼》里把它改成了豆汁儿铺，并编了个有点意思的故事：店主的女儿被居住在附近的一个贝勒霸占，老夫妻被活活气死；贝勒则得到老天爷的处罚。

我对烤肉季印象最深的是当年的一场大火，那是我第一次见到失火的场面。火舌冲天而上，噼啪有声，观看者万头攒动，扑救者勇往直前，待火被扑灭，烤肉季已成废墟。从那以后，烤肉季多次修缮改建，至今已成华丽的临水小楼。食客置身水滨，面对绿水柳荫，口尝鲜脆肥浓，其乐融融，连路人也得惠——嗅着阵阵烤肉香味，就是不能涉足这香的发源地，也有几分满足。

若论吃喝，烤肉季固然有名，但地安门大街上另几家馆子也值得一提。一是后门桥边的合义斋，这里的灌肠和炒肝儿在京城可列入前茅，在北城小有名气。二是大街北口路西的马凯餐厅，以湖南菜号召食客，当时在北京独以湘菜打天下的并不多，如果菜不地道，很难立得住脚，据吃过的人说，马凯的口味确实不错，可惜后来随着鼓楼地区改造拆了。

沿河沿往西数步，便是著名的银锭桥，到我成年时，读了些有关的书，便有意来“赏”这座桥，可绝找不到一点当年风光。南面是乱七八糟的民房，桥两边不时传来小贩的叫卖和讨价还价的争吵以及土著的吵嚷，间或是汽车轰鸣着冲过石桥（银锭桥确实曾经为汽车撞坏过）和自行车铃铛声。桥下已非绿水而是混浊的发着黑色油渍浓汁，无论怎样清淤，还是不管用。记得1980年暑假，曾到当时尚属荒郊野外的高梁河“寻幽探胜”，惊叹那里污染的浊水，不料时间不长就已经殃及什刹海了。

新中国成立后，政府组织治理，清淤泥、砌石岸、铺马路、植杨柳、安护栏、装路椅，为万民所称道。记得小时候每年开春总有很多人做挖河泥的义务劳动，彩旗飘舞，号子震天。1984年，银锭桥进行了翻修改建，虽然面貌一新，但却显得单薄，怎么看也是仿造的古董，不如原来那古旧得有些破烂的桥看着舒服。

银锭桥的名气足以和卢沟桥相比自有缘故，一是风景宜人；二是有段当年脍炙人口的历史。论风景，《燕都游览志》说它是“城中水际看西山第一绝胜处”，“桥东西皆水，荷、芰、菰、蒲，不掩沦漪”之色。“南望宫阙，北望琳宫碧落，西望城外千峰，远体华露，不似净业湖之迫且障也。”就是说在积水潭观西山，障碍物多而且水面不开阔。银锭桥独一无二的位置，使其成为观山的最佳地点。驻足桥边，两岸柳枝婆娑，西山似隐似现，隐约之中格外凝重。刘侗、于奕正《帝京景物略》载，明代英国公张辅（燕王靖难时勋臣张玉之子，他自己也有战功，永乐二十三年（1425年）其女选为朱棣贵妃）“乘冰床度北湖”，经过银锭桥时，“立地一望而大惊”，原来自己置身于五色祥云中——万岁山巍峨似仙山拱卫，红色宫墙内绿荫如翠云环绕，海子中的稻田春夏绿而秋黄，似变换的彩云装缀，桥南万家炊烟缕缕而上如白云横空，西山层峦，晓青暮紫，近如可攀。于是他马上购买了桥南海潮观音庵（又名古刹海潮观音禅林）的一部分土地修造亭台楼阁，因与其在柴市旧园区别而称英国公新园，如此的举动，为的就是他为之惊叹的景色。明代园林造诣极高，可惜后来英国公新园废弃了，而且没法考证其具体位置，海潮观音庵旧址尚在，但已沦为民居，古刹遗风荡然不在。

使银锭桥出名的另一个原因，是坊间所传宣统二年（1910年）汪兆铭、黄树中、喻培伦在桥下埋藏炸弹欲刺杀摄政王载沣，但为巡捕发现而沦为阶下囚。汪氏毅然口占了“慷慨歌燕市，从容做楚囚。引刀成一快，不负少年头”的壮烈诗句，一下子出了大名，誓嫁汪氏的陈璧君也因此出名，银锭桥立即为国人乃至全国所知晓。辛亥革命成功后，汪氏以民国元老身份重访银锭桥。据单士元先生考证，汪氏谋杀摄政王的确切地点并不是银锭桥，而是后海北岸摄政王府附近鸦儿胡同西口和甘露胡同之间的一座干沟上没有名字的小石桥。

五

过银锭桥往东，犹如进入桃花源一般豁然开朗，凌乱的民房、喧嚣的尘世突然消失，这便是什刹海的前海。前海古曰莲花泡子，怡园老人《故都变迁记略》说这里“昔日荷花最盛，为消夏第一胜地”。几乎所有谈到什刹海的书籍没有一个不说起这里的荷花，足见其盛名。“都人士游踪，多集于什刹海，以其去市最近，故裙屐争趋”（陈宗藩《燕都丛考》）。这里“荷花最盛，每至六月，士女如云，然皆在前海北岸，他处虽有荷花，无人玩赏也……凡花开时，北岸一带风景最佳。绿柳垂丝，红衣腻粉，花光人面，掩映迷离，直不知人之为人花之为花矣”。（富察敦崇《燕京岁时记》）。文人骚客游览什刹海留下了许多诗章，多不胜举。仅以袁宏道《饮北安门水轩》为例：“秋容瑟瑟上茭芦，湖上青山镜里姝。碧瓦黄墙宫树里，涌金门外看西湖。”

明代，海子的漕运码头功能下降，三海一带逐渐成为游览玩乐的所在。明清的京师，景山北海是禁苑，中山公园是社稷坛，文化宫是祖庙，故宫是大内，诺大城圈子里可供平民游玩的，只有南城陶然亭、北城什刹海等为数不多的场所，其他地方或过于背静，或路远不便，或只在春节才热闹，陶然亭地处城南一隅，偏僻且荒凉，因此文人骚客布衣百姓都对什刹海情有独钟。什刹海地区的游览范围开始在积水潭一带，清末则移到前海。民国初年，政府将前海西岸正式辟为临时市场——即后来所说的荷花市场，范围从什刹海南岸冰窖开始，经过大堤直到北岸，时间从端午节到七月十五，前海更加热闹，以至于别处“无人玩赏”了。

临时市场持续到新中国成立初期，此后三海整治，前海呈现了另一种风光——古朴。前海面积比后海小，但湖面却显得宽阔，这和它近似圆的形状有关。在湖的中心有一座圆形小岛，附近居民叫它大岛，岛上原来只有柳树。前海河水平均深度比一个人的身高稍微深些，岸边的水最深时可以到脖子，而大岛周围的水深至少有一个半人的高度，对于初学游泳的人来说充满神秘，从岸边游到岛上是每个孩子的愿望。我小时和大多数北京会游泳的孩子一样，并没有今天孩子们的救生圈、气床和教练，稀里糊涂就会了，后来不但能游到大岛，还能从北岸到对面游几个来回。

从银锭桥往东水畔称前海北沿，北沿靠近银锭桥一带原来只有银锭桥胡同房子的后山墙而少有院门，近年因开酒吧的缘故，好几家的后山墙改成了铺面。前海北沿原来有家木柴加工厂，附近居民叫它劈柴厂，工厂只有两台电锯和若干把柴刀。在每天不间断的刺耳电锯声中，粗大的原木被锯成菜墩子大小，再由工人——多是五十开外的男女——用柴刀劈成长四五寸直径一寸的劈柴棍儿，送到煤厂论斤出售。那些老头儿老太太们戴着围裙和手套，就坐在河边劈木柴，劈好的堆积在河边的露天仓库里，那里堆的劈柴足有几丈高。小时候放了学路过这里，常驻足看劈柴的人，总觉得那工作有趣，因为工人们那不急不忙悠然自得的神气和一气呵成的流畅动作透着一种安逸宁静的美。

劈柴厂往西有许多院落，多是普通小院。一些院落开在南官房胡同的门不太讲究，而面临什刹海的后门却精雕细镂，或在临湖院墙上开窗洞，透过透窗借景，把桑田、苇塘、莲池当成自家的花园。这一带河边多是杨树，高矮层叠的房屋和高大的杨树搭配起来非常协调。有传说北沿有吴三桂宅，但没有确凿的证据，这处院落的房子档次不低，曾开办过街道托儿所。从“传说的吴宅”向西不远有座不起眼的随墙小门，20世纪20年代郁达夫自日本留学回国、在北大任教时曾在这里居住。祖籍浙江的郁达夫对这里的水乡风光欣赏有加，在《故都的秋》中说：“租人家一椽破屋来住着，早晨起来，泡一碗浓茶，向院子一坐，你也能看得到很高很高的碧绿的天色，听得到青天下驯鸽的飞声。从槐树叶底，朝东细数着一丝一丝漏下来的日光，或在破壁腰中，静对着像喇叭似的牵牛花的蓝朵，自然而然地也能够感觉到十分的秋意。”什刹海畔最美最有诗意的秋天，经郁达夫的笔，便在瞬间凝固成了如淡墨描绘的山水画了。前海北沿最西头是一度驰名京师的会贤堂，从会贤堂向南，沿着大堤可达北海后门。

前海北沿这排院落北边紧邻着南官房胡同，我从出生便在这里住了二十多年。南官房的来历颇有意思，有些老人说，当年西太后刁买民心，以买官粉的钱盖了一片民居，故名官房。据说这些人住进官房后十分激动，不仅感谢皇恩浩荡，更对老佛爷敬重有加。这说法纯属坊间传闻，更多的人认为南官房的名字是因为这里曾为明朝关防。

南官房颇住过几位大人物，身份最显赫的要算康熙第十子胤䄉，其府原址在胡同西，大门对着慎思胡同（这条胡同早已并入南官房）。胤䄉参与了阻止雍正继承大统的秘密活动，因此在雍正即位后被废，直到乾隆朝才恢复名誉。小时候听说南官房住着个皇姑（其实是住前井胡同的溥仪的妹妹），偶尔听到一句“看皇姑”，大人孩子便抢着张望，却不记得皇姑长啥模样，只记得走路慢悠悠的。溥仪羁押苏联时曾私立的皇位传人毓嵒也住南官房。此公是个典型的小老头儿，街坊们指着他儿子称“大头他爸爸”，有时也叫他皇亲。“文革”期间曾被勒令扫街，改革开放后，这老爷子常为人题词写字并上媒体讲些陈年旧事。20世纪80年代初，我有一邻居老太太说，毓嵒与她家是亲戚，见了她要规规矩矩地请安问声“二婶儿好”，不知道他们的辈儿是怎么论的，可惜和这老太太聊得太少了——她的爷爷公是清四川总督、正一品魁俊，到他们这辈儿早衰败了，但家里那几件硬木家具和小件瓷器还是挺抢眼的。我同院另一不知道名字的“名人”是位大夫，他女儿就是房东。大夫曾供职太医院，民国后在地安门的药铺坐堂，医术不错。据老人说，这大夫给人看病很像京剧《沙家浜》里假扮大夫说的：“病家不用开口，便知病情根源。说得对吃我的药，说得不对分文不取。”我姥姥说，新中国成立初门洞里和倒座的后窗上还挂着不少“杏林高手”“妙手回春”之类的匾。

我小学时每天经过的北官房、大小金丝套、前井和后井胡同、大翔凤小翔凤等胡同，同样古老，同样有不少大名鼎鼎的人物，也有好多故事。南官房北边有槐宝庵，本名净海寺，古籍记载说，寺里有一株古树，“其干南倾，而枝向北，树心已空叶犹茂盛，其势蜿蜿若龙幡”，此树据说已经成精，常常作祟，于是有人出资打造巨型铁链锁在树干上，以防妖孽与人为敌。

六

四季交替变化，为什刹海带来无限风光，只是当时年纪小，没有过多注意。但还记得一次，看到凛冽秋风中的河水被冲撞到石头岸上，激起一两尺高的浪花，砰砰有声，虽称不上“惊涛拍岸，卷起千堆雪”，但对久居城市的孩子来说也着实震撼，引得我驻足良久，耽误了回家吃午饭的钟点。

什刹海冬天的味道叫人难忘：呼啸的北风从空旷的冰面上狂掠而过，扫得河边干枯树枝发出凄厉的啸声。急忙往家赶的路人行色匆匆，在昏暗的黄色路灯惨淡的光中紧缩了双肩，恨不得把整个人都躲进棉猴里，踏在残雪上的急促脚步吱吱响个不住。这样的场面，只要亲身经历过，就一定会有种“意会”的感觉。如果是下过雪后，树枝上被冻成冰碴的雪粉偶尔会随着呼啸的风打在人脸上，如撒来一片尖锐的沙粒，躲都躲不开。打在衣服上的雪渣，发出微微的不大却清脆的声音。有几次，我就在这样的情形下疾步赶着回家，满脑子都是红通通的火炉、热乎乎的棒子渣粥、老腌萝卜和在炉盘上烤得外壳焦脆的馒头，倒也别有一种特殊的意境。

我对冬季什刹海印象最深的是打冰，按清旧例，每到冬天要从三海等处破水捞冰，冰块被送到许多冰窖储存起来以备夏季之用。冰窖包括供应大内的官冰窖、属于府第自用的府冰窖和为商号及店铺市民服务的商民冰窖。工部规定，府第和商民冰窖在官冰窖藏冰不敷使用时可向宫廷售冰。民国后，官冰窖和府第冰窖或停或售或租。

清朝时，每到夏至之日皇家冰窖启窖，至立秋日止，由内务府按官职发给冰票，官员个人领取，民国初年仍沿旧制。民间也可以享用窖冰——当然你得有这样的条件。什刹海附近有两个清时期至民国年间最发达、营业最好的冰窖——李广桥东宝泉冰窖和白米斜街西口冰窖，它们分别从后海和前海伐冰，专做饭庄肉铺的生意，一年四季随时开窖售冰，而积水潭附近则有专做果局子生意的冰窖。后来前海和北海后门之间的小花园就是当年的冰窖之一，冬季这里以冰凿空，内装蜡烛为冰灯以为招揽。还有些小贩夏天里前来批发少量碎冰，沿街叫卖，供平民使用，谓之“冰核（音胡）儿”。

冬季，坚冰因为天气原因有时会突然断裂，发出巨大而沉闷的声响，白天几乎听不到，夜间却因静寂而震撼人心，甚至令人有几分恐惧。作家刘心武创了个词，叫“冰吼”，还专门撰文述之。我从小到大也没有听说过“冰吼”这说法——土著称为“炸冰”，但以这个自创的词形容独特的声音和意境，确算得上贴切。

什刹海还有一个宜冬的玩意——冰车，是小孩子用木板和铁条做成的玩具，跪在上面，用两根铁钎子一戳，冰车就如飞一般前进了。稍微上点档次的用三角铁，角铁前端锉成锐角以利克服小的起伏；后端则锉出刹车用的直角槽。高速行驶中将屁股向后一压，即可迅速停车，那种伴着“呲”一声的制动感觉很是刺激。如果铁丝窝的打纸弹绷弓子和冰车组合，那就相当于火力和机动力结合的战车，冰面上以这种战车进行对抗是激烈刺激的游戏。现在什刹海冬天也有冰车出租，上面都装一个小板凳供人坐在上面，这样的形制在当年是为孩子们所不齿的，因为它滑不出速度，也体会不到刹车之乐。

古代的冰车形体要大得多，是作为交通工具使用的，叫冰床，乘坐冰床可以在三海和护城河畅通无阻地行驶，甚至可以沿着通惠河直抵通州县城。《明宫史》载："阳德门外，冬至冰冻，可拉拖床，以木作平板……一人在前引拽，可拉二三人，行冰上如飞。"《燕京岁时记》云："冬至以后，冰泽腹坚，则什刹海、护城河、二闸等处皆有冰床，一人拖之，其行甚速，长约五尺，宽约三尺，以木为之，脚有铁条，可坐三四人。雪晴日暖之际，如行玉壶中，亦快事也。"同时在禁苑三海——太液池、中海和南海也要举行滑冰比赛，名曰"大阅冰鞋"。有清皇帝还曾留下这样的诗："太液冻坚冰，冰床胜画船。随风疑解缆，趺坐俨乘仙。镜面频回复，湖心任引牵。澄清真可鉴，致远达前川。"

除了冰车冰床之外还有冰鞋，不过不是今天使用的现代化器械，而是在鞋底装上铁条（北京人称"豆条"），玩耍的人说不出是娱乐还是比赛。据说有人为了展示神速与人打赌，居然可以用不到一个时辰的时间到通州买来大顺斋的糖火烧或东路锅烧！这属于玩速度的，所谓"流行冰上，如星驰电掣"。还有玩花样的，《燕京岁时记》说："冰鞋以铁为之，中有单条缚于鞋上，身起则行，不能暂止。技之巧者，如蜻蜓点水，紫燕穿波，殊可观也。"记得小时时常看见有人着新式冰鞋溜冰，其技之娴熟，形之美妙，叹为观止。改革开放前有冰刀的人不多，且冰上时常发生为争"婆子"或"拔份"的殴斗，因此大人不愿意让孩子到冰上去。我亲眼目睹过一次溜冰者数人落水、奋力抢救仍有死亡的事，也亲眼看过不止一次不同规模的殴打，因此对于冰敬而远之了。

什刹海最叫孩子喜欢的是夏季，因为可以下水游泳。那时什刹海的河水尚属干净，扎猛子下去，有时候能看见鱼。每到夏天，大人们喜欢到河边凉快，或闲谈，或棋牌，或闭目养神，或凭栏远眺。孩子们更是以此为乐园，他们无拘无束地喊叫嬉闹，丝毫没有暑热的感觉。当年，什刹海北岸最热闹的地方在劈柴厂一带。一到伏天，河岸人声鼎沸，远处听去不亚于吵蛤蟆坑（这种声音现在没有了，我刚搬家到望京时在北小河边还听到过）。水里像煮饺子，不过人们还是趋之若鹜，至少可以使人在心理上感到凉快。要想游得痛快，就须往中心游，那里水深，有时候还会碰到水草，但人少。

我的童年有很多夏天的晚上就是在河边度过的，虽然家里管得严，却也不禁止游泳，不知不觉中竟也学会了弄水，经常是穿上游泳裤，一分钟之内便到达水中。稍大些，常到后海河边，几个同学一起做完作业，到水中游上一阵，其乐融融难以尽述。游泳大抵可以持续到立秋后，那时候再游，水的感觉就完全不一样了，颇有一点刺骨的味道。至于破冰冬泳的，那时并不多见。

“文革”时期，每年7月16日，要纪念毛泽东畅游长江，附近单位众多的工农兵学商人等，分为方队，推着浮在水面的领袖像和标语牌，喊着口号在什刹海游上一圈，引得附近万人空巷，过路的不免驻足，更有一大早就从家里拎着板凳等在水边的人。这活动在当时具有强烈的政治色彩，但在文化生活枯燥的时代，却颇有人缘，每每是万头攒动，甚至学校还因此放过两节课的假。

七

每年从端午节到中元（旧历七月十五），前海就成了京师内城的第一胜地。北京的天气，就全年来说还算宜人，但夏天漫长而炎热，单是酷暑烤人还好说，伏天的闷热蒸得人喘不上气来，实在是还没有空调电扇时代的人受不了的，于是什刹海就难怪要“仕女云集”了。来这里一是为了避暑消夏；二是为了品尝土宜。

什刹海的吃食，真可以说是靠水吃水，不但取材方便，而且深得水的风韵，即使写篇万言大作也难以尽述。20世纪50年代初临时市场关闭，什刹海成了一片净水，连河草也被打捞得干干净净，再也见不到这些吃食了。后海倒是养鱼且专门设立管理机构——老百姓叫他们“查河的”，稽查甚严，也屡屡见过捕鱼，可始终不知鱼到哪里去了。

《帝京岁时纪胜》说，“帝京莲花盛处，内则太液池，外则城西北隅积水潭。植莲极多”，因此“都人结侣携觞，酌酒赏花，篇集其下”。还说京城的莲藕分为两种，太液池的为果藕，莲子“嫩而鲜，宜承露，食之益寿延年”，而什刹海的为菜藕，“菜果皆宜，晒粉尤为佳品”，莲子“坚而实，宜干用”。此外还有“鲜菱角、芡实、芡菇、桃仁，冰啤下酒，鲜美无比。”这里所说的就是夏季什刹海最重要的吃食保留节目——冰碗了。严淄生《忆京都词》解释说，“宴客之筵，必有四冰果，以冰拌食，凉沁心脾”。冰碗的原料取自河中，新鲜莲子、鸡头米、菱角、藕（有的则配以桃仁、杏仁等）放在小碗里以冰镇之，加上白糖青红丝，又凉又脆又甜又鲜，大可开胃醒酒。

什刹海几乎所有出名的食品都讲究一个鲜字。冰碗之外，还有八宝莲子粥和荷叶粥，其中荷叶粥是把上好的粳米熬得黏糊糊的，然后把荷叶置锅中盖上盖离火焖，使荷叶的香味完全融合在粥里。附近的老百姓也喜爱这样的吃法，不过据老人说，是要先把一片荷叶放在锅里，倒入滚粥后再盖上一张，然后盖锅盖焖，这样味道更浓。有了这些吃食，加上水面徐徐的清风和微微的荷香，真是“柳碧午亭暗，荷香暑坐深”，暂时可以忘记夏季的酷暑，这的确是北京得天独厚的优势所在，难怪清朝的严辰回到南方老家后，回忆起在京生活感慨良多，写了很多《忆京都·竹枝词》，一面发牢骚一面无奈地忆旧，其中一首道：“忆京都，赏夏绿河湾。冰果登筵凉沁齿，三钱买得水晶山。不似此间蒸溽暑，纵许伐冰无处所。”

什刹海的吃食主要分布在北岸和大堤，特别是西岸的临时市场一带。北岸有一座会贤堂饭庄，早已是民居了。我小时多次为这座精巧的建筑物惊奇，为什么在平房中会有这么一处二层小楼呢？后来才知道是个饭庄子，一翻资料更是惊叹，几十年前，这座饭庄在北京的地位太重要了。《燕都丛考》记载，会贤堂原在前海南岸，而这里原是张之洞的家祠，没有楼。张府厨子僻为饭庄后，张之洞与之换房，且“筑堤通湖南”，生意随之兴旺。第二种说法是《道咸以来朝野杂记》所云，这里原来是礼部侍郎斌儒私邸，光绪末辟为饭庄。

从旧时文人描述和老照片中可以知道，会贤堂门前飘扬着京式饭庄幌子，精致小楼掩映于水滨的绿柳浓荫之中，地利独一无二。栅栏后有大铜牌子，上镌会贤堂饭庄字号，并有“包办满汉全席”“供应应时小卖”的条幅。进门影壁前是养着太湖石的巨大太平水缸。小楼西侧有几进的四合院，后来成为卫戍区宿舍，小学时常进去上小组，印象是房子做工细致，画栋雕梁，非一般民居所比。

和当时京师的多数庄馆一样，会贤堂的菜也是山东风味，但用料相当讲究，厨子的技艺上乘，而且逐渐为适合国人口味不断改进，再结合河鲜特产，很快就名气冲天，加上附近达官贵人宅第云集，所以马上驰名京师。当朝显赫常来此宴饮，门前华丽轿车络绎不绝，许多重要的国务活动、私下的交易甚至龌龊的勾当也是在这里完成的。摄政王载沣多次在这里召开集会商议挽救王朝的残灯末庙，溥仪和内务府大臣宴请民国总统徐世昌也是在会贤堂上。很多文化界名人诸如梁启超、王国维、钱玄同、胡适之都在这里留下过足迹，艺术界的“大腕”也时常来此，或唱堂会或聚友小酌，于是在游玩的人群中经常会发出“看梅兰芳！”“看杨小楼！”的惊叹之声，翁偶虹老人在《北京话旧》中曾经对此有过详细地描述。对吃食极为挑剔的梅兰芳在

《舞台生活四十年》中有这样一段记载：会贤堂“夏季另有掌灶的，水平和泰丰楼一样。因为它是一个消夏胜地，临河一排旧式的楼，可以凭栏赏荷，什刹海岸边高柳静垂，蝉声聒耳，湖中红莲清香远送。吃炸笋鸡、新鲜的莲蓬、菱角、嫩藕，喝点陈黄酒，甜点心也好，琥珀莲子、枣泥酥盒都异常可口……”

会贤堂最为辉煌的年代是清末到民国定都南京的一段时期，那年月，随着城头大王旗的变换，门前云集的，先是大人们的绿呢大轿和有身份的爷带着他们梳大把头的福晋格格或学着西洋人卷发的夫人、姨太太、大小姐的红围子大鞍车，后来便是四轮双马、挽具金银闪光的西式马车和被今天称为老爷车的福特与梅塞德斯轿车。当然也一直有漫步而来、一看就知道非官员也非布衣的人物。光顾会贤堂的自然没有粗布衣短打扮的普罗阶级，也很难想象真的有几位窝脖儿、板儿爷或者打小鼓的一旦光顾会贤堂会是什么结果，但是，买卖家虽难免势利，却也有自己的生意经，绝不会叫照顾主儿尴尬，更不能一下子把人撅到南墙上而得个骂名。据说，有一次一位中学老师带了群学生游什刹海，正赶上饭口儿，于是来到会贤堂。掌柜的叫准备了廉价的炒饼，而且每人奉送高汤一碗，一时传为佳话。这就是商家的精明，这些孩子的嘴就是活广告，而且留给他们个好印象，保不齐长大了就成了会贤堂的常客。不像后来的商家，宰一刀拉倒，蒙一个算一个，这，就是不厚道。

1930年，国民党改组派和西山会议派头面人物云集会贤堂召开党务会议，是这座饭庄子的“最后辉煌”。30年代日占时期，会贤堂和多数买卖一样生意凋敝，直到抗战结束后关张，因此没等到坐着道奇吉普的接收大员和身上带些根据地泥土气息的进城干部光顾，真是“一抹寒烟笼野塘，四围衰柳带斜阳。于今柳外西风满，谁忆当年歌舞场”。1948年，京剧大师郝寿臣的公子郝德元促成辅仁大学校友会买下会贤堂的房产，作为对母校的献礼，郝德元先生为此赋诗：“什刹海畔景色优，前人房地后人收。昔日帝王堂前燕，飞入辅仁校友楼。”我与郝德元先生的公子同事，有一次闲聊，他打趣地和我说：此乃家父剽窃“王榭堂前”之作，不足为奇，说罢二人相对哈哈笑了一阵。新中国成立后，会贤堂的一部分成为中国音乐学院职工宿舍；另一部分则是卫戍区机关的宿舍，常到那几个院里的同学家上小组，还记得那房子的质量相当不错。

《道光都门记略竹枝词》说：“地安门外赏荷时，数里红莲映碧池。好是天香楼上座，酒栏人醉雨丝丝。”余生也晚，自然无法描述坐在楼上边观赏边饮乐的心情，只能靠前辈的记叙领略其中风采了：置身会贤堂上，湖水和柳荫尽收眼底，整个荷花市场一览无余，暑热天里，在这里或聚朋会友，或独自小酌，三五知己，先来一个冰碗，然后美酒河鲜，或山南海北神聊，或行令猜拳拇战，甚是惬意，难怪乎古人说置身这里就可以流连忘返、忘却一切尘世的喧嚣与烦恼了。

什刹海得以招揽顾客的食品绝不是仅有河鲜，也有切糕、扒糕、豌豆黄、小窝头、芸豆卷、灌肠、炒肝儿、面茶、奶油镯子、杏仁茶、酸梅汤、凉粉、驴打滚儿、豆汁儿、刨冰等北京人喜欢的吃食，还有连居住附近的王爷贝勒也喜欢的萝卜丝饼和苏造肉，后来还引进了洋货——冰镇汽水、冰激凌等新鲜玩意儿，因为游览者并非全清一色的国粹主义者，且中国人对吃的问题向来是兼容并蓄来者不拒，加上附近又集中了受西方思想教育的教会大学——辅仁大学的时尚学子，因此洋玩意儿照样好卖。

品尝小吃的场所主要在前海西岸直通北海后门前的长堤上，这里每到夏季都要用杉篙、苇箔和竹席搭上凉棚，带栏杆的凉棚一半搭在岸上，一半在打进水里的桩子撑起的木板上。由于“沿堤植柳入云霄”，大堤两侧全是荷花，无论往哪个方向看，都是荷花组成的背景，坐在凉棚里，一面观赏荷花一面品尝美食，在暑热天里足以丢开烦躁。大堤上除了吃食摊棚还有茶肆、书馆，可以品香茗、听唱、饮酒、聊天，那滋味真是天上人间。

荷花市场也是孩子的乐园，北岸一带有许多杂耍、游艺、小玩意摊子，耍猴的、变戏法的、拉洋片的、套圈的、玩马戏的、踢毽子的、摔跤练把式的、唱小戏的、出售儿童玩具和小商品的、算卦的、写字作画的，还有小孩子垂涎的各种手工艺制品现场制作出售：惟妙惟肖的面人，惹人喜爱的糖人，草编的各色的小动物和鸟虫、装在树枝上的蜻蜓标本、蝈蝈、蛐蛐，没一处不使人止步，且不用掏钱买门票，有钱多花，没钱不花，各取其需，量力而行，所谓有钱的捧个钱场，没钱的捧个人场，因此人人满意。夏季什刹海大堤一带的热闹景象，是可以想象得出来的。近人张恨水的《啼笑因缘》即以什刹海市场作为故事的背景，当然，从张先生的小说中也会发现，游人中不乏地痞流氓的身影，可什刹海的混混儿，比起天桥的实在是小巫见大巫——老舍在《龙须沟》中塑造的黑旋风和冯狗子是南城大小地痞流氓的典型。难怪老北京说，好人不逛天桥，虽然也有好人不逛什刹海的说法，但始终没有流行起来，可见这里流氓地痞和天桥根本就不在一个能量级上。

什刹海附近住过不少文化人儿。有大名气的且不去说，《燕都丛考》记录了一个奇人，“南丰赵声伯卖字为生，小楷称当代第一，僦屋湖滨，疏帘竹几，望若神仙中人”。以天下小楷之首，落得租房卖字为生计来源，可见旧时落拓文人的苦楚。虽有入画美景，却不免时常为果腹事发愁，神仙中人也不免添几分哀凉，与附近会贤堂上的高朋满座、喧闹吵嚷、换盏推杯、猜拳行令形成了鲜明的对比。可换过来一想，这恐怕也就是大隐隐于市吧！

由于地处西北城，什刹海一带见到有身份或曾有身份华族贵胄并不稀奇。清亡后，贵为天子父的载沣，时不常会溜达到荷花市场吃萝卜丝烧饼。就是我小时候，见到溥仪的妹妹子侄之类的人物也不算新鲜。后来在海外大名鼎鼎的吴冠中，也不过和我同学住在同一个大杂院儿。说不定，那位趿拉着鞋、端着碗豆浆上边架俩油饼儿的，就是前清的贝勒或者将军，那位骑着除了铃儿不响哪儿都响破自行车的，就是位清史稿的编纂者，那位坐在门口小板凳上摇着大蒲扇、喝着大把儿缸子里酽茶的，就是北洋时期的某某次长局长……

八

每年七月十五一到，就是荷花市场最后的时刻。七月十五既是中国传统古老的“关鬼门关”后的节日，也是道教《太上三官经》所说的解厄水官洞阴大帝的生日，亦是佛教的“乌兰婆拿”即解倒悬之盂兰盆会。民间旧时风俗，七月十五中元是与清明、十月初一并列的三大鬼节之一，各佛寺要办盂兰道场，放焰口，请求地藏菩萨超度亡魂。这一天，要作法事，烧法船放河灯。有钱人的河灯是专门制作的，带莲花形木头底座，精致而美观。一般老百姓的河灯可以用半拉西瓜皮或苤蓝、南瓜甚至茄子插上蜡烛或梵香做成。民间儿歌说：“荷花灯，荷花灯，今儿个点了明儿个扔。”黑森森的河面上，无数的烛火香头星星点点，有如夜空中的闪闪繁星。这种习俗起源何时已难考证，《燕京岁时记》说，“荷叶灯之制，自元明以来即有之，今尚沿其旧也”。《帝京岁时纪胜》记载了道场盛况：“七月三十日传为地藏菩萨诞辰。都门寺庙，礼忏诵经，亦扎糊法船，中设地藏王佛及地阎君绘像，更尽时，施放焰口焚化。街巷遍燃香火于路旁，光明如昼”。

什刹海一带盂兰盆会的重头戏在鸦儿胡同广化寺进行，后海的河灯远比前海多。传说广化寺是一位高僧用毕生化缘得来的布施建造，光绪年间重修，清代督抚徐继畬曾为之题写碑文。广化寺有五进院落，规模宏大，且以一排房舍与银锭桥附近的尘世隔离开来，因此极为静谧。宣统元年曾辟为京师图书馆，收集宋元明清皇家藏书，后为国民政府教育部接管——鲁迅曾负责这项工作——应当算是国家图书馆的前身了。“文革”时，广化寺已改为民居，我曾看见过斗志激扬的红卫兵在寺前广场上开批斗会、焚烧书画。

“文革”后广化寺重新修葺，迁走了寺里的居民。我有幸到广化寺参观了刚刚恢复的盂兰盆会道场（当时院里还住着一些居民），只觉得香火气很重。近些年来，旧风俗重新恢复，每到七月十五晚上，一片萤火装点着河面。虽然许多人颇觉新鲜，但我总以为陈腐气过重。

旧历七月十五以后，秋雨到来，秋风瑟瑟，荷花枝残叶败，而人们似乎也没有“留得残荷听雨声”的闲情雅致，于是，再没有人来这里赏玩，民间道是“雨来散”，不无讥讽的味道。

会贤堂正对着一道通向前海南岸的大堤，相传大堤是和珅出资修建的，故有和堤之称，大约和珅想史上留名而仿效苏堤和柳堤。大堤的西侧也有一小片水域，叫西小海，西小海的水来自积水潭，不与前海直接相连，但大堤中部有座单孔的小石桥，如此设计是为了让水通过西小海首先流入皇城。有记载说，什刹海从明代起种稻子，最广时稻田一直从积水潭到前海绵延数亩。明朝时稻子的种收由内宫监负责，专供大内食用，每至夏季，“桔槔之声，不减江南”，旅居京师的南方官吏骚人，每每至此闻得稻香，不免牵动水乡莼鲈之思，怀乡之情油然而生。

听老人们说，新中国成立前，什刹海种稻子的范围已缩小到仅限于西小海，西小海几乎干涸，后来被填平也就顺理成章了。新中国成立初，西小海先是被改造成天然游泳场——当时叫什刹海人民游泳场。后来填平，与大堤连为一片陆地，成为市业余体校，许多著名体操、武术、乒乓球运动员最初都是在这里接受训练的。游泳场因此挪到大堤东侧，二分钱一张门票，是附近孩子的乐园，也是附近学校组织体育课游泳的地方。20世纪后期，游泳场取消，西岸经过修葺恢复了市场——称荷花市场，盖了一片仿古建筑，专营纪念品和吃食，已不是为平民开设的游乐场所。

大堤南边的空地原是冰窖所在，新中国成立后开辟为小花园供附近居民娱乐休憩。六七十年代时，这里一度因僻静而使人们充满恐惧——谈虎色变用在这里并不过分。早期的流氓、红卫兵和“文革”后期的“顽主”“圈子”，经常云集于此，甚至为“拔份儿”或“拍婆子”“叫茬本儿”而大打出手。80年代后情况有所改变，每天黄昏时，就有老年人三五而来，及至夜幕降临，或围着楚河汉界对阵厮杀，或操着胡琴自拉自唱，或云山雾罩漫天神聊，倒也是怡然自得，一派祥和。可惜的是，这里后来被围起一片，改建成盆景奇石园和餐馆，附近的老北京也就不能再随意出入了。这种割占水面周边地盘的事虽然不止这一处，但最终还是没有呈蔓延趋势。

冰窖东边的白米斜街有张文襄公的私宅。直隶南皮人张之洞不仅有殿试时被慈禧钦点探花的出身，也有从清流名士、词臣领袖而出任封疆大吏的通顺经历，更具备不迂腐、不糊涂、清正廉明而有进取心的品质，在两广、湖广、两江总督任上干得有声有色，最终成为晚清重臣。光绪三十三年（1907年）张之洞奉旨入京任大学士、军机大臣，拿着湖北善后局下拨的两万两银子修缮费在白米斜街建宅。与标准四合院不同的是，富有开明思想的张之洞为自己设计的两进院落有临前海的五间二层楼，可尽情观望什刹海风光，这不但吻合中国文人志在山水的理想境界，也吻合了一贯主张中学为体的张之洞晚年退隐山林尘世、颐养天年的意愿。张宅今日还在，但早已沦为大杂院，遭到一定损毁。曾为末代皇妃的文绣，受到新思想的影响，在天津果断与宣统离婚，新中国成立前后曾在白米斜街居住过很短的一段时间。

折而往东，又回到地安门、后门桥，继续向北的临河一带称一溜河沿——早就改称前海东沿了，在历史上这一带曾着实风光过一阵子。过去这里是一带墁坡，沿水有粗大柳树掩映着的小径，老人们说，走那里要不断低头以躲过柳枝。市井传云，严嵩被罢官后穷困潦倒，曾到义溜胡同乞讨，因不熟悉地势而从胡同西口跌倒并一路滚入前海。严嵩在什刹海一带乞讨并无准确记录，但他的行踪与西北城联系似乎不少，小有名气的柳泉居的匾，据说也是在他失势后为换饭吃写的。

一溜河沿向东有一条通向鼓楼大街的一溜胡同。没被拆除时，它算得上是北京城里最狭窄的胡同之一了。从一溜胡同出去向北一拐有家邮局，曾是70年代末期北城重要的自发集邮交易市场。据说一溜河沿是当年什刹海临时市场范围内卦摊集中的区域，戴着古香古色的眼镜、身着长衫、头顶瓜皮小帽的“半人半仙”们，占卦看相，指点迷津，云山雾罩，摇头晃脑，煞有介事。记得我小时候这里还有专门出售金鱼的，大木盆里养着各种各样的美丽的鱼。读了张中行老人的文章才知道，原来这里竟不乏身怀绝技的老师傅。

清至民国，一溜河沿和一溜胡同聚集着的几家买卖，里面有名震四九城的广庆轩书茶馆、东和顺棋茶馆和集香居茶酒馆，其中最著名的是广庆轩。北京是评书发源地，听众又是生活在皇上脚下的子民，多少都有些见识和知识，耳朵准确得近乎苛刻。北京说书的公认，害怕东华门外东悦轩和地安门外广庆轩，这两处的听众最难伺候，偶一说错即遭批评指责，严重的甚至难以继续吃这碗饭，何况，像书画巨匠溥心畬、大阿哥溥儁、末科状元刘春霖、九门提督江朝宗、《燕京岁时记》的作者富察敦崇以及总管太监小德张、四十八处总管太监李乐亭、京剧名角金少山等都是广庆轩的常客。虽然敢来广庆轩献艺的都是评书界的佼佼者，可哪个敢不尽心竭力地伺候各位爷？要想偷懒玩点儿花活，门儿也没有！

九

从前海大堤向西，可抵现在的前海西街，这条路在恭王府前折而北上，到柳荫街，最终可达后海。这条路原来是一条河，名月河或越河，俗称月牙河，周边一带古称柳树湾。月河是积水潭分出来的一股支流，其水流入与前海仅隔一道堤的西小海，并经过大堤中部小石桥通向前海，与经过银锭桥的河水呼应成回抱之势，并形成了“银锭观山水倒流”的独特景观。

有文章说银锭桥下“水倒流”，是因为新中国成立前疏于管理，前海淤塞，水向后海“倒灌”所致，其实这是不了解什刹海水系的想当然解释。当年前海的水通过月牙河来自积水潭，明朝中叶开凿这条套河的目的是保证皇城用水，故月牙河水进入西小海后首先注入北海，有了多余后才进入前海，前海的水一部分经后门桥向东南而去，最终汇入惠通河；一部分则通过银锭桥向西流入后海，也就是说，今天我们看到后海是什刹海的上游，实际是当年的下游。水由前海流向后海，与中国河流的流向相反，故被视为“倒流”。什刹海水系改造后，前海的水通过银锭桥自后海而来，“水倒流”的现象也就消失了。

月牙河上曾有不少小桥，其中两座很有些名气，一是越桥或曰三转桥，民间称三座桥。从古籍记载看，数十年乃至数百年前，这座石桥相当著名，且桥附近一派盛况。元代马祖常诗云：“朝马秋尘急，天潢晓镜舒。影园云渡鸟，波静藻依鱼。石栈通罗汉，银河落水渠。无人洗寒露，为我媚芙蕖。”明朝胡俨诗曰：“浩荡东风海子桥，马蹄请蹴蠕尘飘。一川清水冰初泮，万古西山翠不消。何处水车联绣幌，谁家华馆拥金貂。广寒宫阙红云近，时有天香下碧霄。”三座桥为文人骚客咏吟，一是地理位置；二是本身的优美；三是附近有西涯十景之一“响闸烟云”。《宸垣识略》记“响闸在月桥东”，水流经此闸时因落差从响闸轰然入前海，故名。不过三座桥早已踪迹全无了，据老人们说，那是一座不大的单孔（也有人说是三孔）石桥，在20世纪50年代初三海改造时拆除。三座桥西接“玉河”之水，南望宫禁之墙，东临荷花之池，因此附近多有王府和要员的宅子。

越河风光古朴清峻，味道深长。古代书籍说它“平湖远树”，“清流急湍，映代左右”，《燕都游览志》说，“德胜桥下泛舟东行而南，得藜光桥，经僻岸无人行，古槐浓樾，覆荫如画”，由这寥寥几笔可以想见，那时清水湍急，两岸高槐古柳，绿荫森森，景致清幽，境界极盛。明代李东阳（西涯）就住在附近的煤厂，他称这里为“京城第一佳山水”。月河在新中国成立前已经淤塞，污泥使河道越来越高，美丽的河道成了污水排泄的臭沟。1952年市卫生工程局以下水管道代替河道，将明沟彻底改造成街道，道路两侧种植柳树，定名柳荫街。虽然这样的改造不无遗憾，但当年恐怕也是无奈之举。即便是填平了河道，这一带仍以幽静取胜，加之附近居民不多，显得格外安静。80年代徐向前元帅为街道题名“柳荫文明街”。作为胡同游的重要景点，现在的柳荫街几乎被飞驰的三轮车和喧闹的游人占据了，人们已无法想象当时的如画风景了。

在越河上的另一座著名的桥也是不大的石桥，名为李广桥，说到李广，人们就会想到神功利箭射石虎的飞将军，也的确有人想当然，在某报上撰文，说这座桥是因为李广当年得胜归来而有了名字。实际上，此李广非彼李广，有这桥的时候，射虎的李广已经死了一千多年。这里的李广是明代弘治年间以善用符录祷记而受宠的一个太监，因为出资建造了石桥而又希望扬名，他请李西涯为石桥题字，李耻其为人而拒绝。后来李广罪发自杀，他的宅子“私引玉河之水”也成为其一大罪状。皇帝怀疑他的录祷有什么奇章秘籍，就派人抄了他的家，结果只发现了一本可疑的书，上面记载某某大臣赠白米若干、黄米若干，都以千百石为计。皇帝疑心而问左右，他为什么一年要吃掉如此多的米？人云黄米即黄金，白米即白银，可见其贪污之巨。李广事发后，这座李老公修的桥也被改为藜光桥，但因为过于文饰而叫不响，因此不了了之。

俊美风景使什刹海四周集中了不少大宅子，明代时，有镜园、漫园等官邸别墅大多集在积水潭附近，到清代则移至前海一带。这些宅子的主人不是一般的土财主，贝勒贝子府邸自然不用多说，仅是亲王府就有几家。按清制，显祖以下儿孙曰宗室，用黄带（就是老舍《正红旗下》里大姐夫所说的，要约几个黄带子来帮助教训一下二毛子，而且可以"往死了打，打死再说"的那几个朋友），疏者曰觉罗，用红带。宗室封爵的，从亲王、郡王、贝勒、贝子以下凡十二等。亲王因爵位最高，府第最为尊崇，大门五间，门柱绘彩龙，九纵七横的门钉，有石狮子、大照壁。正殿七间，脊有吻兽，基高四尺五寸，后殿五间，后寝七间。正殿设有绘五彩金龙文的三座八尺屏风，还设有类似皇家的官吏，俨然一个微缩版的朝廷。除了世袭罔替的八大铁帽子王外，若主人老死由其子继承，但按制爵位降低一等。削爵或无嗣者由内务府收回。谈及这些的目的，是为了说明，今天人们知道的什刹海一带王府和其他挂爵人物的府第，其实主人是变换的，而今所说的都不过是最后的主人而已。

越河向北拐弯处有恭王府，这里曾是清初重臣和珅的宅子，从和珅之子丰绅殷德的诗句里可想见其图画般的魅力："半池鸭绿水，几阵柳丝风。缓步寻芳径，疑与桃源通。啼莺断还续，人在画图中。"和珅"集横、贪、奢于一身"，"宠冠朝列"二十多年，在电视剧中被王刚演绎得惟妙惟肖，直到嘉庆在他老子死后，才抄了和大人的家，得到了差不多相当于清廷三四年财政收入的外快，还有不少甚至连皇上老子也没见过的宝贝玩意儿，难怪民间说"和珅跌倒，嘉庆吃饱"。和珅栽跟头的罪状有二十二条之多，其中之一与李广一样，是私引玉河水；他家里的铜铸路灯和太平缸，也因为不符合皇家规定而被没收，至今仍在紫禁城西路。和珅一倒，这块风水宝地自然成了抢手货，向往已久的嘉庆的哥哥成亲王得到了花园，庆郡王得到了府邸。成亲王重新整建了旧园，并获恩准引玉河水——反正玉河水已经被引了，皇上索性做个顺水推舟的人情儿。后来成亲王永瑆政途失落，在家潜心书画诗文，且颇有造诣。咸丰时，西太后将这里赐给帮助她铲除顾命八大臣的小叔子恭亲王奕䜣，对她没有什么价值的成亲王则被迫迁出。

恭王府对外开放时我前往参观，回忆起小时候的许多见闻。当时一些同学就住在这座“公安部宿舍”里，他们时时邀大家去玩，那时去多半是小孩玩打仗，对山水花木、楼台屋宇并无更多的印象。高二临毕业时，提及旧时风物的文字开始见诸报刊，《北京日报》上有连图带字的“豆腐块”，讲的就是恭王府。1979年初某天，我们几个学生与教地理的吴玉洲老先生下课闲聊，说到恭王府，老先生兴致大发，一同窗当即邀先生一游，老先生欣然带着我们几个弟子前往。吴老先生身材瘦削，一头白发，不大爱讲话却学识渊博，于是有了一两分仙风道骨的神韵。这次长了不少学问，今天仍历历在目，恍然昨事，而吴老先生和当年教过我的许多老先生一样已为古人。后来才知道，实际上公安部宿舍不光是被居住者自称的恭王府，还包括了与其紧邻的另一座王府，两府间原有一条细长的夹道（即府夹道），与恭王府相邻的府邸主人乃是蒙古阿拉善旗王，其中第三代阿拉善王罗卜藏多尔济娶了皇室格格娥掌郡主为妻（故其府被当地人叫作罗王府）。罗王二十一岁始理旗政，戎马半生，军功显赫。他曾进军伊犁平乱，因平疆战功晋爵和硕亲王，荣获清廷的最高封爵。

被现代影视作品叫作“鬼子六”的恭亲王，虽然是一些作品中的反派，但实际上，相貌伟岸、见识不凡的奕䜣本来是差点儿成了皇帝的，也是王室成员中最早睁开眼睛看世界的有见识的人。奕䜣在祺祥政变中帮嫂子成就了两宫垂帘的大事后日子并不好过，他的后人和绝大多数爱新觉罗后代一样，没有也不可能守住家产。恭王府的房地产，像马其诺防线一样被零割碎售，最终成为公产。府邸包括著名的天香庭院和九十九间半先卖给辅仁大学，新中国成立后成为中国音乐学院，其他部分则集中了好几家单位，初中时到北京风机厂学工劳动，厂房也是恭王府的一部分。至于阿拉善王府，也随着民国后主人返回蒙古而被逐渐租借以至出售，最终成为机关宿舍，一直到今天也没有腾退出来。

幸运的是，一种传说改变了这两座府邸的命运，使它们没有遭到彻底毁坏。当地居民特别是住在花园里的公安部家属都知道，这里就是曹雪芹笔下的大观园。这种说法由来已久，并为清末民初的红学考据派重视——他们曾细致入微地“论证”了这里就是大观园。反对者则称，这种说法站不住脚，恭王府不是大观园，而大观园却是参考了恭王府的设计。这些争论引来了总理周恩来的视察，他要求做好保护工作，可能正因此，即使是“文革”中，这里保存得也还算好。

恭王府西边有庆王府。庆王起先并不起眼，因工于心计，没有几年就踏上了坦荡通衢的仕途。庆郡王升为亲王后，其府迁到定府大街，所谓定府，是指明初开国元勋、成祖朱棣的岳丈大人、死后封为定国公的徐达的府邸，据说其府北边直抵后海，面积极大。清代时徐达府成为直隶总督、大学士琦善的宅子，庆亲王搬过来后大兴土木，经营多年，终于使他的新府以奢侈豪华而名冠诸王府。清亡后庆王府的主人跑到天津做了寓公，这里经过多次闲置、占用，最终在日占时期出售，以后成为北京卫戍区后勤部所在地，军人生性豪爽而少有细腻，加上当年尚没有保护文物古迹的意识，这座府邸遭到的破坏便自然而然成了现实。庆王子辈所分的三个院落有两个进行了现代化改造，建了楼房。小时候我曾跟一位邻居多次到这里看电影，还能看到些带廊子的老式房舍，以及一座戏楼——它是该府最具有价值的建筑物，可惜在20世纪70年代的一场大火中灰飞烟灭。

定府大街向西直达护国寺，据说护国寺由元朝末相脱脱所建，其中的佛像即为脱脱夫妇坐像，可惜早已不在。脱脱为了挽救大都的危亡，曾经想了许多办法，开凿新河引水入京改善漕运，在京西种植水稻，变更币制发行至正宝钞，但没有一个成功，以至于大都城里流传着一首《醉太平令》：“堂堂大元，奸佞专权。开河变钞祸根源。惹红巾万千。官法滥，刑法重，黎民怨。人吃人，钞买钞，何曾见。贼做官，官做贼，混愚贤。哀哉可怜。”护国寺是当年北京几大著名庙会之一，老舍先生作品中多次提及，可惜寺几乎没了。定府大街还有梅兰芳大师的故居，往西有宣统弟弟溥杰的住宅，稍北的棉花胡同有蔡锷将军旧宅。

什刹海一带的房子，有极其规矩的四合院，也不乏小门小户的随墙门和新中国成立后改造或新建的说不清什么形制的房屋和院门。不过，直到二十年前，从胡同里一走，还是能看见早年间留下来的磨砖对缝的墙壁、如意门和金柱门、门楣和马面上精致的砖雕、门前造型精美的抱鼓石以及上马石和拴马桩，虽然残破，但精美却远非今天的仿制品可比。

今天，什刹海一带的四合院成了观光者眼里的宝贝儿，可游客很少知道，这些假古董的历史不过十来年。十多年前，这一带的房屋大多陈旧破烂，虽自50年代起曾对过度破旧的进行了修缮（唐山地震后更有大批房屋得到修缮）甚至重建，但和当时北京民宅一样，这一带的居住条件十分恶劣。几乎每个院都是大杂院，居住拥挤，卫生环境差，居民自建的各式房屋，则彻底破坏了四合院原有的形制甚至格局。

近些年，出于改善土著居住条件和旅游的需要，什刹海一带进行了号称修旧如旧的保护性修缮，但多是外非金玉而内为败絮的“古建筑”。我还有亲戚住在经过改造的老房子里，住进去就没断了出毛病：墙壁裂缝，房柁下垂，屋门变形，房顶漏雨，接着又在闹蚂蚁，找到房管部门，人家一解释，敢情使用的木料都是原汁原味，没经过烘干的必要环节，就带着蚂蚁卵充当栋梁了。

要讲到胡同和四合院，足足可以做一部书了，邓云乡等以老一辈的自然有资格捷足先登。晚辈吃的饭并没有超过前辈吃的咸盐，当然不敢造次奢谈。至于时下不断出现的关于胡同的书籍，实在不敢恭维，抄来抄去的老是那几句话。虽然有“天下文章一大抄”的说法，但抄的水平却有高下的分野。

十

对于胡同游的“老外”（外国和外地人）来说，是看活化石，要真正领悟老北京的风韵，须有生活的体验，否则，可能连皮毛都了解不到，更无法被那种平淡、真实的生活所感动。当下人们爱把“京味儿”挂在嘴上，可惜并不一定真明白这种味道是什么，甚至进行曲解。京味，不等于张嘴爷们儿闭嘴骂街，不等于提笼架鸟泡酒缸茶馆，更不能以天桥的一席杂八地代表老北京。真正的京味，是实实在在的生活，这种生活，才是什刹海的“人的味道”。

我从小住在一个标准的中型四合院里，胡同路北有三座院落，三院的房主没出五服。我住的那院属于前清一位御医，御医的儿媳妇活到20世纪70年代末。

我的童年和少年生活在一个扭曲的年代，许多记忆是荒诞的，却是真实的。院子里的垂花门，早在50年代“大跃进”时就已经被拆毁，两株极粗的大树，一榆一槐，也在“文革”中锯断挖走填进了砖窑，以备深挖洞的材料。记得是1966年，一位“红五类”，极其认真而充满义愤地用斧子将屋门和大门上的雕花一点点砍去，好像每一斧都是在捍卫着他们永远不变色的铁打江山。一些深居简出的人会突然出现在批斗大会上，在震天的口号中和挥舞的腰带下用肩膀夹着脑袋瑟瑟发抖，一些从来没有见过面的人忽然在某天早晨胸口挂上黑牌子扫街。路过垃圾站，时常能看见了一些从没见过的东西：穿旗袍女人的照片、整盒的象骨麻将、打破的极细的瓷器碎片、西洋化妆品和一些当时不知道名字的小玩意儿。

那时候，胡同里几乎没有什么吆喝声，沿街叫卖把需要的东西送到居民的手上，会养成好逸恶劳的习惯，于反修防修不利。东西都要自己去买，送来的只有煤、报纸和书信，先前还有牛奶，后来也一度中断。夏天偶尔有些卖冰棍的老太太，但只是在卖不出去才肯到胡同里来，从她们手里买的定是半软的货色。上幼儿园的孩子，原先起初有专门接送的三轮儿童车，后来，据说是因为怕小孩子从小学会剥削也取消了。

银锭桥往北，烟袋斜街西口有家一间门脸的酒馆（原是油盐铺），也兼卖油盐酱醋和定量供应的粉丝麻酱淀粉火柴肥皂和凭票卖的食用油，里面靠东的柜台卖生活必需品，几位售货员都是老派，是公私合营时组合进来的，年纪都在五十来岁，永远是一副不紧不慢的做派：不管排队的人多人少，总是慢条斯理地和顾客打招呼，慢悠悠地用竹子提子和铁皮漏斗装酱油灌醋，用古香古色包着银头、乌木杆镶嵌着银刻度且秤盘子已经从圆形磨成几乎是三角形的秤约盐约糖，而且包糖一定是梯形纸包，包盐一定是三角形纸包，永远不乱，有从心所欲不逾矩的风度。靠北的柜台，专门出售散酒和小酒菜，柜台上是一排贴了价签的黑陶酒罐，上面紧塞着包了红布的盖子，还有一只带着刻度的三角形量杯，这是小店唯一的现代化器皿。啤酒装在煤气罐一样的桶里，以塑料升散卖，今天已经叫扎啤了。柜台下面摆放着装了香肠和熟肉的碟子，传出阵阵诱人的香味，和酒香混合在一起，是极有诱惑力的味道！卖副食品的柜台同样具有吸引力，玻璃柜子里，有三分钱一包的玉米花或四分钱一包的大米花，有五分钱一包的空心豆和一毛钱一包的榆皮花生，还有一分钱一块的水果糖和二分钱一块的牛奶糖或棍儿糖。靠东墙有两张桌子，三五酒友，边喝边聊，兴奋之处，面红耳赤，大呼小叫，说得比喝得热闹，这些人多是喝用厚壁白瓷杯子装的散白酒。今天想来，这小小的酒馆，颇有旧时大酒缸的神韵。

小铺稍东是一家合作社，公私合营前是鑫钟酱园，专卖副食品蔬菜。因为是国营的，比小铺要牛得多，运来蔬菜和猪肉，售货员会公开留出些好的，不但从来不避讳排成长队的顾客，还坦坦荡荡地大声宣布：这是给机关团体留的！和小酒馆相对的鸦儿胡同口上，有一家早点铺，每天早晨热闹非凡，单是门前排的长队就足以说明生意的红火，其实并不是他家的服务上乘或是货有什么特别的地方，而是当时的店铺太少了。

银锭桥北的空地上，是附近居民买冬储大白菜和白薯的地点，多少次在这里排队、领号、装车。空地北就是烤肉季和一家粮店。粮店里是一拉溜半人多高的木制粮柜，里面放着白面、米、棒子面，赶上特殊供应时也有红豆、绿豆、江米等杂粮。售货员手底下很有准，你要多少斤，他们就能准确地给撮出来，用大秤一称，最多差不了一小碗。20世纪80年代，全国商业兴起了学习百货大楼售货员张秉贵的运动，学习内容之一就是热爱本职、技艺精湛，即所谓“一抓准”。当然，绝对的“一抓准”是办不到的，而实际上，北京老派的售货员中，“一抓准”并非什么特殊的本事，而是长年累月操作的必然结果，在北京胡同深处的各种小店铺里，这样的售货员并不少见。

出烟袋斜街往南一拐，把口是一家食品商店，老人们称之为“公和魁”，后来才知道，那是开业于光绪二十年（1894年）的老饽饽铺。“公和魁”往南是家银行，小时候去过几次，第一次看见了柜台里的宝石和金银饰物，后来自然随着生活的革命化而取消了。银行旁边有家一间门脸的早点铺，卖油饼、豆浆、烧饼、火烧，还有八分钱一个的豆馅火烧，高中在东郊学工时常买两个当晚饭，吃得挺带劲。早点铺往南便是地安门百货商场，早先是一拉溜平房铺面，70年代建了楼房。对商场的记忆并不多，但有几件事印象却很深，一是老式货架上立着一排排整齐的布匹，散发着一种特殊的棉布香味。二是售货员收款时把钱和票据夹在上方一块小木板的夹子上，然后挥臂一推，夹子便飞向收款台，那动作极潇洒，后来改成电动传递了，那优美的姿势也就看不见了。第三个记得清楚的，是对孩子充满诱惑而对大多数家长来说是累赘的专卖儿童玩具的几个柜台，因为孩子们走到那里，绝对走不动道儿，我没少见在玩具柜台前蹲着躺着撒泼打滚的孩子。

烟袋斜街出口往北，把口是开业于民国初年的洪吉纸店，很大的铺面分为两部分，北边卖文具，南边卖纸。虽然这里也有价格不菲的英雄金笔和整刀的纸，但大多是一块钱以下的买卖，比如一分钱三根自动铅笔芯或一个信封或两张信纸，六分钱一把削铅笔刀或三支铅笔或大半瓶蓝黑或纯蓝墨水。卖纸的部分好像永远忙碌，一张大桌子上，售货员用镰刀一样的裁刀把整开纸割为小块，以备卖给学生。纸店北边紧邻一家副食店，卖菜牛羊肉和水产。每到星期天，门口总有长长的队，有卖两毛五或三毛八或四毛二一斤的带鱼或五毛五一斤黄花鱼的。有端了盆、锅买几分钱一块的豆腐的——大多是买北豆腐，少有人买软绵绵的南豆腐，尽管它比现今的“白玉豆腐”强得多。

什刹海地区不缺水，可早年间同样没有自来水，几乎每条胡同里都有水井，但大多是苦水，一般收入的家庭用苦水洗衣服，买甜水做饭泡茶，甜水是由山东籍的“借光儿二哥”（也尊称为“三哥”，背后则叫“水三儿”）用水车从井窝子送来的，依例不当场付费，只在门洞墙上画五个一组的鸡爪子的图形，每月来数一次鸡爪子要账，直到新中国成立初装上了自来水。小时候还见过胡同中部空地上有公用自来水管子，口渴时撅着屁股拧开龙头猛灌一气，的确带劲，这大概就是北京土语“撅尾（yǐ）巴管儿”的来历吧！

什刹海附近的老人熟悉祖祖辈辈流传下来的许多传说神话。那时候文化生活枯燥，晚上坐在院里聊大天，是夏天消除暑热的好办法。虽然各家在自己门前种了倭瓜扁豆向日葵和草本花木，但唐山地震前院子里还是有大块的空地。那时院里有两位上岁数的最爱给孩子们说古，其中一位山东籍老头，浓重的乡音，嘴里净是些狐黄灰白柳大头妖没脚怪之类，而那位清一品的孙子媳妇，则喜欢从当时已经开戒的“四大名著”一直讲到《山海经》《世说新语》和《阅微草堂笔记》。当年，找个积古的老者，他会指着鼓楼给你讲玻璃指头李二，遥望钟楼给你叙述铸钟娘娘要鞋来，告诉你当年残暴的皇上佬儿严刑拷打沈万三，出神入化地神聊宝庵的树精曾打算随乾隆爷下江南微服私访，宛如亲自经历过一样叙说哪院哪间房的底下镇压着的海眼……说到高兴处眉飞色舞，说到激昂处怒发冲冠，可今天这样的老人几乎没了。

年轻时，只要在报纸上见到恢复北京旧貌的报道，就会有莫名的兴奋，但几次的经验却让我冷静下来。复出的庙会无异于自由市场，老玩意儿成了点缀，永定门成了车水马龙中的小盆景，什刹海的整治最终弄成了喧嚣的旅游买卖街，平安大街两侧的建筑物有如穿帮的古装剧，以及天天说要保护却迅速消失的平房区，都昭示着一个残酷而有力的事实：现代化——不管它的内涵是什么，都无法阻止；而一旦商业目的贴上了现代化的标签，一定会带着巨大的破坏力摧毁一切。

说古李广桥

六十岁往下还知道什刹海李广桥的人，不多。前些年有报发文，说李广桥的名字和西汉飞将军李广有关：李将军征匈奴班师入右北平城，建桥作为纪念；又有一说是，桥乃李广在右北平射虎处。倒腾老北京的故古典儿，是好事儿，可这俩说法编的水平并不比时下野导游的信口开河强。右北平是郡而非城，治所今已无考，就是找到，也和后来的北平搭不上界；李广射虎那年月，今天北京城这地界还是荒地。这故事唯一的“价值”，是把这座小桥的历史拉长了一千年，咱不少人爱拿着悠久的历史自慰！

明代北京仍以元初郭守敬从京北引的白浮泉等为京师水源，但水关挪到德胜门，积水潭的水通过一条略呈L形的狭窄河道向南而西，在今天荷花市场附近汇入前海西边的一沼小泽，再入前海，最终汇入后海，与经过银锭桥下的河水形成回抱之势——其间的陆地就是金丝套。

这条小河叫月河或月牙河，也称清水河，是明清两代京师最具野韵的河道。明代笔记中说这一带“平湖远树”“清流急湍，映代左右”“岸无人行，古槐浓樾，覆荫如画”。可以想见，清水湍急的河两岸绿荫森森，景致清幽。再加上岸边民居的院墙土垣剥落，杂花野草丛生，衬着高槐垂柳，和水边泊着的小船、堤上晾着的渔网，很难相信这古朴清峻的境界竟是在日下内城。

明清两代，在京做官的南籍人士不少，对家乡的眷念在所难免，于是有水乡神韵的月河成了思乡抒怀的绝好去处。《京尘杂录》有这样的描述：“明湖滉漾，大似江南水国，每过其地，辄令人起秋风莼鲈之思。有龙庆堂，水槛，回廊，轩窗四敞，盛夏入其中，一望芰荷芦荻，间与凫鹥鸥鹭，上下浮沉，薰风滕凉，心清香妙，恍如置身海上三神山。”有“立朝五十年柄国十八载”之称的明代“伴食宰相”李东阳更是对这块地方钟情了一辈子，称它是“京城第一佳山水”。月河风光固然优美，可两岸居民的出行往来也受到影响，于是在月河上出现了好几座桥，以建筑材料而论，李广桥是其中档次最高的。

李广桥的位置，在今天厉家菜所在的羊房胡同东口，就是月河由西向南拐弯的地方，这座简单的单孔石拱桥由李广捐建，但此李广不是汉代那位飞将军，而是明朝弘治年间一位因善用符录法术和祈祷祭祀的太监，他受宠于孝宗，常借诏旨大行私弊，夺占京畿民田、垄断贩盐得利和接受大笔贿赂，用时髦的话说是典型的“大老虎”。李广自然不会放过风光优美的月河，不但买地建宅，还引玉泉山水绕于宅第。明清两代，私引玉河水是当死的重罪，孝宗却对弹劾视若不见。弘治十一年（1498年），李广终于出了事，他劝孝宗修建的毓秀亭落成之后幼公主夭折，不久清宁宫大火。占卜结论是万岁山建亭犯了岁忌，大怒的太皇太后要求查办，李广畏罪自杀。

对李广仍如鸡肋的朱祐樘遣人去他家里查抄“异书”，结果找到了一本簿子，上有数名文武大臣馈送黄白米各千石百石的记录。孝宗不解：这李公公多大肚量能吃恁多的米！侍从说：黄米白米就是黄金白银。孝宗这回真动了气，停拨李广的薪俸，但还是赐给了祭品。

李广权倾一时，但毕竟身体残缺，在六根俱全的当朝文武面前矮人一等，于是捐建石桥佛寺以为功德，又请李东阳为桥题名，因为李东阳是诗坛领袖，又长于篆隶楷行草，可他耻于与李广为伍，又不愿意得罪他，便回以婉拒和拖延，直到李广饮鸩，桥名仍只在口头而没刻在桥上。中国有传统，官倒了必要灭他的痕迹，李广一出事，就有人提出将桥名改为“藜光”，只因字面矫情，叫起来又拗口，才不了了之。也有人顺水送人情，说李广桥其实叫李公（李东阳）桥，可惜没人同意，毕竟李阁老没为这桥掏过一两银子。直到清代，法式善还在骂李广，说“奸珰遗秽，桥亦蒙羞”。这是中国文人的毛病，怕被这桥的“遗秽”玷污了，别走就是，一座石头桥，有什么干净不干净！

清代，李广桥附近住过不少名人，如康熙年间未经殿试却被赐了状元的蒋廷锡、乾隆年间的状元法式善、权倾一时的和珅等，也曾有过和孝公主府——最后成为恭亲王府、庆亲王府，以及愉郡王府（后来的涛贝勒府）。新中国成立后，这一带住过不少党和国家高级领导人，其中有徐向前元帅，他晚年曾几次在家接待过来访的居委会老太太，又亲自题写了“柳荫军民文明街”。徐帅的警卫班成员、邢台籍战士袁满囤，1982年2月14日为救后海落水者牺牲，时年21岁，至今，柳荫街的街心花园仍立着这位朴实憨厚的小伙子的塑像。柳荫街还住过杨沫，其小说《青春之歌》在“文革”中被批为“破鞋闹革命”。读读杨沫儿子老鬼和张中行的文章，更能了解一个多方位的杨先生。张伯驹和潘素住的那不合规矩的小院，坐落在李广桥东街——现在叫后海南沿，不知道张先生和杨先生是否在后海边上碰过面，碰面又能说些什么。

月河东段北岸、过恭王府往东不远有片四合院，号称“海涯精舍”，资料称，这里“原为唐姓所设。内设佛教图书馆和佛堂”，此唐姓者，即为唐师曾的祖父唐宗郭。唐师曾，中国第一个只身前往海湾国家采访报道的新华社战地记者。我和师曾同学，他父亲、唐老先生最小的公子曾教过我半年语文课，有师生之谊，这使我对他家的事多少知道些。唐氏乃无锡望族，唐老先生是京师大学堂的首届毕业生，做过北洋的官，潜心佛学，广做善事。1920年华北大水，老先生卖掉了自己的一幢小楼，用得款为灾民买粮建房，感动得溥仪拿出数千大洋赈灾。唐老先生夫妇极和善，去他家，老先生就是躺在床上也要笑眯眯地向我点头示意。“文革”中他老公母俩被批斗和殴打，房产被尽数强占。唐老师被关押，师母带着三个孩子屈身在我家对门的小厢房里，连菜刀都被没收。直到尼克松来华后，老先生的晚辈从海外回来探亲，唐家的境况才有了些许改善。在他家，常见当年“海涯精舍”的照片，其势宏大，堪称那个年代的豪宅。

李广桥一带还出过一人王倬。王倬是东北辽阳人，毕业于东北大学经济系，因有华北人民革命大学和当兵的资历，新中国成立后得以进入外贸部出口局工作。1960年3月，36岁的王倬用自刻的国务院专用章和模仿的周恩来笔体，造出了一份给央行总行的提款介绍信，并顺利取走了现金。王倬在极短的时间里习得周恩来笔迹，并滴水不漏地按流程拿走巨款，但终究难逃法网！案件很快告破，二十万元巨款还藏在李广桥南街三号的蜂窝煤下面，连捆都没拆就被警察拉走。王倬不久被处决，但他的故事却传了下来，成了这一片老师和家长教育孩子的反面教材。

老北京说，直到上世纪三十年代，李广桥下清澈的流水里还能看见小鱼和蝌蚪，后来逐渐淤塞成了臭沟。1952年，市卫生工程局以管道代替河道，上铺沥青马路，明沟成了李广桥南街。1965年北京更改地名，时任副市长、曾力主拆除城墙和牌楼的吴晗说，李广桥有封建色彩，不宜再作地名。十多年前栽种的柳树此时已经长成，于是改叫了柳荫街。四十年前我在十三中上学，地点就在柳荫街路西的涛贝勒府。印象中，这条街上除了上下课的时间几乎没人，而今已成闹市，面对着如梭的三轮车和乌泱乌泱的人潮，真有隔世之感。游客恐怕没人知道，这条美丽的街道，原本是一条更美的河道，这，就是沧海桑田吧！

银锭桥三题

不管是文化意义上的老北京人，还是行政意义的新北京人，都知道银锭桥；信息和交通的发达，使这座小桥的名声早就不限于北京了。我自出生至大学毕业，在银锭桥下居住二十四年，至今仍常去走走。在我心里，银锭桥已经不是一座桥，而是融入血液的永远抹不去的标记。

形胜

在相对缺水的北方城市里，有块水是了不得的大事，正因此，忽必烈带蒙古骑兵围困金中都时曾对着城外西北郊大片的水域发誓：将来一定要把它弄到城里，果然，这片水和成吉思汗的子孙统统被圈进了城墙，结果应验了大汗的谶语：如果有一天我的子孙都住进泥土造的房屋，也就是蒙古灭亡的时候！从颐指气使的世祖建元，到纵欲掏空了身子的顺帝逃离大都，满打满算不到一百年。大都城里的海子，后来成了明朝北京的什刹海，漕运的废弃使它面积缩小、形状变化，于是在水面的最窄处出现了一座木头桥，后来改为小跨度的单孔石桥，这就是银锭桥。

银锭桥建造的时间有两种说法，一是明正统年间，若此应有五百多年的历史，也有人认为建于乾隆或嘉庆时期。桥名的来历并没有明确记载，一般认为是因桥形像个倒置的元宝，亦说是因翻建时曾发现桥下柏木桩之间用形似银锭的铁钉子固定。民间则另有说法，道是银锭桥是为纪念沈万三为皇帝筹得十窖四十八万两白银。银锭桥建成后曾在乾隆初年（1736年）、中华民国七年（1918年）和1950年重修或维修。我小时的桥是1953年修复过的，这一年的5月20日，桥东侧南半段栏杆被汽车撞毁。修复后的银锭桥改用青砖砌成节间式桥栏杆，方形望柱，栏板为水泥抹面的实体矮墙。以后银锭桥又几次维修或重建，20世纪80年代初，什刹海出租游船，为方便通过，1984年重修时，桥身延长增宽，桥孔升高。由于总体尺寸变化不大而扩大了桥孔，使桥失去了原先的敦实厚重。簇新的石材和立在桥边那块不伦不类的怪石，总让人想起一句话：房新画不古，必是内务府。内务府里，有不少因大内采买发财的暴发户。

1990年5月，原来的石头桥身彻底拆除，改以钢筋混凝土浇铸，仅在外侧贴上花岗岩石作为装饰，栏板和望柱则使用汉白玉。桥面和桥孔进一步加大，结果彻底改变了原来的模样，也颠覆了这座古桥在不少人心里的印象。原来桥两侧的八字翼墙、桥下的燕翅和桥桩上的银锭锁都消失了，以至于已为新桥中心栏板题写了桥名的单士元老先生动怒，声言索回题字。后来有关部门不得不出面折中，在桥面的四角安装了装饰的银锭锁，虽不伦不类，但还是平息了单老的怒气，得以继续使用他的字。

2011年，银锭桥又一次完成了重建，尺寸比原来更大。此时它已是远近闻名、永远挤满人的旅游景点了。上网想看看有没有新桥的介绍，却意外发现了一个前所未闻的“民间传说”：一对男女牵手走过银锭桥，就会终生厮守。这故事编得很有时代性，白头偕老须有白花花的银锭为基础，符合一些人有钱能使鬼推磨的价值取向。

我记忆里的银锭桥，是20世纪六七十年代的。经过数年风化，石材摸上去冰凉光滑，有嫩润的感觉。桥比后来的要小得多，破烂的栏板和望柱都很沧桑，可这残破却使桥显得古朴而敦实。桥面上的条石磨得发亮，却能清晰地看出拼接的缝隙，骑车经过会骨碌骨碌的响。后来桥面铺了沥青，石头便看不出来了。桥下的水不深，平时水流平静。每年冬天要打窖冰，开春要挖河泥，秋天需大量放水，此时桥下水流湍急，甚至形成轰响的小瀑布。冬天，不管三海冻多厚的冰，银锭桥两边数十米内也不会上冻，常有人来冬泳。平时，偶有无聊的孩子们到此冒险，或骑着桥栏板当马，或用脚尖蹬着栏板外侧三四厘米宽的下沿，两手扒着栏板来回走，水虽不宽不深，但水火无情，这把戏如爬城墙般刺激，有时候干脆从岸下到燕翅，俯身可以撩水。

大名鼎鼎的银锭桥其实小得可怜，对土著的意义，不过是金丝套和鼓楼之间来往的通道。那时候人少，除了上下班上下学时，桥头的人并不多，甚至显得冷清，没有过现在的摩肩接踵。上下班或买东西的人们匆匆经过，自然没闲心或闲工夫驻足观赏水景眺望远山。只有闲情逸致的文人，才把银锭桥当成京城宝地，《燕都游览志》说它是“城中水际看西山第一绝胜处”，“桥东西皆水，荷、芰、菰、蒲，不掩沦漪之色。南望宫阙，北望琳宫碧落，西望城外千峰，远体华露，不似净业湖之迫且障也”，这里说的就是后来被传为“燕京小八景”或“金台小八景”的“银锭观山”，原住民几乎都知道这个说法，并以为自豪。

只要看看地图就不难发现，在北京城里观望西山，银锭桥确实是最佳位置，甚至可以说是唯一可取的位置。这里西望时水面开阔，又没有障碍物。驻足桥边，两岸柳枝婆娑，西山似隐似现。邓云乡先生说观山有四宜——宜晴、宜雨、宜朝、宜暮，且四时各有不同，最好是在盛夏雨后、初秋清晨、残冬雪霁。我小时，只要晴天就能清楚地望见西山。我没有邓先生那厚重的文化积累和高度的概括能力，却也有自己的体会：于深秋萧索的冷风之中，驻足桥边，脚下秋水翻涌，远山黛色凝重，另有一番意趣。可惜后来站在桥上西望会被积水潭医院的大楼挡住视线，再加上天空污染，也就谈不上观山了。时至今天，睁眼看见天晴，都成了奢侈。

刘侗、于奕正在《帝京景物略》中曾惟妙惟肖地记录了明代英国公张辅（协助朱棣靖难的名将张玉之子）在这里买地建园的事：张辅“乘冰床度北湖”，过银锭桥时“立地一望而大惊”，原来自己置身于“五色祥云”中：万岁山（今天的景山）巍峨似仙山拱卫，红色宫墙内绿荫如翠云环绕，海子中的稻田春夏绿而秋黄，似变换的彩云，桥南万家炊烟缕缕而上如白云横空，西山层峦，晓青暮紫，近如可攀。于是他马上购买了桥南海潮观音庵（大号海潮观音禅林，土著称海潮庵且庵要儿化）的一部分土地修造亭台楼阁。新园为了区别柴市的英国公园而称英国公新园。后来新园废弃，也没留下什么痕迹，不过，明代园林造诣极高，张辅的身份又不低，这座园子的水准是可以想见的。

明清两代吟咏什刹海的诗词不少，但咏桥诗句只见于乾嘉之后，这成为桥建于清的主要理由。撇开这段公案，吟诵银锭桥的诗中确有独到的。清代吴岩游银锭桥诗云：“短桓高柳接城隅，遮掩楼台入画图。大好西山衔落日，碧峰如障水亭孤。”前两句带过秀美的景色，后两句却笔锋一转，峰障亭孤、山远日落，虽不免冷清，但一丝哀凉的悲山叹日，却别有一番滋味。

不同身份、年龄和阅历的人对景物的理解不同，元卢在《海子上即事》诗里说：“少年易动伤春感，唤取青霞对酒歌”，少年的伤春感天最好的解除办法是把盏狂饮、击缶高歌，类似今天哥儿几个酒后去歌厅，这种排遣的方式自然与悲天悯人的老年人不同，后者大抵是要潸然泪下、扼腕兴叹而后蹒跚离去。明代文人李东阳一生曾写下数首和什刹海有关的诗，其最后一首道是：“石潭西接寺东头，长忆儿时作钓游。树色几随人共老，泪痕应逐水俱流。城中尚有山林在，天际遥看雾雨收。寄语金吾休禁夜，暮钟犹未起高楼。”真乃同心殊途，各有各的伤心、各有各的欢乐。说到自称西涯先生的李东阳吟咏什刹海的诗文，不但可以看到他对于这块水土的无限留恋和热爱，而且可以领略人的一生情感的变化。少年时代无忧无虑，“闲行看流水，随意满平田”，中年得意，于是“相逢茶话坐消忧”，“日日慈恩寺里游”。到了垂老，便发出了“细数邻家遗老尽，久怀同学故人稀”和“恸哭儿童钓游地，白头重到为何人”的叹息。回首自己的大半辈子，何尝不是如此。

人物

什刹海、银锭桥一带风光优美，自然吸引了不少有身份、有名望的人。什刹海一带一直有不同归属的大小宅子，当年也常有“人物”露一脸，大家习以为常，随便说说而已。历史名人在银锭桥的足迹和文字，书籍网络多有叙述，不再饶舌，这里，只聊聊和近代历史上一桩刺杀案有关系的两个人——汪精卫和载沣。

我出生那年，已见不到出狱后风度翩翩重游故地的汪兆铭了，在后海北岸府邸住了多年的赋闲摄政王也死了快十年了，他的房子卖给了新政府，府邸成了卫生部，花园改成宋庆龄住宅。我隔壁的老头夏天晚上在院里聊天，说他不止一次见过这位说话结巴的王爷，还说小皇上他爹其实不怎么起眼——现在的话叫气场不足。我觉得这老头没必要编故事，摄政王没大能耐也没大抱负，当了好几年一把手并没惊天动地，悄没声地回了家，可见他不值得炫耀。虽说什刹海一带大宅门不少，可也不是老能瞧见它的主人。偶有悄声而过的红旗伏尔加，并不张扬。据说李德全常在桥头儿下车溜达着去卫生部上班，又据说周恩来曾在烤肉季请客，老布什在北京当联络处主任时也常蹬着自行车跑来和马海德一块烤肉吃，都没亲见过。失势的权贵倒不难见着，比如我见过溥仪的妹妹——人称皇姑，更多次看见过宣统在苏联私底下立的大阿哥小瑞子（毓嵒）扫大街且扫到鼎革之后，他的长子一直在石河子放电影，小儿子混得更窝囊，头几年，为了租间房求我姐帮忙，还送了两幅他阿玛的字呢，堂堂宗室落得如此境地，也够惨的！我同学里，干部甚至高级干部的儿孙也不罕见，大伙一块弹球拍三角，你吃我一口冰棍我抢你半拉包子并不新鲜，这些人后来有混得好的，也有混得不怎么样的。正是看惯了昨日起高楼明日楼塌了的潮起潮落日没日出，北京人养成了见怪不怪的坦然，也懂得了天有多高地有多厚。恬淡，才是老北京人该有的做派。

宣统二年（1910年），汪兆铭、黄树中、喻培伦等人秘密潜入京师，以琉璃厂的守真照相馆为掩护，谋刺摄政王载沣。某夜他们在什刹海的一座石桥下埋设炸弹，因被巡捕发现而逃遁。官府根据线索抓到凶犯，兆铭在狱中写下了《被逮口占四绝》，其中有“慷慨歌燕市，从容作楚囚。引刀成一快，不负少年头”的句子，之后又在法庭上慷慨陈词，不仅民间给了满堂彩，官场也不乏同情者和赞赏者，一时间被朝野尊为义士。且不讨论汪氏的最终结局，他的见识和胆略的确令人敬佩，而他在《金缕曲·季子平安否》中表现出来的一个革命义士的拳拳之心更多了几分婉约，有一种说不出的滋味：“别后平安否？便相逢、凄凉万事，不堪回首。国破家亡无穷恨，禁得此生消受。又添了离愁万斗。眼底心头如昨日，诉心期夜夜常携手。一腔血，为君剖。泪痕料渍云笺透。倚寒衾循环细读，残灯如豆。留此余生成底事，空令故人僝僽。愧戴却头颅如旧。跋涉关河知不易，愿孤魂缭护车前后。肠已断，歌难又。”读罢，不由得想起“无情未必真豪杰，怜子如何不丈夫”。

汪氏一案曲曲折折，在多方斡旋和清廷权衡之下，最终未施死刑，民国大统后汪氏以英雄身份重游了什刹海。至于汪氏后来的作为，至今仍被不齿，有无名氏诗曰：“舍身救国刺亲臣，银锭桥边迹已陈。倘使当年竟殉义，何劳今日记蒙尘。”刺载沣案使银锭桥大出风头，但据多人考证，谋杀地点其实是后海北岸干沟上的一座无名小石桥——桥早已拆除。对这一带地理位置稍有了解的人都会清楚，载沣上朝不可能舍近求远过银锭桥向南而西、再向南从后门入宫。另一方面，银锭桥下早半圆的拱形且十分光滑，根本没地方放置炸弹，而摄政王府旁边的石板桥，无论结构、环境和位置都更适合行刺。不过，土著们不愿意服从这些考证，他们坚信银锭桥就是刺杀地点。

刺杀事件中的反派，是道光的孙子、醇贤亲王奕譞的儿子、光绪的弟弟、宣统的亲爹、当朝摄政王载沣。看《我的前半生》时我还上小学，因历史政治文化常识统统欠缺而似懂非懂，但对溥仪他老子的几件事却印象深刻。

一是载沣那著名的预言。宣统登基大典时哭闹不止，旁边单腿跪地扶着儿子的摄政王一个劲儿念叨“快完了”“回家了”，引得下面议论纷纷，民间也有了“不用掐指算，宣统二年半”的说法，这故事不久应验，后来才明白并非咒语所致，不管摄政王说了什么，清也得亡，历史周期律搁在那，爱新觉罗江山坐到了头，该换主子了。

二是载沣摄政后路过家庙，对牌位跪拜时突然从供桌后蹿出一只黄鼠狼，此事随即被上报警局，并有意经报纸传出，道是黄仙不肯受王爷一拜。胡黄白灰柳本是传说中了不得的仙家，可见摄政王不是没来历的。中国有这传统，人到了一定位置，自然就有了异兆，或飞熊入怀或洗澡受孕，或脑袋上蒙着五彩祥云什么的。据溥仪说，这事是早就安排好的。我倒觉得，当年北京人少，家庙平时没人进去，附近又空旷，黄鼠狼安家当属正常。

三是载沣在手腕能力和圆熟练达方面不如老醇亲王，也没什么政治抱负，“好逸畏事”和“谦抑退让”却有其父遗风，溥仪干脆说，他爹最大理想是回家抱儿子享天伦之乐。不管从正反哪方面的记载看，载沣更适合做个赋闲文人而不是去执掌一个国家，何况是风雨飘摇的国家。不过，西太后认准了他：胆小听话，没太多想法，血缘又较庆亲王一支近，符合多方面要求，王权时代，这就叫政治，选择接班人必须合乎选择者的要求，第一个标准就是听话，本事大小倒不十分要紧，乱世出英才，治世用庸才嘛，只可惜，西太后不明白自己没活在治世！

长大以后材料看多了，倒看出了一个不同的载沣。清末新政，其实并非全都是欺骗人民维持苟延残喘统治的假招子。作为内外压力下与革命的赛跑，预备立宪不失为有价值的探索，只是最后改良没跑赢革命罢了。在容不得分权的大酱缸里，就是换来华盛顿杰斐逊又能怎样！身兼大任却没本事说服掣肘的同僚，没本事搞掂搅局的康党，没本事搬倒滑头的老袁，没本事剿灭造反的孙文，这是载沣的悲哀，可换个角度抛开成败想想，作为以留发不留头、留头不留发而出名的血腥王朝最后一代掌门人，能为找到一种新制度孜孜以求——即使是被迫的，也算是进步吧！至于载沣本人，能以宽容之心赦免了刺杀他的汪兆铭，不管是否本意，也算得上是大度了。更大度的，是没以鱼死网破的心态对抗革命党，而是接受了改朝换代的事实——孙文因此盛赞并亲自到后海拜会载沣，这起码算识时务吧！至于后来不愿意与东北那个康德皇帝掺和，更表现出了大义。这样一看，还真觉得载沣是位有德行、有胸襟、有见识、有底线的人。

市井

在北京人嘴里，“门”“桥”这些字眼是否儿化很有讲究，说东直门儿西直门儿的，绝非老北京。北京土话里，银锭桥的“桥”字必得儿化，且银锭桥一带的土著很少用全称，而是简称“桥儿”。这座普通的石桥在他们心目中不过是个通道和地标，没有神秘和神圣，常能听见“过桥往北”“桥儿下头”“下了桥儿奔西去”一类的话。

我的记忆里总有着一幅难以磨灭的画面，那不是循焦点透视而成的油画，而是按散点透视绘制的水墨长卷，它以银锭桥为起点慢慢展开，用一个个真实的人物和场景，描述着20世纪六七十年代平民的北京风情，热闹而不喧嚣，匆忙却不慌张，平淡无奇中充满了高末般的味道——不高贵，却实实在在，浓，酽，喝一口，多少天忘不了。

银锭桥上不时有装着货的三轮板儿车经过，小孩们见了，不管菜车煤车便蜂拥而上帮着推，弄两手煤末子还挺高兴。桥上很少过汽车，那年月整个北京也没多少机动车。80年代，银锭桥的栏板两次被汽车撞坏，附近居民提起来就不免叹息或咒骂，银锭桥在他们的心里，像是胡同里有些年纪的老者，多少都有着点怜惜和敬畏。记忆中，银锭桥上的人总是行色匆匆，没人停留，更没人驻足桥头远眺西山。稍微留点心，没准能碰上个大人物：学识了得的单士元，娶了位洋太太的杨宪益，海北楼上的萧军，或者心里还念叨着旧主的前清遗老北洋高官，以及最后一位太监孙耀庭，这些人，和走卒贩夫们一块混在大杂院里，各过各的日子，谁也不比谁尊贵，就像谁家那个喂猫的康熙朝瓷碗，没人拿着当宝贝。不过，知道底细的，还是难免有几分尊重——虽然那年月有文化的主儿不那么值钱。

银锭桥北有三条路。正北，对着烟袋斜街西口，往西是后海北河沿，往东到后门桥，就是张中行笔下住着奇人的一溜河沿。桥北东西两侧原有数家店铺，公私合营后只剩了桥东的粮店和烤肉季。北京人吃烤肉讲究南宛北季，烤肉季起先只是一溜河沿诸多烤肉摊子中的一个，因为善于经营、用料讲究脱颖而出，常被叫到附近的王府和宅门伺候，买卖和名声也越来越大。老季发家后盖了二层小楼，有潞泉居的字号，但人们仍叫它烤肉季，季掌柜也仍被谑称为季傻子。烤肉的吃法带粗犷的游牧民族遗风，被金受申称作“武吃”。武吃开始在河边空地上，喝酒吃肉赏荷花，醉眼看河边的大姑娘小媳妇，很有野趣。以后，武吃改成了坐着文吃。再后来，自己动手改成后厨代劳，在不大注重品质的年月，常有嚼牛皮筋儿的感觉。70年代，烤肉季着了场大火，那以后几经改建，至今已成华丽的小楼。公私合营前，烤肉季旁边还有茶酒馆和“爆肚张”的铺面，后来都成了民居。爆肚张起初是烟袋斜街的摊贩，后来置办了铺面，这几年在恢复旧俗的大潮下把买卖做得轰轰烈烈，可老吃主儿都知道，早年间北京叫得响的爆肚，有冯白满杨王石这些冠以姓氏的，爆肚张并不出名，足见张家人脑瓜子灵活，更占了得天独厚的地利。张家男人是本分的手艺人，内掌柜则神似阿庆嫂，爆肚张今天的局面，很有些她的劳苦。季家和张家，演绎了银锭桥头两个年月的发家故事。

银锭桥东北有块空地，是附近居民买储存菜和白薯的地方，每年秋天要热闹两回，平时难得看见的人，都给白薯白菜召唤了出来，任你是张伯驹还是潘洁兹，也得在北风中瑟瑟地随着长队一步步往前挪动。有作家在小说里说，空地北边有家豆汁儿店，店东老夫妻只有个如花似玉的闺女。二八美人被附近的一个贝子或贝勒霸占，老夫妻活活气死。恶人则因暴病昏迷数日，死前口中大声喊“烫”，据说是老夫妇在阎王那告了状，这位爷下了油锅或豆汁儿锅。这传说我从没听说过，问过积古的土著，也没人知道，而且说桥头根本没卖过豆汁儿，只有豆腐坊。这些年，满嘴跑火车攒出来的民俗传说越来越邪乎，可要论敢给银锭桥编故事，这个“传说”还真得算头一号。

银锭桥西侧是后海，“文革”后期开始养鱼，为防止居民偷钓，什刹海管理处设专人骑车沿湖巡视——俗称查河的，据说很凶，没人敢惹。附近居民偶有偷钓的，也是做贼一般偷偷摸摸，那年头，人大多本分，胆也小，不愿意惹事。几乎同时，后海的一段岸被封闭起来，夏天，游泳的人一旦靠近封闭的河岸，便会遭岸上侍卫的呵斥。秋汛时，早晨路过后海，能看见穿胶皮防水服的人下网，下午放学时，网差不多就收到了银锭桥附近。工人收网，鱼装车拉走。也见过有人从工人手里接过活蹦乱跳的鲜鱼装在摩托车的边斗儿里。

20世纪40年代末，三海荒于疏浚，淤泥阻塞、臭气冲天、杂草污泥、蚊蝇孳生，为改善环境，政府组织了治理，在改造水系的同时，清淤泥、砌石岸、铺马路、植杨柳、安护栏、装路椅、通电灯，使什刹海换了模样。直到70年代初，开春仍有人来义务劳动，届时，桥下用装满泥土的草包堵死，河底彩旗飘舞，号子震天。挖出的河泥就堆在岸上，等着拉走积肥。清淤结束打开闸门，水从桥下轰鸣着冲向前海，称得上是奇观。70年代后，什刹海严重污染，桥下混浊的水泛着黑色的油渍，反复治理并不见效。再往后什刹海改造，水质改善了，银锭桥翻修改建，虽面貌一新，可瞧着总不舒服。

几十年的情结虽割舍不去，但我与成了旅游点的银锭桥却越来越隔膜。听着酒吧高分贝的噪声，听着车夫和小贩带着剪径腔调与各地游客讨价还价，还有信口开河的导游解说，心里说不出是什么滋味。到了晚上，聒噪和喧闹使人像扣在大锅里，烦，却无处逃遁。于是，再路过这里，便只是匆匆而过，甚至不愿再低头看看脚下的桥面，也不再去关心前几年银锭桥的又一次重建——反正就是座二三十年的“古桥”，乐意折腾就折腾呗。

银锭桥畔，依然有当年的老街坊忍着混乱和躁动，住在这块他们熟悉而又陌生的地方。只有到了春节，整个北京都静下来、慢下来，他们才能找回些旧时的感觉。

北京一夜·地安门

《北京一夜》把传统因素与摇滚风格融合起来，男声略带沧桑的音色、喝多了似的低吟，和女声京剧吊嗓般的婉转诉说浑然一体，把情人的执着与隔绝的宿命表现得淋漓尽致，演绎了一个逻辑大抵合理的惊心动魄又哀婉凄凉的故事，把盼夫归来的内容基调与婉转激越交织的旋律相得益彰地融为一体，以现代形式令人动情，确是耳目一新的刺激，也证明了陈升不愧才子的称号。有人说，《北京一夜》得了国粹真传，好听的不得了；也有人说这歌不伦不类无病呻吟，简直无法入耳。两边各有各的理，可老北京迷更注意的，是歌词里用到的地安门、百花深处、铸钟娘娘、北方狼族等元素。

将北京历史知识和民间传说结合得天衣无缝，说明作者有对传统的敏感和驾驭能力。不过，艺术不等于历史，这两码事还是得分清楚了。

据《北京琐闻录》记载，百花深处最初是万历年间张姓夫妇购买的一片菜地，后来他们在园中种植树木，修建草阁茅亭。这处幽雅美丽的去处早已废弃并成为民居，老舍在《老张的哲学》里说，这条“胡同是狭而长的。两旁都是用碎砖砌的墙。南墙少见日光，薄薄的长着一层绿苔，高处有隐隐的几条蜗牛爬过的银轨。往里走略觉宽敞一些，可是两旁的墙更破碎一些”，就是今天，这条普通的胡同也算得上清静，所以能入陈升的法眼，和胡同里的百花录音棚有关，据说这是当时京城水准最高的录音棚，被誉为摇滚圣地，录过唐朝、黑豹、指南针的作品，以及崔健的《新长征路上的摇滚》、李娜的《青藏高原》、张楚的《姐姐》、宋祖英的《好日子》和百名歌手大合唱《让世界充满爱》等脍炙人口的歌曲。

北京人熟悉地安门，有“金门槛儿、金门墩儿、机灵鬼儿、透亮碑儿”的说法，金门墩儿说的就是地安门。地安门属于朱棣修建的北京城的一部分，位于中轴线上，是皇城的北门，原称北安门（俗称厚载门，民间讹传为后门），与南面的承天门相对，象征天地平安风调雨顺。清顺治九年（1652年）七月重建后更名为地安门。

由于不强调军事防御功能，地安门与北京内九外七的城门都不一样，不是建在城墙上的城楼形式（战时作为指挥部位），而是坐落在地面的砖木结构宫门（屋宇）式门楼。据记载，地安门的地基不过数尺，门北与马路平，门南稍向下斜坡。门楼面阔七间，七米宽的中明间和五米四宽的两侧次间作为通道。朱红大门，最外侧的四间梢间是守门人员和更夫住的值房，宽度减为四米八，总面阔三十八米，通高十一米八，进深十二米五。地安门房脊的建造相当讲究，它用铅锡合金熔化后压成板再焊接成整体覆盖，用以防水，这个工艺称“锡拉背”——据说锡拉胡同就是专门生产锡拉的地方。因为锡拉的重量很大，加大了城门修建的困难，所以只有皇城的少数城门采用。

地安门内左、右两侧各有一座二层的燕翅楼，有清一代是内务府满、蒙、汉上三旗的公署。明代时，地安门内设有许多专为皇家服务的衙门，其中的一些衙门在今天这一带的胡同名称上还能看出来。地安门是皇城门户，警卫规格自然较高，门外分布着十八座红铺（相当于现在的岗亭），每座配十名士兵守护城门和处置突发情况——比如救火，据史料记载，乾隆年间地安门外曾发生过火灾，守护士兵奋力保护并得到了乾隆“每人给银二两”的奖励。

地安门外竖着刻有“官员人等至此下马”的石碑，跃马扬鞭经过这里便是欺君之罪，要依律问责，普通百姓更是不得进入。按规定，住北城的官员出入紫禁城和衙署要走地安门，这使得地安门的交通常常拥堵，“车轴交错于车辐，不得动转”。据说上朝因此迟到只要说一句“后门叉车”便能被原谅。和平年代里，地安门的防守更多是象征意义，说白了，不过是在老百姓面前耍耍皇权的威风而已，万一有人来真的，挡得住挡不住还真不好说。嘉庆十八年九月十五日（1813年十月初八），白莲教众在林清等人带领下，由内线接应进入西华门，百余名手持单刀的汉子居然呼啦啦拥入固若金汤的紫禁城并逼近内廷，足以说明问题。

庚子年间，洋兵攻击紫禁城，荣禄的部队在鼓楼到地安门之间奋力抵抗，地安门外发生了激战。清军最终不敌对手，失守的地安门亲眼见证了这场战争。洋兵进入地安门之前，放任杀戮外国侨民攻打使馆毁坏教堂、从而引发了多国干涉的西太后，早换了汉族老妪的蓝夏布衫汉妇大髻，带着一干人等趁夜出地安门北去“西狩”了，而且是从德胜门一路仓皇奔去，比四十年前咸丰跑得更远——一溜烟到了西安！北京老百姓付出了沉重的代价：地安门以东、东安门以北的房屋十之七八被焚毁，不少无辜百姓惨遭杀戮。

地安门是清朝最后一位皇帝离开紫禁城的见证人。民国初，宣统按国民政府的优待条例仍住在紫禁城北部，俨如旧时过着小朝廷的日子，还忙里偷闲的参与了复辟的闹剧。而中华民国的几十年，几乎没一年不打仗。中华民国十三年（1924年）十月第二次直奉战争期间，冯玉祥政变，他决定找个死老虎踹上几脚，以宣示民主与共和。占领北京后，冯玉祥派警备总司令鹿钟麟、警察总监张壁会同社会知名人士李煜瀛等乘车前往故宫，切断了宫内与外界的联系，并向内务大臣绍英宣布修改优待条例。溥仪虽有对民国的刻骨仇恨和恢复祖业的壮志雄心，得到消息后却吓得蒙头转向，带上后妃随从仓皇跑出地安门，去了后海北岸的醇亲王府。

和溥仪一块儿被驱离的还有少量太监。因事先没有准备，这些身世凄惨的人只好暂栖于地安门内。号称中国最后一位太监的孙耀庭，出宫后在北府伺候了一段婉容，在溥仪移居天津后离开醇亲王府住在北长街万寿兴隆寺，境况非常凄惨。晚年搬到后海广化寺，并得到了政府的救济。20世纪80年代被频繁采访，不仅平静的生活被搅乱，还要忍受街坊邻居和前往猎奇者的指指点点。那几年我还上学，常去鸦儿胡同广化寺东边的同学家，因此见过一回孙耀庭，个子不矮，腰板挺直，别的没什么印象。

按前朝后市的要求，地安门外是当然的商业繁华之地。现在的资料称鼓楼和地安门之间自元代就是商业中心，这没错，但现存的鼓楼建于明朝，元代大都鼓楼称齐政楼，位置在今天鼓楼西边数百米旧鼓楼大街的南口，因此大都商业区的中心地带应该在今天鼓楼与地安门之间商业区的西边，时称斜街市，“本朝富庶殷实，莫盛于此”。按老北京的习惯，鼓楼与地安门之间以后门桥为界，北段明朝叫鼓楼下大街，清朝叫鼓楼大街，老百姓一般叫鼓楼前；南段官称地安门大街，俗称地安门外。新中国成立后地安门以北到鼓楼合称地安门大街（1965年改称地安门外大街），以南称地安门内大街，“文革”期间改叫总路线路，但老百姓不认账。

鼓楼商业区的繁盛持续了七百年左右，《天咫偶闻》说“地安门外大街最为骈阗，北至鼓楼，凡二里余，每日中为市，攘往熙来，无物不有”，晚清到民初仍是北京重要的商业中心，故有东单西四鼓楼前或东四西单鼓楼前的说法。翁偶虹在《鼓楼三条街》中回忆了民国时期地安门外的情景，并记载了街道东西两侧鳞次栉比的数十家店铺。1924年，地安门外大街铺设了有轨电车道，1936年敷设了沥青路面，最具有北京特色的，是马路两边种植的大树，夏天绝无酷热的烦恼。民国迁都南京后，北京降为特别市，南城的买卖受到很大影响，但鼓楼一带的店铺却依然火爆，原因是，这一带店铺以经营中低档货物为主，什刹海临时市场及鼓楼辟为可以参观的明耻楼，吸引了大批游客。直到日本占领北平后，这一带的商业才开始衰落。1949年后，鼓楼的商业得到恢复，但公私合营和商业布局的调整使其降为区级商业街。“文革”期间，地安门大街上仍有不少商店，包括副食商场、百货商场、食品店、书店、文具店、邮电局、照相馆、银行、茶庄、饭馆、小吃店、古玩店、委托商行，以及修鞋、修自行车、做衣服、弹棉花的铺子。不过，在计划经济年代，虽能作几篇“货物丰富、购销两旺”的报道，却遮掩不住货源紧缺造成的萧条。

20世纪50年代初，撕扯不少北京人心的城市改造开始了，长安左门、长安右门轰然倒下，理由有两条：节日游行阅兵时军旗不得不低头，解放军同志特别生气；游行群众眼巴巴盼着到天安门前看看毛主席，但游行队伍有时直到下午还过不了三座门，群众有意见。1954年底，有关部门下令拆除地安门，同时把拆下来的门窗和梁柱枪檩编号登记，连同砖石琉璃瓦运到天坛，称将来要在这里照样复建。起重机和推土机使拆除的进展异常神速，只用了三天地安门就无影无踪了，代替它的是一个十字路口。1955年2月3日，完全拆除了城门的地安门大街路面竣工通车。至于复建，因为并没实测也没留下图纸，加上后来木料毁于火灾，也就更没人再提了。

后海话启喑

在北京西城区，有一所面向听力残疾学生的特殊教育学校——北京启喑实验学校。启，是开发；喑，指不能说话。启喑两个字放在一起，含义不言自明。启喑学校由两所学校合并而成，其中之一，是曾经坐落在后海北岸醇亲王府东侧的北京第二聋人学校。

后海湖水清澈，绿树成荫，北岸一带居民不多，当年行人甚少，是块优美清静的好地方。1965年到1966年，笔者曾在后海北沿23号的后海幼儿园（已并入北海幼儿园）度过了一年多的时光。从幼儿园老师那里，第一次知道了什么是聋哑人和应该关心、尊重聋哑人，也知道了这所相邻不远的聋哑学校——记得老师曾带我们观看过这所学校的学生做手工和打旗语。十多年前，笔者供职于一所专门为特殊教育学校培养师资的高校，因工作关系，与北京多所特殊教育学校有过联系，遂对这所学校有了更多的了解，尤其对叶立言和王克南两位校长的印象颇为深刻。叶校长严于律己宽以待人，严谨的作风和谦谦的风度，让人领略到了老一代知识分子和教育工作者的特有气质和内涵；王校长细心如发，如学校的活资料库，他富有开拓进取精神，立足于科研高度前瞻着聋人教育的未来。

残疾人是在心理、生理、人体结构上有着特殊障碍的群体，与健全人相比，他们需要更多的帮助。按我国《残疾人保障法》规定，听力残疾是八类残疾中的一种，指听力因先天遗传或后天人为因素而受损的残疾人。《左传》中“耳不听五声之和为聋”和《韩非子》中人“皆嘿（意同‘默’），则喑不知”的解释，是对聋人（以前称聋哑人）较早的界定，先秦时多用“喑”表示；后来多用“哑”表示。据我国第六次人口普查和第二次残疾人抽样调查数据显示，2010年末我国有8520万名残疾人，其中听力残疾2054万人，约占残疾人总数的四分之一。

在旧中国，残疾人被视为废人，很多人得不到正常的权利保障，还要受到种种歧视，接受教育更是天方夜谭。我国的残疾人学校教育起源于近代。1840年以后，西方科学文化逐渐传入，封建统治阶级中的一些开明人士和农民阶级中的先进知识分子在提倡学习西方、改革社会和文化教育等主张时，也注意到了残疾人教育，如当时中国驻法国使节参观了包括残疾人教育在内的巴黎市教育，并写成奏文上呈光绪皇帝，以期在变法中效行。太平天国运动中，洪仁玕在带有资产阶级改良性质的文件《资政新篇》中提出“兴跛盲聋哑院”，是近代历史上第一次明确提出兴办残疾人学校。光绪十三年（1887年），美国传教士查尔斯·罗杰斯·米尔斯（又译梅里士）和夫人安妮塔·汤普森·米尔斯（通常译称梅耐德夫人。来华前系美国罗彻斯特聋哑人学校教师，曾在威利斯莱学院参加过专门学习）在山东开办了登州启喑学馆，开启了中国聋人学校教育的先河，它比第一所官立学校——保定聋哑学校早了二十二年。北京的第一所聋哑学校由杜文昌在1919年6月开设，学校设在向交道口福音堂借来的几间房子里，之后几经辗转，于1928年迁至后海的校址。

后海聋哑学校的校址，原是醇亲王府的马号，其前身是龙华寺（曾更名为瑞应寺）的一部分，光绪十六年（1890年）重修醇亲王府时辟为马号，占地面积约七亩，房屋约八十间。马号西邻醇亲王府（新中国成立后一度为国家卫生部办公地点），东为甘水桥胡同（后改为甘露胡同），南面对着后海，北面紧邻瑞应寺（曾为一八四中学校舍）。马号分东、西两院，广亮大门位于西院偏东位置，大门里有一座独立的砖影壁。西院四面有数十间马厩，北房前面另有两列平行的独立马厩，马厩皆为梁柱结构，起脊瓦顶，举架和进深都不小。北面和西面马厩中各有几间略高，作为看马人员的住房。西院中东南处有一口水井，井旁有辘轳和注水的大型石槽。东、北马厩之间设小门作为东西院间的通道。东院仅靠东墙位置有一排小房，是储存饲料的仓库，北面原有座戏台，后来封闭起来成为房屋。为了使马号成为教学和住宿的场所，杜文昌用筹集来的两千大洋对部分房屋进行了改造和修缮。改造后，东院有北房三间，东房九间；西院有南房八间，东西、配房各九间，东西平列的东房三间，西房六间。

杜文昌（1893—1968），山东掖县人。1914年毕业于山东齐鲁大学文科，是我国聋人教育的先行者。齐鲁大学是中国首批教会大学之一，杜文昌在校期间接受了以教育改变众生命运的思想。笃信基督教的杜文昌非常同情残疾人悲惨的生活境遇，立志终生投身聋人教育。毕业后，他报考了烟台启喑学校（即1898年由登州迁来的登州启喑学馆，1906年更名为烟台启喑学校）师范班，用了五年时间跟随校长梅耐德夫人研修聋哑儿童教育方法，对梅耐德夫人训练聋哑人说话的标音法和手语教学法颇有心得。烟台学习期间，杜文昌结识了许多教会人士，在他们的热心资助下，于1919年只身来到北平。这一年9月，杜文昌开设了私立北平聋哑学校（1946年改名为华北聋哑学校）——这是国内继烟台、南通和南京之后的第四所聋哑学校，并确定了“专门教育一般聋哑儿童，使其具有普通学识及生产技能，成为有用的人”的办学宗旨和“做有用人”的校训。

受传统观念和社会风气的影响，当时多数人无法接受聋哑学校这个新鲜事物，认为聋哑人上学是不可能的事情，加上担心受到欺骗，学校只招收到7名学生，杜文昌校长则是唯一一名教师。为体现使学生掌握“普通学识及生产技能”的要求，学校除了教授发声习语和看口读书外，还仿照普通小学开设了看图识字、三民主义、国语、日记和说话等课程，并先后开设了纺织、木工、化学、园艺、装印、缝纫、编制刺绣、石印木刻和打字等劳动技能课。为保证教学效果，学校将招收生年龄控制在10岁到16岁

（最大不超过20岁），每个教学班的学生人数不超过10名。

为了使这所来之不易的学校立住脚，杜文昌四处奔走，积极向政府部门、各个行业和社会名流争取物质帮助与经费支持，还利用媒体介绍聋人生活状况、宣传聋人教育的意义，以增强社会对聋人教育事业更广泛的关注。1924年还成立了学校董事会，并备案京师学务局以得到市政公所每月补助的四十元经费。经过杜文昌的不懈努力和社会各界及爱心人士的关心帮助，聋哑学校终于成长起来，据1948年底统计，当时华北聋哑学校的学生人数已由1937年的26人增加到228人，教师由9人增加到16人。

杜文昌的孜孜以求和聋哑学校的不断发展感动了许多人，中华民国总统黎元洪、教育总长蔡元培、著名教育家陶行知、国务总理王宠惠以及孔祥熙、宋美龄、胡适、阎锡山、薛笃弼、张伯苓等人曾给私立北平聋哑学校和华北聋哑学校题词，齐白石、徐悲鸿曾为学校作画。1949年三十年校庆时，董必武送来题词："使聋能听哑能言，造化无端自惹烦，科学神奇天可补，不平社会要推翻。"郭沫若的题词是："使聋哑儿童能言并启发其智能是值得献身的崇高的教育事业。"

人民政府对杜文昌先生付出的心血予以肯定，推选他为全国教育工作者大会筹备委员会特殊教育方面的代表，1950年3月《话教育》杂志上刊登了他撰写的文章《怎样能教哑巴说话》。不过，杜文昌也受到过不公正的待遇，特别是在1952年"三反""五反"运动中受到了工作组的无端指责。杜文昌后来调到另一所聋人学校工作到退休，把一生都献给了聋人教育。杜文昌清贫了一辈子，他生活极为简朴，不嗜烟酒，去世后，除了几身衣服外没给他的独生子留下其他遗产。

1951年10月1日，中央人民政府公布《关于学制改革的决定》，其中明确规定："各级人民政府并应设立聋哑、盲目等特种学校，对生理上有缺陷的儿童、青年和成人，施以教育"，特殊教育从此纳入国民教育体系，不再是慈善救济行为，而是人民教育事业的组成部分。为适应这一变化，政府对旧有的盲聋哑学校进行了改造和整顿。1951年11月，私立华北聋哑学校由政府接管，改名为北京市第二聋哑学校（以下简称二聋校。第一聋哑学校是1935年成立的北平市立聋哑学校，校址在东四九条），由王润担任校长，学制由二部制改为一部制。政府定期拨款保证了稳定的教学经费，解决了维修校舍和购置设备图书的困难。1953年，二聋校有9个教学班、30名教师和200余名学生。由于有杜文昌奠定的重视口语教学和一贯坚持对学生进行识别口型交流训练的良好基础，国家教育部在1954年指定二聋校作为口语教学法的实验学校，这在当时是一次大改革。

在全国人民投身社会主义建设的火红年代，北京残疾人事业得到了很大发展。到1958年时，二聋校已发展到22个教学班、41名教职工和350名学生的规模，学制也统一为十年。在完成本职工作的同时，二聋校还参与了有关的教学实验，并抽调部分师生充实到1957年和1959年成立的北京市第三聋哑学校和第四聋哑学校。值得一提的是，1958年10月北京市教育局执行市人代会的决定，委托二聋校试办智力残疾儿童教育班（当时称低能班），这是北京学校中首次对智力残疾儿童进行的教育实践。“文革”时期，二聋校正常的教育教学秩序受到了一定影响，1966年7月到1968年5月还一度改名为红旗聋哑学校。

改革开放以来，随着物质文明程度和精神文明程度的不断提高，我国特殊教育事业进入了一个新的发展时期。二聋校的办学得到了市区各级政府、残联、企业和各界爱心人士的鼎力支持，软件水平和硬件水平都得到了极大提升。1978年二聋校改为寄宿制学校，专门招收各郊区县的听力残疾适龄学生。1986年，学校制定了《实施教育改革设想》，确定了特殊教育与普通教育、文化教育、职业教育相结合的教改方向，设立初级、中级和职教三部，学制改为十一年，学生毕业时能达到初中文化水平，并有一定的职业技能。1997年1月，学校改称北京市第二聋人学校。同年，市教委发布《关于统筹规划城区四所聋校办学任务的意见》，确定二聋校为面向远郊区县聋人学生的九年一贯制全日制义务教育聋人学校（当时北京十八个区县只有四所聋人学校，其中两所位于西城）。随着办学规模的不断扩大，原有的教室和办公室远远不能满足需要，为此市政府在1993年下拨了800多万元专款改造旧校舍，在学校东院盖起了供教学和办公使用的中式风格二层楼房。这座综合楼的主体呈U字形，布局借鉴四合院内抄手游廊的形式，三面相连，南面为保持与学校外部环境一致只有一层。楼房的屋顶、台阶、门窗、梁柱以及装修装饰广泛使用了传统元素，既与老式的大门及旧有建筑相协调，又不与周边环境相冲突，是一座具有民族特色的实用性建筑。院内北面是一座完全采用中式梁架结构的歇山顶礼堂，其两侧通过廊道与综合楼的东西两楼相通，使院内所有建筑形成封闭的口字形，其间的空地墁以方砖，可供学生户外活动。西院原有的建筑被保留下来并进行了维修，主要当作学生宿舍使用。新校舍完成后，二聋校的建筑面积达到了4797平方米，办学条件得到了很大改善。

教育是艺术，教学不易，教感觉器官存在障碍的学生更难。数十年来，一代代二聋校的教育工作者们以常人难以想象的艰辛努力，在聋人学生身上倾注了大量心血，而一代又一代毕业生，也都深深铭记着为他们付出一切的老师。老校友们回忆，当年杜文昌校长一家都住在学校里，很多课余时间，孩子们都是和杜校长一起度过的。杜校长不放弃任何对学生进行各方面的教育机会，遇有外人来聊天，他总会边谈边把交谈内容不厌其烦地翻译给学生，以增长他们的知识。杜校长每天坚持到大食堂和多数孩子一起吃大灶，而绝不去专为富家子弟预备的小灶用餐。这些细小的举动，是对聋儿最好的教育。杜文昌提倡聋人尽量少用手势，更多地通过读唇进行交流。为了教会聋儿看口型（看说话），他想尽了办法，经他教导过的学生，多数都能看着说话人的口型通过笔谈交流，写出来的语言也比较通顺。

杜文昌老校长献身特教的精神被二聋校的一代代老师继承下来。20世纪50年代后期，为开办低智班，王淑康老师花了一个月的时间，对分布在北京各地的四十多名学生逐个进行家访，了解他们的残疾成因、个人特点和家庭情况，根据实际制订出了切实可行的工作计划。开班后，王老师不但要自编适合于这些特殊学生的教材并亲自授课，还要负责学生的吃喝拉撒穿戴起居。最终，从二聋校低智班走出去的孩子多数都找到了适合自己的工作。每个从二聋校毕业的学生，都能说出几个这样的故事，而二聋校的老师们，对自己的付出却说得轻描淡写：不就是这样嘛！辛勤的耕耘必然带来丰硕的回报，新中国成立后，二聋校获得了数十项单位及个人的表彰和奖励，并取得了数十项教育教学科研成果，因为这些成绩，二聋校被列为北京名校，在国内外也都有一定的名气。在二聋校的一千多名毕业生里，有国家高级美术师，有出版社的美术编审，有各级劳动模范，有市聋人协会主席，有接受过国家最高领导人接见的优秀分子，而更多的，是为国家经济和文化建设工作着的普普通通的劳动者。

20世纪后期，北京市的残疾生源情况逐渐发生变化（2000年统计，第二聋人学校有11个教学班、135名学生和48名教师），首都特殊教育事业也面临着重大的发展机遇。根据这一变化和西城区整体工作部署，北京市第二聋人学校和位于福绥境胡同45号的北京市第四聋人学校在2010年合并，组成了北京启喑实验学校。9月18日，二聋校从后海北沿43号这所有着九十一年历史的校舍搬出，迁往西直门内大街东教场胡同5号的新校址，后海北岸的老校舍结束了它在北京聋人教育历史上近一个世纪的历史。

跋 Postscript

孙玉民是我大学同学，比我小三岁，可似乎比我小许多，同学们都称他是我兄弟，找他的人经常会问我："王桃，你兄弟呢？"时至今日，我也说不清我俩是怎么走近的，兴许就是由于他是个有意思、有趣味的人吧！当我看到他写的《京华三章》这本书时，那些意思，那些趣味就嗖嗖地往外冒，我想，我一定要给这本书写点什么。书的序，是我们班长写的，他是班里的大文化人，文字写得考究，带有厚重感。咱可没那水平，说是写个跋，也就是玩伴的杂想杂说，不能和班长比，否则本人就得惭愧死，我写，就因为玉民是我的好同学、好兄弟。

如果说玉民写了一本关于北京杂趣的书，书里写的不过是吃、喝、玩、乐，这后面表现的，确是北京人生。我读这本书真是学习呢！上赶着给人家写跋，也只能是顺着书的有意思、有趣味谈点儿对老同学、好兄弟的认识。

一

1979年上大学可不容易，招生制度改革的第三年，据说录取率不到4%。同学们大都在刻苦学习，玉民可不是刻苦的学生，读闲书的瘾远比读专业书大，他常问我："你读过这本书吗？你看过那本书吗？"多是北京文化方面的书。受他的影响，我还真买了不少：秦牧的《北京漫笔》、萧乾的《北京城杂忆》、翁偶虹的《北京旧话》、翁立的

《北京的胡同》、贺海的《燕京琐谈》、多田贞一的《北京地名志》。可贵的是他真带着我逛呀！北海、什刹海一带的胡同，烟袋斜街、银锭桥，北京图书馆、国子监，名人故居、帝王府邸。最有意思的是他带我去159中所在的历代帝王庙。历代帝王庙是明、清两朝用以祭祀三皇五帝、历代各民族杰出帝王和功臣名将而修建的一座皇家庙宇。159中学（原北京市第三女子中学）与历代帝王庙共处了前后近80年。学校的创始人是熊希龄先生、陶行知先生和幼儿教育家张雪门先生。

那一日，玉民对我说："咱们要到这儿看一看。"我对他说："咱俩分头进，你会被拦住的，我再来接你。"我顺利地走进学校，他可不以为然，左肩右斜地背着书包，径直地往里迈步，一下就被门卫师傅拦住了，我上前说明情况，师傅笑着说："我当他是外校的中学生了。"顺手指着大殿："你们去看看吧！"大殿在院子的中间，殿的窗户很高，根本就看不见里面，玉民让我蹬着他的腿扒着窗户往里看，哎哟喂！敢情就是一个打扫干净的空殿堂，什么都没有。我下来后，玉民一个劲儿地问："真的什么都没有吗？""没有就没有，还分什么真的假的？"我扫兴地答着。虽然，什么都没看见，但是，我一直关心着这所学校的变革，159中学是在2003年1月搬出历代帝王庙的。

二

玉民讲究吃，会做饭，能做婚礼大席，这都是我后来才知道的。

吃的经历最深的是当年我和玉民等同学去承德玩儿，住在我大表姑家，那是个离休干部，可就像是家庭妇女老太太。老太太喜欢玉民，说一看他就是个懂事的孝顺孩子。

第一次在她家吃饭，她煮挂面招待我们，挂面放在一个笸箩里，玉民一眼就看见这挂面里长了不少虫子，大家心照不宣地咔吧咔吧撅挂面，都弄成小段儿找虫子，虫子倒是没了，可面煮好了没人动筷子，晚上那个饿呀！第二天早饭，油饼、烙饼、豆浆加豆汁，我们吃得又多又香。大表姑说："瞅着你们几个孩子吃饭就是高兴！"两天后，大表姑带着我们去她亲戚家串门，人家请我们吃盐水面，都说好吃，可我现在却没什么印象，玉民在书里叙说了这一段儿。

有微信朋友圈后，玉民时不时晒他做的饭。不算炒大菜，单是北京人的日常吃食就闪了你的眼：豆腐脑、馄饨、炸泥肠、炸灌肠、疙瘩汤、糊塌子、麻豆腐、炒红果，红烧牛肉面、打卤面、羊肉汤面、扁豆焖面，还有不少粥：牛肉鸡丸儿粥、排骨海米粥、生滚牛肉粥、皮蛋瘦肉粥、银耳莲子百合枸杞粥，我是写不过来了，玉民什么时候学的做饭呢？他真能在北京开饭馆啦！如果您看过书，会知道人家的做法儿可是地道。

没成书时，他给我看了两个系列：其一，北京吃食十篇。蒸团子、烙烧饼、芥末墩……看得我心里那个难受呀！不是这吃食让我渴望得不行，而是这吃食后面表现的人生，看得让人心酸，都是那个缺吃少喝年代平民百姓的生活呀！其二，他写面条的各种做法，汆面、牛肉面、热汤面、盐水面、炸酱面……让人越看越饿，心想没饿过分的人是写不出来的，玉民一定是饿过吧？

我以为玉民写吃，是写的人生，是写北京百姓生活的故事和文化传承，您看过书，定会品出来的。

三

玉民是有才华的。他涉猎的知识广泛，除了喜欢北京史、北京文化外，还喜欢读军事科学的书，知晓中外的著名军事战役、著名军事将领、历史上的军事掌故，还能画出各种军事武器，且是素描的风格。记得1985年纪念抗日战争和反法西斯战争胜利40周年时，我带的班举行大型"为了和平，立志成才"的主题教育月活动。请来孙玉民老师给学生讲：第二次世界大战史及抗日战争史，受到同学们的热烈欢迎。他还和学生们一起到军事博物馆参观，具体讲解给大家听，他讲得生动形象，听讲的人越来越多，人们一定以为玉民是高级讲解员呢。后来得知，从1991年起，他在第一师范学校教了七届学生军事理论课。

玉民会画画，是童子功。随便勾勒几笔，所画的人物、物品、花草就能跃然纸上栩栩如生。最有意思的是，他交女朋友时，第一次见面后，我问他女友长什么样？他说：“没看清，只看到了背影。”随后，几笔就画出了背影。当时，我还嘲笑他，可真见到他爱人李颖时，哈！玉民画得太像啦！一个劲儿感叹，玉民画功真是了得！

上大学时，玉民书包里有个杂文本儿，本儿里写的都是杂事儿、神事儿。他经常给我读上一段儿、两段儿的，就是不借给我看看，到现在我都不明白，兄弟还有什么隐私不能让老姐姐知道？当年那个本儿，就是我最想看的书哇！这次，写这个跋时，又不自觉地问起那个本子：“还在吗？”玉民说：“在呀！”我没告诉他，老姐姐心里还有那么个心结呢！实在说，玉民的文笔非常好，干净、流畅、生动、俏皮。文学知识丰富、特色特点鲜明，叙述严谨、情感真挚，读起来朗朗上口，打动人心。读这本大作《京华三章》，我就时时被感动，也获得许多新知识、新感悟呢！

四

我和玉民走得近，还在于他的人品。大学时代我们都是群众，名和利离我们很远，都算是寻求自由发展的人。那种自由的灵魂在玉民身上体现得更加充分，他说真话、做真人，从不矫揉造作，和是非纷争毫不沾边，活在自己的世界里，风轻云淡地享受着自己的兴趣爱好。大学毕业，分配由学校、系里负责，城里的生源唯有玉民一人被分配到远郊区县密云的山区。为什么就应该让他去呢？和几个同学去送他，一路上我不知道该聊什么？也不知道怎么安慰他？就是觉得有一种说不出的憋屈……后来得知玉民很快适应了山区的生活，在学校干得很好，还结交了朋友。每次见到面，又能和我说神事了，心里真是欢喜。2015年4月7日他在朋友圈上发的照片是在密云工作五年的学校。他讲：“现在没有一丝当年的痕迹！”我问：“干吗去了？”“没事转转，每年都去一两次。”可见，玉民是个有情怀之人、是个大气之人、是个胸襟宽广之人！

玉民十分孝敬老人，经常去看他姥姥。我就记得他姥姥养了一只猫，拴在床上，猫拉着一根儿长绳儿跑来跑去。我曾劝他和姥姥说说把猫放了，玉民说：“老人习惯了，不能硬性改变，随她吧！”大学毕业后，他常来我家，和我聊得不多，和我妈倒说起来没完。后来，我不和母亲住在一起了，一到过年，玉民就会给我打个电话：“王桃，不去看你了，看看你老妈去。”我总说他是喜欢老太太，其实，我明白他是孝敬老人！细细想来，不看朋友，却看朋友的母亲，这是一种深情谊，更让朋友感到温暖。

在玉民《京华三章》这本书即将出版之时，写出这样一篇絮絮叨叨的跋，让老朋友见笑了。可这是我的有感而发，水平有限，感情却真挚，玩伴儿的有意思、有趣味都在里面了。看到书的朋友能引发您的联想，就是锦上添花啦！

王桃

2015年12月

海棠·二零一五清明